生与死间的花序

谢络绎　著

北京出版集团
北京十月文艺出版社

“我看此花时，此花颜色一时明白起来；

我不看此花时，此花与吾心同归于寂。”

目录

1-1　召唤

1-1-1

冬天的时候我遇到一位画家，他就好像是凭空冒出来的，在这之前，整个艺术圈没有一个人知道他。

他已经年过半百，但毛发乌黑，鼻梁上松松垮垮架着眼镜，需要不时伸出食指往上推。遇到什么事，这副眼镜就好像是一道障碍，会在第一时间被他摘掉。每到那个时候，他祖露出疲倦的眼睛，盯住空洞处一直看，很快就能想出主意。在他诸多的解决之道中，不乏年轻人才可能接受的激进方式，对此他总是很得意，并且总结出原因：他可是最早通过智能手机看世相的时髦人士之一。然而，他又因为常常感到智能手机比他更像生活的主人而要砸烂它们。他把损坏的手机贴上粘胶，堆在一起，让小山的尖峰朝向窗外。从外面看，就像满满一屋子手机溢出来一样。他称这件装置作品为“智墒”。他疯狂地爱着他的创造。对于同行，那些既不是朋友也不是敌人的人，他无端苛责，从不顾忌。

我在四位小有名气的画家联展上第一次见到他。

他一个人站在展厅角落，对一幅大家公认的杰作发表攻击性言论。现场没有谁认识他。人微言轻，更何况说的都是不留情面的话，自然有人想要收拾他。策展人伸手拉住几位来宾，暗示他们一起上。作为策展人的朋友，我认为这样做的话，现场引发的骚乱很可能会盖过画展真正想向外界传达的内容，得不偿失，立刻上前制止。我的做法是装作那位颇具醉态的可怜人的熟人，惊喜地胡乱叫出一个名字，上前与他握手。他反过来钳住我的手，询问我的意见。

“难道那些不是垃圾吗？”

我一面哼哼哈哈敷衍他，一面将他带出展厅。

抽身离开时我颇语重心长地说，贬低可是件太容易的事。他有些意外。事后他说，同所有引起他注意的人一样，我认真教导他的样子，注意，是样子，而不是那句话，使他感觉到我是一个负责任的人。事后的话怎么编听起来都有道理，不过在当时，他确实迅速抛却玩世不恭的一面，态度庄重地从口袋里取出一张名片，邀请我去他的画室。

“如果那时你还这么说的话，相信你会很乐意选一幅画带回家。”

后来我才明白，他自命不凡，认为能画出他那样画的人，贬低起谁来都是那个人的福音。如果在那时我就深知他的套路，定然会毫不留情地侮辱他一番，驳斥他不知天高地厚。但是，一方面我的确被他的画震惊到，另一方面，我还欠缺与男人打交道的手段——

这一点时至今日也没能补上。我说，我收回之前的那句话，你有资格贬低任何人。我鼓励他举办画展。就这些？他摇摇头，说，不够，还有一幅重要的画没有完成，事实上……

他快速扶了扶鼻梁上的眼镜，补充说，我还没有开始。

那些已经完成的画摆在他的家里，一幢简单装修的三层别墅的顶层，在地板上，全部面朝墙壁，除了画架上正在进行的那幅，一开始，根本看不到有什么画。

下面一层恰恰相反，墙上不分区域，横七竖八，见缝插针挂满了画，别人的画。一般人走到那里就会被拦住，他对那些人说，到头啦。说到头真不为过，看看都是谁的画吧。一眼望去，我看到吴冠中的《双燕》，这可是在当年的拍卖市场中拔得头筹的惊人之作，起拍价七千五百万，成交价超一个亿。他的另一幅价格低一半的同名同款的水墨画也在列。当我看到它们，尽管从画家的家宅可以推断出他应该具备一定的经济实力，但私以为，还不至于能将这样两幅画的真迹收入囊中的地步，一幅都不可能。因此，我不过微微颔首，表示他品位不错，并没有像见到稀世珍宝时应该表现的那样，凑到画面近处，恨不得将每一块墨迹吃掉。然而接下来我还看到何多苓的《生命》，作为一名混迹江湖多年的艺术工作者，我非常清楚何多苓在市场上的表现。1993年香港佳士得春拍会，《生命》流拍，十二年后，这幅画在广东拍到八十五万，九年后回到香港佳士得，拍出一千多万的高价。在这幅画的旁边我还看到《第三代人》，最中间的红衣女子如何先生常画的某诗人一样，有一副漂亮的鹅蛋脸，下眼白较多，天然具有一种冷峻深邃的意味。我记得，2011年它最后一次出现在拍卖会上，被人以两千八百多万的高价收走。

我转过头看他，我的画家。

从他递给我名片之时起我就知道他叫鲁开悟，这也是我一开始对他重视不起来的原因，这个名字用力雅致，用力到恶俗，给人一种时刻准备着修行却又不知所以之感，因此我跳过他的名字叫他画家。

我正要向他抛出我复杂的疑惑，他指了指窗户对面那面墙，我望过去，那里竟然挂着莫迪利亚尼的画，围绕着它，杂乱挂着培根和米歇尔·巴斯奎特的画。即使是赝品，如此规模如此逼真的复制都让人感到不可能和虚假。但他接着，轻松又不无显摆地取下眼镜，拿在手里晃动两下，说：

“都是真家伙。”

仅仅是我注意到的那些加在一起就已经近二十个亿了。我一方面懂得一般人不会开这种玩笑，另一方面又拼命想要当这是一个玩笑。对于近在眼前的奇遇，我总是感到心虚。

画家看我不相信的样子，带着一种不被理解的孤傲神情示意我往外走。

他把楼梯转角处拦路的铁链放下来，等我和他走上两级台阶后，再转身重新挂好。这个动作使我跟他，因为进入了一个隔绝起来的空间而显得暧昧起来。我有些害怕，为自己鲁莽地进入一位陌生人的府邸感到不安，即使刚刚看到的那些画都是真的，我这样做就是对的吗？我问自己。我看重名誉胜过金钱。不不不，我已经动摇了。

我脑海里飞舞着莫迪利亚尼的侧卧的裸女，她橘黄色的肉体横陈在床，大方展示，这是她艺术上的天命还是作为一位普通妇人情欲的瞬间？我想起事前，画家竟然在我没有联系他的情况下再次来到我们相遇的画廊，在见到我的那一刻两眼放光，说如果这场展览结束后我再不出现，他便要放弃了。他照样贬损当天参展的画家。如此这般我对他有所好奇也是应该的吧。如此这般我来到这里也是合理的吧。绝对不是因为楼下那二十个亿，而且还是他号称的，谁知道是真是假呢。而我之所以一直不愿相信，还与这幢建筑简陋的装潢有关。凡此种种，亦真亦幻，一时高贵一时低贱，我摇摇晃晃上得楼来。

迎面唯一能看到的画摆在画架上，处于待完成状态。

看到它，我所有的杂念烟消云散。

能确切地说出它好在哪儿吗？不能，任何一幅撼动人心的作品，就如令人不知所措的爱人，倘若你能说出他好在哪里，大概便没有真实的爱情了。真正的好，或者说，这世间任何纯粹之物，都是无法言说的，都只能上升为一种直觉上的心领神会。

那幅画被一些蓝色线条铺满，类似克莱因蓝的蓝色，但更明亮，即使在线条内部依然可以看出层次，在其中，一条红色发光的鲤鱼——也是一些线条，勾织交错，已经初具形态——跃向画面最右角，将要冲出去一样。尽管只不过画了大约三分之一，却足以令人惊叹。

“鲤鱼？”

“谁知道呢？”他否认。

接着，他将正前方一幅正好被一束阳光探照灯一样打在上面的画转过身来。这次是红色线条，幽静神秘的草丛，一些猫眼蓝的眼睛萤火一样飞散在空隙处，线加点，满满当当，虚虚实实，胀满了整个画面。他走到另一侧，从一把堆放着颜料的旧椅子的阴影中抽出一幅画，面朝我摆好。又是蓝色线条，这一回它们像是一些漫无边际的念头，每一根条状神经上都缀着红色露水。他的画全是这种吗，蓝色与红色的混合物？没错，后面他掉转方向给我看的每一幅都是这样的。他说，还差一幅，我准备画却始终感到没有准备好的那一幅。

从那时候我开始讨好他，像对每一位我欣赏的才华横溢的家伙那样，带着由衷的折服，赞美他是个天才。他并不受用这些，反而忧郁地沉默起来，末了说，我们走吧。

我提出想要再去楼下那一层看看，他瞪起眼睛，说，看过我的，你还会想看那些？哦，我有点发窘，说，只是随便看看，不看也行，反正也不是真的。

“是真的，爱信不信。”他厌烦起来，毫不客气地说，“那些，你知道价格的和我那些你不知道价格的，能比较吗？”

他没有留我聊一会儿或是吃点什么，尽管已经到了午饭时间。从进入他的别墅到离开，总共不过三四十分钟，时间短到根本无从判断什么，画跟人，所见的一切的真实性和它们降临的原因。

回去之后，奇怪的是，对于这场幻觉般的遭际，我没有产生任何向他人提起的冲动。像是一个海底宝藏被我发现了，我明白自己无力攫取，又死守秘密不愿被他人知晓，仿佛这样它们就是我的了。我将自己扔进去，放慢放大半个小时中的每一帧，沉浸在由此产生的让人感到迷惑的快感中。有时候我会猛一激灵，问，如果那些画都是真的，这个有着三流和尚的名字的人是谁？

这是我一个凡夫俗子单纯对二十个亿动过心思的证明。

的确是一个让人癫狂，甚至犯罪的天文数字。先谈感情，再对金钱下手，是这个套路吧。可我对自己的魅力并不自信。初次到他家，我惶恐于毫无戒备就跟他步入了看上去像是禁区的顶楼，结果人家不仅规规矩矩，还似乎有些不耐烦。男士们总当我这种时时刻刻一本正经的女性是空气，而我又没有办法不一本正经。我身上有枷锁，但到底是什么，我身上的枷锁本身就在限制我去寻找答案。所以打从一开始我就没想要通过这种方式成就自己什么。我想的是他的那些画。千真万确，一周的兴奋期内，我想的更多的是二十亿跟我有什么鸟关系，以及，顶楼的那些画，倒似乎以一种可以接近的方式在暗示着什么。直觉告诉我，这是一次机会。

很早很早以前，早到我到美院报到的第一天，我就知道这辈子我都不可能成为什么伟大的艺术家。看看身边的同学，他们敢于将阳具模型放到升旗杆上，敢于跟比自己大二十岁的裸体模特谈恋爱，无论笔下还是刻刀下，都奔流着超然物外的自由。掂量来掂量去，我因为自身的不可能，但体内又生长着不可多得的缠绵又全面的美感，便觉得待在艺术圈，为某些我所钦佩的艺术家服务，大约是有生路的。可这些年来，我看中的人不是自己中途放弃，转而成为家庭妇女或经营者，就是画来画去毫无进展，穷得连地下室都住不起。这位不知道从哪里钻出来的画家，他那些只用两种颜色画出的画同他一起亮相会怎样？

首先，他的名字要改一改，开吾就好多了，避免了“悟”的目的性与当前的庸俗化。不不不，还是太直接，看上去去了“心”，有自我解甲之意，可总显得装，让人厌烦。那么，乌怎么样，太棒了。它首先是一种颜色，与艺术相关，与万物相关，将所有光明的污秽的混在一起不就是乌吗，庞杂而深不见底。同时，作为一个拟声字，它又含有问诘和叹息之意，既有现实感又颇具意象。好了，就是它了。展览的名字叫什么呢，蓝色让人联想到河流，他也的确画的都是水，红色呢？我看着路灯下自己的身影。

蓝色河流的红色倒影。

“什么？乌，那不是没有一点鸟用的意思？”

看来他是满意展览名的，否则不会只调侃一个乌字。但他拒绝了我的建议。他摘下眼镜，露出一对松弛的大眼睛，但眸子清亮，突然之间就盯着我，看得我好像一个罪人。

事情到这里就终止了。

他不说为什么，我也不去问。艺术家都是疯子，何况一个来路不明的艺术家。倘若他真的说出什么理由，我也不一定认同，而我又无力改变什么，那样的话，只会让我的自尊心受挫。全当我被他说服了。我不再找他，当那二十多亿的画，和在我眼中比那二十多亿的画更真实更可以接近的他的画，是某天过马路时迎面碰到的那个格外帅气的人，令人想入非非，但擦肩而过后，什么也留不下。

这样过了两个月，有一天我从报纸上看到一条消息。

在纸媒已经全面倒塌的今天，依靠行政力量存活的官报也不免需要刊登一些市井骇闻，以博眼球。我当时在美协一个朋友处喝茶。消息简要来说就是，画家的房子着火了。位置和别墅的样貌描述都对。报道称是家事，短短几行字，没有更多信息。我立刻给画家打电话。听见他的声音后我松了一口气。人没事就好。他问我怎么不问问别的。我说什么，什么别的？他说那些画啊，价值连城，怎么也不问问？我说，它们跟我有什么关系？要是非要我问，我倒关心楼上你画的那些。他哼笑一声说，你来看看就知道了。

几个月前还以一副虽不甚富贵，但至少体面，令一般人望尘莫及的形象示人的三层宅楼，变成了一个丑陋的老太婆。早春微凉的细风都要使它站不住了。真正是片甲不留。画家站在一个可以看到全景的地方看它，就像看一幅画。转过身他对我说，你还是不相信吧，那些画都是真的，只不过没有人知道，现在有人知道了，我就把它们烧了。

我惊讶得说不出话来。

缓了好几分钟，我喃喃道："你以为，以为我会打什么主意吗？"我没出息到一直在咽口水，"就算这样也没有必要烧掉啊！"

"画是我的，楼也是我的，我想烧就烧。"他极尽傲慢，"我说的'有人知道了'指的不是你，你到现在不是仍在怀疑它们都是假的吗？我提防你干什么。"

我当然还在怀疑。

你看看他，要是真的，二十多个亿，他会是现在这副表情吗，焚毁后，竟比上次见面时平静多了，好像推倒的不过是一套仅仅用二十分钟就能搭建起来的多米诺骨牌，损失的只是二十分钟而已。而他不珍惜楼上他画的那些，倒在情理之中。我碰到太多艺术家，一言不合就将自己的作品一把火烧掉，只不过，连着将画室也烧掉的却是第一次见到。这人是个疯子，我确信。我得赶紧离开。他却拉着我非要告诉我说，他要提防的那个人是他的女儿。问题是，这是在提防吗，不管他女儿的威胁有多大，他虽然彻底断了她的念想，却也葬送了自己。甚至，艺术。

而被这所有问题围绕的核心是，那些画是真的吗？现在死无对证了。

“你相信自己的眼睛吗？”他问我。

“不能太相信。”我告辞，留下他一个人站在原地。

他却追上我，对我说：“那件事情，我同意。”

“什么？”我不解。

“画展。”

“画展？你拿什么办画展？”

“所有的都在。”他睨笑着。

又说：“相信我。”

我回过头。他摘下眼镜，捏在手里，脸上是一副透露出惊人秘密的得意表情。所有的都在。事情一下子变得有趣了。有了这句话，眼前这个人就不可能是疯子。

“不过，还差一幅，你得等我把它画出来才行。”

我就这样被他推着，接下来，在他计划好的步骤中配合着。

他对我说，从第一次见到我起，他便清楚地知道，我们将绑定在一起。这是宿命。他提醒我说，这种绑定不同于男女关系，而是，性格上最执拗那部分的相似性。我身上有种莫名其妙的责任感和同情心，相信好的艺术能与神对话，甚至就是神在发声，有能力鉴别什么才是好的，清楚自己的位置。他因此愿意接近我。

我有点介意他首先撇清男女关系，好像在说我毫无魅力。在他所有自以为是的判断中，唯一贴切的是“莫名其妙”这四个字。要不是这样，我怎么可能帮他做伪证，证明起火时他正与我待在一起？他在警察那里赢得信任后马上说，也许是他得罪了什么人，但他不想追究了。他挤出一丝苦笑，宽容地说，冤冤相报何时了。

不得不说艺术是相通的，他去做演员必定也有出头之日。接着他找了一支清理队伍，楼上楼下打扫干净。最后，他留下一封信在烧得只剩下一副黑黢黢骨架的门厅。信上只有三个字，全没了。这是让他女儿看的。按照他的说法，再有两个小时，他女儿乘坐的由柏林到春江的飞机就会降落。

做完这些事情，他把门敞开，倒退几步看了看。

“唉，我的‘智墒’也毁了，可惜啊。”

嘟囔一阵后，他转过身来，招呼我一起走。

直到那个时候我都不知道他接下来要去哪里。但他既然那么说，就是一定有地方可去吧。我陪他走了一会儿，眼看着越来越随意，见弯就转，十字路口一律向右，若是条笔直的大道，那就一直走下去。我沉不住气了。待我正要问他，他停下来，从背包里取出一只崭新的智能手机，又在上衣口袋里摸出一枚小小的还蒙着塑料封套的电话卡，安上。他一摆手说，给我。什么？报一遍你的电话。我念出来。他嘀嘀嘀按着号码，拨过来，通了之后挂断。

“存好，不到万不得已不要联系。”

我随便添加了一个“画”字，对应起他的号码。

“你要去哪里？”

“找我那幅画。”

是不能以普通人的逻辑看待画家这类人的。

在这方面我认同荣格的理论，艺术家是被选中的用来表达集体无意识的工具，他们的创造力来自于其背后种族、家族的记忆，极少部分才是他个人的意志。他们受到集体无意识的席卷，多数情况下并不知道自己在干什么。

随他去吧。

怎么找，找多久……这些问题，即使我问了，他也未必能回答出来。艺术家擅长的是事后阐述。

我们就此别过。

一年后，我收到一个鞋盒大小的包裹。

当时我正在筹办那一年中我唯一的一场展览，主角是一位早年轰动一时，不多会儿就黯淡下去，如今又有新作的老画家。我念在他名望尚在，对他几乎退行到青少年阶段的创作水平视而不见，称其为意义非凡的“回归”。画展的海报已经设计出来，婴儿的躯体上长着一颗老人头。我的意思是，我们自己解析自己，先行将最薄弱处进行艺术处理，那样的话，即便有人质疑画作水平，也不可能产生什么伤害了。但对老画家，我自然说的是另一套。总之，这是一场可以借助他的影响力为我带来好处的展览。我忙前忙后，拼尽全力。包裹到来时，我视之为打扰，匆匆签收后就扔到了一边。一直到诸事安排妥当。我本来预留出了展前两天空闲时间，用于处理有可能未考虑到的琐事。结果，由于我的精心准备，展前整整一周竟无一事可操心。多么好的兆头。

那一周的前三天，我见了几位前段时间因为太忙而忽略的朋友。第四天，我神经质地将展览流程又顺了一遍。到了最后一天，也就是开展前一天，我一觉睡到午间，随便吃了点东西后，想起那个未拆封的包裹来。

我慢悠悠剪开包装，看到里面有一只木头匣子，仔细看是紫檀木的，有些年头了，没有锁具。我试着掰了掰，盒子产生了一道机械性的回力。嗒的一声，开了。里面垫着一层黑色海绵，最中间有个凹槽，一只体量比那种一块钱一只的打火机小一半的银色 U 盘躺在其间。原本我以为会是一枚瑞兽印章，或是观赏用的陶瓷艺术品，再不然就是一个翡翠挂件，佛公、福豆什么的。这是我们这一行通行的礼品样式。却是一个 U 盘。

一年未见踪迹的画家在里面把一年的话都讲尽了。

开头他说，你现在在做的那他妈叫什么事，那家伙厚颜无耻画些小儿科的东西糊弄人，你还推波助澜，我倒要重新考虑你有没有资格做我的策展人了。

但他马上就忘记了这个立场。

他说由于一直找不到最后一幅画的原始意象——他解释说，其实是需要原始意象来找他，一种伟大的象征，突然来到他的头脑中，能够促使他拿起画笔，他便只好等待着。在这个过程中，他写下了如下的东西。他从他的奶奶写起，写得无比激动，满足感不亚于绘画所能够带给他的，以至于他必须找一个人看看他写了什么。冥冥当中他认为这是一道程序，就好像人睡着了才能做梦一样。有时候，他写着写着会感到自己睡着了，笔下的那些人和事，便如同梦境，一个一个跳出虚空，有了实体。给我看，是想让这些实体产生意义。事物被创造出来就是要人知道的。人最大的功能是看见。看见了一才能看见二，也许接下来，那个三，便是他的画。他坚信他的画将以这种方式被召唤出来。

我不太愿意去深究他到底在讲些什么，引言部分一向没那么重要。我是一个专业策展人，只对作品本身感兴趣。我认为他采取的送达形式，隆重的包装，都是作品本身。我既然已经看到了一部分作品的样貌，那就接着看吧。

我将书稿打印出来，很厚的一本，全是字，这着实让我有点头大。

我冲了一杯咖啡，坐在窗前。我试图快速找到重点。阳光很好，而书稿以一场大雨开场，我的感官出现了以假乱真的错位，阳光落在我的身上，就好像大雨打在我的身上。

时间回拨至 1940 年。

画家的父亲出生于这一年。

画家说，我必须想办法看透更远以前的事情，才有机会在今时今日从普遍的生命力中捕捉到最为深刻的东西，那是一种贯穿性的，叠加的，催人泪下的情感经验。我的冲动告诉我：

我负有表达的使命。

1-1-2

读了几页，读得既惊心又迷惑，我不得不倒回去重看。

确实没有书名，首页和封底是那种常见的为白制文件提供保护的深蓝色涂布纸，翻开来，扉页上有一句话：

“朋友，你是我在此地相遇的第一人……”

一开始我并没有注意到这些，平时应付专业书籍就够受的了，小说这等无用之书，要不是这一部可能与我的前途有关，我哪有闲工夫打开。所以我直奔正文，想拣些重要的内容，大概知道是怎么回事就可以了。

红蓼、士兵、隐姓埋名的地下工作者、河流、人民的军队、童养媳、红苕糊糊……这些遥远的陌生之物和着一场雨扑面而来。接着，大雨中，一个扮成男人的女人，在生命的最后一刻，在水中，生下了她的孩子。这却是另一个女人，为了一个不可能出生的孩子，祈求到的神迹。她救下他，以为这样一来也救下了自己。

差不多是这样吧。

我没有乡村生活经验，对历史也不甚了解，加上偷懒，文中内容读来委实让人发蒙。我感到如果再这么下去，除了有可能捕捉到更多词汇，以供我很快将之忘至脑后外，我将什么都得不到，更别说还想领悟出什么了。如此一来，画家有没有能力画出他所认为的最重要的那幅作品，即便完成了，作品的底蕴到底是什么，我还是无从了解。

我停下来，深呼吸。

一番调整之后，我回到首页。这一次我得读得尽量慢才行。

我读到开端，一些新的思想和具体的推动的力量。

我读到变化，一些必须依靠忍耐才能等到的转机。

我读到……正如扉页上的那句话暗示出的，归返的奥德修斯在寻找，能够将他认出的人。

2-1 问津

2-1-1

七月间的大水退去后就再也没有下过这么大的雨了。

时光仿佛倒流到雨季突然来临，雨珠连成箭争相射向地面，河滩上露出的大块裂口瞬间被填满，泥浆流散开来，红蓼的根部松动了，接二连三倒塌下来。

十九岁的张银妮吓得眼睛皱到一起，大风将她的头发吹过来贴在脸上，她用发抖的滴着水的双手抹开乱发，战战兢兢透过指缝和细密的雨帘偷偷窥探。

一群人敞着军衣，像泡在水里，斜着湿漉漉的身子，使劲用枪托一下一下捅那些被缚住的人。如果不听话，士兵们就掉转手中的家伙，让枪口抵上他们的太阳穴，逼迫他们面朝河水跪下来。

“快！快！找死！”

他们一共有十二个人，穿着已经看不出颜色的布汗褟儿和短裤，赤脚，反绑双臂，嘴里塞着肮脏的布条，一个个眼睛瞪得又大又亮，好像嘴里透不出的气要从眼睛里喷射出来一样。他们执拗地用肩膀抵抗，拒不弯腰，被按着跪下去也是硬生生的，溅起的泥浆喷得满脸都是，很难分清楚谁是谁。

张银妮细细打量到第九张脸时认出了他。他四四方方的脸反倒被黑泥勾勒得更富棱角，使他标志性的脸型越发突出。她确信他就是去林二姐家借粮食的那个人，而她就是看见人群里有他才跟过来的，不然这样的事情一定要离得远远的才好。

原本她要去塔河寺拜菩萨。

最迟再有半个月她就得生了，到时候她要怎么办呢，除了求助菩萨她想不出任何办法。出门前她听见几声枪响，哥嫂照例躲进灶房顾不上她。顾不上她她才好出门，枪声听起来又十分遥远，稀稀拉拉，说起来也是件平常事，制造出的不安比不上肚子上的这一件。这不安一旦在某一刻被她完全看在了眼里，就立即使她浑身痉挛，将要死了一样，必须要借助外力——跪在菩萨面前，不停地磕头才能好受一些。谎言将要被揭穿了，有什么办法不去面对这一切吗？若真有什么危险，大约也是在提供机会使她获得解脱。她于是拉开门闩，探头看了看，像是得了严重的疾病，必须出门去看医生那样，无奈而又坚决地跑起来。她光脚沿着河边一排屋子小步跑，没多久就看到这队人马乌泱泱过来。她认得拿枪的那些当兵的，早在去年十月他们就驻扎进来，在渡口修起碉堡。她跟着林二姐偷偷去看，竟然看到自己男人的长兄鲁川站在碉堡上。他那时正跟他老婆熊小珍和二兄弟鲁杨一起明里暗里找下家要把张银妮卖了呢。

可怜了张银妮的男人，鲁川、鲁杨的亲弟弟，日本人到江黄后到处抓人，地窖里躲不下，他爬到屋顶上那么明显的地方都混过去了，事后身体却不争气，自己给病死了。他刚咽气就被卷起来潦草地埋进地里，什么后事都没有操办。人埋了不足一个礼拜，鲁川就往外驱赶弟媳妇。张银妮九岁就来到鲁家做童养媳，到现在十年了，还没走出过江黄半步，男人死了令她无比恐惧，哥嫂对她再不好也好过不要她，一说起要她去别人家，就跟马上要她死一样。

张银妮见鲁川站在碉楼上跟军爷讨好地说着什么，怕得不行，回来就按住胸口装吐，巴掌脸上眉目倒挂，一副没有止境的倒霉相。她噘着嘴说自己怀上鲁家骨肉了，说得眼泪吧嗒吧嗒直掉，说好事到她身上就变成坏事了，这以后的日子要怎么过呢。她觉得这样他们就不好再卖她了。她装得像，暂时骗过了鲁家兄弟和嫂嫂们。可她怎么收场呢？她去找过做事可靠的林二姐。林二姐是两年前过来投奔她姨大林知雀的，说是男人去打仗了，家里被日本鬼子烧了。在碉堡修起来之前，张银妮被林二姐悄悄拉去开了个只有女人在场的会。林二姐把短发别在耳朵后面，咬着反翘的龅牙说妇女也是人，要反抗，要自救。张银妮听得两腿打战，几乎要尿出来，一次两次后才镇定下来。装怀孕后，她跑去找林二姐，想问问像她这种情况，怎么样才叫反抗。

林二姐，其实是她姨大林知雀的家在江黄镇渡口附近。从渡口出来，唯一的一道缓坡石板路，两侧尽是房子，开着各类店铺。林二姐家并不在这条主路上，而是需要走到尽头，再拐进一个弄口，在那深藏地带里才能寻到。这里离人来人往的渡口近，晚上坐在屋子里能听见划船的声音，但并不好找。这个地方特别能聚人，就像一个中转站。常常是门一打开，开门的是林二姐，见是张银妮就让进来，转身招招手，已经在里屋一张四方矮桌前围拢了坐着几个女人，偶尔也见一两个男人，就挤一挤挪一挪，加入一张竹椅，让张银妮也坐进来。张银妮不好坐太长时间，鲁川媳妇熊小珍老是剜着白眼骂她闪花子，吃白饭。虽说鲁家所在的鲁湖村距江黄街不算太远，往来并不麻烦，但只要熊小珍想要找到张银妮干什么，而又没有看见她时，她就要发脾气。张银妮出来一趟不容易，坐几分钟看看情况就要折回去，一直没机会开口。但她听那些人说话听得上瘾。

“保护人民的军队！”

大家一遍遍向上举起拳头。

张银妮知道他们说的人民的军队就在他们中间，但又不能确切地说出是谁。她暗中观察着，跑出来被鲁川媳妇骂也情愿。他们说联合抗日，说持久战，说这说那，一压低嗓门就是关键处，张银妮反倒听不懂了。但她看得到大家的表情，一张张干瘪的脸，被灯笼照着一样，出现光彩了。她感觉这天地要跟着人们的精气神发生变化了。

有时候还教唱歌：

一劝妇女连连，要觉醒啦嘿哟，男人女人哎哟，父母生哪同胞呢。

二劝妇女连连，要平等啦嘿哟，男尊女卑哎哟，真害人哪同胞呢。

三劝妇女连连，要自信啦嘿哟，砸碎枷锁哎哟，当主人哪同胞呢。

张银妮学得很认真，但并不敢唱出声，只内心里发生着变化，想，也许有一天，她用鸡血涂满下身，说孩子没了，就会真没事了，鲁家兄弟也不敢把她怎么样。

那天她又上林二姐家去，进门撞见四方脸正要出去，手里抱着小半袋子粮食，看见她便不走了。

四方脸个头很高，从北方来，说的本地话，虽不流畅，却让人感到亲近。他像一座山一样停在张银妮面前，使她喘不过气来。

“这皱皮腊干的，肚子里还有一个，哪家的？怕是没有吃的吧。”

张银妮从早到晚喝红苕糊糊，肚子瘪得绑个烂草包都直往下掉，走几步歇一下才一路喘着过来的。听到这话，她好委屈的本性又来了，眉目往两边一耷拉，哇地哭出声来，身子跟着哭腔前后摇晃，林二姐扶住她才没让她倒下去。

“都没有吃的啊。”林二姐难过地说。

张银妮心里知道，四方脸手上的小半袋子粮食是林二姐挨家挨户凑的，前些时候大家坐在一起说话还特别提到要加紧办这件事。她明白各家的情况都一样，鲁家兄弟要卖她，也是因为太穷了。有时候她想，她赖在鲁家也是没道理的。而她当下哭也没什么道理，这年头天灰灰地灰灰，谁不是这样活呢。但四方脸就觉得有道理，她怀了毛毛啊。

四方脸一刻也没有犹豫，把袋子往她手里郑重一放，像实施了某种托付，转身便走。林二姐大叫，你这是干什么？张银妮吓得直往后退，袋子掉在地上。林二姐捡起来，说，这样，我抓一把出来给她填肚子，剩下的也就几把，你带回去给兄弟们。林二姐抱着袋子钻进灶房，一会儿工夫出来，边走边扎紧口袋。她把四方脸的胳膊拉出来，塞上袋子，再推回去，直把他推到门口。临了，四方脸再看张银妮一眼，只一眼就被林二姐关起的门挡住了。林二姐转身对张银妮说，不是姐不心疼你，他们有大事做，咱们忍一忍，这样的日子总要到头的。张银妮连忙点头，把眼泪擦干。她跟林二姐这么些时候了，道理多少明白些。只是这以后她便再也忘不掉四方脸的那一眼了，似是心疼，不忍，又有点懊恼，一个好大块头的粗汉子，眼里竟流露出这么多意味深长来。苦水里泡大的张银妮把这个人死死记在了心上。

刚才在路上远远仿佛看见他，张银妮连忙躲进路边陈落果一家的草垛后面。

陈落果透过门缝瞧见张银妮，一把将她拽进屋，问她是不是不要命了，没听见枪响吗。他的动作太大，张银妮斜着身子被拖进屋的时候，肚子里的草包掉了出来。陈落果不安地看了一眼他媳妇燕子，两人都没有作声。他们的孩子陈百味还只有两岁多，光着身子从他们的双腿间挤出来，像捡起一个玩具，一蹦一跳地过来，把草包举给张银妮。

张银妮迅速抓住草包，塞回肚子，反身贴到门上，屏住呼吸。

士兵们押着十二个外表看来普普通通的农民依次从门前经过。张银妮一眼认出四方脸来，急忙手摞手捂住嘴，拼命捂紧了才没叫出来。等他们走得很远了，她麻利地打开门，跨出之前回头看了一眼陈落果和燕子，简单嘱咐道：

“莫讲出去。”

她顺着小树林跑到斜对面渡口那边，躲在翘起的船头下面。

大雨毫无征兆地倾盆而下，河面上烟雾翻滚。

十二个人在河边依次排开，他们被迫跪下，待逼迫他们的人转过身，他们又齐刷刷地站起来。举枪的人不耐烦，站在离他们十几米的地方，一排子弹扫过去，他们一个接一个面朝河水栽下去。四方脸个头高，倒下的瞬间压在几乎同时倒下的右侧一个小个子身上。顷刻间十二个人横七竖八地漂起来。举枪的人马上走近他们，冲他们的身体又扫了一遍。血立刻染红了河水，一波波往岸上冲，更多的被冲向河中央，红艳艳一大片，映得雾都红了，轻漫漫朝天上飞。

等到当兵的湿漉漉地走远了，张银妮直起身。

本来她想从后面绕过去，一转身直接钻进河里游起来。她早就看准了四方脸的位置。他被绊在离河岸不远处的一丛草上，脸朝下，四肢平展地伸开，背上炸开的肉坑一个叠一个，血直往外冒。张银妮在水里银鱼一样转眼间游到四方脸身边，双手想触不敢触地在浸了他的血的河水里抖动。她到底还是使出浑身的劲儿从侧边去掀他，刚一碰到他结实冷却的胳膊就哭起来。她从前爱哭都在哭自己，这是她头一回哭别人。他被她拉开，却怎么也翻不过身来。她意外看到他的身下还有一个人，睁着眼睛仰面看天。这是一个女人。她脸上涂的黑灰早被水冲干净了，嘴里的血顺着嘴角出来一点流走一点。女人用脚踢了一下水，身体弯曲，屁股端坐在水里，直往下沉。张银妮立刻屏息闷进河里。女人的布汗褟儿跟着水流摆动缩到被布条一层层勒紧的胸口上，露出皮球大小的肚子。她渐渐张大嘴巴，眼睛也慢慢鼓出来，像被人吊起来一样。保持着这个喘不过来气的样子十几秒钟后，一个肉团由她的胯下掉落。

张银妮猛地钻出水面，看到女人终于闭上了眼睛，缓缓沉下去，她立刻吸一口气再次扎进水里，脚一蹬让身子滑到肉团边上，双手捧起他。他小小的滑滑的，并不动弹。她拖动他朝岸上走，长长的脐带也把女人拉动起来往岸边划动。张银妮在泥泞的河滩上爬起来，又摔下去，好不容易坐稳了，一只手按住肉团，一只手匆匆忙忙在乱泥中翻找，终于摸到一块石头，又一块石头。她把脐带放在石头上，用另一块石头砸，一下两下三下，疯了般砸断了。那肉团已经憋得浑身发紫了。她捧起他跑到渡口边一棵树下，跪下来一边哭一边拍他的屁股，提起他的两只透明的小脚倒过来使劲抖。

“不要死啊！”

“哇哇哇！”他哭出声来。

而她肚子上的烂草包早已不知去向。

2-1-2

鲁家在江黄街边上的鲁湖村，邻着细山，用大石头垒起一圈抬脚就能跨过的院墙，围住三座一字排开的山屋。为了省料，山屋北边一侧一律紧贴山岗，用石头加固了事，顶上盖着厚厚的茅草，搭垂下来，盖住了门楣。院子里有两株高不过人腰的栀子花，花期已过，叶子被雨打得东颠西晃。它们是这里唯一让人感到有生气的东西。

鲁家爹爹在世的时候，只有靠近东边的那一间屋子，两个孩子渐渐长大，屋子显小了。正在发愁，整个万洲发大水，其中一个被冲走了。哭过之后，鲁爹爹倒安然起来，望着天对早逝的太婆说，这伢懂事，你那边多敞亮哦。

鲁爹爹去世的那一年春天，他跟着许多人，包括他儿子和大孙子鲁川，去了一趟走马岗，在大地主肖晋堂家瞧热闹，趁乱得了两亩地和一头黄牛。鲁爹爹浑身哆嗦了一个月才敢带着儿子去地里插牌子。也就在那天，四下响起枪声，最后聚拢在满河上空，噼里啪啦炸鞭一样响彻云霄。鲁湖村的人全都窝到床下，天黑了也不敢点灯。直到第二天晚上，有人摸黑过来拍门，鲁家儿媳妇这才知道，鲁爹爹连同自己的丈夫一起，都死了。

这两个人到底怎么死的没人说得清，当初发动大家伙闹事的委员会也一夜之间消失了。

肖晋堂穿一件枣红色皮袍，头戴黑色毡礼帽，举着烟杆站在自家高高的院墙里等着鲁家儿媳妇。这个远近闻名的泼皮货过来找事他早有预料。听见响动，他回到堂屋，在花梨太师椅上坐下来，只等长工金年开门把她放进来。

鲁家儿媳妇是带着惊恐来的，高高的院墙透出威严与阴森，也让她惊恐。她穿着快要散开的草鞋，脚底板冻得发红，手心里全是汗。她连门槛都没有迈过去，只站在镶着兽头圆环的大门边上与金年说话。金年跑去传话，说，老爷，她叫您出去。再跑出来，对鲁家儿媳妇说，老爷让你进去。再从肖晋堂处转回来，带话道，事情与肖家无关，国军的子弹不长眼，谁叫那爷俩赶这时候出门呢。不过，金年咽下一坨口水，把话讲完，说，不过，老爷可怜你一个女人拉扯三个伢不容易，那头牛就不用还回来了，抢去的地嘛，你们家出劳力，收获对半。

鲁家儿媳妇低下头思量着。金年又说，老爷让你进去取钱。鲁家儿媳妇说，你给我拿过来吧。金年说，不行，还要签字画押。鲁家儿媳妇说，你拿过来我签字画押。金年说，不行，你不能让老爷到你跟前来，你得到老爷跟前去。鲁家儿媳妇终于还是跨过了大门槛。肖晋堂早已命人取了五十块大洋来。他把装钱的布袋抓在手上，一下一下扔起来再接住，里面的钱也跟着一下一下摩擦出诱人的沙沙声。

“牛呢，劝你卖给我吧，别个哪个敢收？”肖晋堂说。

他的眼睛有点歪斜，看人习惯微微侧着身子。鲁家儿媳妇强装镇定，迎着肖晋堂天生凶狠的目光，窄细的腰肢不觉间变得僵硬。

肖晋堂站起来。鲁家儿媳妇跨过堂屋门槛。肖晋堂挥手让金年离开，再一步步往右侧的房间走。鲁家儿媳妇明白了他的用意，倒不怕了。

“牛不卖。”她继续往前走，自在和有底气了许多。

从肖家大院出来，鲁家儿媳妇得了多一倍的钱，只是牛还是被金年连哄带骗拖走了。她去找肖晋堂，他避而不见。她在门口站了一会儿，冷风将她走路时身上生出的热乎气全吹散了。她掉转方向，再也没有到过肖家，路过都要绕着走。她用手里的钱在老屋西面加盖了两间屋子，上梁当天，她跑去塔河寺念经，以后天天去，再也不理其他事情。1937 年，这个只知道念经的痴傻女人跟着从河南来的一个疯道走了，同去的还有另外七人。当时鲁川被抓去修路，在巴铺尘土飞扬的工地上远远看到这行人，恍惚间还以为是八仙腾云驾雾要到天边去。看清之后，鲁川抹去睫毛上的汗，当作什么也没有看见，背过身去。两个月后，他的儿子鲁仗来到世间。鲁川的大弟鲁杨两口子比他们生得早，只是孩子不到一岁便夭折了，小弟媳的肚子一直没有反应，三兄弟一家占一间屋子。小弟去世后，鲁川和媳妇熊小珍一起跟鲁杨商量，要把张银妮打发走。

“本来就是家里不要的。”

鲁川自父亲去世起眉毛开始变得杂芜，一天比一天稀拉，到现在眼睛上方除了一个大脑门，就什么也没有了。他滴溜着黄眼珠，从鲁杨天生胆怯的目光中找到一丝坚定的支持。他们清楚地记得张银妮是家里用五串铜钱换来的，人还不用去接，后娘亲自送来。

只是没想到这丫头怀孕了。

大雨疯狂砸向地面，停下的枪声仿佛还隐藏在这巨大的动静中，鲁川一家三口先是躲在灶房里，后来又躲进床底下，凄凄哀哀听凭想象出的千军万马从头上踏过。他们听到婴儿啼哭，以为出现了幻觉，把头抱得更紧。熊小珍最先反应过来，把鲁川的头扳起来，说，生了？

他们把这孩子从张银妮的怀里抱走，威胁说：“要么你走，要么他走。”

“为什么啊？”张银妮跪在地上，伸出尖尖的下巴，倒八眉眼里沁满了灰色的水雾。

“人不能再多了，哪有东西吃。”

还是先前说好的那户人家，在旧街。接走前，张银妮在一张契约上按下手印。那上面说，老三家有水田一亩八分，分与两位兄弟各得一半，房屋和财产也共属于兄弟两家。张银妮不识字，她猜是这个意思，也许老大会多分点，对她而言，这没有什么区别。他们兄弟两家还各得了一担净花（五皮棉）。张银妮的身价原本值四担净花，就因为生了孩子，降了一半。婚书已经请人写好，浅浅刻在一块在门口随便捡来的椭圆形石头上，只等对方来接张银妮的时候一并取走。

当晚张银妮梦见一个炸掉了两条腿的人向她走来，走着走着，又换作两只短短的圆臂撑着，原来他的两只胳膊也没有了。梦的最后，一个硕大的肉球砸向她。惊醒后张银妮大哭大叫，想起她抱来的那个孩子。那个与她毫不相干的在水里诞生的肉球被鲁川媳妇抱走了。那梦里的这个肉球又是谁，旧街的那个人吗？等身上的冷汗散完了，开始感到热的时候，张银妮站起来，跑到院子里，一头扎进水缸。鲁川慌忙冲出来拉起她。

“让她再去担一缸水。”熊小珍气恼地说。鲁川瞪她一眼，她匆忙住口。

第二天有个老头推着一辆红漆快掉完的木轮手推车来接张银妮。

“不是他，是他儿子。”

熊小珍看着老头进门，迎上去之前，小声丢给张银妮一句话。

张银妮躲到屋檐下。熊小珍很快转回来，拉住张银妮，用锅灰把她的脸涂花，让她穿上沾满鸡屎的短裤，蜷缩进狭小的车斗。她用张银妮极其陌生的温柔嗓音嘱咐说，碰见日本人千万不要动，要喊疼，装成快要死的样子。老头不断撩起布汗褟儿一角擦拭额头的汗。他实在太过干瘦,再出汗就要干枯了。又是个不怎么言语的人，让人看着感觉简直没有几天活头。鲁川和熊小珍说什么他都只嗯一声。鲁川最后说，上路吧，老头发出最恰到好处的一声嗯，抬起车把，晃悠了两下找到平衡，出门了。

先走驿道，车轮轧在松散的土路上，留下深深浅浅的印子。张银妮病恹恹耷拉着头。荒芜的田野在她的眼帘之外虚幻地飘过。四下没有一个人。偶尔有白头鹎掠着地面飞过，发出啾啾叫声，又马上隐身于一旁的灌木丛中。张银妮流出眼泪来。老头咳嗽几声，停下来蹲在路边休息。他望着东面，无端地拍拍脚上的土，很快站起来接着推车。天快黑的时候他们走到塔河村，在一户只有一间屋的亲戚家借宿，一人靠在一个草垛上睡觉。老头很快打起鼾来。张银妮开始相信的确是这个老头的儿子在旧街等她。第二天天蒙蒙亮，张银妮听见有人小声说话。她发现自己已经滑到了草垛最底下，身子趴着，半截腿伸在没有被草覆盖的院子里。她保持着这个姿势。

“她知道吗？”这家当家的是个四十来岁的男人，昨天就是他开门把张银妮和老头迎进来的。他压低了嗓门。

“不知道。”老头第一次开口讲出完整的一句话，“还不能让她知道。”

张银妮脑海里浮现出那天晚上的梦来，吓得腿抽起筋来。

往后就是坐船了。沙河水位比起一个月前已经下降了很多，露出大片沉默的河床，野草冒出来，几头黄牛踏在上面，长久地保持一个姿势啃食。张银妮盯住其中的一头小牛，船开过好远了还扭着脖子看它，直到再也看不见。刚一转过头，她便想往水里跳。但她又着实害怕船上的人，加上老头，一共有三个男人，他们会很容易把她捞上来啊。上了岸，张银妮继续坐进手推车。老头在船上休息好了，抬起车把时力气大得差点把张银妮掀翻过去。眼看着平原上终于出现了一座小山包，张银妮挣扎着坐起来，说要解手。老头放下车把，转过身去。

路两侧都是田地，地势矮了差不多一人高，边上围着堵塞的水渠，上面覆盖着胡乱生长的灌木，攀爬着萎靡的淡青色牵牛花。张银妮脱去发出阵阵恶臭的裤子，扔下去，低头又闻闻身上的褂子，也脱掉。她赤身裸体往前走。老头听见响动，转过头来，又吓得赶紧转回去。张银妮往前走了二三十米，跳进另一侧水渠，身子被尖利的枝杈拉开一道道口子。她反倒抱紧那些小小的结实的刺，让它们深深掩起自己。老头在上面大叫了几声。他并没有跑起来去追，而是站在原地，望着张银妮脱下的衣裤，叹口气，重新蹲到地上。他掉转头回到鲁川家，说孩子疯了，跑了。鲁川不相信，专门跟着老头走了一趟。下船后看到张银妮的衣裤已经被太阳晒得硬邦邦的像一堆铁一样，他仍不相信，到老头家检查了一番。老头说，我也不是不能捉她回来，可是一个疯子，我等着她再给我儿生个疯子出来吗？几天后，鲁川让鲁杨将两担净花还了回去。

直到路上的响动彻底消失，就好像路也随着老头离开了，上面的土，土上的车辙和脚印，都不见了，地面上的一切，上面的天空，都空了，张银妮才敢从树枝下露出头来。她挺起满是划痕的身子，扑进无边空洞的世界。不远处有一条小河，快到河边的地方有一个荷塘。她跑过去，下到水里，瞬间被伤口的刺痛唤醒。她还活着啊。她把头也埋到水下，直到再也憋不住，才猛然抬起头来，眼泪止不住地往外涌。她摘了两片荷叶围在身上，转身朝远方看了一会儿，朝着北边小山方向走去。

2-1-3

要不是陈长生打赤膊从河边担水回来，要不是他太老了，老得就算不担水，门口的八级石阶都是一道比一道艰难的障碍，他便不会放下水桶站在石阶前喘气，也便不会看到身披荷叶的张银妮修炼成精一般，大白天一团鬼气地缓缓向这边移动。

陈长生的第一反应是跳起来，一口气爬到石阶最高处，借着觉知书院大门的门板掩护自己。那个奇怪的人迟疑了一下，选择径直跑上山。陈长生横穿书院，来到后门，隐在那里等荷叶人。

眼前的孔子山并不高，峰峦生得端正，覆盖着马尾松和罗汉柏，紫荆花已经开败了。荷叶人出现在陈长生的视线中。她尝试着抓住一棵野花椒纤细的秆子，借力往山上爬。陈长生看清她有着干瘦苍白的小腿，断定是个弱小的人，大喝一声。张银妮吓得滚下来，落进陈长生开辟的菜园里，身上的荷叶完全奓开了。陈长生赶紧转移目光。

“你是哪个？”他问。同时转到菜园右侧挂满了豌豆花的竹架子边上，取了一件正在晾晒的满是补丁的男式短褂，扔向张银妮。

张银妮用脚把短褂够过来，捂在身上，痛苦地把头伏上去。

“莫哭，”陈长生还是不看张银妮，“兵荒马乱，死容易，活着也没那么难。”

整整十三幢瓦房空空荡荡，只有陈长生一个人。也不是再没有别人，不过是些泥塑的人。正中间最后，靠近孔子山的正殿里供着一尊孔子像，东西两庑，由南向北两两对称，分别供着仲子、朱子、长沮和桀溺。他们眉目相像，只能从大小和服饰的勾画上，还有头顶上悬挂的匾额看出分别。走到这里之前，陈长生抱着一卷席子，领着张银妮，已经穿过仪门，走过摆着十多张长凳的讲堂。他们从正殿后门出去，继续向东北方向走，走到文昌阁。这是这里唯一落锁的一间屋子。打开门，光线射进去，迎面可见一块木牌匾，上书“文章司命”。张银妮不识字，注意力全在几乎要将她扑倒的阴霉味上，忍不住连打几个喷嚏。等她揉着鼻头站定，陈长生已经掀开了离得最近的一扇窗子上蒙尘的蓝粗布，借着有限的光线，张银妮这才看清，屋子里立着一座座高高的书架，架子上摆满了书。书架把屋子隔成了几个部分，在最里面，陈长生从邻近的书架上卸下书，码成一张床大小，铺上席子。

张银妮趴上去就睡着了。

半夜醒来，张银妮鼻头翕动，恍惚以为自己躺在河岸上。借着月光细细看，张银妮发现，书床四周竟然立满了新鲜的艾草。这是在帮她驱蚊虫呢。张银妮深深吸一口艾叶浓烈的药香气，吐出来，再吸，几次三番后还是感到坐立不安。她被刺激着，像一只虫子，在黑暗中急急忙忙寻找出口。

她从文昌阁出来，经过正殿，孔子塑像前的红色烛火让整间屋子明明灭灭好似在跳跃。仲子祠和文公祠的烛火也在跳跃。它们投射出的光影一会儿照在张银妮的左侧，一会儿来到右侧，使她的影子看上去比先贤们当中的任何一个都跳得欢脱。她迅速跑过讲堂，跑出仪门，大门吱扭一声，惊醒了一向警觉的陈长生。天太热，他只穿了一条裤衩，躺在左边辕门内的门房里。他大声问，谁？张银妮循着声音跑过去，推开门的同时陈长生正要往外走，张银妮一把抱住他，叫，我怕。

她一面叫一面用力推他，使他根本站不住脚，向后错了几步，身子一歪倒在床上。她干脆坐到他汗津津满是褶皱的肚子上，双手摸到裤衩，扒下来。他衰老的身体剧烈地抖动起来。他感到兴奋，但更多的是羞愧。

“我救你不是要这样。”

“你哪儿找的那些艾草，早下地了啊。”

她并不理他。

而他也不理会她的问题，只是想着，我这么老了，这么老了，还行不行啊？

真的不行了。张银妮握住他比毛虫大不了多少的软家伙，左右甩着玩。他出了一身虚汗，下体冰凉，而她热得痱子都出来了，前胸密密麻麻生了一层。她让他的双腿压在自己身上，右手钩住他的大毛虫。他宽容地由着她。天色慢慢亮了。

陈长生生在孔子河边右岸一个陈姓人聚集的湾子里，家里六个孩子只有他跟大姐活过了十岁。大姐十六岁嫁人，二十岁时生第三个孩子难产，死了。他那时十五岁，已经在觉知书院混着学了十年。之所以说是混，是因为他家里没钱没粮，出不起学费，但因为离得近，时不时跑去玩，教书先生也不赶，只让他帮着做点打扫的事，祭祀的时候，也把他当作自家人，让他在洁粢斋烧火，在斋宿馆招呼来客。就是在大姐死去的这一年，陈长生在来客中认识了一位杨姓生意人。杨老板看中陈长生年纪轻轻读书多，头脑灵活，腿脚还勤快，跟他商量，要收他为徒。陈长生原先可以想得到的未来是成为另一位教书先生，教像他这样的小伢读书。既然可以有另一种活法，到另一个天地去，又正值青春韶华，无所畏惧，他便兴奋地答应了。祭祀结束后，陈长生告别先生，跟着杨老板辗转到了四川。时局动荡，杨老板时赚时赔，始终是个小生意人。陈长生不离不弃，跑前跑后打点琐事。大革命失败后，陈长生偶然接触到同为湖北人的共产党人许子威，感叹自己蹉跎半生，总是想方设法避开是非，哪里在闹革命，就不往哪里去，担惊受怕，窝窝囊囊。而这些人，反倒是哪里要革命，就往哪里去，为人坦荡，轰轰烈烈。而此时他已经五十好几，芳华已逝，想蹦跶都蹦跶不起来了。许子威却说，也不尽然，你有文化，见过世面，有感悟，不如返乡教书育人，启蒙邻里后代。看来所谓另一种活法，都不过是为命中注定的一条路做些准备。陈长生辞别杨老板。原本他的儿子陈至骁秘密加入了什么组织，他一直激烈地反对，至此一通百通，也不管了，只带着体弱多病的老婆，回到孔子河畔陈家湾。彼时的觉知书院在陈家湾众乡亲的资助下无论遭遇到什么，至少能保证烛火长明。陈长生主动要求看护书院。他花了一周时间把书院里里外外打扫一番。正是秋日落叶时，他在文昌阁看到朱子的自画像与题诗，不禁对天长吟：

苍颜已是十年前，把镜回看一怅然。
履薄临深谅无几，且将余日付残编。

认为说的就是自己。

他心有不甘。在外闯荡多年，父母兄弟姐妹一个不剩，家里的田地也莫名其妙归了别人，说是抵债。虽为陈姓人，在陈家湾孑然一身，仿若外乡人。陈长生越是知道余日无几，越是急切地想要把握光阴，证明点什么。他很快找到组织。明里他是觉知书院的护院，暗中却是组织农民运动的革命者，因为有头脑，很快成为骨干。有段时间县里在觉知书院设立官办学院，学习国民政府编订的教材。到了晚上，陈长生把进步学生召集起来读《七七报》，唱《投靠新四军》。他默默地把自己想成许子威，觉得除了年龄，他们实在一模一样。他又隐隐不满足于这想象出的一模一样，一心构想着超越。他真正成了一个天不怕地不怕的人。就在他救下张银妮的前一个月，他把日本人来了之后彻底荒弃的觉知书院变成了一个秘密的钱粮征收处，他本人便是征收处的化身，跟同伙干的最大的一票是把正在看皮影戏的日伪会会长给劫了，赎金足足有十万银圆。这当中他的角色是军师，只负责出主意。他认为这是一个符合他的年龄，配得上他的智谋的身份。

现在又来了张银妮。

老了老了，仍有大事和女人可干，人生足矣。

陈长生把张银妮藏在藏书的文昌阁，那里离大门最远，连着后门，出门见山，隐蔽又方便走动。张银妮只在天色深沉的黄昏出来收衣服，帮着拾掇菜园。夜晚陈长生把张银妮按在床上或是山中林间试过多次，从来没有硬起来过。张银妮慢慢地敢于嘲笑他了，就像他白天把门关起来教张银妮认字，笑她连个"人"字都写不好一样。

九月初的一天，孔子山上压着乌云，云团越来越大，蠕动着攀向觉知书院。张银妮站在书床边，担忧地看着窗外黑成一片，想来想去还是决定去把摊在菜园里的花生干秸抱进来。中午陈长生特别叮嘱，要张银妮不要走出文昌阁半步，下午农救会在讲堂开会，人多眼杂，免得被人看见。张银妮想，文昌阁离讲堂那么远，离菜园却是抬脚的工夫，走的又是后门，谁会看到呢？她打开门，顺着门前的石砖小道一路小跑。到了后门，正要抬脚，却听见有个声音讶异地喊她。

"银妮！"

张银妮吓了一跳，又立刻鼻头泛酸，眼泪扑簌簌往下掉。

站在眼前的人是林二姐，那个从根本上鼓舞了她的人。

林二姐作为江黄地区的代表来开农救会，又作为代表中为数不多的妇女，被组织要求从书院后门进出。

张银妮左右看看，拉着林二姐跑回文昌阁。她隐瞒了自己与陈长生的关系，只说是他救了她。林二姐用手拍了拍书床，说，在这里未必就真的比嫁到那家好，总躲着，不是办法。张银妮马上说，我觉得好。林二姐摇摇头，说，这才多久……不过，到底是你自己选择的道路。又问，想不想儿子？张银妮自然不想，那又不是她的伢。可她只能点头。

林二姐朝窗外望了望，说还要开会，改天想办法带伢来看她。张银妮不知说什么才好。林二姐往外走的某个瞬间，张银妮差点就要告诉她有关孩子的秘密，强迫着忍住后，她惊愕地想到，在她这里，竟然已经存了两个天大的见不得人的秘密。那孩子没了爹妈，她接下来，假说是自己的伢也算说得过去。陈长生却还有老婆，身体不好，长年窝在陈家湾，就这样张银妮还有私心，一次都不想陈长生回去看看。事实上她就是这样一个人，一个坏到家的女人，如果把两个秘密全都讲出来，林二姐眼中的那个逆来顺受的小姑娘就彻底没了。

林二姐刚一出去，张银妮就把门关上，背过身，紧张又愤恨着自己。

2-1-4

林二姐本是黄冈人，并不姓林。

鄂豫皖边区苏维埃政府成立后，她的父亲被派到江黄，组织各村开展土地革命。不幸的是，仅仅一个月便被镇压了。穷苦农民的土地得而复失，而她父亲被砍了头，再也没有什么可以失去。林二姐的父亲对林二姐从来不当回事，认为姑娘伢到了一定的年龄结婚生子才是正当。林二姐颇不服气。父亲去世后，林二姐更是将头脑里存有的一点点姑娘伢的怀春念头摘除干净，一心一意思考着怎么样才能像父亲一样战斗，同时又能保全性命。她软磨硬泡跟随家中两位兄长加入了红军便衣队，还参与了黄冈县抗日游击大队的组建，之后主动要求到父亲当年工作过的江黄地区开展地下工作。就这样，她成了开明的孤寡老太林知雀的侄女，只有一个小名，来处模糊，说是家被烧了，丈夫打仗去了，生死未卜。也没有村民具体追究，顾不上。再说她虽是个女人，长相和性情却像个男的，男人女人都对她不感兴趣，她隐身人一样明里暗里做了许多事情，人们看到的只是那些事情，究竟是谁做的，第一个念头里出现的都不会是她。她热情，富于同情心，该有的理性却一点也不少，做事讲原则，外形上不打眼，天生适合做地下工作。这个女人到江黄后不久，突然动了芳心，与新来的地下工作者姚长林相恋，于是改变对外的说法，说她男人部队上来了消息，牺牲了。

有一天林二姐名义上的姨大林知雀眯起患有白内障的灰蒙蒙的眼睛，问林二姐，早知这样，为何一开始不直接把她那个莫须有的男人说死。林二姐说，一个女人初来乍到，没个男人做依靠，总归麻烦，即使是一个远在天边的男人，也能让她少些骚扰。林知雀这才知道，林二姐对自己的评价与大家伙眼里的她并不一致。林知雀抚着手上深深的皱纹，想她这一辈子，自从丈夫去世，她便再也不把自己当成女人，唯恐扛不起后半生，这大概是她与林二姐最大的区别，不然谁都觉得林二姐与姚长林不相配，怎么姚长林偏偏愿意跟她呢。这当中的奥妙在于，不管别人怎么看，林二姐从来都当自己是全天下最好的女人。作为全天下最好的女人，拥有姚长林这样一个气质出众的男人，就很顺理成章了。

姚长林家在县城，读书多，头脑中有很多理想化的念头。他身形魁梧，眉目中自有一种别人看来什么都不缺，他缺的别人都看不懂的超脱劲，与周围活得紧紧巴巴的农民兄弟气质上格格不入，来江黄不到半年身份就暴露了。而已有身孕的林二姐依然安全。她装成一个毫不知情的受害者，瞒过了一些只管自己过活的人，而她暗中团结起来的人又以装糊涂的方式来保护她。姚长林被抓走半年后，林二姐一面积极做着营救他的事，一面顺利把肚子里的孩子带到人世。她按照自己的套路给儿子取了一个不起眼的名字，林二毛。

这件事情耽误了林二姐兑现要带张银妮的孩子去看她的承诺。也是直到这个时候，林二姐才明白当初自己随口说出的想法有多不现实。即便是在当时，张银妮的孩子比起自己的孩子都大不了多少，一点点小，不会说话，没有更多的能力和情感，如何带到那么远的地方去？带去了又能怎样？又过了一段时间，高桥出现国民党驻军，林二姐把孩子扔给费了大力气救出来的姚长林，独自潜入高桥，摸清楚了对方的人数、工事规模和具体方位，为新四军击溃他们提供了第一手情报。紧接着她又赴大悟山参加整风学习。拉拉杂杂，一晃，五年过去了。时间把林二姐对张银妮的承诺削骨剔肉，留下一条若隐若现的血印，逐渐成为她念念不忘的心愿，那便是，无论如何也要让张银妮他们母子相见。

相见的场景她都想好了，还是那天下午暗云蔽日的光景，一个忽闪着黑眼珠的小伢光脚走到精瘦的张银妮面前，怯生生地拉她的衣角。张银妮蹲下来抱住他，却不知道要叫他什么。叫水生。她说。她听说鲁川给那孩子起名水生，还与肖晋堂的儿子肖景文签下卖身契，孩子年满七岁就要去肖家做工。

鲁家与肖家的纠葛始自鲁家爹爹受到第一拨土地革命的鼓舞，到了鲁川这一代，那没有还回去的土地，倒成了烫手的山芋。看起来地多了,可鲁家没有耕牛,要以三天人力换一天牛力。到哪儿换?人力到肖家地里，换牛力到鲁家地里。这样实际上成了在种自家地之前，得先去肖家种几天地，名义上种的是自家的地，收的稻谷还得分给肖家一半，以至于使得真正要种确乎是自家的地，只是缴赋，不用再给肖家上贡的那几亩薄田的时候，便没有什么力气和时间可以出了。

三弟去世后，鲁川打算把地卖给肖家，换两头耕牛。不几日他却中了征兵签。情急之下鲁川赶去肖家。肖家已经由长子肖景文在主事了。他并不把鲁川当外人，躺在床上，吐口烟说，抽到签有困难的，也可以用钱请人代去。

“我不是没钱嘛。”鲁川抚着大脑门，可怜巴巴地说。

“不是还有地吗？”肖景文与他老子不同，眉目端正清晰，说话的语气不急不缓，随和很多。

鲁川唯唯诺诺答应了。

肖景文让鲁川带上他写的字条去渡口找保长。鲁川正是从那里急急奔来的。各家各户都被赶到碉堡后面的晒场上开会，团管区长官、县里征兵科的人和保长都在。事到临头鲁川决心拼死一试。

他尿湿裤子，走到站在他那一溜纵队最前面的指挥官面前，指着自己的裤子，在众人的嘲笑中跑向茅厕，又在出来的时候买通看护的士兵，径直跑去找肖景文。

“国家兴亡，匹夫有责，怕死终免不了一死。如大家再不起而应征报国，何忍心囿为亡国奴？”

身后，团管区长官大声发出这样的号召。

等到鲁川回来，人群已经散了。鲁川问了好几个人才被指引着上了碉堡，找到留着两撇胡子的保长，毕恭毕敬呈上字条。

事后肖景文没有要地，他听到风声，认为短期内还是不要再把土地集中在手里为好。他把之前肖晋堂与鲁家儿媳妇签的那张契约，五五分成改成了六四分成，他六，鲁家四，又让鲁川另外写了张借据，借两百元大洋，次年利息百分之五十，还不上的话，利上再加百分之五十，以此类推。鲁川自然没有能力偿还，张银妮被他赶走后，他能想到的唯一一个一了百了的办法是把张银妮的孩子卖给肖景文，原因是，肖景文的媳妇生下一胎女伢后得了什么病，再也生不出来了，鲁川觉得肖景文需要孩子。肖景文对于鲁川主动提及这件事有些气恼，他磕一下烟杆说，伢你自己养，养得活再说。

这件事不知怎的就被传成了水生这孩子七岁以后就归肖家所有。

林二姐隐隐地将七这个数字当作了一个界限，在见到张银妮后的第五年，她强烈地感到需要着手处理这件事情了。可她并没有什么好法子在局势十分复杂的 1945 年，带一个与自己非亲非故的小伢去旧街那么远的地方。

这是不断发生裂变的年代啊，一开始是盛夏，绿色稻田边开着白色的野花，满满当当的沙河水席卷着所有消亡的战事和人们无边的恐惧与怀疑，经过高桥、周河，往干河和叶埠方向奔流而去。表情错愕的日本士兵逆流而上，迅速撤离巴铺驻点。有人光脚站在高高的河堤上欢呼，却也只敢隔着一条河的距离。

太平日子就好像离家出走的孩子，时间久了，便与家人彼此陌生起来，难以相认。到了收割时节，人们流着汗站在田埂上，不断在天色快要暗沉下来的时候看到一辆一辆卡车开过。鲁川跑去讨好肖景文，告诉他所见所闻。肖景文哼哼一声，说，是卡车又不是牛车，那么大的家伙开来开去我会不知道？他当晚要赴县长大人的宴，也大致猜得到对方的目的，不免有些拿腔作势。终于啊，世道还是得变回老样子。

在江黄老鹳垱，除了肖景文，县长把远近好几个名声在外的士绅都请到了。他介绍形势说，一山不容二虎，决战在所难免，美国人已经出手了，打架吗，不就看谁的人多，谁手上的家伙凶狠嘛。他劝大家关键时刻不要糊涂，要对薄弱无明的人毫不留情，在打击残余力量的时刻争做功臣，以便日后多些资本升官发财。

秋冬之交，厚厚的秸秆铺满大地，麻雀踏着细碎的步子捡拾遗落的谷粒，四下没有一点声音。新四军留守人员就像被萧瑟气候压制住的天地阳脉，更隐蔽地潜藏于沉默的村庄深处。忽然一天，这些人被一一搜刮出来，多达百余人。奇怪的是，连躲在最不起眼的陈落果家的两个人都被抓了起来，积累了诸多传奇的林二姐却依旧在渡口边上的林知雀家安然无事。她警觉地包起几样重要什物，找出一条黑色围巾包住头，只露出眼睛，向北逃去。路上经过沙河，接应的人让她上了竹筏。在河中央，这个人一杆将她打下水。她压抑地呼喊几声，听明白了此人以为是她串通了姚长林出卖战友。她费力爬上竹筏，大口喘气，轻声说，我差不多半年没见他了。接应的人抽起长杆使劲拍打水面，和着嘭嘭作响的水声发出悲愤的低吼。消息确凿，姚长林被拉拢，在举南乡公所叛变，供出一份一百零八人的地下党名册。名册中没有林二姐。林二姐的双腿重又落进水里，她使劲用双手扒紧竹筏，慢慢地整个身体抖动起来，双手怎么样都扒不紧了。

她逃到觉知书院。

张银妮已经从文昌阁搬到了洁粢斋，藏在挖空了的灶台底下。陈长生打开门。湿漉漉的林二姐吓坏了他。挂在她黑色围巾上的水珠时不时发出悠长尖利的光。听见她说出张银妮的名字，陈长生的驼背都要弹起来了。他让林二姐进门，带她去洁粢斋，并没有问她与张银妮的渊源，只是说，文昌阁已经没有位置了，昨天又安排进了三个人。

看到林二姐，张银妮已经没有了五年前的冲动，她早就习惯了在这里的生活，每天足不出户，等着陈长生送吃的过来，这种情况只是在特殊时期，熬一熬也就过了，更多时候她待在文昌阁，过着隐蔽但并不是没有自由的日子。她习惯了只被陈长生一人记起，林二姐突然到来，唤醒了她已经麻木的恐惧。听到林二姐又提到那个孩子，她便更恐惧了。林二姐委婉体恤的讲述刚一开始，张银妮便打断她，说，事情过去了这么多年，总记着干什么呢？

林二姐吃惊地注视着张银妮。她的脸盘已经拉长，头发绾在脑后，额前几缕落下来的发丝轻轻搭在灰暗的眼睛上，也不见她用手拂去。她已经活脱脱是一个十年二十年以后都会过着跟今天一样生活的普通妇人样了。林二姐不再说什么，只静静躺在张银妮给她清扫出的一块空地上，脑后枕着自己的草鞋。夜半，外面响起疾风般的脚步声，杂沓着在某个凹深的地方兜转，或是于平阔之地一掠而过。呼喊声和枪声从文昌阁传来。张银妮马上把林二姐拉进灶台里，还不忘伸手将她的鞋子抓进来，在洞口堵上一副黑漆漆看不出是什么的木头锅盖。果然有人一脚踹开浩粢斋的门，用枪头左右扒拉几下，匆匆离去。第二天直到太阳移到西半边天，林二姐才敢从灶台里出来，她的身子因为蜷缩得太久而不能动弹了，缓了半天才慢慢直立起来，大着胆子走到文昌阁。大多数人都被带走了，留下的都是尸体，在已经凝固的血泊中，横七竖八，死不瞑目。

陈长生也死了。

他的眼睛被结着血痂的白发遮挡住，脖子上有一道长长的口子，血已流尽，皱纹更高地隆起，面色青灰如同泥像。

张银妮在门房的窗户底下找到他。她推搡他，打他，最后长久地抱他。

长达一年的隐匿开始了。

书院里有一个秘密地窖，是陈长生当着张银妮的面挖的，储存着粮食，萝卜和土豆，过冬不成问题。林二姐剃成光头扮作男人，每月出门几次了解形势，天黑了才回。其余时间她就在文昌阁的书架上找书看。也偶尔与张银妮一起，女鬼一样在书院前后门外人能看得到的地方举起火把走来走去，或者在孔子山上游荡。她们乐得制造出屠杀后闹鬼的恐慌，以使敌人乃至所有人不敢再迈进书院一步。张银妮默默主导起她与林二姐在书院的生活，一来她熟悉环境，二来她总是不说话，要做什么就起身去做，林二姐问她做什么她也不回答，只好跟着她，发现总有收获，总能万无一失，便放下心来，凡事由着她。她们不怎么讲话，却越来越默契。有时候林二姐想，书院里供的那些圣贤如果是活的，看她们就像看两只鸟吧，离巢归巢，飞来飞去，只有一些重复的无声的动作，偶然的鸣叫除了证明它们是鸟，使人愉快或者烦躁外，再无他用。

比较安慰同时又带来无尽烦扰的是，江黄那边传来消息，眼睛快要看不见的林知雀依然活着，她活着林二姐的孩子林二毛就能活着，林二姐知道林知雀有办法。但这是她内心真实的想法吗？她拼命抵抗的念头其实是，这一切都是因为姚长林，他必然会设法保全他们的孩子，甚至很有可能她与孩子，与林知雀至今没有什么危险，是以姚长林交出名册为代价换到的。林二姐压抑着这个想法，不愿承认它的合理性。而她又多想借着这种合理性正大光明地回江黄去啊。她想念孩子，也很安全，但就是不能回去。强烈的内心冲突使她时常将手背咬出血来。

她知道，她必须去承担更大的痛苦以平人心。

2-1-5

地窖里只能抗过一个冬天的粮食，被林二姐和张银妮节省着对付了半年。

最后三个月，张银妮索性蓬头走出书院，疯疯癫癫四下打转，上山挖野菜，或是去附近人家要饭。她瘦小的身体因为营养不良始终没有长开，五官却不管不顾地每年都胀大一些，混浊一些，使她乍看像个侏儒，第一眼望着吓人，第二眼就让人心疼起来。有时候路上走着两三个她这般褴褛的人，齐齐停在某户人家门前，相顾十分不好意思，便又开步走，走在最后最犹豫的那个这才留下来，轻轻叩响身后粗糙的门板。往往是要么没动静，要么门打开了，走出的是一个面如死灰，有气无力的人，这个人摆摆手说，我跟你一起吧，我也没饭吃啊。张银妮一天能讨到一碗烫饭就不错了。而她为此承担着巨大的风险，其中之一便是，男人们在荒芜与混乱的大环境中退化为原始动物，行为越发蛮横和无所忌惮。

八月的一个清晨，一串淡青色的光圈在几个迎面走来的士兵明亮的钢盔顶上晃动一下，不见了踪影。士兵们身上的浅棕色夏季军服破旧不堪，上身右侧口袋里装着手榴弹，表面撞击出凹印的水壶和一把八毫米口径南部十四式半自动手枪交叉佩挂在两侧腰间。张银妮在杂草丛生的山岗上躲闪不及，蹲下来背对他们。他们慢慢经过她，走出几米后，其中一个突然跑出队伍，拖住正要起身的张银妮往坡下滚。张银妮敏捷地缩起身子从他的腋下溜出去，抓起一把土往嘴里送。

“是个疯子！”岗上的同伙发出嘲笑的叫喊。

“干！左右是个女人！”有人起哄。

张银妮又抓了一把土，塞进嘴里的同时，照着重新扑上来的士兵发红的双眼喷出来。

"哇哈！"同伴被女人袭击，痛苦不堪的样子成为其他人的笑柄。

张银妮趁机朝山岗下的田野跑去。

没有人追赶她，当她是只失手的兔子。

进入十月,林二姐有次出门后一直没有回来。天气越来越萧瑟，张银妮把旧褂子找出来，这还是当初陈长生偷他老婆的，拿过来改小了，裁下的布料被张银妮做了个布袋，她出门讨饭背的就是这只袋子。无论褂子还是布袋，都已经磨得毛糙，经纬稀拉，好几处都断开了。张银妮找出残存的针线，打算把布袋拆了，加几块补丁到褂子上去。她麻利地剪裁，想赶在太阳落山前缝补好。

自去年被血洗后,整个书院的烛火就断了。仲子文公隐士诸儒，各个祠堂白天还好，无论塑像如何残破，到底是一个个人脸人身，满满当当，不觉寂寞。到了晚上，四下陷入黑暗，无论真人假人，彼此已不能确认是否还在人世。张银妮不愿面对这样的黑暗。她总会在傍晚时分回来，拖着肮脏的身体爬上她曾经常常拨弄陈长生毛虫的小木床，闭上眼，在光线逐渐消失的过程中感受自己的身体跟随众泥像慢慢瓦解，第二天再在晨曦渐开中一点点被唤回。死亡与重生，这不能被她准确说起的事物，却被她准确模拟着。

针上有锈点，张银妮捏起针，在墙上刮了刮，小心翼翼地穿针引线。一个补丁还没缝完，书院大门突然开了，走进来几个人。

张银妮本能地弯下腰，滑到床下。林二姐已经看到了张银妮。她扯掉脖子上的围巾，兴奋地奔进房门，拉张银妮起来，几乎是拎着，将她推到一个孩子面前。张银妮明白了什么，突然间一阵恶心。七年前的那个肉团已经生长出细长的四肢，长得快跟她一样高了。正是这急剧的，突然来到眼前的转折令她胃部充气，泛起的酸直抵嗓门。她忍不住呕起来，吐出几口寡淡的酸水。那个孩子愣愣地看着她。而他身边的另一个孩子早就跳起来，直往后躲，双手在鼻子前不停地扇风。

“臭死啦，臭死啦。”

“莫杵头杵脑。”林二姐拉下他的手，命他规规矩矩站好。

他是林二姐的伢无疑了，鼻子以下几乎一模一样，一口大龅牙，尖尖的下巴。眼前这个倒是长得理性，五官清晰端正，神情却很惊慌和笨拙。张银妮不敢再看他，站起身，直往后退，也不知退到后面接下来又该怎样。林二姐直叹，造孽啊。一直站在林二姐右侧的高个子女人，穿一件深蓝色旧式满大襟长褂，布鞋大拇指的位置盖着好几块补丁。她把手从身边一个大一点的孩子肩头拿开，拍了拍站在张银妮面前，吓傻了的那个孩子垂下的胳膊。孩子立刻转过身扑到她怀里。张银妮一下子认出她来，难堪地转过身去。她没有记错，这个女人是陈落果的老婆燕子，家在满河边。七年前的那个大雨天，张银妮在她家掉落了绑在肚子上的草包，而后重新塞回去，几个小时后，整个江黄都知道张银妮生了。

她现在过来干吗呢？

她却推那个孩子，说：“水生，她是妈妈呀，过去，叫妈妈。”

等张银妮平静下来，天已经黑了。三个女人坐在黑暗中，三个孩子在院子里玩耍。原来彼此是能看到的，孩子们在外面跑也不会摔倒。张银妮恢复了对夜晚的记忆，即使没有烛火，还有月光，即使没有月光，还有万物本身的轻重厚薄，在夜色中，它们因深浅不一而有所区别,等待被辨认。张银妮也被辨认。林二姐面向她说，贫农团将要摆脱地下工作的局面,谁都不怕了,书院也要办起学校，不几日就可正大光明地点起烛火。至于孩子怎么就来了，她激动地站起来，来回踱步，两只手握成拳头对着敲打了一会儿才说，江黄那边在打土豪劣绅，肖景文关了肖家粮仓和货铺，带着一家老幼逃到春江去了，鲁川因为与肖景文交往过密，受到牵连，家里的大人全被拉到晒场上批斗，孩子没人管，她组织了几个人，把处于这种情况下的各家的孩子归整到一起。看到当中有水生，想到自己一直没有机会兑现的承诺，一刻也没有犹豫，她把孩子带了出来。

陈落果的老婆燕子是林二姐在江黄新发展的贫民团骨干，林二姐怕路上招呼不了两个孩子，就同燕子商量，让她也带上她的孩子百味，装作走亲戚，一起过旧街一趟。哪想到在渡口碰到自己人执行任务，千巧万巧地搭上了一条顺风船。

执行任务的是个戴眼镜的书生样的人，话不多，严密而谨慎。他与林二姐是旧识，早先两个人一起参加过跨区工作会议。他在旧街这边的地下党中职务很高，新近又被调入中共万洲县委负责组织工作。他以为林二姐已经死了，在最新的一份万洲党员名册中，他没有看到林二姐的名字。而在一个月前，林二姐听到红色政权建立的消息后立刻回到江黄，在与组织重新建立联系的过程中也遇到过同样的问题。所有人都以为她死了。林知雀也死了，二毛被组织委托给燕子一家抚养。姚长林被暗杀。

直到下得船来，这位年轻的组织部专员也没有亮明他最新的身份。他只是简要地了解了林二姐的情况，林二姐并不是出于保密，而是因为难过，也不愿多说什么。气氛有些疏落。他为了拉近距离，聊起隔天这边将举行乡以上贫农团团长会议，但是会场出现了问题，需要找个新地方。林二姐立刻以弥补式的夸张音调建议可以考虑觉知书院。除此之外她还说，书院是个好地方，应该利用起来，整修一下用来办学。他们站在渡口边上的一棵树下长久地说着话。燕子带着三个孩子站在长堤上。太阳已经西斜，悠远的金色光芒映在水面上。组织部专员最后说了个地址，要林二姐第二天过去找他细细商量。

“多好啊！这里，那里，都要活过来啦！”

林二姐扭动身子，漫无目的地朝着各个方向快活地瞭望，就好像这不是在黑暗的晚上，而是在格外光明的白天，她什么都看得到，并且看得远。她继续说，燕子你就别走了，就在这里配合办学吧。像是无意提到似的。事实上，在从渡口到书院的路上，林二姐就已经乐观地同燕子商量过，如果要办学，她希望燕子留下来陪张银妮适应一个阶段，不然的话，张银妮可能很难在书院待下去。而除了书院，张银妮还能去哪里呢？说到这，燕子配合地说，好啊，并伸出手，对张银妮说，以后搭伙。

她忘记了吗？张银妮犹豫着，到底没有去握燕子的手。

黑暗中，燕子的手凭空划了一下。

林二姐随身带了一些粮食过来，第二天一早，她去外面办事，张银妮和燕子把空心灶台填好，烧起来，到中午，三个女人加上三个孩子就吃上擀面了。张银妮边吃边哭。她在林二姐出门前就起来跑到孔子河边洗干净了脸和头发，整个人清清爽爽地倒映在水中，像一个陌生人。那时候她就哭了，哭得对面洗衣服的人不知道发生了什么，拎起衣服领子在水里随便荡了两下就走了。她哭她不认得自己，不认得眼下的际遇，不认得今时今日是何年何月。擀面让她感受到具体的有温度的生活。林二姐和燕子的眼里也含着泪。水生仍怯怯的。林二姐的孩子二毛却在笑。

"你看她们哭的。"他轻轻撞一下水生的胳膊，挤眉弄眼。

水生没有一点反应。二毛为了激他，故意把筷子伸到他碗里，再把嘴凑上去，扒拉了两口他的擀面。水生任他吃。百味嫌弃地往右移了移，离开二毛两步远。林二姐用筷子敲二毛的头，把他拉到一边。张银妮看着还是不作声的水生，莫名气恼起来。

整个下午，院子里响彻着二毛的笑声，时而在东，时而在西，过一会儿在前门，又一会儿在后门。水生毫无动静。百味因为年纪略大，不屑于与他们追逐，一个人躲在文昌阁看书。林二姐不时要去追打二毛，要他小声点。她与张银妮、燕子一起很快清扫出了正殿，把林二姐上午出门带回来的红烛点上。接着就是讲堂，残朽的雕花窗户全部打开了，长凳摆整齐，拂去上面的灰。这一切都是为了第二天的会议。林二姐说要来十几个人，还会现场募捐。张银妮想起一年前，也是下午，陈长生带来十几个人，后来又陆续进来二三十人。他们几乎全部死在这里。她马上闭上眼睛，责怪自己乱想。一年来她无数次想起陈长生，他和蔼地对她好的样子，死去时痛苦的样子，黑色的想象背景中只有他孤零零的一个人。今天想起的却是一大群，陈长生只是其中一个，俯视的角度甚至不能看清他长长的伤口。张银妮预感到了什么。书院其他地方还是一片荒凉凄惨无可救药的样子，林二姐不让清理，尤其是大门口，进门的屏墙和仪门那里结着蜘蛛网，墙缝里钻出缺少水分的杂草，一切都继续垂头丧气，继续伪装可怖的气氛。

张银妮的预感和林二姐的留一手都被证明是有用的。

第二天，事情出现蹊跷，说好来开会的人一个也没出现。林二姐把正殿的烛火吹灭，让张银妮和燕子好生看护三个孩子，她出去看看到底是怎么回事。打听到的消息是贫农团被摧毁了，同时在五个地方行动，抓了八个团长，若干骨干。江黄那边的贫民团也遭受到重创。林二姐与燕子立刻赶回江黄，留下三个孩子在书院，与张银妮一起重新藏匿起来。

2-1-6

并没有人来书院找麻烦。形势一天三变，每个人都苦于应对。这里被遗忘了。

孩子们不再躲藏，不过也仅限于在书院里活动。嬉戏并不能消耗有限空间里的大把时间，百味渐渐把大家组织起来，连着张银妮一起，席地坐在文昌阁，听他讲《三字经》。林二毛自然是最坐不住的一个，不时用脚踢水生的屁股，水生依旧默默忍受。一次两次后，张银妮坐到二毛与水生中间，隔开他们。水生回过头来颤颤巍巍看了张银妮一眼。下一次，待二毛在水生背诵之时故意大声叫嚷干扰，惹他背不出，还站到他对面，冲他做鬼脸，羞辱他时，张银妮走到二毛身后，照着他的膝后踹了一脚。二毛直接跪倒在水生面前。三个孩子都瞪大了眼睛。百味咽了一口唾沫，视线转到手中的书页上来。水生忘记了正在做什么，呆呆站着。二毛提起拳头恶狠狠盯着张银妮。张银妮仰起头，把水生又往自己身边拉了一把，再去看二毛时，眼神比他还狠。二毛转身跑出文昌阁。可他并没有更好的地方可去，前门后门只有门闩拦着，想出去简单得很，可外面有危险他不是不知道。一个人无聊地转悠两圈后，他又回到文昌阁，站在窗户底下，故意学鸟叫引人注意。张银妮探出头，喊，给老子进来！重新坐下的二毛变成了一个新的二毛，再也不去招惹水生了，只在坐不住的时候，自己跳起来，围着另外三个人又跑又跳。水生也变成了一个新的水生，敢于追着二毛玩了。他对张银妮产生了羞涩的依恋，喜欢跟着她，听她讲话，偶尔回应。

“家里对你好吗？”

沉默。

“以后不要再怕了。”

“嗯。”

天气越来越冷，张银妮没有办法，一遍遍打起文昌阁的粗布帘子的主意。陈长生在世时曾经说过，文昌阁里的书是绝世珍宝，把文昌阁的窗子罩住，就是要把那些书罩住，自古以来，宝贝都只能待在黑暗的匣子里，不然要是被坏人看见，就会打主意，去盗去抢，或者破坏掉。顾不上那么多了。张银妮把破烂不堪积满灰尘的深蓝色粗布拽下来，扯成小块，洗干净，比照三个孩子的体形，做成最简单的样式，里面塞满稻草。那真的就是三个支棱着胳膊的稻草人，站在落满雪的院子里，手对着手连成一排，风在稻草的缝隙中流动，鼓鼓囊囊的身体越发膨胀和滑稽了。没有一只鸟敢于飞来。

到了来年春天，《三字经》学完了，孩子们开始学《七字经》。

与此同时江黄那边暴发了一场麻疹，病毒风烟漫卷，先后有三十三个幼儿死于非命。张银妮送走带来这个消息的人，等孩子们睡下，她一个人跪在院子里，望着天上温柔的月亮，郑重其事地磕头。这不是老天保佑是什么呢。带来消息的人还带来了粮食和种子，林二姐委托他送来的。张银妮把这些珍贵之物藏进地窖，每次用多少取多少，认为这个过程多麻烦都不过分。那个人还说，肖景文回来了，鲁川挺直了腰杆，四处找林二姐要孩子呢。现在只能林二姐联系他，他找不到她。他的话一句句回荡着，促使张银妮一遍遍俯下身去，不停地磕头。她在他离开之时请他劈开一条长凳，用木头把前后门都钉死。菩萨保佑，外面发生什么都不要进来。她念叨着这句话，磕下最后一个头。

整整一年，张银妮带着孩子们学会了小声说话，不能跑，走路也不出声，天还黑着的时候做饭，天快亮的时候吃饭，一天只吃一顿饭。他们四个渐渐越长越像，灰头土脸，瘦小而紧张，眼睛对光线极度敏感，老鼠一样。他们还掌握了老鼠最重要的一项技能。在辕门左侧靠近孔子河的墙脚那里，他们往地下打洞，绕开院墙的根基，人钻到院墙外面后，把捆好的树枝盖上去，这样就可以在旱天积不下雨水时去孔子河担水了。洞口足够大，能容得下木桶，上升下降的地方还堆了两道台阶。同样只在晚上才能出去担水，时间不固定，以免被人发现。他们在院子里种菜，拉出的屎尿直接倒在菜地里。他们活了下来。

四月，天还十分寒冷，三个稻草人拥挤在文昌阁被他们加大加宽了的书床上睡觉，中间最暖和的位置今天归二毛，只有他睡着了，百味和水生睁着眼睛。张银妮蹲在院子里，用满是冻疮的手收集树叶。突然间外面锣鼓喧天，一阵阵越逼越近。张银妮吓得抱住头。床上的二毛眼睛猛然一睁，跳起来，习惯性地压制着，叫出哑哑的一声，娶媳妇了！百味按下他，要他不要激动。三个孩子悄悄出来，绕到文昌阁后面的院墙下。二毛最小，也最轻，他熟练地踩上百味和水生的背，直立起来，眼睛正好可以越过墙头看到外面。他们每回在白天想要看看外面发生了什么时，就会这么干。如果是晚上，他们可以借着地洞钻出去，可是晚上并不能看到什么，四下黑灯瞎火，除了他们自己去担水，全世界的人都好像是静止的。

百味弯着腰小声问，怎么了，快说啊。话音刚落二毛身子一晃重重摔下来。好多人。二毛挣扎着说。他们怕被张银妮发现，一个个揉着肩膀溜回文昌阁。好多什么人？当兵的。还有呢？像咱们这样的人。还有呢？离得远，看不清了。胡说，怎么声音那么吵？那谁知道。过了一会儿，二毛又说，可能是因为高兴吧，他们看起来好高兴的。

张银妮一直蹲在讲堂门前的黄桷树下，渐渐地敢于继续往竹篓里装树叶了，她要把它们晾在平整的石板路上，等晒成了薄薄的脆片，收起来烧火用。她有点恍惚。外面的喧闹声与以往任何一次都不同，就好像这些树叶到时候了就得落下来一样，是件特别自然而然的事情，不像从前，响起的是混乱，是冲突，是两种力量较劲的声音。这些声音渐渐远去了。张银妮忍不住站起来，疾步往声音稍大一点的后门走。文昌阁静悄悄的，她以为孩子们还在睡觉。声音越发遥远了。张银妮甚至萌生了从地洞钻出去看看的念头。这念头被一阵破门声打散了。张银妮摸出藏在大门边上被杂草覆盖的菜刀。用来封门的细木板很快被撬掉大部分，门板一震一震地就要炸开。张银妮站进右扇门的阴影里，举起刀。最先进来的是一条腿，踢开门，心急火燎地跨进来。张银妮一刀砍下去。来人躲了一下，还是被划伤脚踝，鲜血流出来，他往前一个踉跄。张银妮再砍。来人迅疾抓住她的胳膊，往墙上猛然一击。张银妮的手松开了，菜刀哐当哐当在地上弹了几下。

“是我啊。”

张银妮睁着昏黄无神的眼睛，摇摇头。

“送过粮食，忘了？林二姐让我来的。”

听到他说林二姐，张银妮缓缓把手放到胸前，做出祈祷的样子，蜷缩的身子忽然一松。

“孩子们呢？”来人看了一眼脚上的伤，不当回事地走进院子，并不等张银妮答话，着急地说，“把他们嚷过来，都跟我走。”见张银妮还在迟疑，他蛮横地推了她一把，说，“快啊。”

张银妮蒙蒙地回过头，喊：“都出来！”又倒退着跑出好几步，这才转过身去。

三个孩子闻声由文昌阁跑出来，不知道发生了什么。张银妮招呼他们跟上自己。四个人一起跑向后门。张银妮渐渐跑得慢了，三个孩子见状也放慢了速度。接应的人站在门口，看到他们在迟疑，拼命挥手。张银妮回过头，身子像是飞了起来，一一掠过正殿、讲堂、仪门，再过去是屏墙，门楣正中书有四个大字：觉知书院。她停在这几个字前。当初不知怎的就来了，现在不知怎的又要走了，中间是整整九年生死相依的光阴。她回过头，坚定地对接应的人说，等等，有事情忘记了。她带着孩子们绕到正殿正门，进去，跪在孔子像前。一年前张银妮还不知道圣像上方的两块牌匾上写的是什么，如今她默默看一遍，念一遍："万世师表，圣集大成。"她虔诚地俯下身。孩子们跟着三叩首。圣像两旁有副楹联：

圣人在上，贤人在旁，恍见当年执辔时，车马风尘，早已化成南国；

传道得徒，行道得侣，试观此日问津处，文章礼乐，居然教衍东山。

早先陈长生给张银妮读过，林二姐初来时，也时常对着念叨。张银妮并不知道这当中的意思，也认不全上面的字，但她能熟练地背出它们。她一面背着，一面离开。到再回到后门，她轻轻吐出最后两个字来：

"……东山。"

泣不成声。

1-2　女儿

1-2-1

老画家的画展进行得很顺利。

这些年他虽然一直没有什么作品，但当初赢得的地位和名声都在，帮助他提携了不少人。那些人当中混得不错的都来捧场了，赞美老画家耄耋之年具垂髫小儿之趣。当然，趣已非“稚”趣，而是“智”趣。一时间连我都对自己的判断恍惚起来。展期最后几日，伴随最后一拨新媒体轰炸，又卖出去了几幅作品。这并不是一件很难的事，只要覆盖面够广，垃圾都能找到同类。好风凭借力，这就是我的策略，效果惊人。我这个托了很多朋友才认识老画家的艺术圈草根，终于就此步入康庄大道。这使我一度忘记了那个还在为找到最后一幅画，或可称为整个画展灵魂的东西苦苦等待的鲁姓画家，忘记了他的红与蓝，他那些我至今都不清楚是真是假，但倾向于是假的，价值二十多亿不知去向的名画，以及，他的书稿。

我看过第一章后就去忙老画家的展览了，可能是太过顺利，使我对遥远人们的疾苦失去了眺望的热情，这里的“人们”包括画家笔下的那些人和画家本人。但我不是一个对自己苛刻的人，所以，偶然想起来还有这么一回事的时候，我会自我开脱说，实在是因为太忙啦。

画家的女儿找上门来时，我就是这么安慰自己的。

我本来想，糟糕，要是看完了画家的书稿，这位高傲的女士是怎么回事我至少能了解一二，她哪年出生的，母亲是谁，童年是否幸福，有没有受到良好的教育，等等，这样我就能应付她了。但是，算了，我太忙了。这也没什么。

“我听你父亲说起过你。”我直视她。

“一定不是什么好话。”她扬了扬眉毛。

她用画着浓黑眼线的眼睛漫不经心地扫我一眼。那一刻，我隐约有种见到邦女郎的感觉。她实在是个可人。高贵的金色眼影，精心勾边的朱红色嘴唇。头发是大波浪。典型的欧美派头。我有点喜欢这种风格的女人，一度也想将自己打造成这样。但一来我实在欠缺柔媚，二来，据我观察，在我们这行混得好的女人，入场时的形象太关键了。风情万种的那种男艺术家喜欢，但男艺术家的老婆和女艺术家们都会防范。最好像个永远坐在副座上的翻译，短发，西装，戴一副眼镜，重要，但不起眼。我本色出演就好。

果然，接下来她不无嘲讽地说，我以为能拿下老画家的是个多么厉害的女人。

也就是说，我看起来不厉害。这就对了。“厉害”一词在一般人那里通常通过第一眼就轻率地给出是或否的结论，看的都是外在的东西。画家的女儿——我再次懊恼起自己来，我至少应该知道她的名字——也不例外。她不知道，老画家的夫人最后拍板定下我恰恰是因为这个。有了她的这番表现，我心里有数了。我请她坐下来，不再问任何问题，只是看着她。

“我是他唯一的孩子。”突然之间她流出泪来，“可是他还这么防着我。”

那是老画家画展的最后一天。

秋已至，冷风卷起树叶在窗外游游荡荡。我同她坐在展馆有着舒适沙发的贵宾厅。工人在展厅里拆画，装箱，搬运。我的时间不多不少，正好够听她讲完。随即有人过来敲门，告诉我说，都完成了。我站起来，她也站起来。

从她的讲述中我已经搞清楚了几件事情。

她在柏林学艺术，她声称在这方面有天分。这是不是也可以解释她的父亲缘何是个画家，毕竟遗传的力量就像地心引力一样令人无法抗拒。她曾经受到父亲的极度宠爱，他打算在故乡沉河附近为她建一座概念园，供她尽情释放艺术想象。她通过一系列刑侦手段发现了我，又在老画家声势浩大的屏览宣传中看到了我，如此便找上门来。我猜她所谓的一系列刑侦手段不过是查到了包裹收发信息。这足以证明她是一个故弄玄虚的女人。最后，她告诉我此行的目的是，要我告诉她的父亲，那位藏匿起来的画家，无论如何她都会找到他。也就是说，她已经按照包裹发出地址去找过他，但扑了个空。

我出于对她盛气凌人的反感，便也兜兜转转起来，对她的话不置可否，好像真有能力将她的话传达给画家一样。

我唯一能与画家建立联系的是他的书稿。

回到家，我直接将书稿翻至最后几页，却找不到有关画家女儿的任何内容。这样我就顺着往前一点一点地找。很快，我看到了她的名字，鲁凌星，也看到了她告诉我的那个概念园的名字——未来城。画家鲁开悟在自己的书稿中叫鲁开伍，我猜他是那个已经出场的男孩鲁水生的后代。若不是因为他的女儿找上门来，我还要再看多少章才会知道这些呢？

我给自己倒了一杯咖啡，温暖的弯曲上升的水汽让我感到有人陪伴。

我开始阅读那部分内容。

1-2-2

“这里绝对能产生奇迹。”

鲁凌星跟随父亲鲁开伍在江黄转了一大圈，车辆由杂草丛生的河滩直直轧过去，抬起前梁爬到堤岸上，加大马力超越了河水的速度。二十分钟后他们离开了河流的范围,驶上一条往东去的马路。路两侧立着许多用普通瓷砖装饰的小楼，小楼背后的田野上有一些待收的油菜，远远看着像是枯败的杂草，也有些种上了树，一片只有两三亩，在车窗外一闪而过。进入走马岗之后，仿佛是在突然之间，天地间就只剩下了连绵的稻田。鲁凌星不禁发出噢的一声。她闻到草叶的清香。她问这是什么。鲁开伍答，稻子。鲁凌星按下车窗，说，这里看起来很像德国乡下。接着是一条热闹的小生意人聚集的长街。他们在长街尽头右转，那一片田里种什么的都有，也有什么都不种的，看着相当杂乱。恰是在这个地方，走了没多远，汽车停了下来。眼前是一片大门洞开的杂乱园林，入口通道两侧摆着低矮的木头架子，上面零星放置着铺满苔藓的松木盆景。道路消失的地方有一幢平房，有人从里面跑出来，从他身后传出搓麻将的哗哗声。鲁开伍问那人里面都是些什么人。继书记和他几个朋友，那人答。鲁开伍交代说以后还是要把门关好。那人点头。鲁开伍这才转过身去向女儿介绍说，王饶。

鲁凌星冲王饶点点头，径直向园林深处走去。

“这里绝对能产生奇迹！”

她被这个园子深深吸引了，已经忘记了一路上是怎么来的，也忘记了刚刚看到了什么。她就好像是一个一直在沉睡的人，睁开眼睛后，发现自己竟然置身于一个硕大的林子里。她连连称奇。所到之处，树影成片落在她的身上。她拨开灌木枝，看见野花就跳过去，一双穿着白色运动鞋的精巧小脚踏在杂草上。

“很大啊，”她惊叹，“居然还有一个池塘。”

“还不够，还要再征地。”鲁开伍说，“你……”他有些疑惑，“一点也不记得这里了吗？”

鲁凌星摇摇头，迅速将这个问题略过去。她感激地看了一眼父亲，目光滑过右手边一棵翠绿的罗汉柏。这些树年纪很大了吧。她已经走出去很远，鲁开伍听不清她在说什么，而她也并不在意，继续深深浅浅往前走，来到一棵高大铺张的橡树下，抬头仰望。

“奇迹产生的背景难道不是废墟吗？”

她折返回来，激动地拽了拽脖子上的小方巾——她的父亲一度认为她在德国学习到的尽是这些没用的浮夸玩意儿——她看了一眼父亲，说：“谁会想到这种地方竟然隐藏着一个梦境。”

她的个头只到她父亲的肩膀，身材纤细单薄，甚至是羸弱的，但并不影响她在她父亲，这个传统意义上的农民企业家面前的自信。她身上有种积极而笃定的文明人的气息，潜伏着艺术冲击力。她的目标是将这片几乎被人放弃的荒园变成一个未来城，一个乌托邦式的幻想，一个理想家园。这会是她毕业后第一个也是这辈子最后一个混合了现代性与空想性，并着力使之显化的作品。

鲁开伍站在鲁凌星身后，慈爱地打量她，看她的眼神就像小时候看她不切实际地想要从一条水沟上跳过去，他知道她只有在起跳后才能正确评估出自己的能力，试过之后要是只能放弃，那就放弃。他认为这才是一个人最大的自由，不是说可以随心所欲地做什么，而是做到一定程度后看到极限，不执意，轻轻松松就能转身离开。

远处的鲁凌星正发挥她的感受力，捕捉着可以入画的镜头。她一时站在橡树下，面向园林入口处，观察形成奇异透视效果的盆景长队；一时去到远一点的池塘边，面对围墙上胡乱堆积的铁丝网取景。鲁开伍跟着她。她兴奋地对他说，你以为我看到的就是眼前这些吗？不，是它未来的样子，是它作为全世界唯一一个能将未来愿景变现的地方所具备的实力。用不着大费周折想着延年益寿，有生之年便能体验到未来世界的生活：机器人保姆，自动调节温度的外衣，甚至如果你足够有钱，在这里，你还可以培植克隆器官，等身体有问题时再回来动手术……承载这一切的是土地和空间，这里足够大，足够远，足够荒凉以至于经得起折腾。

鲁开伍频频点头，尽管在他看来，鲁凌星的设想未必就会好过眼下。

早些年，他特别喜欢在这里招待朋友，每个被邀请来的人都很高兴，赞美这里是世外桃源，处处葱茏又精致。每当这个时候，他一面说“不足为道”，一面请出园艺师傅，介绍说是花重金请来的，神情甚为得意。后来鲁开伍不能再来了，长时间待在春江，鲁家园林就交给王饶看管。为了换得一定程度上的保护，王饶将这里转变成了乡镇干部打牌消遣的场所。这样一来，由于已经无所谓对景致的要求，王饶只保留了一个庄姓园艺师傅，让他在换季的时候才来修剪和打扫。除此之外,王饶还留下了做饭的陈叔和做卫生的何嫂，其余人全都遣散。相对从前，园子不常打理，又缺少了人气，一下子显得荒芜了，却也因此具有了神奇的与当地的融入感。

鲁开伍这次回来，发现现在这园子才更像是世外桃源，从前人们夸园子“精致”，这显然是一个工业感很强的词，本身就代表着与世外桃源的对立。现在去除了精致，保留了葱茏，看上去跟园林外那些无人耕种的土地一样放任，实际上却有很大不同。那些土地在沉睡，这里却没有，养分仍在流动，在深不可测的地下展开竞争。整个园林从现代角度看，因为少了人工干扰而形态荒凉，却有着无处不在的自然规则下的生机。相较从前，鲁开伍倒是更喜欢它现在的样子。

鲁凌星在鲁开伍的喜欢刚刚萌生之时就拿出了“未来”这一对比项。

她站在破败的乡村园林之上，双目蓝莹莹的如同水星一般，具有一种外来生物入侵的超然气质。鲁开伍觉得应该支持她。这孩子受到异国文化的熏陶，自然有别于江黄一时一地之风物的内心世界，这片土地如果非要变，由她来做或许才会有真正不一样的，并且是有益的动向。他相信，最终她能回到这里，更多的原因是她与这里互相需要，而不是她与他这位父亲互相需要。

鲁凌星想要看看大环境，鲁开伍想了想，答应了，亲自开车带她走进江黄大大小小的村子。

他们大多时候沿着河岸开，好几次刚刚从堤坝上下去，穿过乡间小路，眼前又是一片苍茫的水域。最终鲁凌星数清楚了，一共有三条河流由北向南贯通江黄，其中两条在西南角交汇。在那里，远处的护堤林只剩下一条深色曲线，水面不时被飞鸟啄破，岸边有人以残暴的电击方式捕鱼，拉动的大网鲜红血腥。长堤上没有什么人，他们在粉色晚霞集结于天际之时坐下来。夕阳下，耷拉在水边的红蓼与晚霞的倒影交融在一起。

鲁开伍指着它们问：“这个叫什么？”

“红蓼。”

“不错，还记得。”

鲁凌星自然记得。不只因为小时候跟爷爷一起在河堤上玩，他教她辨认所有植物，认识红蓼不算什么。还因为，父亲唯一的妹妹，她的姑姑，名字就叫红蓼。

想起这件事，爷爷沙哑干涸，听罢需要反应一下才能明白过来的乡音不自觉就进入到她的耳朵里来了。“红蓼啊，莫带星伢进去啦，仔细吓到她。”爷爷是看了母亲的脸色才这么说的。母亲蒋蕾并不常带鲁凌星回来，每次回来，必定是在她与鲁凌星的父亲又发生了什么不愉快之后，她回来是找老人给她撑腰的。

鲁红蓼才不管那么多，她乐得看每一个被她带进地洞的人脸上惊讶的表情。她从中得到进一步收藏的动力。鲁凌星记得，地洞在老屋后面，有两个出口，一个在灶房的角落，一开始人几乎要爬着进出，后来才被加高加宽。那是有一天鲁红蓼发现，用来堆放宝贝的空间不够了，她便举起锤子，凿开墙壁，往山体方向开辟出的。鲁红蓼凿上了瘾，以至于山底下的地盘比老屋还要大了。这样她便在老屋依着的山坡后面又开出一道门。从那里进出需要爬梯子。鲁红蓼把她的宝贝全都转移进去，还分了区域。

小时候鲁凌星被鲁红蓼带进去玩，神神秘秘新鲜过一阵子。等到大一点，她每次再看，都会被姑姑新收的家伙吓一跳。石猪槽这类牲畜用的旧物还算是好的，有一次鲁红蓼在大家吃饭的时候，说到兴奋处，竟然抱出一只夜壶。她摩挲着上面的花纹说，这一定是从前哪个老爷家的。蒋蕾因此不顾鲁开伍反对，非要进地洞看看里面到底还装有多少引人嗔痴的浑蛋玩意儿。不想刚一踏入，便在距入口处不远的地方看到一只铜铸的边缘圆滑的条状蘑菇。再看，却已明白是只假阳具。见嫂嫂目露惊诧，鲁红蓼一把放倒它，若无其事往地洞更深处走。蒋蕾怒而转身，此后再也不准鲁凌星踏进地洞半步。第二年，鲁凌星被蒋蕾送去了国外，何止地洞，连鲁湖村都彻底远离了。

“我们要去看姑姑吗？”

“过几天吧，她好像出远门了。”

这时候，一辆白色越野车拖着一屁股尘土，沿河堤开过来。王饶跳下车。鲁开伍下堤迎上去。

“继书记还是说有难度，陈书记外出考察还没有回。”

事关征地，鲁开伍派王饶跟进。王饶的身份类似随从，不会给人专业上的压迫感，又熟悉镇上每位领导，偶尔去镇政府大院走一遭，就像看望老朋友一样自然。

他还看到一件事。

继书记跟他聊了几句后出门去，座驾却在大门处猛然刹住，发出长长的刺啦声。有人不要命地从阴影处闪身拦在车前。司机匆忙下车将拦车人拉扯到门房右侧的信访办，招呼闻讯赶来的三人齐齐按住拦车人。此人有一头乱糟糟的灰白头发，眼珠混浊无神，左手的小拇指不知道在哪里磕碰出了血，脚上没穿鞋，也有可能是拉扯间丢失了，黑乎乎裹着厚厚一层泥。众人挥舞手臂，试图控制他。他不管不顾地大声咒骂，反抗，桌上的杯子被他扒到地上，碎玻璃和发黑的残留茶水使现场一片狼藉。帮忙的数人唯恐他赤裸的双脚踩上玻璃碴儿，拼命扯拽他，却没有人敢动真格强制他安静下来。

“那个人是鲁济安。”王饶说。

鲁开伍哼笑一声，挥手让王饶回去。

“快看！”

站在堤上的鲁凌星突然大喊。鲁开伍转过头去看她。她的身子挡住了东北方向水天相接的地方。乌黑的云团从那里气势汹汹地滚上她的头顶，往前面推进多少，后方就又生出多少，由天边往中心地带越铺越满。鲁开伍立刻叫她下来,连带着王饶一起往车上跑。刚刚关上车门，暴雨便追赶上来，一拨密匝匝从车顶上碾轧过去，一拨跟上，就好像连接着永动机一样，持续倾泻着，发出痛快的巨响。

一个正在被冲刷的世界，宛如被抹去五官的世界，单薄而激烈地晃动起来，也恍惚起来。

1-2-3

我的咖啡一口未动。

我起身重新倒了一杯，端在手中，在房间里来回走动。

这凭空里跳出的内容，当然，也是我自己找出的内容，使我产生了深深的卷入感。倘若我真的只是在看一本书，顺着目录上的章节，一页页往下看，看到这里，我会因为已经了解了来龙去脉，从而自然而然地接受其中的人和事，也会因为书中所记无非是一场幻梦，与我离着不是十万八千里，乃是虚与实之间的无量距离，而不会真正去计较什么。但是现在，书中的人物跳进现实来了，就好像半夜里才会动弹的玩偶，那位著名的锡兵先生，白天从一条活生生的鱼被剖开的腹部冒出头来，我作为一名现实中的，预备晚餐的食客，要如何处理这种事带给自己的惊愕?

我不该因为鲁凌星找上门来就去查看关于她的内容。那时的她，在书稿中的她，与当下的差异仅仅是时间引起的吗？如果不是，那么，那些引起差异的因素还会在当前起作用吗？而我就在当下，已经进入到他们的场域，这就意味着那些因素有可能侵袭到我。

这是我作为一名艺术从业者的多虑还是必要的敏感？

但惊惧已经无法阻止我看下去了。很显然，鲁凌星与鲁开悟，无论是过去的他们还是现在的他们，都共有一个突出的特点——野心，即使现在鲁开悟不知何故弃商从画了，他对于一幅未知的画的执着并不亚于当年的一块土地。听他的意思，那幅画里藏着他的乾坤哪。那些遥远年代的事情，一代代留下的心理残迹，冥冥中规定着后来者的路线。对于画家父女如今的选择，身不由己地，我想要一个解答。

我重新坐下来。

2-2 依靠

2-2-1

沙河上漂着灰色的轻纱，堤岸上已经有了星星点点的绿色，水声一会儿扬起来一会儿落下去。张银妮依稀是记得路的。来时正逢暑夏，草木繁盛，无论陆路还是水路，都被掩映起来，变得狭窄。此去一路看到的都是初春的轻扬与幼嫩，天地浩浩然辽阔起来。张银妮只觉得这世界同她一样从小往大了生长着。

二毛非要帮着船家撑杆，撑得不像样子，只好把长杆还回去，他蹲在旁边伸直脖子观察着。水生老老实实坐在张银妮身边。百味背身坐在船尾，不知在想些什么。张银妮对于来接他们的万立民坐在她对面，膝盖离着她不到两公分这件事很不习惯，即使他侧着身子，眼睛看向河水，而她也侧着身子，眼睛看向河岸。寒风阵阵，他们都蜷缩着，脑袋恨不得塞进脖子去。张银妮又冷又不自在，余光一直在打战，内心盼望着船走快点再快点，又不免另生忐忑，下了船，可是要见到更多人的，怎么办呢？除了眼前的三个孩子，即便是林二姐，她都不知道该怎么面对了。

到了渡口，有辆套着两匹骡马的旧辕车接他们。赶车的老汉正细致地梳理马鬃，他只穿了件单衣，额头上却挂满了汗珠。看见万立民，他扬起手拍了拍两匹骡马的项颈，说，伙计，劳驾啦。右边棕色的骡马打了个精神的响鼻，左边颜色更深更黑的骡马只轻轻扭了扭脖子。万立民跳上车，挨着老汉坐下，背对张银妮。这样张银妮才敢于正视前方，偶尔有意无意将目光落在万立民结实的背上和不知为何留到脖根处，总是乱蓬蓬的头发上。二毛与万立民对边坐着，马跑得越快他越兴奋，只是老汉心疼骡马，不时拉紧缰绳，让它们不要太拼命，每当这个时候，二毛就显出泄气的样子。水生紧紧抓住车斗边缘，看起来比张银妮还紧张。百味像在船上那样倒着坐在车尾，两条腿垂在车外。扬起灰尘的土路呼呼后退。天色暗下来，笼在渐渐多起来的路边土屋之上，一些人坐在门口闲聊，看到马车驶过来，好奇地站起来观望。万立民一一冲他们打招呼。

这一段路过去之后，马车穿过一条田间小道，上了土坡，骤然在一户低矮到几乎不存在的院墙前停下来。张银妮慌张地把头埋进双腿中间。早在万立民同村民打招呼的时候她就已经知道，她是真的回来了，鲁湖村近在眼前，鲁家院子近在眼前。她差一点就要从车上跳下来，以便不必再往前走。

万立民下车后跛着受伤的脚走到张银妮身边，一面拉她，一面嘱咐说，现在时日不同了，有什么说什么，胆子尽管大一些。

张银妮躲开万立民的手，不让他扶，自己拖拖拉拉地下车，几次都差点摔倒。鲁杨的媳妇陈小慧扭扭捏捏迎上来，目光是怯懦躲闪的。她不同张银妮打招呼，径直去抓水生的手，被他躲开，又去牵百味，还未等牵到，百味看见了什么，跑向陈小慧身后。他母亲燕子从右侧一间土屋里出来了。百味扑到她的怀里。燕子招呼水生和二毛也过去。张银妮的目光追随着孩子们，昏沉中，她看到燕子身后的土屋，自己原本的家，几年不见，已是一个摇摇欲坠的粗黑老人的样子，破破烂烂直往地上垮。

张银妮号啕大哭。

林二姐从正中间的土屋里跑出来。刚刚跟随燕子走进土屋的水生也折返回来。张银妮看不见这些，她的双眼被泪水掩埋，心里汩汩冒出无尽的悲伤。林二姐上前来抱住她，这个举动使她吓了一跳，退后一步看清是林二姐，这才主动伏到她身上，更凄惨地哭喊起来。林二姐轻抚张银妮的后背，同万立民一起架着她，慢慢进屋。彻底失去头发的鲁川有点呆傻地坐在堂屋的竹椅上，他媳妇熊小珍站在一边，原本屈着右腿，一副不听劝的样子，看见张银妮进来，立刻站直了，环在胸前的胳膊也放了下来，暗中戳了戳鲁川。鲁川先是被张银妮胀大了五官的小脸吓了一跳，接着生出更深的恐惧来，这他妈是人是鬼?

为了支持渡江作战，在任务繁重的支前工作中，江黄采取了保甲征收物资的方式。鲁川以帮着肖景文瞒报土地为条件，再次请他与保长说情，暗中减少了自家和二弟家的公粮数。这事被人揭发后，林二姐认为是个机会，立刻让万立民去接张银妮。这么多年了，也该各归其位了。她与燕子一起日头偏斜时就来到鲁家。她们先将形势说与鲁家兄弟二人和他们各自的媳妇听，举出毛集乡乡长陈光弟率乡自卫队起义投向人民的例子，警告他们切不可再对大地主抱有幻想，作为贫农，作为人民的一分子，他们的身份本身就代表着无可战胜，这是大势所趋。接着，林二姐旁敲侧击，暗示鲁川，这个时候瞒报的公粮数可是越少越好，怎么少呢，再加进两个人来，摊一下。鲁川不解。林二姐这才把张银妮和水生搬出来，责怪鲁川当年不仁义。熊小珍慌忙替鲁川辩解，说这也是为张银妮好，谁想年纪轻轻守寡啊，水生也是你说带走就带走了，哪个敢拦。鲁川到底是一家之主，不在这个问题上纠缠，暗暗琢磨着林二姐所说的“摊一下”是什么意思。

“他们都要回来？”鲁川想明白后，惊异地抬起头。

千真万确。鲁川拍着自己光光的大脑壳，一下两下后，眼前的人还没有消散，说明是真的。他还以为张银妮早死了。他站起来，把自己身下的竹椅让出来，林二姐扶张银妮坐上去。熊小珍看不惯地走到一边去。鲁川用眼睛横她。鲁杨也从隔壁屋里过来了，低着头，对一切都浑然不知的样子。

“改过自新，两全其美。”林二姐说。

鲁川看了一眼鲁杨，再一次替他拿了主意。默认了。

2-2-2

老屋斜对面往满河方向走半里路，有一处慢坡，坡上有幢被火烧得只剩下黑色残垣的小屋，旁边站立着一棵顽强活下来的楝树，不高，树皮也是黑的，却依旧响应着时节，开出累累紫色的花。坡下有一大片水田，男人们一律穿着深色褂子，跟在挂着铁犁的黄牛后面,不时用鞭子抽上几下。翻起的土块因为饱含水分而颜色更深，犁过之处像大朵大朵被唤醒的花，接连开放。为数不多的女人包着头巾，弯腰搬开大一点的石块，嘻嘻哈哈互相喊话。张银妮站在坡上往下看，凭印象找到自家的地，却没有勇气走过去。

清晨在自家屋子里醒来的时候她是欢喜的，这是新的开始啊，她把头发绾起来，前额沾水梳得光溜溜的。她找不到镜子，除了一床稀烂肮脏的被褥，屋子被熊小珍搬空了。这并不能使她气馁，直到她找不到任何一点吃的。她在屋子里找，灶房里找，牛棚里找，什么也没有。为了水生，张银妮去敲鲁川家的门，想问他们随便借点，有把糠也行。熊小珍打开门，甩了一把门板，说，你进来看吧，我们还有什么能给你的。张银妮黯然地转过身。熊小珍带上门，三步两步越过张银妮走到院子中间，龇着牙嘀咕，牛都没在栏里了，看不到吗？你睡到太阳晒屁股，你哥倒要天不亮就起身去干活。她找到锄头，一把提到肩上，头也不回地往门口走，末了扔过来一句话，要吃自己种去！

一直好像待在梦里的张银妮这才想到要去地里看一下。水生跟紧她。他们饥肠辘辘，但行得匆忙有干劲，就好像地里有的不是土，而是现成的吃食，米饭、面条、豆丝、鸡蛋……都在等着他们。张银妮像一个吃奶的孩子急切地想要看到失而复得的母亲的乳房，想要得到喂养。可她往坡上一站，就知道自己虚妄了。地里不会平白长出粮食来，耕种，灌水，除虫，除草，往后的事情多着呢。她一没有种子，二没有男人，三没有耕具，这几样底下那些人家缺一样都没法稳稳站在田里。她有些慌了。水生蹲在坡下找野菜。她叫他起来，一起往林二姐家去。

因为新近下了两场雨，满河的水涨起来不少，照得周边一片氤氲之气，光线的变化带动堤岸和两边的树木、房子、小路和来往的人跟着水波轻轻荡漾，像被巨大的母亲托在手里哄劝着。

渡口边的小巷内，已故的林知雀家，开门的是万立民。张银妮未料到他会在这里，红着脸说来找林二姐的。万立民说林二姐有事出去了。他把她和水生让进屋。二毛听到声响出来，高兴地抓住水生的胳膊要带他去河边玩。张银妮死死拽住水生不让他去。万立民说他一会儿也要出去。张银妮马上起身。万立民摆摆手让她等一下。不一会儿，他提了一个篮子过来，左手还抓了一根细长的煮熟了的红苕，他掰开来给水生半个，再给张银妮半个。张银妮不要，都给了水生。篮子上覆盖着一块洗得干干净净的旧布头。万立民按住说你收好回去看，莫让别个发现。张银妮忙起身接住，再与万立民一道往门口走，听他客气地说，二姐本来是想先看看鲁川、鲁杨的表现，想着也许凑合着能给你一口饭吃。门边上竖着一支步枪，万立民抓起枪，一面走，一面往身上背。他的脚伤还没有好，走路摇摇晃晃，但身形挺括，漫长脸上显出认真和坚韧的表情，是个不屈不挠的战士形象。

2-2-3

万立民十二岁加入儿童团，十六岁和两个兄弟一起进入游击队，开始接受正规训练，在大大小小的战事中拼杀。二十五岁的时候，他被整编进新四军第五师十五旅四十四团三营七连。这个连队从中原突围一开始就担负着前锋、后卫和阻击的任务，为保护大部队主力服务。胆子大，经验丰富的万立民是这个连的副连长。

1946年夏天，部队行至府河东岸一片草场的时候，太阳刚刚升起一尺，悠长的侧光从疲惫的战士们背后射过来，将他们的影子扑入草丛。逐渐升高的气温和不间歇的行走使他们裹着布的小腿像裹着铁一样，越来越难以提起来。他们刚刚才在姚家集河边打了一仗，掩护主力安全渡河后，又按要求跑步赶到大部队前面。原本他们计划与主力军拉开一定距离后稍事休整，晚上再渡府河，却接到线报称，敌人已经掌握了他们的行军路线，正调派人马到府河去。连长当即决定继续行军抢渡府河。要么危险，要么更危险，从来没有不危险。战士们打起精神，以体力消耗争取一场也许不那么危险的战斗。心急的万立民始终走在队伍最前面，老成的连长压后。他们都很警觉，尽量将队伍往地形稍有起伏的地方引，迂回地向河边靠拢。万立民不时取下帽子扇风，望远镜也没有离过手。等到他再一次举起望远镜，浅浅的河堤上出现了一排人，他还没有来得及发出命令，一枚炮弹就落在了他的跟前。

轰！意识的最后时刻，他的身体旋转飞升，像被人踢出去的皮球。底下的人在打斗，耳边只有风声。不知道过了多久，似有人唤他，可他就是醒不来。又不知道过了多久，他醒来了，却无法确认是因为自己的眼睛差不多瞎了，还是时间是在清晨，或是黄昏，大地上灰蒙蒙一片，没有色彩，草和花都被吸去了精华，流着血的尸体也看不出是红色还是黑色。一只孤单的黏稠的胳膊搭在他的胸前，他的头枕在一个失去了头颅的大个子身上，就好像他的头是那个死去之人的。他想坐起来,却使不上劲。一直到后半夜下起雨来，他听到哗啦哗啦的声音全部来自于右侧，他抬起手摸了摸左耳，发现它已经不见了。突然之间，他感到身体彻底松弛下来，就好像被雨完全穿透了，捣烂了，不存在了。他可以回家了。

等到他回到老家江黄镇江黄村，望得见家门口的石榴树时，时间已经过去了一个月。没有人开门，也不用谁开门，万立民只轻轻用肩膀顶了顶用几块烂木头拼起的大门,门就开了。里面空无一人，记忆中母亲起早贪黑喂养的花白猪没有了，一口掘出水来被他父亲视为好兆头的井也已经干涸。他找到好几个人才问清楚，他父母因为家里的孩子有两个是新四军，在形势最紧张的时候迫不得已逃走了。那么他们到底是死是活？这比确切地听到他们死亡的消息更令万立民不安。而他自然也不能再待在这幢老屋里。他顺着地势往低处走，想要走到常常被水淹的塔河村去，他知道那里有个寺庙，好歹能够躲一躲。没走几步就看到一位老态的妇女急匆匆走来。

“你回来了？我是二姐啊。”

早年在游击队的时候，万立民经常能见到风风火火的林二姐，那时候他十七八岁，她二十五六，虽是领导，与万立民这般大的孩子都以姐弟、姐妹相称。眼前的林二姐看上去衰老和哀伤，法令纹深深刻在嘴边，眼角低垂着，只是眼珠依然黑亮。万立民一开始没有认出她来，她的扮相完全是一个愁苦于没有收成子女也不争气的老妪，衣衫上全是经久拉扯出的破洞，满手污垢。万立民不安地看了她好多眼才想起这个人到底是谁，也立刻明白她是为了避人耳目才装扮成这样。

他用手搓了搓鼻头，简单回答道："是啊。"

村子里到处都是林二姐的人，他们信仰她就如同信仰一种全新的生活，那当然是无法抗拒的，尽管旧有的一切不断反扑，但在这惊骇的波涛中他们只要看见她，就犹如望见了明灯，情不自禁地朝向她，跟随她，保护她。但是没有人知道她确切的行踪。这一天她恰好在江黄村，就有人向她报告在五师打仗的万立民回来了，她马上赶过来要将他拉入民兵队，她知道迟一点的话他就会躲起来。万立民有些犹豫，翻开左半边头发让林二姐看。林二姐瞥了一眼不以为意，扬手在他右边耳朵上拍了一下，感觉到有东西在，放心地说，一个够用啦。她交给万立民的第一个任务是帮着到旧街给张银妮和孩子们送救命的粮食。一年后林二姐意外被捕，万立民为了救她，主动请缨，带着筹措到的五百银圆，买通关键人物，共同商量出监守自盗的戏码，在他们将林二姐和另外四人推去河边杀头的路上掳走了她。这件事情之后，林二姐说，不如，你把往后的我都救了吧。

万立民还是个少年的时候，对女人发过魔怔，无论年龄大小，无论是否相识，只要迎面碰到，他的血就控制不住地往胯下冲，霎时轰起老二，硬生生撑起裤裆。他慌乱地用一双大手盖住那蠢物，不好再停留，急急而羞惭地跑开。他发展到完全不能与女性面对面，包括与自己的母亲。战争挽救了他。士兵们夜晚打通铺，或者随便摊在哪片树林里、山脚下睡觉时，暗中使自己震颤的人当中，一般都不会有他，因为他找到了更大的爆破性的享受，一言不合就跟人打架，拳拳见血。在残酷的两军交战中，他更是表现出猛兽般异乎寻常的残暴。他嘶吼着打打杀杀，像一座小火山，从头到脚，而不仅仅是其中的某个部位，全面彻底地燃烧沸腾着，毫无保留。再见到女人，他便十分冷漠了。他的身体里一定秘密置换了什么，可究竟是什么呢，连他自己都感到莫名其妙。林二姐赤裸裸的表白在万立民听来就像白开水，不过他也想明白了，他一个没有了耳朵没有了家的人，下半辈子需要的也许正是一杯白开水。

何况他是打心眼里佩服林二姐的。

林二姐说张银妮会过来，张银妮就真的过来了。像这样被林二姐算得准准的事情多得数不清。还有村民对待她的那种热忱，和她在组织中说一不二的个性，在关键时刻表现出的胆识和人情味——除了她，谁敢从支前物资中偷偷留下什么？她自己和万立民没有用过一分一毫，全都暗中支援给像张银妮这样的真正连锅都揭不开的人身上了——这些都让万立民心服口服。他一方面觉得林二姐像个菩萨，另一方面又想，如果林二姐脱胎成男人，一定会是个大将军，在远远的高高的地方指挥千军万马，这个人化作女儿身落在自己枕头边了，说起来，也是自己的福分。

万立民心甘情愿地接受了。

2-2-4

张银妮没有听从万立民的嘱咐，竖起耳朵听见他走远了，立刻就近弯向通往河边的小道，停在一丛盛开着白花的野蔷薇旁，让水生不要看，她自己借着茏葱掩映，迅速掀开竹篮上的布。看到是一些银圆和种子，还有四个黄里发黑的玉米面馒头，张银妮的眼珠几乎要滚落下来，胸口的血霎时荡开，直往外扑热气。她迅速把布盖回去，拎起竹篮，死死抱在胸前。她带着水生继续走在这条沿着河岸，人不多，但是路程远了很多的小道上。到家后，她把本来就已经透风的墙掘出更大的豁口，把钱放进去，一前一后塞上小石子，抹上泥巴。到了半夜，认为想通透了，她又摸黑把刚刚晾硬的泥巴捣开，取出银圆。

张银妮用这些钱租了人力和耕牛，一周内完成了春播。连年的水灾使人们对种地失去了期望，还会在自家地里干活，不过是像一棵树逢春就会发芽一样，出于庄稼人的本能。由于不抱希望，态度就很敷衍，反而对张银妮的银圆更感兴趣。在金钱的驱使下，张银妮的水田种得比别人家的都好。人们笑她像个地主，也有人问她钱从哪儿来的，她的沉默引起这些人私下议论，怕不是卖身吧。有人因此想要轻浮她，看看四下没人就贴上去，摸一把她的手或腿，胆子更大的就直接摸屁股。张银妮反身一脚，恶狠狠地往要害踢，骂，个裸老二的，滚远点！

还有人问张银妮借钱。她哪有钱呢，她的那点钱只够在穷苦的受灾群众这里物以稀为贵地起些作用，根本没多少，却办了大事，支撑起春播，又买了只老母鸡，就再也没有剩余了。这时候她又反过来去给别人做工，帮着挖水渠，种棉花，只要给口搅粑吃就干。进入五月，她在屋子旁边开辟出的菜地结出了绿油油的第一茬。她摘下当中的鸡毛菜，用开水烫去上面细小的绒毛，拌进搅粑吃，渐渐地肚子就不那么胀了。鸡蛋她都给了水生，别人家都留着待客，她不，她总对水生说，使劲吃，长成个大个。

这一天，张银妮在满河堤上跟在一众男人后面清理河道。这一带长约八百米的民堤是由肖景文做堤董，占了土地，名为堤产公场，是公共产业，收入的钱款用作修护费用，实际上早已成了肖家的私产，只在每年汛前拿出少量钱财，雇人养护。这一次，收到统战信的肖景文格外积极，不但早于往年着手养护之事，更提高了工钱。

风从背后吹来，也像是从河中央伸出吸食的手，把人往河里拽。张银妮在堤下淤滩上握紧镰刀，双脚在泥水中踏实，费劲地割断已经开出花来的杞柳，差不多抱满一怀，就望一眼堤上，寻条小道，顶风抱上去。男人们在浅水处徒手搬动大石块，置于浮船上，盛放渣子的竹箕也在上面摆满了，被人拉着漂到堆放的地方。张银妮弯腰把杞柳捆扎好，拂拂头发，打算再下去割，却看到远远的几个人抬着担架走来。她一眼认出当中个子最高的是万立民。他的脚伤已经好了，走路恢复了平常的气概，每落一脚都像是要把地面踏出一个洞来，虽然手上有重担，身子却笔直端正，看起来很威风，与其他几个上身弯成虾子的担手很是不同。张银妮总是不知道要怎么面对他。她匆忙往堤下跑，躲进杞柳丛中。河道里干活的几个男人却直起腰来，等万立民走得近了，其中一个问他担的是什么。万立民身边的人替他回答说，二姐遭难了。

张银妮立刻钻出来，跑到担架前。万立民单手把她拉到一边，要她不要挡路。他并不看她，也不看众人，只继续往前走。张银妮看到二姐的头并没有被蒙起来，脸上也干干净净，睡着了似的，知道没有死，也就放心了一些。她默默跟在担架后面，有人学着她的样子，一起跟着。一路上，越来越多的人加入进来。快到巷口的时候，万立民转过身，劝大家，回吧，谢谢啦，二姐醒了你们再来。人们停下来，并不散去，等担担架的另外几人出来，立刻挤上前去问究竟。

“再也起不来了。”他们说。

林二姐在张银妮回来的第二天就匆匆赶去了毛集，盘踞在那里的国民党正一条船一条船地抢夺着，准备至少集中起八百条船，带船撤退。可以想见的灰溜溜的撤退不那么像撤退了，似乎只是为了运输船只，不得已做出的战略转移。如果他们成功了，待新四军行到此处，就会因为船只短缺而影响渡江进度。林二姐的任务是指导当地党组织发动渔民，先行藏匿起船只。她带领大家兵分两路，一部分人将内湖的船只转到湖塘港汊，装上沙石，全部沉入湖底。另一部分人干脆走上来不及转移的船只，划到湖中央，这样一来，国民党即使射击逼迫船只停靠，也极难命中。有人站出来对后一种方案表达顾虑，认为应该放弃那些来不及转移的船只，不能为了争取船只而造成无谓的牺牲。林二姐反问，什么叫作无谓的牺牲？这个时候就算有牺牲，也是为了保证大部队迅速渡江去保卫更多人的生命，解救更多人于水深火热之中，怎么是无谓的牺牲呢？她站起身，稳得像一座山，目光如炬，一面号召大家即刻出发，一面拉了拉衣角，使装束显得平整庄严。接着，她高声宣布，她将加入执行第二方案的战队中，与大家共生死。

令所有人都没有想到的是，逃亡中的士兵无心恋战，每看到湖中有船，只象征性地吆喝几声，吓唬两句就会离开。加上许多湖里布满着荷花，岸上的人常常只闻船只压水而过的浮动声，却连船的影子也寻不见，基本上，他们听听响，骂骂咧咧，空放一枪就走了。林二姐顶着一张荷叶坐在一条方口木船上，与船上的另外两个人一人扒着一枝水嫩的莲茎，借着舒展交错的荷叶遮掩起来。岸上的士兵不断地来，又不断地走，听得出来队伍走得稀稀拉拉。林二姐在荷叶下与战友们暗暗交换眼神，表达对于胜利在望的欣喜。等到很久都听不到过路的声音了，林二姐率先直起腰来。溃军应该是都走完了，这一带的船只保住了。她高兴地看着夕阳下一朵朵镶着金边的荷花，忍不住掐下两朵来抓在手上。她生出皱纹的脸上立刻映满了粉色的光晕。小船慢慢往岸边靠，却在即将到岸之时遭到伏击。三个人只有站着的林二姐倒进了湖中，她的身上挨了一枪，但因为没入了水中而没有再行遭到补射。其余两人的身体几乎被子弹打成了筛子。

2-2-5

进入冬眠的满河收起了巨大的羽翼，灰色闪着粼光的水只在河床最中央盘踞，人们在河面上搭起浮板，很轻易地就能走到对岸去。一大早就有人渡河，浮板轻轻晃动，锁链泡在水中，发出刺耳的像是冰块相互撞击的声音。万立民踩在这样的声音之上，借着淡蓝色迷蒙的雾气掩护，一步步往岸上走。守桥人从渡口边的窝棚里钻出来，缩头缩脑地站在路边，同万立民打招呼。

“咋样啊？”

“都好英勇。”

万立民抬起手比画着，连着几天的清剿行动使他的身体软绵绵几乎要倒下了，精神却极度亢奋，一说起细节，便带动起四肢像充了电一样。

“大队还要不要人啊？”

“要，随时过来撒。”

万立民手下的几十来号人几乎全是这么聚到一起的。在刚刚结束的战斗中，他们从大土匪夏楚才那里缴获步枪二十支，手枪近五十支，还有一台崭新的油印机。万立民让副手去报备，自己抄近路回来。走之前他将林二姐托付给了住在河边的燕子，燕子在做军人抚恤工作，并不能时时守着林二姐，她马上跑去动员张银妮，要她同自己一道替换着照顾林二姐。万立民没等到燕子带回消息就出发了，也不知道张银妮愿不愿意，林二姐有没有得到很好的照顾。

大冷天，活动自如的人都时常冻手冻脚，要是没人管林二姐，她的身体就渐渐地真要僵死了。

走到渡口，晨雾消散了，万立民看到张银妮在河滩上扯渔网。网是她前一天放进河里的，这会儿她红肿着手，眼睛越过呵出的白气，麻利地捡拾兜住的银白色草鱼和尖头尖脑的鳙鱼。她弓着的身体看上去要被那只网拖走了，却又是稳稳的，不带一点犹豫地抓起一只只想要挣脱的鱼,准确地投进鱼篓。万立民怀着欣喜快步上前，帮着把网扯平。张银妮看到是万立民，立刻低下头，手上的动作更快了，却总是让鱼溜走。她停下来，小声说，你来搞吧，我回去看着二姐。不等万立民表态，她就已经急步走远了。万立民把正在手上跳动的鱼塞进鱼篓，回头看了一眼。他感到张银妮匆匆离去的瘦小身影与最开始在书院见到她时，那样一个紧张但凶狠的样子完全不一样了。

林二姐闭着眼睛躺在床上，枕边堆着她常用的黑色围巾。围巾已经很旧了，起满了毛球，但在晚上，往肩头一堵，也能挡挡风。身下是很厚的棕垫，上面加了一层旧军毯，被子里的棉絮倒是新的，在冬季稀落的大平原上，在水雾弥漫的河边，这并不能使人感到温暖多少。湿气无孔不入，钻过棉被，以不易察觉的力道凶狠地侵犯躲在里面的人。林二姐毫无知觉。她长久地保持仰躺的姿势，脸上布满干糙的沟壑，只有鼻头是湿润的，微微翕动。

张银妮走到林二姐身边，看一眼她的脸，掖了掖并没有丝毫变化的被子，转身来到院子里，将一捆秸秆抱进灶房。浓烟很快扑出来，有一些飘到院子外，迎接万立民似的。他循着柴火味走进院子，放下渔网，将一部分鱼倒进木桶，剩下的倒在院墙边，又从灶房里拿出菜刀，蹲下来刮鱼鳞。进灶房时他没有说话。张银妮坐在灶台边，盯着灶火一声不响。烟雾悄悄攀升。她穿着地主家分来的红绸棉衣，像一团火。早一天，面对堆积如山的衣物，她两眼放光，听到指令，第一个冲向山堆，一把拉住早就盯上的红绸盘扣棉袄。另一件给水生穿的小夹袄她也预先看准了位置，没费什么工夫就抓住了。生活如此慷慨！她鼓动燕子去拿自己喜欢的东西，说，怕什么，最多不过是让还回去。隔了十来天，竟没有人叫还回去。燕子叫她来帮着照顾林二姐，她穿起从未穿过的洋气棉袄出门，遭到嘲笑，这样哪是要干活的？她说是衣服就要穿啊，难不成供着。她刚才去收前夜投下的网，鱼腥味的河水溅上身，她毫不怜惜，只在万立民接手后，轻轻摘下沾在衣襟上的几片鱼鳞。她凡事都平淡地对待，偏偏在万立民跟前从容不得。她暗暗地想要记起他第一次送粮食去书院的样子，却因为当时惊恐，完全记不得了。倒是他去接她，挨了她一刀却连一句呻吟都没有，使她刮目相看。而那时，她除了三个小男孩，已经长久没有接触人了，尤其是男人。她想起坐在船上与他几乎膝盖对膝盖，她的拘谨仅仅是她怕见人吗？她在马车上偷偷瞄他的后脑勺。她还记得她的心虚就如此刻的心虚。可是真的就再没有其他男人了吗？她长得不好看，甚至可以说是丑陋的，身上这件往常想都不敢想的漂亮棉衣也不合体，松垮垮罩在她的小身板上，像是一条棉被搭在一棵不知死活的小树苗上。但她有外人不知深浅的名声，男人们喜欢招惹这样的女人，身边没有一个男人做依靠，却活了下来，那是不是说，所有的男人都能成为她的依靠？

他们都想去试试，却不是抱着成为依靠的想法，而是，仅仅是，招惹她。当然没有谁能成功。她凶狠起来像条疯狗。

鱼汤煮好了也凉好了，张银妮一手端起粗瓷碗，一手持汤勺，一点点往林二姐嘴里送。大多都流出来了。万立民站在一边，关切地说，喝一点吧，好喝，喝了才能活，哪天就能下床了呢。林二姐的左眼皮微微抽动了一下。张银妮突然起身，气恼地说，你自己喂吧。万立民不知所措地接过碗。他已经连着几天没睡觉了，即使是一只碗，他也没有办法拿稳。他匆忙喂了林二姐几口，又说了几句规劝的话，就再也挺不住了，趴在林二姐身边，像中弹了一样，瞬间昏睡过去。张银妮看着他们二人，扭过头。

等到万立民醒来，天已经完全黑了。他坐起来，身上不知何时披上的旧袄滑到地上。他拉起袄子加盖在林二姐身上，掖实堵在她肩头的围巾，摸黑出来。看到灶房里亮着煤油灯，张银妮的身影印在新糊的窗纸上，他便踏实了。

晚饭后燕子终于得空过来，还带回了被她接到家里去，同百味一起玩耍的二毛。二毛独自在院子里打了一会儿陀螺就去睡觉了，看都没看林二姐一眼。那个人总是躺在那，就好像是家中的竹椅，院子里的树，不能引起格外的注意了。燕子带着张银妮睡在二毛身边，悄悄对她说，这样照顾下去也不是事，各有各的生活，哪能天天来？背过身去的二毛突然睁开了眼睛。张银妮说她倒是可以天天来，反正这阵子不忙。那忙的时候呢？燕子问。张银妮在被窝里扭了一下身子，说，忙了再说。

以后她就天天来。一早来，晚上回去。水生有时愿意跟着，有时不愿跟着，取决于前一日二毛是否待他好。即使来了，他与二毛也常常不在家，一同去找百味，在河边黄牛啃草的地方拾粪，或是跑去结了细冰的小池塘，将边缘处薄薄的一层一脚一脚踏碎。张银妮来了也不像万立民那样与林二姐说话，只默默给她收拾屎尿，喂些稀粥。除非万立民在，林二姐的眼珠子几乎不再动了。万立民回来时，张银妮就钻进灶房不肯出来，直到她拍拍落在身上的浮土，走到院子里大声说，我回去了。万立民在屋里应一声，好啊。人只到门口，算是送了。

这一次万立民跟出了院子。

下暴雨，天快黑了水生和二毛都没有回来。张银妮要去找，一面往院门口跑一面撑伞，到门口，身上已经像泼了水一样。万立民站在屋檐下望她，只望见一团湿乎乎紧巴巴的屁股。他的下体立刻胀大了，久违的心火燃烧起来。路滑，我跟你一起吧。他不受控制地跑过去。张银妮正要说什么，万立民已经来到跟前，突然从背后环住她的腰，将她往怀里拉，使劲抱住。她吓得缩成一团。他往后看了一眼，像是在提防林二姐。他将她小鸡一样拎进灶房，翻过来，按在灶台上。她整个人收成了一张皮，合围起来，中间填塞着他，巨大无形。没两下他就喷了。他说他憋得太久了。他用手抹去精液，随意揩在一旁的茅草上，再扳动僵直的张银妮，使她面朝自己，说，我早就听说了。

“什么？”

“你是个婊子。”

她呆呆地看着他，像被他捅穿了。

他在她的胸上抓一把，说，太小了。她这才气恼地打落他的手，提上裤子。他又来了精神，粗鲁地抓住她的手，迫使她自己褪下裤子。他将她抱到灶台上，正面插进去。自从她男人去世，十年了，再也没有男人进入过她的身体。陈长生的手指当然不算。她常常在强烈的饥饿感到来时自己也这么做，指头那微小的体量简直立刻就消融了，哪能跟现在比呢，就像万立民自己钻了进去，进入了一条蛇，他有多大，蛇就胀得多大。她不由自主夹住他俯下的身体，急促地解开衣襟，并不因为他刚才的嘲笑就耻于袒露。她从上到下都要求着抚慰。他的头在她胸前拱来拱去，嘴巴找到她微小的乳头，猛然一叼，又很快松开，探头去看她。几次三番，她的表情越来越惊惧。越是这样他越得意，以为是他厉害，将她弄得飘飘欲死。却很快，他在她几乎凝结的惊惧中察觉出什么，顺着她的目光看过去。

二毛站在门口，倚在墙上，掩起半张脸。

2-2-6

张银妮的脸色日渐红润，身体也开始长肉了。

除夕夜前两天，她做好饭要万立民端去喂林二姐，自己就着锅里残留的稀饭熬了点糨糊，涂在门上贴春联。

翻身牢记共产党，幸福不忘毛主席。横批，饮水思源。

她够不着门楣，搬了把竹椅踩着，高高举起胳膊。宽大的红绸棉袄抽起来，裸露出的肚子上积着一圈肥肉。而林二姐只剩下一副骨架。万立民心不在焉地喂林二姐，眼睛看向窗外。他轻浮地喊张银妮到他那边去贴。张银妮远远白他一眼，骂，驴子老二。

到了三月，中苏友协电影队进驻江黄，要安排住进万立民家，被他拦住。以往大会小会他都乐意参加，如今能躲就躲，连农代会都不去了。二毛扭扭捏捏不愿出门，万立民找各种理由支他出去。

春播到来时，万立民种完他这边的地，就去种张银妮那边的地，几乎不让她动手。他只在晚上种。没有人知道怎么一夜之间张银妮家的地就翻好了，又在一夜之间插满了秧苗。人们打趣说，她家的地就像是坡上的那棵野生楝树，懂得自己发芽开花。

有人在晚上蹲守，要看一看张银妮背后到底有谁。却只瞧见张银妮提着水桶站在坡上，一动不动，头发飞散开来，在风中张牙舞爪。聒噪的青蛙突然噤声。乌鸦飞离楝树落上她的头，一直到天亮才懒懒飞走。事情越传越邪乎。张银妮逐渐发胖的身体也被传言是因为吸了血。小孩子们远远看到她都躲起来。鲁川在院子里垒起一堵墙，将张银妮和水生隔出去。张银妮对万立民说，鲁川从来没有做过这么正确的事情。

秋收时节，万立民在晚上收拢好稻束，天亮以后，由张银妮叫上几个人，送到稻场上打出来。没有人敢于拒绝。只有二毛执拗着，不再同水生玩耍。他们两个同百味一起在江黄小学读书，互不理睬。水生因为张银妮的神秘而有了威严，同他亲近的人不多，但只要他开口，就是一道不容抵抗的命令。二毛沉默寡言，两个人如同调换了灵魂。

进入冬天以后，天气一直冷不下来，人们响应号召走上长堤，进行堤体加固或者在河边建闸，不一会儿就满头大汗。有格外想引人注目的，脱去棉袄，只穿一件薄薄的破洞秋衣，几分钟后，连秋衣也不穿了，骄傲地打起赤膊。

一直到来年二月，有天狂风大作，连着好几日呼啸不止。风由北来，竟不知要往哪里去，就那么停在了江黄。天上逐渐聚集起黑云，一天多过一天，慢慢地将要压到地上。到云重得不能再重，终于落下雪来。一开始是些颗粒，细细撒在屋瓦上，发出沙沙声，接着很快融化。小孩子们一起床，欢呼着跑到院子里，双手捧着，看谁接起的雪粒多。到他们失去兴趣，晚饭后玩耍一阵，在平常的时间睡去，大片大片的雪花无声地飘落下来。第二天睁开眼睛，看到喂完猪食，进屋来已成雪人的母亲，简直要疯了，顾不上穿起棉袄就跑到屋外，扑在雪地上。

张银妮正要拉起这样的水生，却见万立民身披一层白雪，沉重地走来。

“二姐去了。”他喘口气，不再往前走，“你过会儿自己过去，我去把信（通知大家）。”

张银妮定在原地。她强行打发水生去吃东西，自己莫名其妙地往鲁川垒起的土墙边站了站。鲁川家的鲁仗正嘻嘻哈哈铲雪玩，笑声翻过来，一下下抽打她。她从不让水生同鲁仗玩，鲁仗的妹妹鲁鲤长得讨人喜欢，却走不了路，水生自然也没法同她玩。他们两家之间的那道墙早就竖到天上去了。张银妮慌张起来，好像身后的墙被推倒了，鲁川一家又要杀过来。林二姐是她的恩人啊！张银妮平生第一次明确了这个事情。她抬起头，看到雪花箭一样射向自己。

白茫茫的天地间，人们从不同地方扯出一道道黑线，缓缓移动，会聚在渡口边的民巷内，将长长的巷道占满了。燕子带着几位领导，有区里的，也有县里的，拨开人群径直走进堂屋。迎面北墙前的旧条柜上设了香案，顺次摆着盛满酒水的杯盏、油炸鳜鱼、炖白肉和一整块豆腐，正中间竖着林二姐的牌位，刻的是，先室姚母林氏闺名二姐生西莲位。条柜前有一副小棺木，林二姐躺在里面，身上覆盖着干净的白青布料。燕子掀开布料一角，让来人看了眼林二姐的脸，马上丢开。她把万立民叫到一边，嘱咐他办成新式葬礼，费用由组织出。

“她的父亲和两个兄弟都是烈士，她也是。”燕子说着说着哽咽了，转个面抬高声音，“她是我的领路人，她是今天来的所有人的领路人，她是今天很多没有办法赶来的人的领路人！”

人群发出嘤嘤声。

人们挤进院子，默默建立起秩序，依次向前，只为看林二姐最后一眼。满院的白雪都被踩化了，徒留一汪汪夹杂着冰碴儿的黑水。锡箔纸做成的金元宝，枯草色纸钱，挂有挽联的花圈，佛香和白蜡烛，一捆捆布匹，一小篮一小篮鸡蛋，逐渐代替了来人，环绕住林二姐。万立民剪开麻袋一边，套在头上。燕子差人送来许多戴在胳膊上的黑纱，很快又自己提来一袋脆生生的白纸花。她忍住不去劝说万立民摘掉麻袋。张银妮到底没有再剪开一只麻袋，只从燕子手上接过白纸花别在胸前。二毛像万立民那样披着麻袋，呆呆蹲在地上，看万立民在林二姐的脚边摆上脸盆，再装入一些金元宝和纸钱，从灶房引来火，点燃。张银妮想要拉开他离火远一点，他拗着不理睬，一屁股坐到污浊冰凉的地上。

第二天艳阳高照，雪化尽了，道路泥泞不堪。燕子差她男人陈落果走在队伍最前面放鞭炮，余下她同张银妮，还有其他受过林二姐恩惠的乡亲跟在万立民和二毛身后。抬棺的八个人都是老手。不再停柩，直接入土。墓地是万立民早已看好的，在自家地的边上。

查田查阶级的时候，万立民因为父母失踪，兄弟战亡，加上林二姐那边情况差不多，核定了他与林二姐、二毛三人的田量，又作为军烈属，得到一些减免政策。万立民认为政策随时有可能变化，地却是永恒的。又想到老话，宁种黑土一窝，不种白土一坡。便提出，不要那些政策，以原来的水浇地交换从肖景文家分出的上等灌溉水田。区委的一些领导认为万立民这样做等于倚功请赏，丧失了他作为一名共产主义战士的基本觉悟。只是，单单从功劳来看，对应几亩水田也算绰绰有余。思来想去，他们满足了他的请求，只不过不甚痛快，肖家的土地遍布江黄各处，给他的却是一块最远的在走马岗的地。这还都是看在林二姐的分儿上。

走马岗在江黄东北部，与江黄街隔着鲁湖村，走一趟要两个来时辰。泥水路越发不好走，送葬队伍时常要停下来等抬棺人喘气。他们把棺木停在道路两侧苍黄的野草上，尽量避开泥泞。可是在走动的时候，脚下带起的泥水就足够多了，扬到棺材上，走到走马岗时，棺材和人全没了干净样子。万立民的齐肩发在麻袋罩下汗湿了，下身全是泥，跪拜时正好不必顾忌。炸鞭，撒纸钱，恸哭。张银妮挤到最前面，家人一样趴在坟上。二毛暗中找到一粒炸飞的带捻的小炮，引燃，往张银妮身上扔。而她正好直起腰，小炮在坟座处炸响，吓得张银妮往后一躲。也顾不上当回事，她哭着，再一次俯下身。

二毛继续翻找零散的炮仗，转过身却见水生挡在张银妮身前。他毫不犹豫地扔出炮仗，却是个哑的。他愤恨地跑出人群，跑到一棵杨树下，对着树干一通踢，残留的黄叶扑簌簌坠落下来。

等到他们原路返回，路面差不多要干了。经过鲁湖村时，张银妮拉着水生停下来。队伍慢慢离开，越走越远了。

1-3　草图

1-3-1

老画家的展览使我一炮而红。

在一些聪明人那里秘而不宣着一个共识，那就是，我，罗漫，大概是有能力化腐朽为神奇的。这样一来，由于那些真正厉害的画家已经拥有相对固定的团队，个人神经也更为紧张，需要时间观察我，他们要是有什么新的行动，便还不至于用到我。最边缘的一拨又请不起我。这样就剩下处在中间的那些平庸之辈了。一开始我抱着也许有天才埋没其间，有待被发现的想法去接触他们，很快就失望而归。天才可是寻找不来的。但我很快明白了，我目前能做的就是拔高这些平庸之辈，使他们看起来像是暂时的无名之辈。

我策划了其中一个人的展览。一开始，他画各种各样的瓜。我说很好，但，能不能再简单一点？写实的东西除了“逼真”，让人感叹你的画技外，并不容易带来感动。重点是这类东西太多了。能不能找出瓜类共有的富有诗意的那部分，提炼出永恒性，表达一种普遍的社会通感？于是他开始画各种各样的圆。“圆”的意象丰富而有代表性，是中国人集体意识的集大成者。他成功了。这又成为我的一项战绩。我从中获得了一个思路，那就是，想办法找出象征意义，一种类似原型的东西，费尽心思去表现它，这样就比较容易脱颖而出了。

我着手为另一位年轻的画家出主意。

他画山，我应用我的方法，让他画褶皱，从山体上抽取它们坚硬的、柔软的褶皱。我告诉他，画的时候，什么雨点皴、卷云皴、牛毛皴……统统放到一边，要在它们中间找到“似与不似”，找到他最得心应手的画法。他还在会意，我给他时间。等待的过程中，我收到一幅画。

画家快递给我他的画。

我很吃惊，以为他终于完成了他的计划，却发现情况似乎更复杂了。

那是一幅草图，不大，他在背面用铅笔写下这样一行字：“这并不是我要找的那幅，但我清楚地知道，那幅画一定来自于千千万万幅这样的画，我必须练习。”

也就是说，在书稿之外，他又进入了另一个他以为的必要的程序，画画，画画，画到画出的是他认为的那一幅为止。

这还有个尽头吗？我有点不耐烦地将画翻过来。

他画的是一种我从未见过的花的变形。

不知为何，我总觉得自己应该认识这种花。我想了想，大胆猜测它们是红蓼。也就是我在画家的女儿找上门来时，为了获得她的信息，跳跃着翻到的那部分内容中，重点出现的那种花。既是花又是一个人的名字。上网搜索后，我对比一看，果然是。天然的穗状花序使它们看上去像是成熟的红色稻子，沉甸甸的，密密麻麻排列在水边。画家的处理是，一些红色交叉的细小线条，一组一组簇拥着，从天上到地下形成一个半圆。老实说，相对于我正在应用的那个规则,他的画还不够现代。突然之间我觉得这个人可以放弃了。我没有时间等他，他的自我寻找的过程太漫长了。他都不看看自己多大年纪了。

我继续与我的画褶皱的小画家磨合。

他也还算勤奋，四处写生，一出门便将他养了四年的法斗放在我这里。我跟法斗待在一起的时间要比他长得多。他热情地要从更为丰富的实体样本中总结通性。我告诉他说，对，就是那个，我视它为隐秘的神性。渐渐地，他画出的线条有了张力和情感。这是有着清晰路径的上升，所以对于小画家的进步我并不觉得惊讶。

后来的一天，我又收到画家的大作。

起初我连快递包装盒都懒得拆。自从感到也许可以放弃他了，我就对他的这种神神秘秘的形式失去了兴趣。书稿我还在看，只是迟迟没有时间进入下一章。但这仅限于纯粹的对于那些已经挤入我的脑海中的人们命运的好奇。是小画家的法斗帮助了画家。它趁我不注意咬烂了快递包装盒。小家伙是只焦虑暴躁的公狗，破坏了不止画家这一个包裹。但是，唯一的一封信是从画家的快递中散落出的。那种棕色的几乎绝迹的“牛皮”信封，促使我再次捡起了有关画家的一切。

信封里有一封信，但我没有急于去看。我先将装在同一包裹中的卷轴打开。画面上是竖起来的抖动的红色线条，虚虚实实，在蓝色的背景上好似潮湿的闪电余烬，又如强光打在大雨上。不规则的断裂和颤抖，还有视觉上的一种恍然，使我仿佛看到这些红色花朵平凡而不甘的灵魂。由于并不清楚画家上一幅画到这一幅画之间的路径，我被他突如其来的变化弄得发起怔来。

天才是寻找不来的，只能等他们自己浮现。

我展开信。画家写道：

如果你同我一样也喜欢乔治亚·欧姬芙，你就会知道，我目前探寻的重点是什么。是的，欲望需要放大方可予以凝视。

若非画家不知羞耻地打开花瓣，送至人们眼底，花朵那几经伪装的欲望又如何被看见？而被看见难道不是欲望止息的关键吗？欧姬芙用生殖器的象形直视情欲，使用卡通画般饱和的色调描绘它们，回忆一下，它们是不是看起来无比单纯？《楞严经》言众生“唯杀盗淫三为根本”，发端于“爱不能离”。既因爱而起，我看，凡欲求皆单纯，不以大小而论，有问题的是手段。手段不同，欲望的呈现就千差万别起来。红蓼这种长相潦草粗笨，蒿草一样的花，实现欲望的手段是簇拥，以使微小的自身形成群体之势，甚至连倒影也要拉进来。目的自然是被看见。“土劫劣水，抽为草木。”在水边生长的植物，往往忘记了生命诞生即有的优势，不能向内欣赏，而是向外追求，于是幻影成片，于是飘摇成片。我想我已经找到了我艺术上的主角。至于为什么是它们，我想，它们的特性即是原因。又及，我正四处游荡，没有人能找到我。

我折起信笺。

身后响起钥匙开门的声音，小画家回来了。

他背着画板，卡其色满是口袋的背心上蹭满了油彩，许久没有剪过的刘海没过眉毛，看上去邋里邋遢。他走过来抱住我。他的法斗激动地往他身上跳。他踢了它一脚。我说，喂，别伤害你兄弟的感情。他带着我扑到床上。我们翻滚起来。他说，你说说，现在，就现在，为了这一刻，还有什么不能伤害。

我本来想把画家的信拿给他看，又不知为何，感觉那样做的话，似乎隐藏着一种炫耀。这牵扯到我对谁更看重的问题。我什么也没对他说。他在我这里过了一夜，我就把他和他的法斗一起打发走了。剩下我一个人的时候，我把那封信取出来，倚在床头又看了一遍。

“它们的特性即是原因。”

我复又展开卷轴，接着找出书稿。

我把书稿端平，使它底部的截面正对我的眼睛。我看到一些因为翻看而产生的皱起，我用指甲抠开那里——正是我出于好奇，提前看到的那部分内容。我重读了一遍鲁氏父女在河堤上关于红蓼的对话。那之后暴雨来袭。

我决定既顺着目录读，也由这里读开去。

这样，我便在一本书中建立了两个秩序。

1-3-2

泥沙与根系轻浅的野草，断裂的枝杈，残损的花叶一起滚入河水，使之混浊，也使之高涨。鲁开伍的车子在堤岸下摇摇欲坠。堤坝失去了筋骨，车轮下的泥土快被抽空了。车内的三人无一不在想象下一秒也许他们就会被失去着力点的越野车带入河流之中。但是如果他们胆敢打开车门往外跑，狂暴密集的雨柱会让他们直接趴倒在地。

十几分钟后，暴雨如到来时那样骤然离开了。

他们回到鲁家园林，入口通道两侧的架子上空空荡荡。陈叔打着手电筒迎出来，灯光晃到之处，可见地上水淋淋的树叶和发黑的断枝。屋檐下的壁灯接替了手电筒。门前十平方米的空地已经被清扫过，房门开着，扫出更大面积的光。餐厅的圆桌上摆着一壶姜丝可乐。

鲁凌星有些吃惊，还能这样喝？王饶笑说，中国特色。他一面用毛巾擦着湿发，一面为每人倒上一杯，说，园子里湿气大，这个管用。他退到门廊下，脸上的表情纹被顶灯照出更为深刻的阴影。鲁凌星琢磨起他的年龄。他已经开始谢顶，看不出发际线了，应该比鲁开伍小一些，但神情苍老。鲁开伍朝厨房方向转了转头，催促快点上菜。王饶马上过去查看。片刻，他端出一道菜来。陈叔端着另一道菜跟在他身后。

菜还没上桌，有人打电话给鲁开伍。说了没两句，鲁开伍抓起车钥匙往外走。鲁凌星问他出了什么事，他好像得到提醒一般，回过头扬了扬下巴，示意她一起走。蓦地，他又停下来，看着鲁凌星说，你代我过去吧，让王叔陪着。

因为天晴了，这时候的天色倒比他们刚回来时明亮了许多，深蓝色的天空中灰色的云彩薄纱似的飘荡。汽车在黄土路上奔驰，道路在月光的照耀下越来越好走。等到月亮整个跳出来，鲁凌星侧过脸去甚至可以看清王饶鼻尖上的晒斑。她有些紧张，不停地看他。出发前，通过父亲简短的交代，她已经知道了即将面对的事情。她的堂叔出事了。而就在刚才，王饶一面开车一面同她讲，下午他才看见过他，她的堂叔，鲁济安，在镇政府，他突然从大门口侧墙的阴影里跳出来，拦住继书记的车，差点被撞死。他被人拖到信访办，鞋子都折腾飞了。

“他就是一个混子。”王饶毫不留情地说。

这话跟鲁开伍的交代调性一致。鲁开伍说，记住，咱们去管这件事，是出于礼节而不是情义。

前方两团红蓝相间的灯光不停闪烁，人群影影绰绰。

那位据说是四处撒泼的老人，灰白蓬乱的头发，干枯的眼神，打着一双赤脚狼狈不堪，又似乎无所畏惧。他现在被一个眼神飘来荡去的年轻女人抱在怀里，倒显得清爽淡然了许多。女人哀号着，上身前后摆动，弯下腰时，看上去就要亲吻到死者的面颊。她的男人，死去的老人的儿子站在一旁，一言不发。她不时侧过脸暗暗瞪他。鲁凌星认出他来。

有一年暑假她从德国回来，这个叫鲁耀乡的小伙子正坐在他家客厅，接过鲁开伍递上的两万块钱后，起身便走。他走错了方向，走到了主卧边的卫生间门口。看见他迟疑，以为他想上厕所的鲁开伍这才忙说，门在另一边。

那次鲁耀乡是以考上大学没钱去读的名义过来借钱的，但后来他并没有去学校报到，而是用那两万块钱做了彩礼，迅速结婚生子，现在孩子已经四岁多了。鲁开伍零星讲过一些两家人的事情，大都以“不知道为什么”开头。他说有些事情从他出生起就是那样了，既不知道为什么会是那样，也不知道为什么以后也不曾改变过什么。

鲁凌星走到鲁耀乡身边想要同他说话，然而他始终低着头。

他家女人放大了声音号叫，可她平常并不管她公公，只是在跟公家要钱这件事上明里暗里支持着他。他常常将鲁开伍这位亲戚搬出来彰显身份，言语中却尽是不屑。镇上人都嫌弃他，但遇到了，还是要给些面子的，加上他年事已高，没有人会真的把他的胡闹当回事。镇政府的态度也是这样，只要他找上门来，便只是哄劝，只等他累了自己走掉。有次时间太晚了他还不走，便将他安置在门房，此后他就像找到了另一个家，一宿一宿在那里过夜。

今日老头又来了，看门人将他拦住。他站在门口骂骂咧咧，一个没留神就朝继书记的车撞去。再然后旧戏重演，傍晚又下起暴雨，他被送到门房来。就在大家在门房安抚老头时，看门人被继书记叫到一边狠狠批评一番，搞得他一肚子气。雨下得那么大，看门人原以为这一晚跟从前很多个夜晚一样，就这样了。没想到雨停了，他便觉得是老天开眼。得到支持一般，他发狠赶人。看门人年纪也不小了，鲁济安与他当面锣对面鼓地吵吵，并不占优势，他又是个怕来真格的人，面上厉害，大喊大叫，脚下却渐渐发软，三下五下出得门来，还显出是被对方大力推出来的，作势一屁股跌在地上，骂骂咧咧很久才爬起来。很久才爬起来一开始是因为戏要做足，紧接着他便知道戏过了，毕竟这把年纪，身体悬空落地，虽然是自己缩成一团装模作样的，路面的硬度和筋骨的老朽却是真实的。有那么一瞬间，他感到动弹不了了。待缓过来，周身有了知觉，却滑到了另一个极端去，心脏暴跳，长满老茧的脚丫子还抽起筋来。看门人早已在愤怒中关上了门。不远处有两个住在这条街上的人走过，因为早已见识过他如此这般，也不去管他。光线暗，他们走开了，也就看不清他究竟如何了。他好不容易才爬起来，又在下一秒毫无防备地倒了下去。

鲁凌星的堂叔，鲁耀乡的父亲，鲁开伍的堂兄，鲁济安，他年轻的儿媳妇抱着他的尸体，哭声穿过门前长街，往田野上飘去，直飘到细山，飘到还看不见收成的桃园上空。

一直让鲁济安愤愤不平的事就是在那里上演的。

一开始是甲家要征地，鲁济安不知从哪听到的误传，说甲家背后的大老板是鲁开伍，他一个鲁湖村出去的人，必定会想方设法在鲁湖村圈地。甲家到鲁湖村来做工作，说，就是想让你们住到好一点的地方去，这里地势高，雨水一少就旱，水吃不上，庄稼浇不了——虽然其实也没多少人种地，整个村子几乎空了。鲁济安坚决不同意。他守着荒掉的地，死也不肯让步，价钱谈都不谈。你鲁开伍有钱是吧，我让你有钱没处花。他发动其他老人说，地可是祖上传下来的，谁卖谁就是忘本。再发动妇女说，荒着也不能卖，等你们男人回来了，看你们败了家底，作死打你们。他到区里告状，说村委会在没有任何村民同意的情况下要把地卖了。他大闹区委。无论如何，这么下去都很难收场，甲家于是让步，改买卖为流转。鲁济安嗤道，障眼法罢了。这事就放下了。等到乙家过来，想租地种桃树，鲁济安脸一变，很配合地就把地给了别人。他的说辞是，第一，这是流转土地，是租，不是卖，租期到了地要还回来的。好像他不知道甲家后来做了让步。第二，租金高。反正荒着也是荒着。事实上在租金方面，他的参照对象是甲家之前承诺的数额。那是一个很低的价格，因为并未有任何人对此进行过加价谈判。这件事最后成了。鲁济安认定这是对鲁开伍的巨大羞辱，内心里十分得意。不承想，甲家在塔河村拿到了地，租金高出这边两倍还不止。鲁济安炸了，认为这是鲁开伍的报复。从此他就成了镇上的常客，一定要让有关部门出面将他们的租金提高到甲家付给塔河村的一样多。

“这不是痴心妄想吗？”继书记说，“再说事情跟你们鲁总一点关系也没有。”

与王饶下午才见到他时一模一样，继书记在任何时候说任何话，脸上都挂着平和的微笑。

他到得比较晚。工作人员向他小声汇报了一番，他不声不响穿过人群，挤到鲁济安儿媳面前，说，回去吧，先办事，把人好好葬了，其他的等警察调查清楚了再说。鲁济安的儿媳妇立刻说，哪来的钱下葬？人是在你们门前没的，过了这一刻，啥凭证都没了，我找哪个去？人就是你们害的！年年月月地跑来讨公道，没人理会，这还加害上了，别想脱干系。……要我们走，二十万，现在给。继书记说，别说二十万，两百块我个人也做不了主。女人说，那就让老头烂在这儿吧，反正是个苦命人。

她男人鲁耀乡已经看到了鲁凌星，但并不确定是她，只是隐隐觉得这一刻，里一圈外一圈的，围观的人太多，这样闹十分丑陋，便要拉他媳妇走。她甩开他，骂，冇得出息。王饶把继书记拉出来，凑到他耳边说，钱我们来出。继书记立刻叫办公室的人去写一份收据和承诺，叫女人签字按手印，说明二十万块钱两清，从此鲁济安一家不得再找政府麻烦。

临走时，鲁耀乡犹豫着问鲁凌星是不是鲁凌星。鲁凌星说是。鲁耀乡点点头说，我说像呢。鲁凌星一时不知道该同他说些什么。人群散开，继书记从长裤荷包里摸出烟，点上。他向外拉扯T恤衫的领子，好让风钻进去吹汗。他胸前背后汗湿了一大片。他用了两根烟的工夫讲鲁济安，讲到“痴心妄想”时，他把烟头扔到地上，右脚尖踩上去踬灭了它。王饶向继书记介绍鲁凌星。继书记冲她点点头。在回园林的路上，鲁凌星犹豫再三，还是向王饶提出问题，问他怎么看这件事。

“这是你们的家事啊。”王饶含糊着说。

“这是我父亲的家事。”她停了一会儿，好像在组织语言，之后望着窗外，一字一句地补充，“我从小在春江长大，根本不知道我的堂叔、堂兄和嫂子是什么样的人，也不知道他们从哪里来的，我对他们的了解甚至还比不上对你的了解。他们就跟那位姓继的书记，跟被抓走的看门人，跟那些在河里捕鱼的人，跟所有陌生人一样，既然我回到了这里，就必然与我有着什么关系，但究竟是什么关系呢，像是一种暗中的纠缠，因为太隐晦，太难以理解，让人不由得想要涂抹干净，觉得，要是什么都没有就好了。”

王饶抽动了一下鼻子，目视前方。他以一种漫不经心的方式说着话，好让鲁凌星觉得没那么沉重。他说：

“大小姐啊，你跟这里的关系可是撇不清的。看着就眼前这些人吧，其实呢，看不见的才更多呢。别的不说，就说你们鲁家，这鲁济安之下还有鲁济平，你父亲的妹妹，你的姑姑鲁红蓼也是一大家子。他们可不是凭空冒出来的。先有他们，才有你。这个顺序不能忘。再看这鲁家园林，很多年前是走马岗的地盘，这当中牵扯多少人。不要以为你跟这些人没有关系，你要在园林里干事业，挖一锹土，土里都是这些人的气味，你可不能当他们都不在了。”

“我有点后悔了。你可不要跟我爸爸说这个。说真的，我觉得我不该来这里，我跟这里格格不入嘛。”

“姑娘，来与不来，有时候我们自己可说了不算。”

2-3 当家

2-3-1

人人到了走马岗都会喜欢上这个地方。

1953年秋天，一切都显现出强烈的发展愿望，人们精力旺盛，见面兴奋地握手，镰刀使得飞快，收割在集体的欢笑声中结束，秸秆好像永远在燃烧，到处都是火焰以及火焰熄灭后黑色焦灼的土地，连绵不绝，在不时响起候鸟叫声的平原上，这意味着结束，也象征着开端。

而走马岗的不同之处在于，在这样的景致之上，竟然有一条长长的繁华街道，像是城里那样，要知道，在江黄真正的中心，江黄街，也不过只有一条短促狭长的交易市场，不及走马岗上的三分之一长。多年前，走马岗的两个大地主你追我赶，肖家在自家这边建起一间店铺，斜对面的陈家不甘示弱，必也建起一间。慢慢地，串联出气象来，在别处买卖物品都要赶集，这里却不必——肖陈两家对走马岗的最大贡献不在于那些挂上了各自名号的油粮店、布匹店、茶馆和钱庄，使得这里的面目趋近于春江才有的时髦，更重要的是，他们开创了一种只建门店，对外租铺的类似自由市场的交易模式。肯租铺位的都发展成了商人，大多数农民是绝不肯花哪怕是一分钱的，他们仅仅是临时占用点儿地方，赶双数日子来到这条合并了两家姓氏命名的街道摆摊，卖点土货，多少赚点贴补家用。这些现在都看不到了。

刚解放的时候，肖家大着胆子迎合，交出了一些产权模棱两可的地，满河边的两处堤产公场也被肖家自动剥离出去，姿态一度放得很低。私下里，肖家继承人肖景文想的却是如何将损失补回来。他暗中囤粮囤盐，哄抬物价，却被国家抛售整得下不了台。陈家破天荒第一次主动约见肖景文，商量共同出资找打手抢劫国家粮仓。肖景文问了他一个争议不断的问题：这条街到底是叫肖陈街还是陈肖街？陈家掌柜回，还是那句话，你叫肖陈街我不管你，我叫陈肖街你也别管我。肖景文摇摇头望向窗外，徐徐说，什么肖陈街，什么陈肖街，都要没有了。他转而表面应允，人就是不到位。陈家气急败坏自己上，第二天就领了牢狱之灾。肖景文开仓放粮，最后门也不锁，举家再度迁往春江。

这条街果然被重新命名，昔日花里胡哨的招幌不见了，代之可以取下来拿在手上的三角形小红旗，随时变换的宋体字标语不由分说贴上各家门板，时间久了落下一两个字，随风在整条街上来回飘荡。

红旗街。

万立民喜欢这个名字。他每隔七天到走马岗看林二姐一次，完了转到红旗街走走看看，发现临街有许多空房子，一打听，都是肖家和陈家的房产，但他们不愿承认，索性推给租户，租户更是不知去向。到林二姐七七结束，万立民下定决心把家搬过来。这当中他只在头七那次，在经过鲁湖村时，犹犹豫豫地钻进过张银妮家，却被她控制不住的哭泣弄得心烦意乱，以后再也不肯过去。搬家的事他也没有告诉她。他有点不明白，林二姐还在时，他们可以当她不存在，林二姐没了，他们却怎么也绕不开她了。他怀着复杂的心思搬离了林二姐家，从她意气风发到卧床不起，再到咽气，那一幕幕，他必须要摆脱干净才能活下去。

他把家安在红旗街东面最末尾的地方，既邻着集市，又方便随时去地里干活。

余下的空房子陆续有人搬过来占了，多是走马岗本地人，也有人悄悄将自己的亲戚嚷来。他们大都不像万立民那样，地就在旁边。这使他们忌妒起来，又不免狐疑，暗中去大队告状，一口咬定万立民来路不正。当他们得知他是军烈属，又是在著名的五师打过仗的，当着大队干部的面，他们惊讶地张大嘴巴，说出崇敬的话，往回走的时候，却又愤愤然重重落下每一步，不时踢一脚路边的野草。他终究与他们不一样啊。傍晚的时候吃饭，万立民端着碗一出来，原本坐在自家门口边吃边聊的人突然间就不说话了，陆续起身回到屋里。万立民不理会这些，闷头吃饭。二毛心里不舒服，一次以后就再也不去外面吃饭。他找不到伙伴玩，每天盼望着能在学校多待一会儿。远近只有江黄小学这一个学校，他搬了家，却用不着转学，还是能与水生和百味玩，虽然他时常认为他们两个愚蠢可笑。有一天他放学后往家走，离着还有三户人家之远时，一个女人靠在门边上问他，你妈妈呢？

她一定是故意的。

他妈妈林二姐就埋在这附近啊，从他家出门右转，街道陡然断掉，陷入一大片田野，他妈妈就躺在那片田野上，哪儿也不再去了。二毛狠狠瞪一眼那个女人。女人双手揣在袖筒里，懒洋洋又是不经意的样子。她的皮肤很亮，牙齿发光，两只折上来的麻花辫悬在耳边，刘海剪得齐整密实，盖住了眉毛。回到家，二毛故意打碎一只闲置的空酒瓶，收拾起玻璃碴儿，兜在衣服里，晚上偷偷溜出门，铺在女人家门口。第二天他一早起来，躲在女人家侧面的巷道口，听见她开门，紧张地扒住墙，屏气听着。女人像是伸了个懒腰，习惯性长吁短叹一阵，突然间大叫，接着大骂，间或哎哟哟发出疼痛的叫喊。万二毛捂住嘴巴，高兴地跑进巷子，走另一条路上学去了。

2-3-2

女人是解放前红旗街还叫肖陈街或是陈肖街时，被一个卖杂货的外乡人找来的。他有天在路上遇到一对讨饭的父女，父亲痴痴呆呆，女儿长得体面，神情羞怯，问是哪里人，她低下头，轻轻道，周河。他同她父亲商量，要这个女伢夜晚陪他。父亲不言不语，只像平常那样举起手里的破碗。起初父亲还隔三岔五过来，得到一碗稀饭一点腌菜就很满足，含笑走了。后来就不来了，也不知道去了哪里。解放后，忽一日街上挂满“婚姻自由”“一夫一妻”“反对买卖婚姻”的标语，干部们挨家挨户做宣传。女人当即指认说，与她住在一起的那个男人，在老家可是有老婆的。男人眼看着生意不能做，早就动了返乡的念头，怕又惹上什么事，夜晚悄悄走了。女人成为《婚姻法》出台后走马岗的典型。她说不清楚自己姓什么，从哪里来，到底有多大。可日常生活中她的智力却没什么问题。也许潜意识中，她不愿再提从前的事吧，选择性遗忘了。现实也就按照她的记忆来。她说她叫冬梅，登记时就写上姓冬名梅。她说她三十岁，登记时就据此推算出出生年份。她分到一亩地，红旗街的房子也归了她。有人不服气，说她凭什么。有人就说，要这样想，她要是晓得老家在哪里，就会在那里分得地，也有房子。现在那边的地和房子不必给她了，可以分给别人。这边的呢，不能分给别人，给了她。在社会主义大家庭里，这是公平的。渐渐地，大会小会上，作为典型，不单是干部们常常讲述冬梅的故事，她自己也愿意讲两句了。即使有些会跟宣传《婚姻法》无关，她因为训练了胆子，也比其他人活跃一些。

这一天开会时她便问：“意思是，往后有人帮我种地？”

会是在肖家祠堂开的，所供牌位已经被肖景文暗中收起，带不走的好桌椅也被他命人砸了。走马岗村改乡时，乡政府搬进来，修修补补了好一阵。等到人们过来办事开会，这才发现，好多桌椅都是两条腿是本来就有的，也看不出是什么木头，只觉得油滑光亮，结结实实，另两条腿是新加上去的，那种遍地都是的杨树条，疏松易折，样貌不比不知道，同高级货绑在一起，就只觉得丑陋。各种牌匾，像“江山肖氏支祠”“敦亲睦族”“慎终追远”“寿高期颐”这样内容的都被蒙起来了。稍微悬得高一点，内容又比较寻常的，就不再管它们，比如“一生谨慎”“源远流长”。

“帮什么，我给你种。”有人调笑。

干部说：“莫笑，这件事情好严肃的。”说完继续宣读文件，“土改后农民的生产积极性，表现在两个方面，一方面是个体经济的积极性……”

有人起哄：“积极性我晓得，个体经济是个么事？个体经济的积极性又是个么事？”

干部拍拍桌子，说：“安静，个体经济就是个人干事，个体经济的积极性就是你个人干事的热情。”他接着宣读，“党既不能粗暴地挫伤农民的个体积极性，又必须提倡组织起来，发展农民的互助合作积极性。”

“这个互助合作是不是就是一起干事？”又有人问。

干部再一拍桌子，说：“这会不用开了，都明白了。”

底下的人哄笑起来。

蹲在最后一排的万立民感觉会开得差不多了，裹紧棉袄，往门口移了移，准备散会时第一个走掉。女人坐在中间靠前的位置，上身坐得笔直。她回头朝笑得最大声的地方望一眼，不经意间滑过万立民，使他正看着她的目光立刻弹开，好像看她是件见不得人的事情。

“自主自愿。”干部最后说。

人们三三两两聚到一起，接着招呼临近的小团体加入，组成更大的群。万立民站起身，默默看了一会儿，转身走了。冬梅挑了一个人人家里都有牲口的组，钻进去，讨好每一个人。但是第二天，这些人家开始暗中宰杀自家的牲口，他们含着眼泪，咬牙切齿，手虽然是颤抖的，仿佛于心不忍，下起刀来却又快又狠。与其轮流给别人家干活累死，完了肉还得分着吃，不如先死在自家手上，至少肉都是自己的。他们把鸡关起来，下了蛋赶紧收走，放入篮子里，吊到房梁上。送到组长老蔡家里去的都是些无关紧要的东西，挖锄、镰刀和连枷之类的，这样似乎就具有了互助的形式。老蔡为此又修了一间侧屋，连着长街后面的田野。老蔡有个凶狠的老婆，她把大家送来的农具统统埋进稻草垛，并不是谁想用就能用。

冬梅一个人在红旗街，没有能力像其他人那样改造房屋，在原本只是门面的屋子后面添加院舍，也就没有地方堆放农具。她也没有钱去置办。她要干什么都只能借。冬梅去老蔡家借农具，若是老蔡不在，必定借不到。凡是女人去借都要碰壁，何况是个来路不明的单身女人。

这个冬梅就是个雏鸡嘛。

老蔡媳妇在很多场合都注意观察冬梅，根本不相信她已经三十岁了。那么一张闪动着绒毛的圆脸，什么时候看都汗津津的，光洁得能照出人影来，顶多只有十八九，再往后，这样的荣华就要被风沙和人世一点点消磨掉了。

小妖精，莫要缠上我家老蔡。

这天冬梅去借挑担，老蔡媳妇笑着迎出来，一面说，不巧啊，借出去了，一面转身去抱稻草烧火。冬梅正要走，却见老蔡媳妇哎呀一声弯下腰来。冬梅看清挑出草垛的是冲担牛角样的铁尖尖，上面挂着那女人的血。

冬梅空手出来，看到万立民肩挑担子站在不远处。

他问她，你要借什么？冬梅没有理他。这个被排挤的外乡人还是不要同他讲话为好。她也是外乡人，却是被树成了典型的外乡人，不一样。她不安地沿着墙根走，越过他跑着回家了。几分钟后她犹豫着出门，想要再去哪里借借看，却见一副挑担放在自家门口。隆冬阴郁，眼见各种沉重，独这挑担轻轻巧巧。冬梅左右看看，畏畏缩缩担起来，往池塘方向去了。

2-3-3

事后每当他们提起最初，冬梅便故意不提他后来跟到池塘，拦住她要打赤脚下到冰凉的水里，一切由他来的事。他着急说，可不是只给了你一副挑担，还给你干活呢。冬梅就饶有兴致地要他讲。以至于后来万立民什么事都想不起来了，却能完整地讲述出事情刚一开始，在黑黑的冬天的池塘里发生的事。

那天他俯下身子在泥浆里摸索，双手耙子一样很快耙住一条鱼，又一条鱼，扔上岸。他把挑担两头装满，堆起小山。黑泥糊得他满头满身都是。他落在肩头的头发因此全都粘到后面去了，露出耳朵来。那左边的黑洞吓坏了冬梅。她努力表现出什么也没看到的样子。有人过来担泥，看到他们，看到他的耳朵，窃窃私语。冬梅就唱起歌来：

后生哥啦，站稳来呀哟喂哟，嗬嘿嗬。一担塘泥哇，嗬呀嗬嗯，嘿嗬。一担粮呀，嗬呀嗬嗯，嘿嗬。既积肥来哇，嗬呀嗬嗯，嘿嗬。又修塘呀，嗬呀嗬嗯，嘿嗬。

她将众人的目光吸引了过去。

她的嗓音温和羞涩，连串的转音就像她嘴巴里哈出的热气，在凝结稠密的阴冷中悠然一晃，消失了，紧接着再冒出一缕，弯弯曲曲往上游移几步就又不见了。万立民也听呆了,等到他察觉到什么，心里一慌，想要用手去拂头发，却是越拂糊上的泥巴越多，粘成一缕一缕，怎么样都挡不住耳朵了。冬梅冲他左右摇了摇头。他放弃了遮掩。他缓缓垂下手，又猛然提起，搭住担子，身子往下一蹲，双腿再一挺，担起担子。

一个在江黄街隐藏了好几年的秘密，就这样在走马岗公开了。

先从小孩子起，叫万立民独耳朵，慢慢地都开始这么叫。万立民心里不气恼吗？他后来发现，他真正气恼的是他的耳朵没有了这件事，倒不是别人这样叫他。但是耳朵没有了是事实。冬梅说这有什么不好，打仗打没的，又不是被狗吃了，光荣着呢。她大模大样叫他疤耳朵，强调的是他的负伤，是伟大的历史和光荣的经历，而不是痛苦的失去。但是人们私下里传，耳朵能丢，别的东西就能丢，谁知道是什么呢？

到了来年春天，冬梅的稻田被万立民担的塘泥沤得肥壮，两个人卷起裤管，弯腰站在田里插秧。万立民比冬梅插得快，转回来与冬梅碰头，他看一眼她，感到那是爽朗和勤劳的林二姐，晃一眼看到张银妮，又是沉默和欠缺体力的，像个小伢。惊惧骤然闪过，他使劲搓了搓脸，看清冬梅微微上扬的嘴巴，甜蜜地说着让他慢一点的体贴话。她越这么说他越有劲，踏着泥水一路插过去，一畦一畦插满了。

两人再来到红旗街后面的田野上——他们商量着怎么样才能将冬梅的地与这里的置换到一起。远远的，二毛站在林二姐的坟前，看到他们过来，侧身转到坟茔背面，半蹲着，双手扒地，像猿猴那样快速跑动起来。

万立民问冬梅："那是谁？"

"你糊涂啦？二毛啊。"

"哦。"

"哎哟哟，你莫这样。"冬梅推搡他一把。

二毛手里扯着一条肮脏的围巾。他偷偷从江黄街的家里拿来了好些林二姐以前用过的东西，这条围巾是他最喜欢的，时常绑在脖子上。他长着他父亲姚长林那样的大身板，脖子长长的，黑色围巾套在上面，走在黑暗中，脖子像被砍掉了一截，留下来的两截不相连却又坚挺地立着，显得更长，也极为恐怖。但他不以为意。他总是起很早去学校，天黑透了才回来。

他们的学校在江黄街东南面的大屋冲后岗上，一排新起的红砖房子加上一面悬在屋顶的国旗，在绿色的山岗上格外显眼。站在校舍东墙的柿子树下，不仅能看到不远处的小学，还能望见盘踞在满河边的一大片巷道户。二毛以前跟林二姐和姨婆林知雀就住在那里。后来姨婆死了，只剩下他跟林二姐。再后来就来了万立民。他们有时候会提到他的父亲姚长林，可二毛想来想去，对姚长林的所有想象总会落在万立民——这个浑蛋身上。

水生和百味也在江黄初中读书，他们三个因为有在觉知书院背书的底子，成绩比别人都好。在二毛看来，老师的眼里只有水生和百味，他让他们两个一个做班长一个做学习委员，他呢，给二毛的位置是无足轻重的生活委员，就是因为他每天到校很早。这太滑稽了。他越是问他为什么不住校还能来得那么早，他越是不要听从他的暗示，什么这样很辛苦，也不安全，就是要他住在学校嘛。另外，水生和百味的家离学校近，不需要住校，他原是可以与他们不一样的。他偏要仍然与他们一样。这样一来他就只能早出晚归了，一个人走在长长的乡间小道上，原野寂静无声，天上有月亮的时候还好，如果堆积起厚厚的云彩，他便连路都看不清。但他现在闭着眼睛都知道该怎么走。

他时常在中午休息的时候，或是下午不上课的时候绕到河边的老屋里打扫一番。但他住不下来。他也不知道自己为什么既留恋又痛恨这里。隐约有一些沉重的事情从过去延展到现在，以看不见也感觉不到的方式雕刻他，从血液到毛发，就像被风塑造的树，如果足够歪斜，它的年轮和枝干就是扭曲的。二毛的牙齿过于凸龅，手掌上纹路不清，说最平常的话也像打雷，要么就沉默，来来去去只有一道刻意弯曲的影子。这些都很好地对应着逝去的风一样的过去。他把一些东西从过去带入当下，脖子上的黑色围巾便是其一。毛线已经糟透，爹成一团乱麻，他仍然要戴。他知道林二姐离开之前一直借助这条围巾封堵被窝，一想起这个，他就抓住围巾捂在嘴巴上，仿佛要阻止自己叫喊。

他还时常到家了不回家，离开家时又不完全离开，坐上林二姐的坟头。如果有人来——通常情况下不会是在晚上，只有在清晨，过于眷恋土地的人扛着锄头，在太阳滚出地平线之前，那已经适应了黑暗的眼睛，在一点一点接受光亮的同时，越来越轻易地辨认着哪里需要嵌入锄头，翻动它就像给予爱抚——这时二毛就垂下手臂，摸着坟头的草，接着是地里的庄稼，四条腿的动物一样悄然离开了。

万立民无论看见二毛在哪里，在干什么，都像没有看见他。

不然怎么办，多说一句事后都要回忆，检查自己是不是有私心，因为不是亲生的就看不惯。反倒是他与冬梅的孩子，刚生下来还只是一个肉球，就不允许他哭得太大声，毫不留情地打他，有时还用水泼他。冬梅像是被万立民下了迷药，一天到晚只知道附和他，认为孩子这么吵闹当然该打。直到万立民问冬梅二毛是谁，她才回过神来，在他再一次发狂时挡在孩子身前。可是当他平静下来，认认真真去干活了，她看着自己骨瘦如柴的儿子，觉得哪里都不对劲，这个时候只要他胆敢哭上一声，她便朝他噼里啪啦扇巴掌。

到了孩子能自己跑了，只要跑得动，二毛到哪他跟到哪，像个皮球一样在他脚边滚来滚去。他还跟去学校，走多长的乡间小道都跟得上。那是因为，只有二毛常常撩起他的衣服看他身上的伤口，问他，疼不？

到了二毛十六岁的时候，四岁的他开始回报他。他在二毛把女同学拉进玉米地的时候蹲在田埂边帮着望风。女同学很快跑出来，惊慌得差一点踩上他。二毛慢悠悠出来，叫他，兵王，走啦。

2-3-4

从第一次听到啧啧声开始，万立民就总在见到什么人的时候把兵王唤过来，大手重重落在他瘦小的肩头。拍打间，他得意又满不在乎地叫出兵王这个名字。对面的人当即挑动眉毛，张大嘴巴赞叹，这名字大气。万立民顺理成章地炫耀，谁让我当过兵呢。顺理成章地讲述起那段暗无天日的壮烈时光。难免越讲越来劲。他说他身上所有的东西都炸飞过,除了脑袋。脑袋要是炸飞了就找不回了，人就完蛋了。其他的东西都能找得回，趁热就行。耳朵找不回就是因为冷了，接不上了。对面的人惊慌地呜呜两声逃走了。万立民自己在那继续讲，对着空气，手盖在兵王肩上，不时狠狠抓上一把。兵王垂头站在万立民身旁，万立民不发话他不敢走，意识却早已离开了现场。

他有一个虚幻的食物构成的世界。

他知道什么是疼痛，更知道什么是饥饿。疼痛可以忍受，甚至在持续的疼痛中，痛感会消失。饥饿不行。饥饿是他腹中不断收缩的气囊，如果没有食物填塞，它就吸食残渣和黏液，如果这些也没有了，就吸食薄薄的一层皮肉，使腹部前后几乎要贴合在一起。这时候就只剩下挤压感了，它产生的不是疼痛，是空空如也仍象征性存在，是消失而不得，是苟延残喘，是狂躁与绝望。

兵王腹中空荡而脑壳盈溢，装的是，鸡蛋、豆腐、面条、豆丝和各样蔬菜，藕、蛾眉豆、菜薹这些。鱼和肉他放入得十分谨慎，一周最多两次。在他的心目中，那是极为神圣的东西。而神圣，难道不是因为难得一见吗？他脑海里有的就是这样一片天地，并不比真实的世界更美，因为东西总共就是那几样，长得也一样，鸡蛋不会变成方形，豆丝不会是大红色。不同之处在于更妙，他可以无限增加它们的数量，怎么吃都吃不完。并且极为纯粹。没有万立民也没有冬梅，没有二毛，没有任何人，没有屋舍、长街、田野和山岗，没有满河、沙河和小池塘，没有桌椅碗筷，这些无关紧要的东西一样也没有。只有吃的，且是他喜欢的吃的，在亮白没有边际的时空中转来转去，他随时随地取食，咀嚼、吞咽，腹中的空洞一点一点被填满。只有在这个时候，世界才经想象被确认。他看着眼前的万立民，知道他在，但完全可以当他不在。

有人打断万立民，要他赶紧去领救济粮。万立民这才想起一家人已经好几天没有正经吃东西了。身体像是要配合这样的意识似的，使他立刻丧失了刚才的劲头，变得虚弱无力起来。与其他人兴奋匆忙的样子全然不同，他缓慢甚至略带哀伤地朝粮站走去。

而兵王已经具有了一种虚构的饱腹感。从家里出来，仅仅是转了个身，他看到一片被洪水洗劫的田野，即将抽穗的稻子一身焦黄呆呆站立，待阳光暴晒几日便可一推就倒。孕育万物的土地此刻就如万立民，兵王走在山岗上，往下看，从这个庞然大物上看到一无所有。饥饿感再次袭来。他想了想，决意去学校找二毛。二毛总有办法弄到吃的。

走到鲁湖村时，他看到水生趴在路边小树林里，盯着知了猴在地上打出的不易察觉的小洞。洪水刚过，有知了猴吗？他这么傻盯着，怕是饿昏了头。兵王叫水生一声，问他怎么没去学校。水生迅速看了他一眼。“停课了，还去什么学校。”他说着话，十分不情愿地站起身，提起身边打了结像是兜了什么东西的烂衫，用另一只手懒懒拽了拽松松垮垮的大裤衩。兵王看着他。这个赤裸上身，脚上也没有穿鞋的大哥哥，嘴边已经钻出了大片胡须，眉毛由眉心向后斜斜扬起，形式上英武不凡，眼神却没有什么光泽，行动也拖沓。

远处传来张银妮唤他的声音，水生，水生。他便独自缓慢地往山岗那边声音传出的方向走去。兵王不知道该继续向前还是回去。他有点走不动了。他突然察觉到这一片杨树林完好如初，脚底动一下就会扬起尘土。怪不得水生这么快就不再守着知了猴洞了，恐怕已经抓到了，要是这样的话，必定不止一两只，一碗才足够使他离开。兵王想要跟上水生。他好不容易爬上山岗，倚在楝树树干上。水生跟在张银妮身后割断被泡死的稻子。张银妮知道兵王。她第一次看见兵王跟在水生后面就从他长长的小脸上看到万立民的影子，抖抖索索塞给他一大把花生。

她这么做不是因为她喜欢孩子。在她还是鲁家媳妇的时候她就知道，她这辈子都不可能生出孩子，这成为她不喜欢孩子的原因之一。之二还是因为水生这个孩子身世复杂，使她感到人生难以理解。她于是便放弃了去理解，只想方设法地活着。水生来了，那就接着，除此之外再也不主动承担什么。她不再找男人，不再想要一儿半女。而她顺着这样的逻辑，就会觉得万立民不再找自己了是特别合情合理的事情。你看，他是想要给万家留下火种的，这有多愚蠢，多一个人就多一张嘴哪。所以，她对兵王好，也不是惦念与万立民的旧情，而是可怜他的愚蠢，和这愚蠢带出的艰难。当她这么想的时候，她再看见兵王，再塞给他什么，就相当理直气壮了。只是，近些时候，她越来越难以找到什么吃的可以给兵王了。

她看见他出现在楝树下，问水生：“你刚才找到了什么？去给他一点。”水生吃惊地看着她：“凭什么？”她无端地往周围看了一眼，在满目的焦黄中重重落下镰刀。

兵王感到自己已经没有力气走下山岗穿过田野走到水生身边了。那么回家呢，回到走马岗去就会好一点吗？那里受灾最重，家里没有一点吃的。差一点，冬梅就要将洪水退去后留在墙脚的死老鼠烧着吃了。她抓起肚子胀得发亮的死老鼠，只到她腰间的兵王凑上前看究竟。“是肉啊。”她说。兵王被它粉红色细小而僵直的腿吓得呕起来。头顶上的大喇叭刺啦两声响起一句话：“洪灾过后，不要靠近动物尸体，它们已经发生霉变，有毒，绝对不能动，更不能吃。”这句话重复了好几遍之后，又说，“蓄水池和水井里的水也不能喝，要等着区里来人消毒。”冬梅不再往下听，只自言自语道，老鼠是动物吗？

要是万立民领救济粮已经回来了呢。兵王朝远处看了看。阳光使他睁不开眼睛。他走了两步，蹲下来，最后趴在地上，睡着了。

2-3-5

二毛在林二姐身边挖了个坑，将冰凉的兵王投进去，接着转过头，看水生一眼。水生斗胆说：“死都死了，不如给活人吃。”二毛一脚踹在他的肚子上。“吃个鸡巴。”水生一个趔趄，手上用破烂汗衫兜住的花生泼撒出来。“小心把你也埋了。”二毛瞪他。水生光脚将花生一颗颗驱进坑里。花生砸在兵王身上，发出轻小的坠落声。二毛又投进去两支老玉米和一小串陈年干辣椒，也不知他是从哪里找到的。这些东西衣服一样几乎掩盖住了兵王身上的伤。烈日烤着他们，淹埋兵王的土块中混合着二毛的汗珠。最后他们坐下来，看到万立民晃晃悠悠走来。他们什么也没跟他说，只看着他弯腰捆扎干枯的稻秆。直到他们离开，留下一座无名小土包，都没有惊动他。

“就是这里。”

水生指着兵王遇见他时，他正在扒的老鼠洞。那时他之所以立刻站起来，是不想暴露这个洞。这个洞里藏了大量花生和玉米粒，还有一些小小的叫不出名字的野果。他需要讲述事情的来龙去脉。兵王之所以走上他家田埂上的山岗，死在上面，这个过程二毛逼着他还原。老鼠洞而不是知了猴洞不想暴露也得暴露了。二毛追着水生痛打他，水生流下眼泪，不做任何反抗。当他们安静下来，双双瘫倒在树林里，他们之间的关系重新变得亲密了。有一个问题水生一直想问二毛，一直又觉得不好问，这天他终于问出了口。

“你为啥从不喊我屋里的老娘？”

“你管我。”

“那是，谁能管你。”

冬梅半个月后才想起兵王来，她看到一岁半的小女儿还是不能走路，骂她，蠢货，你哥哥像你这么大早就跑来跑去啦。转头朝一个空洞的方向望望，嘟囔，死哪去了？

学校通知大家都回去，再集体带出来，到田间学习灾后抢播。基本上是走到谁家地里，这个学生就留下来，到最后集体也不成集体了。

有一天二毛正学着万立民的样子从渠里引水，看到一队学生走来，当中有个人格外胖，个子又高，却套在一件小而旧的蓝布干部服里，斜挎帆布包，比任何人都难看，却比任何人都趾高气扬。二毛看着这个人,看着看着激动起来。这是去年转去城里上学的百味。他如何变成了这个样子？二毛向后跑，不愿意同百味讲话。百味也没有看见他，倒是认出了万立民，粗着嗓子同他打招呼，叔啊。万立民停下来，恍恍惚惚看他一眼，摇摇头，接着干自己的事了。百味有些纳闷。带队的老师见万立民不能交流，就将队伍往附近一块地里带。二毛从另一条道跑到鲁湖村，叫上水生。

“快！”他说。

水生跟上他，问他怎么了。二毛只是跑，水生也只好跑。跑跑停停，喘口气，再继续跑。他们穿过田野，找到一间废弃房屋，爬上去。

“那个胖子，”二毛说，“看。”

水生看过去，立刻大叫：“百味！百味！”

百味左右转转，视线只在平行的范围内搜索，最后他歪着头甩一甩，伸出左手小指，掏了掏耳朵。

到了这一年冬天，先是张银妮听说觉知书院要重建。她问，什么是重建？就是要将原来的推倒，建新的。传话的人说。张银妮满怀心事地在田里做活儿。三天后她终于忍不住，一个人坐船去了旧街。看到灰瓦白墙的觉知书院好好地站在孔子山前，她扑到墙边，伸直胳膊。她感到她的胳膊顺着两侧的围墙不断拉长，一直到书院的背面，两只手碰到了一起。

她把书院抱在了怀里。

她的哭声引起一个担木箱的人望过来，他正要进入书院。张银妮问他，这些都要推倒吗？那人说，修补一下。张银妮跟进去看怎么修补。她看到两三个他这样的人在里面做木工活儿。他们把一些表面毛糙的桌子和条凳刨平，缺胳膊短腿的也给补起来。最重要的是，一些朽掉的神龛和匾额，他们选择合适的木料，一块一块连接起来，刷上松油，使它们焕然一新。临走，张银妮问那人收不收徒弟。回来以后，第二天，水生就被张银妮打发走了。

再就是，万立民终于谁也认不出了。

他的眼睛里空无一物，却又好像装着万物。他半夜照例起来抱干草去喂牛，看到栏里什么也没有，月光洒在地面上，没有一道蹄印，他便要走进去踩一踩，学着牛的样子突然间跌倒，在并不存在的洪水中扑腾，哞哞叫唤着，双手撑在地上往前滑行，慢慢出了院门。也只到院门口，外面的风兜头一吹，他便立刻从地上爬起来，回到屋里继续睡觉。第二天早上他知道怎么穿衣服，也知道怎么吃饭。出门前他把手搭在眼睛上望天，太阳太大和没有太阳都能惹他叹气。接着他熟练地操起锄头，从后门出来，面向田野，像看见了最亲爱的人，狂喜着飞奔而去。所有农活都不在话下。他钢铁般的双手直接与土地和作物接触，轻易地翻扯它们，使它们按照他的心意变化。

这是何等艰难的事情。

整整一个秋天没有下一滴雨，进入冬季以来，燥热的土地没有一点冷却的迹象，人们仍然穿着入秋时的衣服，在收成无望的情况下，悲观地平整土地。只有万立民一直等待着，每天都去抚摩稻叶，不让冬梅砍掉它们。无奈之下，冬梅引来生产队的农机。她先将他推到一边，再招呼农机轰隆隆轧过去。他被这个庞然大物吓着了，转身漫无目的地奔跑，直到精疲力尽。第二天一早，她带他去挑塘泥，他竟然完整地讲述了第一次帮她挑塘泥的情形。冬梅只是觉得惊讶，没有表现出更多兴趣，他也就说着说着停了下来。

池塘里的水是往年的三分之一，抽水机只随便突突了两声就将水抽干了，露出的淤泥不再发亮，也没有往年那么黑，就好像一坑烧过纸留下来，点了水的灰烬。有人站在池塘边发竹签，用来计工分。万立民挑起几十斤重的担子，双手还能撒开，左手接过竹签，转到右手上，再转到左手，如此玩弄一阵，走出一大截路才专心挑担。冬梅跟在他身后，挑得不多，竹签上的计数也不同。小女儿走在他们中间，已经能跑了。

二毛很晚才过来，脖子上的黑色围巾已经汗湿。他习惯了它要么扎得皮肤发痒，要么渍得脖子上起一圈痱子。尽管如此，他从来没有想过要取下它。他从远处走来，脑袋在长长的脖子上晃悠。冬梅直起腰，骂，早晚要断掉。她知道他去了哪里。闲话早就传来，风一样从江黄街刮到走马岗，他们说，万家儿伢要做赘婿咧。可是她从来管不着他。隐隐地她还觉得，自从有了这样的传闻，他倒是变得正常了，不再动不动坐上坟头，鬼一样游来荡去。这倒好了。

二毛一早去了女同学家，在江黄街的老房子那边。那里成为这场洪旱相连的灾难唯一放过的地方。原本属于他们家的地，虽说因为秋旱薄产，但聊胜于无，早就收割好。受到老天另眼相待的人们更积极地担粪担泥沤肥，在臭气熏天的田间欢快劳作。被二毛拉进过玉米地的女同学站在人群中，看到二毛又来帮忙了，左右看看，低下头。她的父亲板起脸，压住周围的哄笑声，推给二毛一副犁。女同学牵着牛走到他身边问他跑这么远累不累，他接过套杆，架在牛身上，默默看她一眼，以眼神中沉稳坚定无所谓的气息回答了她。

2-3-6

很自然地，在某个年龄上，一些事情就会发生。那时候，二毛只是凭着直觉找来了一个大约是不会激烈反抗的女同学，照着万立民同张银妮在灶房干事的样子，探个究竟罢了。他自己首先储备了无从忽视的冲动，时常面对下身突然间硬起来这件事，不知如何是好，又感到它必然灌满了什么，一定要将它们释放出来。他将手放在上面，想提供一些帮助，如此他便无师自通了。

那位女同学巴不得每天都没有人注意她，无论谁说了什么，只要面向她，她就一副惊慌失措的样子，更不要说提到她的名字，或者同她讲话了。她自始至终都在颤抖。二毛反倒想要招惹这样的她。

没有什么事都这样，要是真有什么事怎么办，会不会四分五裂？放学后，二毛跟上她，同她讲话。她紧张地快速眨眼睛，不断问，你说什么？二毛重复一遍。她逐渐安静下来。二毛说要去掰几根嫩玉米。她马上重新激动起来，说都不知道是谁家的。二毛伸出手，将她推进玉米地。为了防止她喊叫，二毛捂紧她的嘴巴。但她只是一张嘴在他的掌心里拱来拱去，弄出源源不断的口水，一点声音都发不出来。他尝试了好几次都不知道怎么开始。他确凿地知道自己在发烧，集中在胯下，坚硬如铁的小东西在她腹部戳来戳去。她如垂死的鱼一样无声地翻腾。眼看事情不可能有任何进展，二毛放开了她。待他从玉米地里出来，他将一早就说好在此等候他的兵王骑在脖子上，带着丝毫不见松弛下来的兴奋回家去了。第二天，女同学包了两根煮熟的玉米给他，装作不经意地经过他，放在他的桌子上，接着又如她一贯的那样，慌里慌张跑出教室，接二连三撞到人，连连跟人客气，点头哈腰。他们后来又钻了两回玉米地，都没有成功。后来他把她带到老屋，在灶房，一下子就进去了。那天他正好十七岁，虚岁十八。他说了一些情话，她是全班女同学中最漂亮的，她的腿好看，他将来会娶她，等等。她像是冷得不行，哆里哆嗦，仍然没有一句话。他倒是真的越来越喜欢她，就喜欢她不说话，由着他，暗暗地体贴他。有时候半夜醒来，他再也睡不着，就爬起来去看林二姐。黑暗中，有一种无法准确捕捉的情绪飘荡着。

一场大雪眼看就要落到江黄。

灰色的河流蜿蜒向前，在深蓝色乌云的腹下，河水像拌上了沙子，混浊不堪。从江黄街到鲁湖村，再到走马岗，人人都不时望一望天，等待着神圣的冬日之雪大驾光临。万立民站在门口。他刚才去了趟供销社，拿了人家一包糖没有给钱，也没有人察觉，直到他转了一圈又转回去，对做了售货员的老蔡媳妇说，看，糖。

“他把我认成冬梅啦。”老蔡媳妇说。

二毛将他领回家。他进得门来，这才像是明白了，揣起袖子倚在门口，没有再出去，也不再走来走去。门外的光亮将他的身子拓成一道影子，这道影子又在地上投出另一道影子。两道黑色，臃肿，哀伤的影子。二毛踏着影子站了一会儿，趁着雪还没有落下来，迅速套上围巾，拉开万立民，走了出去。他先去供销社赊了一包糖——正是老蔡媳妇从万立民手中拿回去的那包——再去江黄街找他的女同学。女同学不在家，她父亲说她去食堂了。

“那是一份好工作。”

她父亲嘴唇乌紫，仅有的几颗歪斜牙齿上布满黄斑，说起话来，嘴巴那里好像有个黑洞，根据说出的话的不同，一时变大一时缩小。

二毛犹豫着往外走，几步后又退回去，站在门口说：“叔，我屋里老头快不行了，我想着，好歹让他经历件高兴事。”

女同学的父亲点燃烟斗，噘紧嘴巴，没有作声。

二毛拉了拉脖子上的围巾，进一步说：“我想娶小荷。”说着，他伸出藏在背后的左手，将抓得牢牢的一包白糖递到他眼前，“这个您收着。”

“就凭这？”她父亲咳嗽起来。

“我还能干活。”二毛说。

“就那么一块地，只能种那些东西，累死累活就那样，生不出金子来。”她父亲站起身，看着远处。云层变成了黑色，压过来。他猛咳几声，好不容易才止住，便马上说，“再说我有两个儿子，用不着你。你家呢，不是换了好地吗，又如何了？回去吧。”他转身要进屋。

二毛发起怔来。

她父亲看他还不走，背过身去把手一挥，说：“小荷不可能找你。”

二毛直觉得浑身发冷，脖子上像缠了条蛇。他破天荒第一次拽下围巾。雪花飘下来，落在他的脖子上，一朵两朵，被风一吹，化出的水滑动起来，像更多的蛇。他抹了抹脖子，出门跟人打听食堂在哪。

路上不时听见有人高声呼喊，下雪啦。远远近近，有时粗声粗气，有时尖厉稚气。老天爱给不给的庄稼人的希望，在仿佛是整个人间的惊颤中，一片一片落到田野里、山岗上，落到二毛暴起血管的脖子上。原本挂着江黄小学牌子的大门口换成了大号排笔书写出的红字，像是一副楹联。最上面的四个字是：江黄食堂，左右两边竖着写下的是：食堂是我家，生活集体化。每个字的下面都有拼音。二毛熟门熟路走进去，被五间教室打通后的辽阔吓了一跳。窗子还是些小窗子，光线有限，摆满了方桌和长条凳的大厅阴暗潮湿，散发出浓浓的馊水味。有人听见响动迎上来，问，怎么这时候来了？饭还没好呢。二毛不吱声，径直往后面走。那人凶起来，嚷，喂喂喂，干什么的？二毛回身给了他一拳。走到厅堂尽头，那里有一道门，门缝里飘出白烟。二毛推开门，温暖的水汽扑面而来，使他脖颈一热。小荷站在一摞巨大的蒸笼后面，头上戴着白帽子，一只耳朵上挂着口罩的挂圈，口罩耷下来，露出她习惯于颤抖的嘴唇。她身边站着一个同她一样装束的男人。他们两个既像刚刚拥抱后分开，又像刚刚穿好工作服后走到一起。无论怎样二毛都觉得陌生，这感觉将他推到十万八千里之外。他自然垂下的手臂上缠绕着围巾，有一端一直拖在地上，拖了一路，围巾已经由黑色变成了泥泞的灰色。

隔天，大雪终于落下来，万立民踏雪出门，再也没有回来。

冬梅拍遍红旗街每家每户的门，叫上一群又一群人去找都没有找回来。二毛自己又默默找了半个月。最后,他回到林二姐身边，在紧挨兵王的小土包边上又挖了一个坑，倒入石块，掩埋起来，垒出一个假坟。雪已化尽，泥土冻得硬邦邦，等二毛在坟头拍上最后一锹土，距他挖出第一锹土，已经过去了三个多小时。这件事越是不容易做，他越是感到踏实。

这一天后，社里大大小小的事要给各家传达的话，说到万家，找的都是万二毛而不是冬梅。第一件事就是进行人口普查。干部敲门进来问，万二毛在吗？接着递给他一张表。大字不识的冬梅不知道万二毛将她的年龄写小了五岁，更不知道他又马上改了过来，以维护理论上冬梅作为奶奶的合理性。后来成立贫下中农协会，社里到乡里，他被一路推荐上去。他读过书，明白文件的意思，在会上说得出“建立贫下中农协会就是要对各级政权实行民主监督”这样的话，深受会议组织方重视。而对他来说，他之所以认真领悟会议精神，在会上尽量说得漂亮，是要争取下一次参会机会。因为他发现，去开会竟然吃得着米饭和鸡蛋，有时候还有肉。不知道是突然间被推到家长的位置上使他成熟，还是受到食物驱遣使他产生出向上的欲望，在万二毛的身上，竟渐渐呈现出某种气势来，仿佛万立民生前莫名其妙不见了的清醒和刚正猛然间在他身上睁开了眼睛。他对冬梅换作指派和教训的口吻，以一种理所当然的态度参加各种集会，因为能一字不落地读完每一本印成小册子的毛主席著作而成为典型，很快被一个尖嗓门大脚板的姑娘伢看上。到他们要办事，水生拖家带口从旧街回来了。

“你倒舒坦。”二毛说。

水生嘿嘿一笑。

万二毛告诉水生，百味也有孩子了，他去区里开大会，百味已经当上了干部，手里拿着文件，组织所有参会人员排队进入会场。他认出长脖子龅牙齿的二毛来，握住他的手使劲摇晃，会后还带他去家里吃了顿饭。百味的母亲燕子已经做了大领导，见到二毛，她摘下眼镜，笑眯眯地端详他。百味的小儿子，他们唤他小焰，刚刚通晓走路的神奇，嘴里咿咿呀呀欢叫着，不停歇地满屋跑。

水生听到这些很高兴。

二毛没有告诉水生的是，百味一家住在远离田野的房子里，上厕所不用出门，地上铺着水泥，成套的家具上涂着松油，光可照人。四下没有一粒灰尘，尽管人很多，却听不到什么声响，叫人不敢大声说话。吃饭的时候他们一家人一直在谈论化肥厂的事情，出现一些温和的争执，他听不太明白。他去过一次便不好意思再过去。

1-4　动机

1-4-1

细山只是一个大一点的山岗，却是鲁家实实在在的靠山。

三幢屋子一字排开，北面的墙体就是山体，最早的时候简单用石头塞住缝隙，后来用加了稻草的泥巴抹平，再后来就用水泥，现在左右两幢都贴了瓷砖，只不过从成色来看，右边的用料更讲究，无论从花色还是硬度、光泽来看，都着实气派一些。这幢楼整体重建过，往上加了一层，楼顶有个平台，正好与细山平齐，连接处开了道门，可以从山上直接进入屋子里。不过倒是没有人这么做过，这幢屋子重建后就一直空着。最左边的那一幢也修缮过，屋顶的茅草被青瓦替代了，木头门早些年拆下后放在院子里当晒板，不用的时候就竖起来靠在窗户边上。现在的门是铁门，轧制成型，拓着“富贵人家”几个字。窗户换成了铝合金边框的，印有商家名称和联系电话的黄色保护膜没有除去，一半粘在边框上，一半剥离下来，懒洋洋垂着。最中间的空地砌了间简单的石头房子，成为储存粮食和圈养牲口的地方。棚子前铺着石砖，一条道通向左边那幢屋子，一条道通到院门口。院子建了高墙，将三幢屋舍都包了进来，墙体上贴着朱红色的瓷砖，远远望去好像是一户亲密无间的大家庭。

汽车加大马力跑上斜坡，在院门口停下来。

鲁耀乡早早候在那里。

他头上披着白孝巾，衬得本就黝黑的肤色越发暗沉。他不时撩起有几处破洞的圆领 T 恤擦去脖子上的汗，脚上的红色塑料拖鞋已经褪色发乌，鞋底外侧磨得只剩下一道浅浅的边。

一开始他站在自家屋后的岗上，尽量朝鲁红蓼家的界线上移，那边邻近马路，能够看得远一些。他从车辆在公路上还只是一个黑点开始就提起一口气。看清了是鲁开伍的车后，他跑下岗，沿着屋外的院墙一路到了院门口。他的目光殷勤而胆怯，追随车辆一路行到眼前。

鲁凌星记得这里。

从院门进去，右侧这幢贴满高档瓷砖的小楼比幼时加高了一层，却不如印象中那样庞大。是她长大了，视角发生了变化吗？听父亲说，这里自鲁红蓼出嫁后就没人住了。地洞倒是还在，鲁红蓼定期往里面送东西，渐渐地，就连地洞也放不下了，便堆出了地面，在小楼后的山岗下，在一片荒地之上，好似一些新物种，一天天从土里钻出来。鲁红蓼在荒地上搭了个棚子，为她收的旧物遮风蔽雨。随着旧物堆越来越大，棚子也越搭越长了。鲁凌星爬上细山后岗，一眼看到鲁开伍说的那个棚子，白色发灰的塑料瓦楞顶，凹槽处还滞留着前几日的雨水。棚子下面是受到保护的一些腐朽的木头椅子、水桶、柜子这类块头比较大的东西。她走过去，细细在地上查找起来，很快就发现了铺着浮土和新鲜杂草的地洞入口。从前，鲁红蓼常常带她从灶房那里进入，从这边钻出来。鲁红蓼打头，待鲁凌星从地洞里出来，她便守在洞口叫她小老鼠。小小的鲁凌星被逗得哈哈直笑。现在她蹲下来拂了一把浮土，却发现，入口挡板上的拉环不见了。

她黯然走下山岗。

院子里有棵栀子树，还有棵橘子树，挨在一起，旁边摆着竹椅，鲁开伍坐在其中一张竹椅上。看到鲁凌星转回来，他将身边一把空椅拉到离鲁凌星近一点的位置上，示意她坐下来。

鲁耀乡端出几杯茶，怕漏水，每杯茶套了两个一次性塑料杯。他先递给鲁开伍一杯，像是作为交换，鲁开伍从手包里取出一个装满了钱的信封，交给他，同时问他事情办得怎么样了。鲁耀乡十分激动地把信封放在两掌之间来回搓，缩着肩膀在鲁开伍身边坐下来，半晌吐出一句话：“还是想看看有没有办法土葬。”

鲁开伍不置可否。

他起身走出院子。几个人跟着他一起绕到细山上。他们第一次打开与小楼平台相连接的那道门，踏上平台。底下的院子里有人搬来一只大花圈，鲁耀乡迎上去招呼。他刚注意到站在楼上的鲁开伍他们，眼睛一眨，人就都不见了。

“行了，走吧。”鲁开伍说。

他缓步走下山，并没有理会前来接应的王饶，而是继续朝斜对面走去。那边有条公路，再往前是片小树林，穿过去可以看到一道与公路平行的山岗。山岗上爬满了只到脚踝的野草，唯独在中间的位置上生长着一棵巨大的刚刚结出果子的楝树，它宽阔的树冠微微摆动着，似乎有意向两边延伸，为整道山岗提供阴凉。鲁开伍看一眼它，认准了方向，低下头一口气爬上去，头刚一抬起来，眼里就充满了泪水。

山岗下有一大片桃树林，每棵桃树都有着粗壮的结节与骤然斜出的枝杈，细小的叶片挂在上面，并不茂密，但集合起来从高处看，就好似浅淡的绿色织锦，由山岗下一直铺到远处另一条公路绵延起伏的地方。

“这里好，”随后到来的鲁凌星气喘吁吁地说，“世外桃源。”

“你知道这一大片地以前是什么吗？”鲁开伍问。

“荒地吧，”鲁凌星说，“田地不是开垦出来的吗？”

“那是最开始，”鲁开伍说，“我指的是种上桃树之前。”

“这些天我多少听到一些，有一个词叫什么，撂荒，对，是这么说的，田地无人耕种，被人抛弃后长满了杂草。他们说你要为此负责，因为凡是能种地的都跑到你的公司盖房子去了。”

鲁开伍抽动了一下圆溜溜发红的鼻子，脸上浮现出淡淡的笑意：“那是他们在那个时候所能做出的最好的选择。”他慢慢走到楝树下，站进一片阴影中，“回过头去看，哪一步是我们在当时可以避免的？没有，甚至那种看起来有很多选择摆在面前的时刻，所有条件其实都在告诉你，你只有一个选择。”

“跟我妈妈离婚也是这样？”

这冷不丁的一句，使鲁开伍好似深睡中被人摇醒，极端烦躁起来。他神经质地拂了一下额头：“凌星，我们不谈这个。”

“我没有讨伐你的意思，就是一问。”

“以后不要再问了。”

他们不再说话，沉默着走下山岗。

王饶已经将车开到了路边。

经过一段田间公路，车辆右转进入红旗街。

这里车多人多，两旁尽是商铺。王饶扶紧方向盘耐心避让着。不远处突然响起鞭炮声，围观的人们捂住耳朵向后躲闪，占据了马路。王饶不得不放慢速度。这个过程中，透过灰蓝色的烟雾，鲁开伍看到，在与围观的人群面对面，站在刚刚扯下红绸的招牌边上的几个人当中，万年河面带微笑地鼓掌，是最沉着的那一个。

而他正好越过人群，向鲁开伍缓慢行驶的车子望过来。

他们四目相对。

鲁开伍举起手示意了一下。坐在另一侧的鲁凌星好奇地凑过来。她看见万年河冲她父亲点了点头。

“姑父。”鲁凌星犹豫地，并不是很确定地说，“这不是姑父吗？”

“开快点。”鲁开伍小声吩咐王饶。

他扫了一眼那块招牌上的字，某某集团驻走马岗办事处。

鞭炮声停下来，人们重新围拢上去。王饶踩了一脚油门，蹿离了这截拥堵。鲁开伍竖起耳朵听万年河的发言。

“……办事处的建立，必将推动走马岗经济发展，带动百姓增收致富。”

后面再说了什么鲁开伍就听不到了，但仅这一句就使他直起身来。他迅速从手机中调出一个名字，陈保焰，正要拨打他的电话，他想了想，重又放下。他看了一眼后视镜，人影在青烟中喊喊喳喳，梦境一样越来越远。

早已退回去坐好的鲁凌星，胳膊肘撑在窗棂上。一间间店铺倏忽而过。汽车转了个弯，驶上乡间小道，霎时间，车窗被一片绿荫铺满。鲁凌星转过头来，像是酝酿了很久，因而显得语重心长，她说：

“这里的人，你们之间的关系，能不能不要这么奇怪。”

鲁开伍哼了一声，说不上是不屑还是没有办法，抑或只是轻轻的毫无意义的一声叹息，并非是对鲁凌星的回应。

汽车在鲁家园林门口停了下来。

1-4-2

“嗨！”有人跟我打招呼。

这是在去往上海的火车上。我略略抬头。在看到她是谁的同时，我合上书稿。画家的女儿，书稿中的鲁凌星，改头换面，身着一条红色紧身长裙站在我面前，胳膊肘架在我旁边坐的那个人的椅背上。那人自她在他身旁站定，便一直别别扭扭调整着坐姿。

“我来是想告诉你，”她柔柔地说，“他也会去。”

那不过是名不见经传的小画家的画展而已，何劳画家从隐匿中现身？不但如此，消息还是被他一直提防的，也是他隐匿的原因，他的女儿鲁凌星早早掌握？

“你不相信？”

她轻轻拍了拍椅背，好像一位老师敲打黑板，想要引起注意一样。她还嫌得到的注视不够吗？我感到全车厢的人都在看她。不过很快我就明白过来，她焦躁的小动作完全是为了辅助她的话做出的，她的目标只有我一个人。听到她的话我毫无反应，这一点让她很不满意。

我起身带她走到车厢连接处，告诉她，我对她提供的信息没有任何兴趣。

“听着，我不知道你过来告诉我这些是因为什么，你怎么找他是你的事，他怎么躲你是他的事，我不想掺和进去。我只是一个等待同你父亲合作的人，他准备好了自然会来找我，也有可能，他准备好了，却跑去找别人了，这也没问题，懂吗？他跟所有有可能同我合作的画家一样，目前为止都只是‘有可能’，并且仅限于艺术上，与艺术家本人的生活没有丝毫关系。”

“这就遗憾了。”鲁凌星朝另一节车厢的方向望了望。

看来她真是有备而来。那里坐着小画家。出发前我告诉他，我没有买到座位连在一起的票，我们在不同的车厢。他对此反应木讷，上车后也没有如我担心的那样要求调换座位。而我已经预备好了台词，如果他提出换座位，我就说，算了，别麻烦了。他应该看出我想一个人待着。至于我为什么想一个人待着，一方面我想借旅途上的空闲阅读画家的书稿，这件事不能让小画家知道。另一方面，也是根本上的，我与小画家的关系，我还没有想好要不要继续下去。

这种情况下，分开坐是明智的，不然他一定要像八爪鱼一样黏在我身上，不管车厢内其实是公共场所。

“对于你对他的支持，”鲁凌星朝小画家的方向扬了扬下巴，说，“我父亲显然觉得不应该，要实地考察一番。”

“知道吗？你对他太好了……现在全世界都知道你对他太好了。”

她又往小画家那边望了一眼，接着便从我身边走开了。

我看着她，看她走到小画家的座位旁边。小画家站了起来，背对我我都能想象出他目瞪口呆的样子。她引导他，同她一起走向前面一节车厢的连接处。五分钟后，小画家满脸通红地回来了，低着头，从自己的座位边上走过了都不知道。他很快折回去，气息飘忽地落座。我回到自己的座位上。

“你对他太好了。”

我重温鲁凌星的话。

我不就是帮他做了画册，做了几次展前活动，借助朋友的力量在几个影响力比较大的公号上卖力吆喝吗，不是小画家我也会这么做。突然之间我感到问题走偏了。画家在这条路的尽头，在画展上，我可能会见到他，这才是重点。而我对于这重点，一直没有表露出任何情绪。至于鲁凌星，她以为画家对我有什么特殊的情感，想一想她对小画家的逗引，就能理解她为何这么想了，浪荡货看任何人都浪荡。不过，我了解，依照小画家的口味，她还要再孟浪一些才好。五分钟太短了，还不够将他拖到卫生间。

坐下来之后，我开始担忧。画家知道他的一举一动尽在他女儿的掌控下吗？

我想起他给我留过一个电话号码。他说，不到万不得已不要联系，这时节算是万不得已了吧。

我打开手机通信录，找到只有一个“画”字的联系人，编短信给他。

“你在上海吗？”

“在。”

回复几乎与发出同时，这惊人的速度与他的隐匿如此不相称，使我不由得怀疑起，他其实在以无处不在的魂灵的方式与我交流。我一直在我的节奏中，而他，全凭喜好忽远忽近。我抬头四下看了看。

“你女儿告诉我的。”

“我知道。”

我紧张地把手机扔到一边。

接下来他有一番解释，只是，因为我的头脑被搅得乱七八糟，直到火车将要到站才有勇气去看手机。

他说我对小画家铺天盖地的宣传使他注意到了这位年轻人的画作，怎么说呢，还是很不错的。——此话从一位傲慢散淡的隐士嘴巴里说出来，委实令人惊讶。——比例恰当的不拘章法的褶皱，泥土的停顿与流失，时间得以具象表达，核心意象的归纳，准确的调性，一笔达成的观念，等等，最可贵的是，这些妙不可言之处，没有一点故弄玄虚之态。无山而观山之万仞，无色而感野色苍茫。他想要实地去看看那些画。至于他的女儿，他说可能我有所误会，他隐匿起来从来不是因为她，对她，他已经有所交代，在他留给她的那张纸上，他说，全没了，这就是交代。所以，他从来不担心她。倒是她，一直声称在找他，却从不见找上门。

在画家眼中可贵的小画家已经随着下车的人流走到了车厢尽头。他也不等我，冲我挥挥手就着急走出车厢。待我下车，我看到他与鲁凌星站在一起。鲁凌星背对我，蜂细腰身搭配浑圆的屁股，吸引每一个走出车厢的人盯着她看。站在往来的人流中，小画家讨好地同她讲着什么，两只手不自觉地玩弄起背包带。他看见我走过去，侧了侧身，向我介绍说：

“她去我那节车厢找人，结果认出了我。”

鲁凌星转过头来。

小画家连忙向她介绍说：“这是我的策展人，罗漫。”

鲁凌星热情而不失沉稳风范地说：“你是策展人啊，太成功了，展览还没开始，人就已经红了，我身边的朋友都喜欢他的画，我是特地来上海看画展的。”

“那么我们画展见。”

我伸出手，与她的手还未触到一起便朝出站口走去。小画家依依不舍地回了好几次头。他责怪我有失礼节。我停下来不耐烦地盯了他一眼，他这才醒悟了，不再提她。

盛大的画展开幕式上，该来的都来了，比如一个在国际艺术市场已经成为中国当代艺术代言者之一的著名人士，我通过老画家联系上他。小画家的画展开幕在上海安排在这一天，其实是在得知了他的行程之后才确定下来的。为此我甚至让小画家处理掉了他的法斗。我们两个待在上海期间可没有人帮他带狗。小画家十分不舍。我说那你就带上。他到底还是假装将它遗忘在宠物店了。著名人士对我发给他的小画家的作品大加赞赏。敲定他之后，我再联系其他人，便将他的旗号搬出来，基本上，没有谁不是一口答应下来的。那么不该来的呢，比如鲁凌星，也来了。她穿一件黑色露背长裙，站在嘉宾席外围。我们的工作人员看到她隆重的样子，还以为是什么重要人物，主动请她入席。我正要上前阻拦，被小画家挡住了。

"人家千里迢迢过来的。"

小画家一会儿要发言，情绪需要保持稳定。我耸了耸肩走开了。

我转了一圈没有看到画家。

一周后，展览结束了。画家一直没有出现。身价大增的小画家每晚都与鲁凌星在一起。到最后一晚，他回到我身边。我说你又何必回来。他说，她什么都跟我说了。我问他说了什么。他摇摇头，装作不在意地说，她来这儿不是因为我。

鲁凌星勾引小画家的动机是什么？

这成为我与小画家当天晚上重归于好的基础——这一点太重要了，共同对一个话题感兴趣。小画家唯唯诺诺地坚持说是他的画吸引了她，而我却认为，除了最原始的那一条——小画家外形俊朗，使她产生性欲，其他的，因为无从判断真伪，而变得完全不用考虑。这样的想法反过来刺激着我的欲望。我们那天晚上在一起的感觉好极了。我死死掐住他，疼得他大叫：

"你在报复吗？"

第二天我们坐火车回春江，上车后，小画家在他的那节车厢停下来，而我要再往前走一节。我说一会儿见，他点点头。

我回到书稿中最开始的那条线上继续阅读。

刚刚看了一段，不知为何，内心也如当中的人物那样产生了恐慌。我起身走到小画家的那节车厢，发现他的座位上空空如也。几个迟来的乘客从过道上走过，嘴里小声说着借过借过。我反身走下火车，四下张望。铃声响起，列车员招呼我赶紧上车。那一刻，我感觉自己被丢弃了。我简直要一屁股跌坐在月台上。不知所措中，我看到小画家在车厢内拍打车窗。

“怎么回事？”他急匆匆走到刚刚关闭的车门前，拉住我的手。

我气喘吁吁：“你去哪儿了？”

“卫生间啊。”

我摆了摆头，推他回去。他笑起来。

“你以为我走了？”

我回到座位上。太丢人了。我用画家的书稿将自己的脸掩起来。

2-4　信念

2-4-1

一个晚上加起来，陈百味不过迷迷糊糊睡了半个小时。大风频繁撞击窗户，窗框激烈晃动，窗帘飞起来。有那么几次，压制性的呼啸声持续不断，陈百味暗地里恐慌：就要破窗而入了吗？

好不容易熬到窗外透出淡青色，陈百味看看表，翻身起床。他一遍遍拉扯衣帽，捋平上面哪怕是一丝一缕的褶皱，使衣襟和帽檐的朝向更为端正。最后，他郑重其事地在左侧胸前别上一枚闪闪发光的毛主席像章。昨夜辗转反侧就是为了这一刻足够准时。风已经停了。微亮中，院子里的小路似乎失去了尽头，静静躺在橘子树下的金黄色果实看上去并没有比昨天更多，而那些仍然顽强挂在树上的，也没有减少多少。昨天晚上的动静都是真实的吗？陈百味猛拍脑门，在疑惑中打开门。冷空气围上来，他捂住嘴，打出一个谨小慎微的喷嚏。

培训地点在万洲饭店一个中等规模的会议室，从陈百味家走过去不过二十分钟。他生怕迟到，距开会时间还有一个半小时就出发了。大街上已经热闹起来，深蓝色浓重的晨雾中，人们三五成群，交谈时嘴里哈出热气，穿着简单却一丝不苟，与陈百味身上的装束没有什么差别，就连小开口的衣领和脚下黑色棉鞋的白线纫边，这些细节都十分一致。

庄严的时刻，从接到会议通知开始，也许更早一些，从“最高指示”光一样照到头顶上的时候就开始了。陈百味牢记他母亲的话——“我们必须感激”。他挺直上身坐在第五排最右边的位置上，恭敬地将工作人员发下来的学习资料，几本印成红色封皮的小册子，《为人民服务》《纪念白求恩》《愚公移山》《关于纠正党内的错误思想》《反对自由主义》，按照发放顺序摆放整齐。随后又发下来几篇紧急油印出的文章，底部无一不标明了出处，《人民日报》《解放军报》，或是《红旗》。主席台上市里来的干部用食指弹了弹话筒，说：“我们这个培训班是在伟大领袖毛主席视察华北、中南和华东地区时所做的最新指示的光辉照耀下办起来的，我们一定要提高思想，统一认识。”陈百味按部就班，毫不含糊。三天培训下来，他被评为“活学活用毛泽东思想积极分子”，得到一套精美的毛主席像章。回到家，他将这套像章恭敬地摆放在朝南的窗台上。为了防止再出现晚上大风将要冲破窗户的情况，他用钉子将窗户封死。事后数了数，密密麻麻一共钉了三十七枚。

母亲说他太紧张了，他摇摇头说，紧张才是正确的。

一周后县革命委员会在一片整齐划一的掌声中挂牌成立，县武装部领导出任主任，陈百味的母亲魏东燕不仅没有争取在革命委员会中任职，还请友人在县医院开具了一张证明，以身患重病为由，顺利从县委书记的位置上退下来。三十岁的陈百味不动声色地配合魏东燕办理手续，在她离职后，进入革命委员会常委班子，第一件事就是对曾经是魏东燕主抓的新建成的县化肥厂的资产阶级倾向问题进行处理。

而那个时候，魏东燕已经秘密回到了江黄乡下。始终不愿意搬到城里与他们同住的父亲陈落果，一早陪同魏东燕沿着满河河堤向北走。阳光穿透厚厚的冬日云层照在静静的水面上，形成的发光区域宛若一条巨型鲤鱼灰色透明的鳍背。魏东燕停下来，想要找到一条可以下到河滩上的路。陈落果裹紧棉衣蹲下来，伸手抚开一片蓬乱的杂草，说，走这里吧。

等到他们重新走到河堤上来，不远处渡口边的晒场上已经站满了人。从他们的角度看过去，人群密密麻麻拥挤着，向新近搭建的高台边移动。台上站着四个人，其中两个举着两根细竹竿，将一道两米见长的横幅绷直。横幅上有七个黑色手写大字：向四旧猛烈开火。字形飞扬铿锵，带着狂躁、愤恨的情绪，书写在薄薄一层白布上，醒目到晃眼。另外两个人手里拎着喇叭，不时扬到嘴边喊话。

魏东燕立刻转回到堤下，与陈落果一道坐在一丛杞柳背后，彼此看一眼，闭上眼睛默默倾听那边的动静。喇叭里传出的声音飘到河滩上时，已经被风吹得四零八落，拼不起意思了。人群时而应和时而起哄，在堤下听起来，就像是一片波浪般起伏不定的浊音。忽然间群声沸腾，扬起百米大浪。陈落果转过身慢慢往堤上爬，直到眼睛刚好越过长堤，能够透过堤岸上的荒草看见晒场。那边燃起了熊熊大火，在高台下，人们围住火堆，不时往里面扔东西，扔进一个就高声呼喊一声，喊声无论在音量还是音调，抑或是起止的时间上，都很一致，同时又在细处充斥着噪点，随火焰一起攀升，又随顶部的黑烟一道飘向远方。有人撸起袖子，或干脆脱掉棉衣。而那件脱掉的棉衣，不知道什么时候被人暗中扔进了火堆。等到台上的人对着喇叭喊解散，人群呼啦散开，就剩下那个失去棉衣的人，独自在熄灭的火堆内外前前后后地寻找。

陆续有人走上长堤，往对面村子里去。魏东燕几次用眼神告诫陈落果不要乱动。渐渐地，头顶上没什么人走动了。魏东燕站起来，沿着之前下来的路往上走。她刚在堤上落下第一脚就下意识地缩了回去。有个年轻人背对魏东燕坐在长堤的另一边，双腿依着斜坡伸得笔直。这个人身上的棉衣已经十分陈旧，看起来软塌塌的没有形状，但打理得很好，干干净净，背后的补丁针脚细密，颜色也不乱，一看就知道家里有个勤快的女人。他的肩膀间歇性上下抽动，哭得厉害，却没有发出一点声音，连哽咽都没有，只是过一阵子长长呼出一口气。他过于悲痛，没有注意到身后的动静。这个时候他点了一下脚，身子斜着滑到坡下，找准一个位置打算挖出什么，与此同时，出于本能而不是真的感到有必要，他往上看了一眼。魏东燕和陈落果站在堤上看着他。他吓了一跳，从地上蹦起来，并未看清是谁就要逃走。

“水生。”魏东燕叫他。

水生回过头，眼前一亮，欣然停下来，又立刻焦灼而痛苦地摇头，说："早一点就好了。"

"什么早一点？"

"您要是早点来，兴许还有得救。"

"救什么？"

"饭碗。"

他们把水生的木匠箱也投进了火里。拆开了一件一件地投，鲁班尺、墨斗、刨子、钻子、凿子、锯、牛锛……一共三十五件，引起三十五声长长的哄叫。尽管它们不会立刻消失，有些上面嵌了铁的，在火里反而越发红彤明亮。但作为工具，它们被消灭了。木已成灰，紫檀木的，水生的师傅留下它们时千叮万嘱，说，南紫檀北杵榆，如果哪天你朝北方去，遇到一个扛了一箱子杵榆件的，那就说明碰到的也是高手。

"我就算早一点来也帮不了你。"魏东燕平静地看着水生。她充满皱纹的眉眼慈和安详，又独具一种坚强的力量，使得她如果看着谁的眼睛说话，就总能让对方受到蛊惑般的影响——无论她说的是什么，都是正确且必须服从的。

"再说，你不是好好的吗？"

2-4-2

鲁湖村唯一背靠山岗建成的院落里，鲁川东西方向垒起的墙，被推倒了。

冬天最冷的时候，风贴着这道墙跑到最东面的角落里，积累一阵，再分开来，朝两边的院子里灌。寒意凶猛，几乎要将两家人封在各自的屋子里，哪也去不了了。可谁也不会怪罪墙。一直到春天，这道墙都还不是问题。

一个干燥的午后，一分为二的院子里来了三个接受贫下中农再教育的年轻人，两个男的一个叫李春木，一个叫何晨光，住在鲁杨家，女的叫付美真，住在张银妮家。这么分配是因为鲁杨与陈小慧不能生养，却住在鲁家兄弟一视同仁的三间临岗而建的屋子里，住得宽余，在这个时候自然要拿出一间帮着村里安置知青。鲁水生常年在外做工，张银妮屋子里只有男伢，却没有男人，女知青过来住正好。他们同另外三十余人坐卡车从春江来，到江黄公社，连着他们一共十人被鲁湖村的人接上，步行过来。路不算太远，却是土路，凹凸不平不好走，风尘又大，他们走走停停，脸上落的土和上汗变成泥，再被汗冲开，拉出一道道黑印。他们的脚上磨出了泡，好不容易可以扔下行李，不用再往前走了，在近乎悲壮的情绪中，却看到得以容身的地方竟是这般丑陋：灰扑扑一无所有的院子里，每一间歪斜的土屋都有一个黑漆漆的门洞，像老太太狞笑时张开的嘴。为他们预备的床铺中间凹陷，就要垮塌了一样，窄小肮脏。蚊蝇在鸡屎上旋转。付美真禁不住哭起来。一墙之隔的何晨光听了，蹲在墙根啜泣起来。李春木比他们年龄都小，却最知收敛，默默进屋收拾自己的床铺。付美真与何晨光的哭声越来越大，哭声传到哪儿，哪儿就响起更多哭声。有些男知青也像何晨光那样跟着哭。他们在哭声中相认，然后一个个，硬着头皮从哭声中离开，走进不得不的生活当中。李春木与何晨光在这边，付美真在那边，每天隔着墙刷牙，吃饭的时候听得见墙那边吸溜面条的声音，在同一片田里插秧。在他们之间，每时每刻都隔着具体的东西，但其实那些东西并不能阻挡什么。

到了夏天，隔壁的鲁川把席子铺在地上，敞开门睡觉。他这么做并不是因为他一晚上几次三番起夜，担心惊动床上的熊小珍，仅仅是为了方便自己随时可以爬起来，对准摆在床尾的尿壶滋上一泡。他认为他总不能滋得痛快，在于从他产生了滋的念头开始，到找到尿壶去滋，中间相隔的时间过长。躺在地上能最大限度地缩短这个过程。这一天，当他第三次起夜——队里除了李春木、何晨光和付美真，还来了一位学医的学生，他只看了鲁川一眼就断定他肾不好。“怎么说？”“头发掉光了。”学生诡异地笑笑。“晚上常起夜吧。”“也没有。”肾不好的人通常还会被问到性功能。鲁川摩挲着自己的光脑壳，迅速溜走了。原本他每晚要起来两次，认为是自己上年纪了，睡不着而已。从那以后，他似乎受到某种神秘咒语的控制，每晚必然要起来四五次。他冲着尿壶一遍遍扯起自己萎靡的阴茎，拉面条一样拉得长长的，仍不觉得通畅。第四次也只是比第三次多挤出两滴来。沮丧驱使他要去院子里看看正当壮年的牲口。月光下，最东面的墙根那里，在屋子投出的阴影和风的短暂停歇中，有什么东西突然间不动了。鲁川立刻操起赶牛棍，扑过去乱挥一气。

“叔，是我。”何晨光看准一个角度抱住鲁川，他身旁的付美真趁机跳上鸡窝翻过墙。“打的就是你。”鲁川压低嗓门愤怒地说。这不是他第一次在晚上看到何晨光，上次他听到的动静都在自家偏房里，在他女儿鲁鲤那儿。

鲁鲤出生时，她哥哥鲁仗已经十多岁了。其间熊小珍怀一个掉一个，到这一个，索性不再抱什么指望，由着它在肚子里自生自灭。以至于熊小珍连日子都忘记了。但她并不是一个凡事都听之任之的人。也是在这样热烘烘的夏天，她因为不服家里被划为中农，跑到大队去闹，干部们不堪其扰，真的给他们家调成了贫农。有人学着她的样也去闹，被打回来，说，人家熊小珍可是认真学习了政策，提供了重要证据的。那便是，鲁川确有向大地主肖景文一家出卖劳动力的情况。这件曾经给他们家惹了大麻烦的事本来是预备永不再提起了。

熊小珍十分得意，顺着鲁湖村往江黄街去，奔走相告。

没有人知道她快要生了。她自己都不知道。路上遇到的每个人都面黄肌瘦，穿着宽大不合体的衣服，一阵风吹起，人跟着衣摆随风飘扬。熊小珍往回飘的时候被一块石头绊住脚，等到她站稳，鲁鲤开始往外滑。那种顺畅，一个柔软之物自动往外溜的顺畅，捂都捂不住。这是她生鲁仗时完全没有感受过的。后来孩子取名为鲤，取的便是熊小珍当时脑海里一闪而过的念头，一条肥大的鱼，漂亮的鱼，只可能是鲤鱼，从洞里毫不费劲地游出来。这样的奇事，自然要更为神奇才对。说起生产的经过，熊小珍如梦如幻地编排一番，称鲁鲤一面往外冒，路边沟渠里不知从哪来的一条鲤鱼一面翻腾。鲤鱼透明的鳞片在阳光下飞起来，旋转出耀眼的光束。这样的想象除开制造幻觉的利器，光和飞翔，剩下的便是不吉利的现实。那一年天干地燥，正是最热的时候，一条鱼在无水的灌溉渠里，如此画面追究起来，只有两个词能够准确地进行概括：挣扎与绝望。

后来鲁鲤出现了问题，熊小珍这才想起这一桩来，惊出一身冷汗——鲁鲤生下来四个月的时候，其中一条腿不再长了。

可惜了她生得如花似玉。如果女儿有一副正常的腿脚，换她长成丑八怪都没有问题。多丑的女人都有人要，无非是婆家家里条件更为艰苦一些，这也要好过嫁不出去。一个女人如果找不到男人，使这个男人愉快，给他生孩子，那她就不应该来到这个世界上。鲁鲤走不了路，干不了活儿，但身为女人，最基本的那些事，她理应都做得了。女儿十七岁，相亲的事鲁川张罗了一年，可是人人都知道他家女伢不能走路，千方百计地回避他。鲁川倒不气恼，只是感到倒霉。女大当嫁，到他们家，竟是一件特别困难的事。也不是一点选择都没有。鲁湖村还有两户人家的孩子有问题，一个有些疯癫，一个是个哑巴，他们两家都主动找过鲁川。鲁川更倾向于那个哑巴，但他认为还可以再等等。哑巴年纪已经很大了，他等了很久才等到鲁鲤长大成人。不过既然已经等了这么久，再等等也无妨。鲁川第一次看见城里来的何晨光钻进女儿房间时并没有轻举妄动，他辗转反侧，想，这个人倒是比那个哑巴强。待他想好该怎么办时，何晨光已经摸黑离开了。他打定主意下一次定要当场捉住何晨光，强迫他娶鲁鲤。没想到，何晨光竟然这么快地舍弃鲁鲤跟付美真勾搭上了。

“你想咋办？”鲁川问何晨光。

他把上回撞见何晨光半夜钻进鲁鲤屋子的事抖搂出来，与他谈条件。原先他还担心何晨光不承认，大约是这时候何晨光吓傻了，毫无辩解之力，也就垂头承认下来。鲁川立刻痛心地说他一直在等何晨光正大光明地提亲，等来等去等到这样一件丑事。何晨光既羞惭又惊恐。他单薄的肩膀上有一大片瘀血，眼睛青肿了，牙齿掉了一颗，嘴角结着血痂。他像是从一场昏睡中刚刚醒来，无辜地看着鲁川。

“你走的时候把鲁鲤带上，”鲁川说，“这样的话，今晚的事我就当没看见。”

“我都不知道还能不能走。”何晨光说。

“就不能让他走。”熊小珍从屋里出来，盯着何晨光。

天慢慢亮了。鲁川的小孙子鲁济平端着尿壶出来，眼睛半闭着，他的父亲鲁仗跟在他身后，等着看他如何跨过门槛。他果然没有一步跨过去，脚磕在门槛上，尿壶险些飞出去。他于是立刻醒了，歪歪扭扭护住尿壶。一些尿液冲开壶盖撒在他的前襟上。鲁仗骂：“打破了给老子喝掉！”他媳妇巧芳急急忙忙往灶房跑。烟囱里很快飘出青烟。何晨光保持着被鲁川扔到墙脚的姿势，快睡着了。鲁川和熊小珍坐在一边争论到底是让何晨光带走鲁鲤还是让他留下来。鲁川坚持说何晨光这些人，上面不可能让他们永远待在这里，熊小珍说犯事了就得留在这里。他们吃了一点巧芳端来的红苕。末了，鲁川看看何晨光，扔给他半块。等何晨光吃完，鲁川同隔壁的鲁杨招呼一声，拉着何晨光上工去了。鲁杨很吃惊，陈小慧追出来问这是怎么了。鲁川并不理她。还在吃饭的李春木，一口喝尽碗里的糊糊，站在门口望他们。李春木被抽去修堤，昨晚回来时何晨光已经睡下，早上起来时又见他不在，以为他早早出门了，不想鼻青脸肿地被鲁川赶着走。

远远的，鲁川看见付美真在地里打农药。两个小辫垂在耳朵后面，草帽遮住了她的脸，她背着农药桶，轻巧地来回走动，屁股在短袖衬衫的衣摆下扭来扭去。鲁川突然转过脸来对何晨光说：“一个女伢自己翻墙跑过来，要得吗？”付美真像是听见了这句话，停下来，取下帽子扇风，下意识前后看看。鲁川立刻带着何晨光往远一点的路上走去。走出几步，何晨光冷不丁一转头，迅速跑向付美真。田野上安静得出奇，就只看到何晨光在跑。鲁川和熊小珍扬着黑黢黢的脸，眼珠追随何晨光的身影向前滚动。何晨光急切地同付美真说着什么，两个人的脸贴得很近。“真不要脸。”熊小珍喊起来，“你们在干什么？”付美真侧了侧身，避开何晨光的头，目光射过来，清瘦的脸冷漠得像一块冰。

当天晚上付美真就搬走了。

又过了些时候，鲁水生回来了。

天气越发炎热，而雨水也更多地聚集到江黄。炎热奈何不了雨水，雨水也奈何不了炎热。整个江黄水深火热。河水一面蒸发一面上涨，一个月之后，终究到了季节，雨水更多地进入河道，难得排出去了。

鲁水生几次绕道走上渡口边的长堤，在遇到魏东燕和陈落果的地方站一会儿，低下头寻寻觅觅，找到做过标记的草丛后，嘴角一扬，又马上下意识地四下看看，恢复了严肃的表情。接着他望着晒场的方向，缓缓走过去。河水越涨越高，就要到达警戒线。这一天开会前，水生再次走上长堤。已经有一些装满硝石的麻袋堆上来，只等批斗会结束，附近村庄的人就会从晒场上聚集过来，继续搬运麻袋，加高堤岸，以拦截很快到来的洪水。鲁水生找了一会儿，越来越急躁。长堤上到处都是麻袋和脚印，他来来回回走了几趟都没有找到被自己做了记号的草丛。——他在草丛中最右侧的那一株的叶子上挖了一个洞。晒场上人越来越多，一场盛大的批斗会就要开始。鲁水生加快速度寻找。这一次他决定把它们挖出来带回家。有太多沾满虫子的粪便，或是被虫子蛀出洞的草叶了，并且都被踩趴下，它们本来就长得一致，受到摧残后越发一致。水生选定一株，徒手挖下去，如果什么也没有，就再移动位置，继续挖。

晒场上的高台被新搭起的木架子环绕，在这些木架子上，分别拉着四道横幅，白底黑字，悲怆又暴戾。“向阶级敌人发起猛攻！”人们发出怒吼。鲁水生独自在长堤上寻找。一个小时过去了，他没有任何收获。人群不时爆发出洪水般的狂啸。鲁水生走得越来越急促，两条腿不停打战。他铁了心一定要找到在他们焚烧掉他的宝贝之前，他紧急从箱子里抽出来的，藏在这里的一个小木头匣子。他紧张但倔强地寻找着一个又一个目标。他蹲下来，双手继续挖刨。呼啸声再次响起，他的手碰触到什么。他更激烈地颤抖起来，带着狂喜，抚开上面的土。一个暗陈的木头匣子显现出来。他将糊着血液和泥土的手指插入木匣四周松弛的土壤中，一抔一抔往外刨土。人群突然之间炸开了，人们开始往晒场外跑。鲁水生打开匣子，看着里面排列整齐的刻刀，咧开嘴大笑。

这时，有人跑上长堤，边跑边喊：“打死人啦！”

鲁水生抱紧木匣，从堤坡上滑下去，往河边的树林里跑。

“打死人啦！”更多人叫喊着。

鲁水生一刻不停地跑回家，刚刚藏好木匣，就听见一墙之隔的鲁川家，熊小珍发出一声恸哭。紧接着，一些人从天而降，站在墙的那边，双手撑在墙上，弯下腰，嘴里喊出号子，一、二、三。付美真拖着一支长镐，站在墙的这边。一、二、三。轰隆！墙倒了。人们欢呼起来，双手举过头顶鼓掌。“打倒资产阶级一切障眼法！”他们的脸上落满了土，牙齿缝里尽是泥沙。但是他们全然不在意这些了，尽情跳跃。

何晨光站在这群人中间，撩起衬衫擦汗。他看着付美真，付美真也看着他。他们转而同其他人讲话，若无其事地慢慢走到坍塌的土墙边，与众人一起搬动砖块。

两座院子再次归为一体，就像从来没有被分割过。

2-4-3

救生衣从天而降，困守在屋顶上的人们张开双臂接住，惊喜地穿上身，之后便不知如何是好了。紧接着又有什么东西撒下来，捡起来一看，薯干，立刻疯了，一面往嘴里塞，一面再去哄抢。一些人打起来，一些人望着天，渴望落下更多。而那些爬到树上的人，孤零零抱住浮出水面的树梢，眼睁睁看着这一切。他们快要撑不下去了。田野里除了水已经看不到任何东西，就像那里本就是一条河。地势高一点的地方，虽没有被淹没，却成了一座座孤岛。

军用直升机再次飞来，在呼呼叫的风声和人们一边哭一边笑的吵闹声中投下密封好的食物。人们泪流满面抢食落在脚边的土豆和柿饼。一些人顾不上穿戴救生衣，猛然扎进混浊的水中，露出头来的时候，双手正好能抓到一包正在漂浮的萝卜丝。两天后河水终于回落，村镇像被野兽吞进肚子又吐了出来，布满了可怕的黏液和残渣。好在肉身的整体形状还在，五脏六腑也在，生命得以继续。

那些被洪水中断的事情，大多被生死问题碾压，变得不重要而被人们丢弃了遗忘了，少部分原本就事关生死，洪水带来的死亡与混乱并不能遮蔽它们本自俱足的严重性。

陈百味手提公文包，从一辆黑色轿车上下来。

已经有两个人先他一步到达江黄区委大院，站在革委会办公室门前。武装部副部长郭达背着双手，威严地看着前方。小个头士兵李旭是个灵敏听话的人，深得郭达信任。看到陈百味，他们敬礼后同他握手。陈百味瘦了许多，小平头里夹杂着零星白发，也越发与魏东燕相像。他们在区革委会主任的陪同下，到区公安局查阅审讯资料。没有任何证据表明是某一个人的行为过激导致了鲁川的死亡。郭达说，那就抓几个出头的。李旭认真记录下审讯资料中出现的人名。陈百味看到当中排得最靠前的是鲁水生。晚饭后，他独自一人骑自行车前往鲁湖村。道路大都被洪水冲毁，还未来得及填压新土，路面凹凸不平，傍晚时分的短暂清辉被飞扬的尘土遮蔽了。

二十年前的记忆已不能指引陈百味准确找到鲁水生的家，更何况那次坐的是马车，由着他人拖带，无须记路。那时候他们还是小小少年，在被人遗忘的觉知书院里避难。而今，还未等这场凶狠的大洪水到来，觉知书院便遭到洗劫，文昌阁万册藏书在书院前的广场上被焚尽了。他赶去时，火堆已经奄奄一息。他用脚驱出外圈一册刚刚烧掉三分之一的《千家诗》，踩灭火苗，拿起来翻看。他头昏脑涨，眼睛发酸，上面的字竟一个都认不得了。就像他现在不认得去往水生家的路一样，有些条件明明是确定的，却一个都不能支持他做出判断，比如方位，比如道路两边从来都不曾变化的房屋和田野。他不得不走进一户人家问路。门开着，但里面除了黑暗就不知道再有什么了，他试探着叫了几声，无人应答。他只好又走进一家。当他们听说他要找的人是鲁水生时，点点头走出残破的院子，指指山岗的方向，说，鲁湖村有两道岗，上面的一道有鲁水生的家，下面的那道有鲁水生家的地。

陈百味转过一个弯，一步步来到山岗下。二十年前他坐在马车尾部，背对着前进的方向，忽然之间马车向上一扬，他就要翻滚下去，他连忙抓住车斗边的扶手，与此同时转过身来，看到的便是眼前这幅画面。田野尽头，三幢被水泡过，东倒西歪的屋子站在山岗下，犹如三个体型奇异的巨人。只是，十几岁时看到的巨人如今已经苍老拖沓，近于消殒了。陈百味越是接近这几幢房子，越是感到内心压抑。那时还有一圈高过脚踝的象征性的院墙，如今连这样的象征都消磨尽了。七点多，太阳刚刚收起最后的光影，三幢房子都没有点灯，也没有一丝动静。靠近门口躺着的张银妮首先听到陈百味唤门的声音。她摸黑点起菜油灯，屋子里立刻晃动起长长短短的黑影。她近五十岁的面孔上结满了粗粝的纹络，眼窝深陷，干枯的手指提着灯盏，在门口晃了一下，问，谁呀？

她已经认不出陈百味了。

听他说起鲁水生，她哭起来，并不管他是谁。

他是冤枉的。这里面有个难题。他根本没有按要求到批斗会现场去，这是在犯错，通常会被认为态度有问题，态度是做好一切的前提，所以态度问题是大问题。在鲁水生还不知道发生了什么事情之前，他说他去了，反正现场一向闹哄哄，那天从河堤上看，似乎比往常更闹，谁会注意到他没去呢，失去工具的木匠不过是个死人，没有人会在意。可是他说不清他在现场都干了什么。

“都干吗了？”

“喊口号。”

“还有呢？”

“打人。”喊口号和打人，所有批斗会就这两件事。

“打了几下？”

“一下。”

“一下？”

“两下。”

“两下？”

“三下。”

“三下？”

“四下。”

…………

结论是他打得最凶。他也有动机。早年他母亲张银妮背井离乡近十年，都是鲁川害的，到现在两家人都不来往。还有许许多多的目击证人。

“会上看到鲁水生了吗？”

“不记得了，人那么多。”

“好好想想。”

“鲁水生肯定在，都要去的嘛。”

“他打人了冇？”

“每个人都打了。”

“他打得狠吗？”

“……”

“听说那是他仇家。”

“对。”

“他打得狠吗？”

“应该吧。”

“那就是打得狠了？”

“啊，是。”

事情到这一步就大过态度问题了，鲁水生慌忙辩解说那天他根本没去现场。

“那你去哪儿了？”

“这个……”

鲁水生从小就长得周正，行为中带着羞怯，习惯性地想要隐藏什么。他最高兴的时候，不过是脸上浮现笑意，身体扭来扭去，说话的声音抬高几度。他不怎么生气，他儿子鲁开伍刚满六岁，经常被人找上门来算一些小孩子之间的账。他不像别的父亲，不由分说一巴掌，算是替人教训了。他只赔着笑脸听着，听完说我晓得了，对不住啊，这事对不住啊。再转过去对鲁开伍瞪起眼睛，说，下次不要这样。这就算处理了。久之，再无人上门理论，都知道什么事在他这里都不是事。但其实他是有脾气发不出来。这些人走了之后，他坐上桌吃饭，吃着吃着端起碗摔一下，他媳妇何满月和儿子鲁开伍只眼皮子动一下。接着就继续吃饭了。也没有什么东西可吃。他们对没有什么东西可吃这件事情更在意一些。张银妮坐在一边，尽量吃得最少。他们家不像隔壁的鲁川家，经常性发出惊天动地的声响，嬉笑怒骂无不包含。他们家就像他们的屋子本身一样无声无息。

鲁水生僵持着，既不承认自己在批斗会现场，又不愿说明如果不在场，他又去了哪里。他在他无声无息的屋子里像一面墙一样沉默。

这屋子还是二十年前的样子，只因遭到了时间的腐蚀，便也不是二十年前的样子，何况总要添些物件，以应对不断有人加入的现实。时时到来的洪水不断破坏着任何现实。张银妮将菜油灯举过头顶，使得照出的光亮范围更大。陈百味看清挡在张银妮床铺前的是一道满是污垢的深蓝色粗布帘子。他们在里面。张银妮说着放下菜油灯，灯芯跳了一下，差点熄灭。我们在这边走来走去，说着话，你放心，他们听不见。为什么听不见？习惯了。他们那边干些什么我也听不见。你试试，也许你能听见。我的两个孙子总该是他们做过一些事情才来的。可我真的听不见。

陈百味冲着帘子那边叫："水生！"

帘子马上被拉开，露出一张床上顺次排列的四个脑袋，都略抬，扭转着看他。其中一个是鲁水生，鼻子被幽光刻画得笔直，鼻孔里露出杂毛，头发乱蓬蓬搭在松肿的眼睛上。他旁边躺着何满月，已经羞赧地勾着头，下巴抵在胸前。两个孩子，大一点的男伢矜持地看着陈百味，小的不过两岁多点的样子，是个女伢，头发剃光了，眼睛大得像两只皮蛋，发出深不可测想要黏合一切的光芒。她立刻跳起来，去抓奶奶手中的灯，鲁水生拉住她，按在何满月身上。

他们走到堂屋。这时候陈百味才注意到大门左侧的墙上有个大洞。

“补起来嘛，”陈百味点起烟，“大水走了，小水还要来的。”

鲁水生摆摆手。

“你那事，到底是么回事？”陈百味点起烟。

鲁水生接着摆手。他感到不好意思。他还记得上一次见到的陈百味还是个滑稽的胖子，现在却是个体面人了，穿戴得整整齐齐，说出的话就像小时候念出的诗文，有条有理，能说到人心里去，叫人甘愿按照他说的做。他就不行了，很多话说不出口，不知道要怎么说。事情到了这个地步，也只能由着别人想怎么说怎么说。

“让你老娘去说，让你老婆去说，让你伢去说。他们不是别人。”

陈百味从屋子里出来，张银妮站在门口举着灯给他照亮。他指了指鲁杨家。张银妮连忙转身掩上门。鲁杨应声出来，听完陈百味的意图，忙说何晨光不在，又说李春木到走马岗做整队工作去了，墙被推倒的时候他不在现场。他着急为李春木说话的样子就好像在说自己的伢，生怕他惹上是非。陈百味道谢后找到自行车，挥手让鲁杨回去。灯光熄灭后，他站在黑暗中适应了好一会儿才勉强能够看见延伸到山岗下的小路。走了没几步，他听见有人小声说话，仔细看去，小路上有两个人影轻轻漫漫走上来。

“鲁川家也熄灯了。”女的说。

“他们在家里摆了个灵屋，自然要安安静静的，不然要给人抄了。”

意识到路上有人，他们吓了一跳，抬高声音问陈百味是哪个。陈百味已经猜到他们是谁了。他停下来，在黑暗中向他们做自我介绍。他收起同鲁水生、鲁杨说话时的随意，端起架子，变得严厉和不可捉摸。

“干什么去了？”他问。

“在公社学习。”

“批斗会去了没有？”

“没有。”

“为什么不去？”

“病了。”

“两个人一起病的？”

“是……啊。”

“是不是得到了什么消息？”

“什么？”

“还是说你们从头到尾就是组织者？”

“什么？”

“人死后第一时间就把墙推倒了。”

“这样做对我们有什么好处？”

“解气啊。”

“血口喷人。”

付美真眼睛近视，她走上前一步，仍不能看清陈百味的脸。何晨光拉了她一下。她虚张声势地甩开。陈百味轻轻移动了一下脚步。付美真仍然对着刚才面对的方向，问：

“你血口喷人的好处又是什么？”

陈百味的声音从另一边传来。付美真猛然转过脸，惊得说不出话来。

他说：“你们既然在家，应该看见鲁水生也在家了吧，他那天哪儿也没去。”

“他出去了。”何晨光说。

“他如果待在家里，就不会再有人追究这件事情。”

犹豫了片刻，何晨光说：“他在家。”

“好，我知道了。”

三个人分开后，月亮出来了，虽然只有半边，却明亮如镜，将小路照成一条河，光洁安静得让人不忍踏入。田野也星星点点地可以看清大小跟稀薄了。

隔天，张银妮带着何满月和两个孩子，坐在革委会门口哭诉，他们也不知道鲁水生那天到底去了哪里，却说，那天他病了，在家躺了一天，天地良心。

这些话鲁水生万万讲不出来。

不过一周时间，处理意见下来，批评江黄革委会使用了不应该使用的手段，犯了扩大化的错误，革委会主任以下的“群众专政指挥部”成员全部撤销职务。

没有任何群众被卷入。

2-4-4

他们其实一直在秘密交往。两个小伢，住在一座院子里，有没有墙隔着有什么关系，从房前绕到屋后去就能见面。他们不懂大人那一套，大人们眼睛里有太多不满，他们到死也想不起彼此间的好事情，只有恶狠狠的诅咒。你如果问他们为什么不能跟那边的小伢玩，问了也白问，他们会说，没有什么为什么。他们心里的为什么模糊但坚定，由来已久，从来不会变化。而小伢们不都是今天争吵明天和好吗，再争吵，再和好。尽管要不了多久，他们就会受到大人的影响，对争吵和亲密真正在意起来。但至少现在他们认为，那都是些稀松平常的事。

下了山岗，小路延伸进一大片棉花地，他们总在这里碰面，结伴去学校。现在他们一个六岁一个九岁，个头高出棉花一些，一个如果已经到了，另一个走在地势稍高的小路上，看到浮动在棉花上的黑色小脑袋，立刻高兴起来，冲过去，离得越来越近的时候，故意使劲跺脚，做出吓人一跳的样子。

晚到的总是大一点的鲁济安。

他母亲巧芳是个碎叨的人，厌烦他笨手笨脚，每时每刻都要提醒他，这也导致了他在每件事上都拖延。奶奶熊小珍有时骂巧芳多事，有时骂鲁济安不争气。目睹鲁川被活活打死之后，她谁都不骂了，安安静静地坐在堂屋，头耷拉着，一坐一整天。巧芳看她这样，在鲁川这件事情之上又多了一层烦恼，而她丈夫鲁仗又是个没心没肺的人，他老头死后没多久他就被提拔成了小队长，他也不问问为什么，还觉得是他自己有水平，整日跟在何晨光屁股后面。她总觉得这两个人流里流气，男女之间也不干净。可是她说不得。鲁仗已经开始嫌弃她了。有一次他竟然端起她好不容易挤出的半盆桑汁，连着盆子一起摔了，警告她如果再用那个洗头发，就给她剃成秃子。“臭死了！”他冲着那一地黏稠的绿色啐口水。可是付美真带来的那种叫什么香波的东西，是她这些人能用的吗。

还有鲁仗的妹妹鲁鲤这个瘫子需要伺候。

她死也不嫁。鲁川看上的那个哑巴她看不上。一开始，鲁川说了哑巴的各样好，就是不提他是个哑巴。到不得不说时，哑巴两个字一出口就吞没了之前说的所有好。鲁鲤说，你给别人说我的时候，要先说我是个瘫子。鲁川头也不抬地说，你是个傻子。鲁川死后，再也没有人热衷于这件事了。巧芳每天早上过来给鲁鲤倒尿盆，给她翻身。到她身上味道大到站在院子里就能闻到的时候，巧芳才会给她擦身子。她一次次想死，用头撞墙，却受不了疼，重度达不到，总也死不了。有几次她试着绝食，饿了不过两天，她便大喊大叫要吃的。她得以过日子的唯一一件事是叫鲁济平过来给她讲故事，他自己经历的，他看来的，或者他编的。巧芳觉得鲁济平之所以做事慢吞吞，很重要的一个原因是被鲁鲤这个半死不活的人拖住了。

一切都不如意。

巧芳知道学校已经停课，依然每天早上往外赶鲁济安，随便他去哪儿。如果可以，她宁愿家里的小伢都不要待在她眼皮子底下。像鲁济安那样，在外面晃来晃去，打只麻雀就能撑过一天，到家倒头就睡，用不着管吃管喝就省事了。

鲁济安同鲁开伍一起，常常躺在山岗上的楝树下睡觉。张银妮看着他们睡。鲁水生在地里干活儿，张银妮坐在楝树下也能望见他。但她故意遮挡起两个孩子不让鲁水生看见。鲁水生也假装没有看见。而鲁水生叮嘱鲁开伍绕开鲁济安时，张银妮也故意把手上的声响弄得很大。早在鲁济安和鲁开伍两三岁满地跑的时候他们就是这样的态度了。鲁水生每次想到这个就很窝火，仇恨无关紧要，人们却不愿意相信。幸好他们放过了他。

他从田里抬起头，伸一伸脖子就能看见那棵即将挂果的楝树。他常常想，要是楝树的果子能吃该有多好，那么多，能让多少人吃个饱。田里的收成已能望得见如何，使人忍不住叹气。他已经好多年没有种地了，在他们烧掉他的工具之前，所有事都是张银妮跟他媳妇何满月在操持，他跟着他师傅——当年张银妮在觉知书院门口见着的那个人，有时候去黄石，有时候去春江。

师傅认得一个建筑工头，借着这层关系，他们间接接一些木匠活儿。师傅去世前将鲁水生委托给工头，工头又叫来在队里长大的孤儿齐金才，叫他们成为朋友。齐金才略长于鲁水生，一头自来卷，稍一留长就使他看起来像只不好惹的狮子。从小到大，齐金才受到的欺负与同情一半一半，他便将这欺负与同情一半一半地还予他人，到鲁水生这里，他难得地将两样情感掺杂在了一起，既因为鲁水生老实欺负他，又因为鲁水生太老实而同情他，当别人想要欺负鲁水生时，他又挺身而出罩着他。他们一起能接到的活儿不多，收入倒是比单纯种地强一些，三十多人的队伍，一直维持着。直到鲁水生的工具被烧。鲁水生并不是特例，其他人的工具也接连受到摧残，大家都一个境遇。到1973年，建筑队得了个“资本主义土围子”的命名，彻底解散了。

鲁水生保留下来的那套刻刀埋在灶房角落。他不知道那天他匆匆跑回来，在鲁川砌起的墙被推倒的轰响声中，自以为秘密地做这件事情的时候，儿子鲁开伍躲在门背后看着他。

鲁开伍这个名字是鲁水生听说隔壁鲁川一家讨论修家谱，不甘示弱闷头闷脑琢磨了好些天想到的。“开”是开始，“伍”呢，是由他在外闯荡的经验而来，认为人要成事，就得与他人为伍，朋友越多越好。付美真来了之后嘲笑“伍”字太俗，说要是换个字就超脱了。“伍”改为“悟”。鲁水生闷声闷气地说，那样的话，听起来是要做和尚啊。付美真惊讶于他竟然懂得“悟”的意思。鲁水生摇摇头说，我只知道“悟”这个字，却不知道要悟些什么。

鲁开伍晚上偷偷扒出过那套刻刀，就着灶房的小窗，微凉的月光下，镶着木柄的刻刀大小不一，形状各异，发出幽蓝冷酷的光。他不明白父亲为何要将它们埋起来。他把这件事情告诉了鲁济安，鲁济安揉着鼻子说，就是因为喜欢吧。

鲁开伍抽出其中一把最小的尖刀，用烂布包住头，放在口袋里，身边只要没人就取出来这里刻刻那里划划。一开始是些乱七八糟的线条，接着是他的名字，他熟悉的任何一个人的名字，后来是一句话，他的心情，比如若是跟鲁济安闹了什么别扭，他便会找一根树枝，刮去皮，刻：

鹰去但忘恩，虎怒将为冤。

照理说到他们这届，正好赶上连课本都没有了，鲁开伍如何能刻出那么多复杂的字句？这便是鲁水生早年做木工的好处。他从春江带回了许多小人书，对照着教鲁开伍认字。这样一来，鲁开伍就成了鲁济安的老师。

小伢们玩笑似的恩怨一过，太阳好的时候，他们便坐在楝树下。

张银妮一面认真听鲁开伍复述小人书上的故事，一面站起来，将孩子们的头抱在胸前，先是鲁济安，再是鲁开伍，她的十指穿过他们的头发，赶出虱子，再将两个大拇指指甲对到一起，挤出一汪血来。她听着虱子挤爆肚子的声音和两个小伢读书的声音就十分高兴，并不为田野上可怜的收成担忧什么。她的身体已经萎缩，三天不吃东西胃都不会叫唤。她渐渐感到胃消失了。还有她的腿。

她有时会带上鲁开伍走很远去要饭，鲁济安想要跟着，她坚决不让。“这是你奶奶熊小珍该干的事情。”她要他回去。她带着鲁开伍一路走，在万洲县城转一圈，要到一些玉米饼和豆腐干就很好。无论走多远她都不觉得累，要不是鲁开伍坚决不肯走了，她能一步一步走到春江去。她干瘦的小腿对长途跋涉也不做任何反抗。她身上的每一部分，一点点放弃着。

有一天，她从家里往田野上走，看到鲁开伍和鲁济安坐在楝树下，一起的还有鲁开伍三岁出头的妹妹鲁红蓼，鲁济安过继给他二叔鲁杨家的弟弟鲁济平。

自从鲁杨家里来了知青，鲁济平就回到了自己家，这几日鲁杨又想让他回去，原因是鲁杨的媳妇陈小慧死了。他们老两口一直安静地待在鲁川和张银妮两家之间，鲁川砌墙时把他们的屋子包到了自己这边，像是一家人，却是各干各的事。鲁杨和陈小慧一直没有生养，人前人后自觉低人一等，从不言语，悄无声息来来去去。陈小慧半夜咽气，鲁杨直到第二天晚饭时间才觉出不对劲儿来。米缸里没米了，至少门后还有两个土豆，晚饭还得做。他这才想到要去叫陈小慧。这件事情早于鲁川被打死。鲁川死后，鲁杨的身体一日不如一日。鲁仗听从何晨光的浑话，对他媳妇说，不如叫他跟咱们老娘住一起。他媳妇说："老头也不过刚刚入土咧！""那怎么办？"鲁仗说，"剩下他一个人，那不是也快了。"他媳妇说："快了就快了，宁愿死。"

鲁杨就真的很快死去了。

大火是正午时分烧起来的，住在家里的两个知青都上工去了，东西两侧屋里都只有女人在家。何满月发现火情时，在院子里大喊大叫，巧芳听了以为是何满月屋里出了什么事，故意不出来，只将脸贴在窗户上偷看，霎时间，她的叫声比何满月还大，跑到门口叫人。再晚一步何止鲁杨家，鲁仗、鲁水生家都要烧光。晚些时候鲁仗指挥鲁济安、鲁济平两兄弟抬出鲁杨，看热闹的人望着鲁杨烧焦的尸体竟然一点也不害怕。事后鲁湖村流传着鲁济平找到鲁杨时对鲁济安说的话：看，二爷爷睡在这儿。

鲁济平比他哥哥鲁济安小两岁，个头却差不多，而且更壮，以至于很多人都把他们认反了。名字也是反的，平安平安，按道理叫"平"的应该是老大才对。鲁仗说，主要是老大生下来时，没想到要在“平安”上做文章。

这兄弟两个，加上鲁开伍、鲁红蓼兄妹俩，齐齐往山岗下跑。

他们捉住了一条蛇，需要找个隐蔽的地方斩断它，烤熟了吃。他们太兴奋了，眼里只有头脑中想到的那个隐蔽地，风风火火朝着相反的方向跑，没有看见实际上已经离得很近的张银妮。

张银妮叫不出声来。

但她并不惊讶，无非是嗓子没了。但在这之后，她突然间迈不动步子了。她的两条腿终于自我麻痹到也要消失了。她像被人施了魔法，静止在杂草丛生的小路上，不过几秒钟，直挺挺倒了下去。

2-4-5

深秋辽阔的大平原上，草木无一例外混入了一层土色，暗黄呆板，人们从河岸上走过，望着干燥的河床叹气。

说不清楚是出于什么，接到消息后，犹豫再三，万二毛还是赶去了。他对自己说，去去何妨。还没走到小树林，在远离小路的池塘边，他看见鲁水生跪在地上烧香，嘴里念念有词，有节奏地磕头。听见动静，鲁水生回头看一眼，见是万二毛，他默默站起来，无声地抹眼泪。万二毛替他从池塘里舀起一瓢水，倒入木桶。鲁水生解开木桶旁用旧床单包着的一捆稻草，那是张银妮生前铺在床上当作褥子用的。一阵风来，吹起一些稻草，飘飘然落入池塘。鲁水生按住余下的，费力点燃。燃烧起来的稻草任它们想去哪里就去哪里，微小的火光在空中闪烁。做完这件事情之后，鲁水生拎起木桶。

万二毛跟在他身后，顺着一条羊肠小道，由岗上走近路去他家里。

张银妮的眉毛和眼睫毛早就掉光了，睡在单薄的棺木里，她闭合的双眼就像两道漫长的皱纹。鲁水生用手沾了沾木桶里的塘水，在她胸前轻轻抚了三下，再稍稍翻过她的上身，在她背后又抚三下。万二毛站得远远的，一反常态地缩起脖子。院子里，何满月夸张地大叫，魏婶来了啊！万二毛再站得远一点。他明知道陈百味肯定不会跟来，却强烈地渴望能在看到魏东燕的同时看到陈百味。

魏东燕拉着陈落果的手，慢慢靠近张银妮。

“要不是她，哪还有你们。”

她转过身一眼瞥到万二毛，招呼他走近一点。万二毛假装没有看懂她的手势。正好何满月端了一碗覆盖着四个鸡蛋的烧茶过来。

“您一定要喝啊。”

魏东燕放开陈落果的手，坚持要何满月再拿一只碗来。何满月推托不过，去灶房取了。魏东燕拨出三个鸡蛋，只留一个，含泪吃下。同时叮嘱道：“就这样埋了吧，不要再声张了，什么规矩都不要讲了。”

鲁水生和何满月一再点头。

也只请了六个熟识的人，鲁水生的意思是加上他跟万二毛，正好八个人抬棺，万二毛连忙说腿疼——他一面这样说着，一面假模假样瘸着腿走路，一会儿重心在左边，一会儿在右边。也没有人留意这个。鲁水生立刻又找了一个人来，凑够八个人，匆匆忙忙将棺木落定，盖上土。没有炸鞭，也没有哭丧，唯恐被人报告上去，刚刚埋好的人又要被扒出来。

万二毛像是看了一场热闹。

赶在天黑之前，他回到走马岗。县里派来蹲点的女干部一直在他家等着。她站在门口，隔着敞开的门与冬梅讲话。比冬梅小不了多少的万家媳妇陈方华卷起袖子，蹲在院子里捣辣椒酱。五岁的万年河和他三岁的妹妹万年青将辣椒穿成串，差不多的时候，陈方华会走过来，将辣椒串一一挂上墙。万二毛不同母也不同父的妹妹万云朵按照万二毛的要求，在里屋帮他整理材料。女干部因为受不了满院子呛人的辣椒味，先是躲进屋里，看到吃饭的矮方桌上、空着的竹椅上、扫得干干净净的地上，全部摊满了红头文件，而万云朵头也不抬地写着什么，感到冷清而无趣，便退出来，一步步退到院子外面。她不时在街上走上一小圈，再转回来。万二毛回来的时候，两个小伢已经做完了事，在街上疯跑，巧妙地躲开每一个人。看到万二毛，他们急忙刹车，局促片刻，一转身便又嬉闹起来。

女干部冲万二毛喊："我的大队长哦，你终于回来了。"

万二毛说："要你明天来的嘛。"

女干部说："今天这天要算作劳动时间。"

万二毛说："好说，好说。"

"那我去大队了。"女干部如释重负。

万二毛立刻站住，等着女干部迎面走来。他说："辛苦了，赶紧去休息吧。"

女干部四十来岁，齐耳短发上别着一对黑发卡。她双颊凹陷，脸色发白，肩膀向内收，一直局促不安。她没有在万二毛跟前停留哪怕一秒钟，大步流星走远了。

堂屋里，矮方桌上已经摆上了一盏菜油灯。自从冬梅提着灯过来，随便往桌上一放，万云朵就再也没有动过被压住的那几份文件。她一会儿翻翻地上的，一会儿翻翻桌上的，不时细细打量上面的文字,在本子上记录下什么。身材高大的陈方华把万二毛迎进屋，端进来一盆水让他擦脸，她自己站到万云朵身边，凑近了念：

“领导干部参加集体劳动，办好试验田，各级干部每年劳动……”

“定额。”

“定额。县干部每年劳动四十到五十天……以普通劳动者的姿态。写得真好。”

万云朵抬起食指晃了晃，说：“不要说别的。再读读这里。”

陈方华接着念：“领导干部参加集体劳动，办好试验田。”

万二毛打断她们：“倒水了。”

陈方华一面离开矮方桌，一面念出接下来的那句：“各级干部每年劳动……定额。”她笑出声来，“什么是定额？”

万云朵没有理会她，继续翻看文件，单手钩住一条细细长长耷在胸前的麻花辫。她不时捏起发梢，放在脸上轻轻扫着。

万二毛早早躺到床上，望着黑乎乎的木梁。堂屋里恍惚几下，灯光比刚才更亮了。他知道，整理文件整理累了的万云朵又醒了。

要给她时间，万二毛常常说，你看看我。

冬梅说你又不是万立民的亲儿子。谁还稀罕,万二毛哼哼一声。亲生的都要遭毒手，冬梅说，是姓万的在地下教我咧。万二毛骂，你再胡言乱语就让你去地下见他。冬梅笑，我巴不得。一直到万云朵十六七了，冬梅仍然动不动就掐她打她。云朵不像兵王，会跑，她站着不动，就好像来的不是拳头是风。风在她身上留下一道道血印。万二毛在家的时候管得着，可他又常常不在家。他便把她带出门，让她坐在会议室角落。她被动看文件听报告，竟认下许多字。那些字构成的公文有着不具情感的安全感。她可以不吃饭不睡觉地看。

“她坐在那里是要生根哪。”陈方华来到万家三天后问。

万二毛望一眼万云朵，不以为意。“看着吧，还会开花。”

“天上的云不就是一朵花嘛。”陈方华微笑着，随口说。

万二毛望望天，喃喃自语："还真是。"

这朵花到第二天万二毛披好衣服出门依然在原地一动不动。菜油灯已经熄灭，屋外的光照上她趴在文件上熟睡的脸。

2-4-6

女干部积满每年劳动五十天的最高标准后走了，隔年又被派回来。

经过一个冬天，她灰色的棉衣上沾满结成痂的粪便。起初她还含着泪，暗中喊幼小的万年河帮忙从井里压出冰凉的水，她揪起衣服上被污染的一小块两小块洗了。后来沾上身的越来越多，又没有衣服换，她便咬着牙，眼睛看天看地，就是不往自己身上看。忍受的第一步难道不是无视吗，这对词互相消长。当她带着文件来到江黄走马岗红旗街找到万二毛，说出“改良土壤，提高地力”的指示时，他竟然听得懂，拿出一张手绘地图，神秘地告诉她整个万洲公共厕所的分布，她跺了跺脚下的土地，第一次对它产生了怀疑。欲使其丰盛，必先使其肮脏。越丰盛越肮脏。是这样吗？这些乡里人自己拉出的粪便和他们养的畜生拉出的粪便已经不足以喂饱贫瘠的张开大口的土地了，他们将要去城里搜刮那里的人们的排泄物，站在茅坑下面，只等上面的人拉完，立刻舀到木桶里。下贱的人和土地啊，为什么只有这样才能丰收，这样的丰收遮蔽包裹起了什么？她迷惑颠倒了。她跟着万二毛，去各家各户指导工作，看他们亢奋地收集污泥、草木灰和屋子里的地皮土，只因当下能卖钱。生产队收了之后，统一撒进田里。人世间所有的污秽都聚集起来了，想要产生人世间最大的收获。她站在担粪的农民堆里，被他们盛满粪便的木桶撞来撞去，何止衣服，头发上、脸上也都沾上了。可她有什么办法。她还要给他们发钱，手触碰上他们的手。万二毛走到队伍前面高声喊叫："排好队，莫洒出来！"她亲眼看到，他因为感到有人送来的粪便颜色不正，臭味不够，便操起长长的木棍，反复搅拌，以便看得仔细。棕黄色的粪水溅得他满手都是。他问，兑了红苕的吧，价要降。是狗粪啊。担粪人赶紧辩解，慌忙从口袋里摸出一支藏了许久，已经皱巴的香烟递给万二毛。万二毛接过来，用手搓搓，塞进嘴里去了。

一直到春播结束，女干部往上做的工作才发挥作用，一纸文件将她召回。送她走的时候，万二毛望着她瘦成九十斤不到的小身板，拍拍拖拉机手的肩膀，叮嘱他开慢一点。

"莫要将人颠飞了。"

她已经长时间吃不进东西，只喝水，从地底下压出的，离地面十丈之远的水，只有这个，她才不会从中嗅出粪味来。然而随着拖拉机越开越远，她离城区越来越近，她抱着头，从呼呼直叫的风中辨认着归家的路，却心惊胆战起来。她走不出这片紧密相连的土地了，没有界线，永世蔓延的土地，混杂着滔天粪便，每一片树叶，每一朵花，那些鲜艳的颜色中蕴藏的是什么？恶心啊！而她终要从拖拉机上下去，踏上实际上是大一统的，没有差别的大地。而在这之前她还以为离开那里就好了。怎么会离得开，她这一辈子都别想离开了。

拖拉机开过满河时，她跳下去，翻了个身，挣扎着站起来，跑到河边，跨过桥栏，眼睛望着遥远的白云，双手伸展开，就好像要飞到天上去一样，身体离开了地面。

万二毛被各级组织找去谈话，公安局的也来了，县委派来的人是陈百味。他来到万二毛家里，问他自杀的女干部到底是怎么回事。万二毛的头在他的长脖子上摇晃得快要掉下来。不知道啊，他说，我说过一千遍一万遍了，谁知道怎么回事。他的长子万年河站在抄公文的万云朵旁边。万云朵读一个字抄一个字。万年河装作学习，嘴巴机械地不出声地跟读。当万二毛又说了一遍不知道，而陈百味没有接着再问出什么，屋子里只剩下万云朵沙沙写字的声音。在这样的安静之中，万年河突然转过身来，说，她就是嫌脏呗。

出现在六岁的万年河脸上的神情是纳闷和不信任的，似乎在说，你们是真不知道还是假不知道。他讲出女干部请他帮着压水的事。陈方华笑着拉他离开屋子，说，我们不都是用井水洗衣服吗。

同时跟他使眼色。

“大人的事插什么嘴。”

她挺着大肚子走到院子里，塞给万年河一只竹篓，让他到田埂边的沟渠里捉虾子去。万年青从里屋蹦出来，也嚷着要去，被万年河轰赶，去去去，凑什么热闹。他被母亲责怪不懂事，十分气恼。待他走出十几步，不经意间转过头，望见母亲站在门口，低下头，轻轻用袖口拭泪，心里立刻生出不安来，担心母亲是因为自己说错话才这样。

等他捉了半篓虾子回到家，听见母亲唉声叹气地与忙碌的万云朵说话，他这才明白，她哭是因为肚子里的孩子不能要了。这太好了。万年河将虾子倒入水盆，内心的喜悦就像惊慌的虾子们胡乱伸展的腿脚。又要多一个来分吃的喝的，分去母亲的目光和父亲的斥责，好的坏的全部一分为二还不够，还要一分为三，落到他个人身上的，只会依照年龄变得最少。他在母亲小心翼翼地保护身体之初就想过这个问题，对比万年青到来之前自己得到的和之后得到的，他感到无比愤怒。而大人们欢喜得要命。这下好了。

母亲半夜被什么声音惊醒，用手抹了一把万年河额头上的汗，将门打开。父亲翻个身，喃喃说，去栏里看看。那里关着的他们家唯一的一头驴子再有半个月就生了。母亲嗯一声往外走。她突然大叫，云朵，云朵。云朵不见了。父亲马上坐起来。在栏里呢！母亲赶紧将她看见的传回来。云朵缩在驴子蹄下，像一团紧实的稻草。快生了。她嘘母亲，不让她出声。烦躁的驴子不停摇晃脑袋，脚下错着碎步。要踢死你呀！母亲去拉云朵。云朵转过脸，凶狠地看一眼母亲。与此同时，驴子朝一侧倒下去，云朵迅速趴上它的身，安抚它。天快亮的时候，裹在黏液中的小驴子艰难地掉出来。母驴弯曲脖子贪婪地舔它。母亲打了一盆热水来。父亲在屋里喊，生了吗？母亲不理他，只静静看着云朵一遍遍扶起小驴子，而母驴已经在一地腥臊的血污中闭上了眼睛。

这一顿驴子肉到陈方华出了小月子还在吃。冬梅讨遍了整条红旗街好不容易凑足了腌渍的盐，将驴肉制成腊肉腊肠。万云朵依旧坐在堂屋门口抄写文件。小驴子生下后就跟她没有什么关系了。她也不吃母驴肉。除了她，万年河也不吃母驴肉，饿得四肢发麻也不吃。他幼小的心灵始终相信，那个被他称为姑姑的女人，万云朵，整日抄文件有问题，一旦不抄文件了，去照顾母驴生小驴了，更有问题。母驴明明就是她害死的。吃了被她害死的母驴肉，不是也要被她害死吗？他带着这样直接的逻辑想当然地抵触着。

他的母亲陈方华成为计划生育的典型——“怀孕七个月，说不让生就不生了。”他们这样宣传，每年带她去不同的乡镇做报告。到 1975 年夏天，报告团的规模扩大到十二人。女人们穿着质地松散的碎花短袖，头发统一剪到脖颈处。陈方华高高的个子，在人群中大方地笑，一本正经地谈论计划生育问题。她不能说出高深的道理，谈来谈去只有两个字：服从。

大会照例在晒场举行，县里区里的领导都来了，江黄小学和中学的全体教职工和学生被拉来充数。队伍中，万年河和他刚刚入学的妹妹万年青，一人拿着一本《毛主席语录》，摇头晃脑地背诵。陈方华端正地坐在台上，先找到万年河，看到他专注地闭着眼睛，觉得稚趣。又找到脸朝天，背一个字点一下头，鼻涕不断露头，又不断被她吸溜进鼻孔的万年青，想长长地伸出手来给她揩掉。

鲁开伍、鲁红蓼、鲁济安、鲁济平也都在。

他们各自站在小纵队的最前面，站得松松垮垮，百无聊赖，正面看过去，像是一个帮派的核心成员。

还有更小的孩子被他们的父母带来凑热闹，有的三四岁，完全不能老老实实偎在母亲身上，不停地跑来跑去，嬉笑着追逐打闹。有的还是婴儿，只能抱在怀里，只要啼哭，母亲就撩开前襟，将奶头塞进他们的嘴巴。

作为走马岗生产大队的大队长，万二毛坐在第一排。他严肃地看着坐在台上正中间位置的县领导，将身后的男男女女和他们的孩子排除在外。很快，他和他的走马岗被点名表扬。自带小板凳坐在人群中的鲁水生听见万二毛的名字后起身望了望，使劲儿拍巴掌。何满月拉他，要他坐下，被他不耐烦地挣脱了。

一年后，还是在这里，还是这些人，大人们和大一点的孩子看上去没什么变化，幼儿当中，不会走路的会走路了，只会走的学会了跑。但现场肃静得使孩子们发出的任何一点声音都显得更为尖厉和不合时宜。所有人都控制着，直到再也控制不了，集体恸哭起来。他们自发前来，很快被疏散开来。他们回到各自的大队，在空旷处设置灵堂。毛主席微笑着的大幅黑白照摆在正中间，每个走到他照片前的人都怀着坚定的信念哭泣着俯身跪拜。

万年河直起身时，偷偷看了一眼身后的万年青，她的一只手被母亲陈方华紧紧握住。陈方华号啕不止，身体前前后后激烈地晃动，拉得万年青也东摇西摆。万年青伸出另一只手，想要万年河拉她走。万年河脸上闪过一丝嫌弃。他轻轻摆动手臂，鱼一样游离了人群。红旗街上空无一人，只有几张被风吹落的标语贴着地面飘来飘去。他捡起其中一张，上面用毛笔写着一个大大的“四”字。他伸出食指，顺着这个字的笔画凭空描写一番，墨迹浓烈的地方，他会使劲顿一下，就好像真的在写。

三四次后，他毫无留恋地丢弃了它。

1-5 肖像

正如我猜到的那样，画家去了展览现场，只不过他装扮了一番，没有让我认出来罢了。而他的女儿又忙于与小画家周旋，忘记了去上海的初衷。这倒很容易理解，鲁凌星怎么会是一个一心一意的人，她天生丽质，可供消耗的资本多，玩性大不足为奇。这样一来，小画家的画展就没有像我担心的那样，成为演绎鲁氏父女狗血剧的现场。

稍后，画家主动给我打了一个电话。

我当时正在睡觉，听出来是他，连忙坐起来。

我问他那天是个什么形象，他说，路人形象。还说，正因为形象工程做得好，他连收了几幅画都没有引起注意。可我清楚每一幅画的去向，收藏者中若是有鲁开悟这个名字，我第一时间就会知道。他解释说在从前便利的时候，他扯了好几张身份证，有些身份鲁凌星是知道的，她帮他办过事。结果呢，他犯了错误，用其中一张购买了去上海的火车票，被鲁凌星立刻猜出来，他要去看小画家的展览。买画的时候他吸取教训，避免了这个问题。形象工程加上反侦查手段，确保了他这次上海之行的安全。他说得颇为得意。以至于我开始怀疑，他只是单纯地喜欢猫捉老鼠的游戏，而并非他的情况紧急到哪种程度，需要他四处躲藏。

关系均成对出现。他的女儿鲁凌星必定也觉得这样一来生活有乐趣多了。她与她父亲一样令人匪夷所思。事实上，她大可不必告诉我画家的行踪，毕竟要找他的人是她而不是我。可笑的是，还是在火车上，用得着那么局促吗？时间空间都局促。画家却说，鲁凌星从小到大都是这样，将他与她的一些私人信息抛出去一些，以此换得对另一个人与她父亲的关系的刺探。我完全听不明白。我有一肚子问题。画家让我去看书稿。

“可是你既然都写出来了，就是不怕被人知道在你身上到底发生了什么，又何妨提前告诉我？来来来，说一下，鲁凌星的未来城看样子后来没有建成，那么她现在在干什么？而你怎么就弃商从画，改头换面了呢？”

他哈哈大笑。

“你迫不及待地从后面看了吗？看来我们日后不便再通话了。你我离得一近，你就只当我记下的那些是家门八卦，只想猎奇，而不以文学的眼光去观赏了。你又哪里知道它们有多少是真实的呢？我不过是找到了一种方法来遏制和约束自己不羁的激情罢了。像我这样的人，世间的正经生活和庸俗买卖是框定不了我的，在狭小的场域中我总带有某种破坏性。我只能到无边无际的自然中去。而面对同样的自然，你可能看到的只是一棵树、一朵花，或是一匹马、一只鹿……我却能感受到物质形态背后，那无色无味，泉水般汩汩而出的气息。有什么样的洞见就有什么样的产出。所以，请不要简单看待我写出的那些文字吧，它们远比你看到的更复杂。”

“是谁说的写下这些不过是为了引导出那幅迟迟无法完成的画作的一道程序？”我反驳道，“你早就声明了，它们只是辅助你更为主观地看待以往事物的方法，以便尽快掌握脱离具象的法门，这样你就能找到属于你的表达方式，如同康定斯基找到几何，斯特拉找到曲线。也就是说，你对书稿的强调有点本末倒置了，我的画家，你是画家，而不是其他任何什么。就好像你不过使用铅笔在画板上打了个草稿，就突然对制作铅笔产生了兴趣一样。别对什么都严肃。即便你无心插柳，书稿却规模可观，依我看你也不能太过看重它们。你从画之无限退到言之有形已经将路走歪，我是看在你的终极目标仍是画画才没有阻拦什么的。事到如今，化用义存禅师的偈语，你若东道西道，我则寻言逐句；你若羚羊挂角，我向什么处扪摸？别怪我问三问四，还不是你先写下了这些……嗯，怎么说呢，拘泥之物。”

“罗老师指导得对。不立文字方能悟，我却背离了这个道理，不仅如此，似乎还产生了才名之念，罪过啊。”

他以这句话结尾，说完就消失不见了。

晚上小画家非要到我这里来。

这段时间他不断被新朋旧友拉出去喝酒，接着第二天就会有消息在朋友圈传播开来，说他又说了什么，关于他的灵感，他的自我训练，显然，他阶段性的成功已经为他制造了吸引力和影响力，越来越多的人想同他成为朋友，视他的话为成功者的箴言。他们还提到我。小画家一直在各种场合感谢我，酒桌上也不例外。以至于，几家本地媒体访谈的问题几乎全都有这样一条，您多次提到要感谢罗漫小姐，能具体谈谈吗？他的回答无非是，我启发和鼓励了他。我有点受不了他这样。我觉得这样一来，他将我们的距离拉远了，好像有意让外界知道，我是他的策展人，仅此而已。我懒得搭理他。他因为忙于应酬，我不回他消息，他也无所谓。但是这一次，他追过来好几个电话。

却也不是因为多想见我，而是有个疑惑。

他说前日在一位年纪比较大的艺术家家中喝酒，他看到一幅肖像。画中的妇人除了着装风格，简直与鲁凌星一模一样。他还以为老画家画的就是鲁凌星，正要拍照发给她问一问，却不想，老画家见他看得仔细，介绍说那是他的一位旧友。他十年前画下这幅画后，她一直没有来取，联系她也联系不上。

“你说奇不奇怪？我推算了一下，画中人应该比鲁凌星大二十来岁，是姐妹的可能性不大。”小画家说。

我已经从画家的书稿中了解了一些鲁凌星的情况，也见过她，她亲口对我说，她是画家唯一的孩子，也就是说，她并无兄弟姐妹。而同在春江，两个陌生人相像的概率几乎为零，唯一的可能性是，画中人是她的母亲。但我不能将这样的推导说与小画家，我不想让他知道我其实早就认识鲁凌星，尽管这样的行为与他四处感谢我本质上是一样的，都是在强调距离，我反感他那样，却无法不让自己这样。何况小画家自己也猜得到。紧接着他就说：

“我怀疑那个人是鲁凌星的妈妈。”

“你跟那个女人的事不要跟我讲。”我掩饰道。

小画家却羞羞答答告诉我说，其实，在上海，他与鲁凌星，那位窈窕女郎并无任何事情。他们的确每晚都在一起，但鲁凌星根本做不了什么。

“什么叫作根本做不了什么？”

“就是，她没法跟人，做爱。”

小画家缓慢而低沉地说，看上去极为沮丧。

第一个晚上，小画家以为鲁凌星只是没有分泌体液而已，还觉得愧疚，感到失败——他竟然不能使她兴奋起来。第二晚，他遮遮掩掩在成人性用品店买了一支润滑剂。可是，她那里就好像竖起了一道门，任他怎么钻都钻不进去。后来他才知道，她根本没有阴道。

万万没有想到，外表性感的鲁凌星却是个生殖器官畸形的病人。

可她明明一副天下男人都不在话下的派头。我不免同情起她来。小画家却说，不，她可一点也不难过，反倒因为她能轻而易举将男人诱惑到床上，而男人们却无法真正进入她，得到她而生出傲慢来。在她面前，小画家一开始急不可耐，遇挫后，他将问题全部揽在自己身上，认为她阅人无数，一定是他魅力不够，才使她激动不起来。确认是她不行之后，他抱着她痛哭起来。如此一副妖妙皮囊，却在长成的同时，封闭起女人之所以是女人的最重要和隐秘的部位。这样来说，她既是美的概念下的极品女人，又是性的概念下的失格女人。悲哀之至。

然而，出乎意料的是，鲁凌星轻轻将他推开，坐在离他一米开外的椅子上，一丝不挂，含笑望着他。他表现得越是为她不平，越是痛苦，她越兴奋。她其实完全可以去动手术，现代医学解决这类问题早已没有任何技术难度。但是，为了获得一项绝大多数女人都拥有的功能，在那之上产生整齐划一的感受，而失去独特到只为她一个人所理解的愉悦，她说，不值得。更何况哪种情况下都有困扰，都不圆满，她又何必弃此从彼。

我听得兴奋，忍不住揽住小画家的腰，将手中的红酒杯在他眼前晃了晃。

“你看，不因悲剧情节本身的悲——身体问题而悲，不以受难而丧失生命意志，通过英雄式的心甘情愿的承担把自己从普遍的满足和贪欲中解放出来，她因此给予了，至少是你们这些接近她的男人们，精神人格的提升。这些都是古希腊悲剧的特点，是不是条条符合？”

小画家苦笑一声与我碰了碰杯，吞下一口红酒。

他突然想起，在说到“哪种情况下都有困扰”时，鲁凌星举出她母亲的例子来，说她母亲的困扰是得不到满足。她用野猫来形容她的母亲。她野猫般的母亲整晚整晚不睡觉，等她的父亲，而她的父亲又总是不回来，她的母亲就只好自己解决。她以为鲁凌星还小，不懂得这些，从不顾忌发出声音，那种快乐和痛苦到极致时不由自主发出的，一模一样的呻吟，在卧室、卫生间、阳台……几乎随时随地被释放。到最后，她总要发起怔来，目光盯在一处，灵魂就好像从那一处钻进了虚空，现实中这副躯壳呆呆傻傻，瘫软如泥。

我由鲁凌星的形象想开去，怎么都无法聚合出她母亲的形象。那幅肖像如果真是鲁凌星的母亲，即便如小画家说的那样，她与鲁凌星的五官一模一样，两人也应该不会那么相像。男人看女人还是容易流于表面。她们母女，满足欲望的方式一个天上一个地下，眉眼中的姿态也必然不同。

正想着，小画家又说，那几天鲁凌星去了一趟上海美术馆，去见他的父亲。

什么？

我抑制住指尖微妙的颤动。

还是小画家陪她去的。他们远远看了那人一眼。鲁凌星没有勇气走上前。她犹豫了一下就快速跑开了。待小画家在户外找到她，她却像什么事都没有发生过一样，蹲在地上举着手机悄悄接近一只麻雀。麻雀这种神经紧张的生物，从来不给任何人机会，马上就飞走了。小画家说那一刻他心疼得不行。但他克制着，没有表现出来。

本来，为她壮胆，同她一起到美术馆见她的父亲这事已很荒唐。她出现得平白无故，又是一个有严重生理缺陷的人，没有任何值得深交的理由。更何况在当时，他们不过认识了三天而已，时间短得让他什么都不好去问。他就想着，从美术馆回来就拜拜吧。事实却是，他被一种说不清道不明的情绪推动着，几乎天天同她在一起。

“我本来没有办法说出我的感受，直到看到她母亲的肖像。一个惹人注目的美人，却透过五官和皮肤散发出漠然，让人不寒而栗。我的内心隐隐不安起来，就好像从鲁凌星的母亲到她，存在着一种神秘的使她们都无法摆脱的东西，而这种东西恰好被我看到了。你刚才提到悲剧，没错，这正是那一刻我的感受，悲伤蔓延，鲁凌星注定要成为一场悲剧的结局。你看着吧，一定是这样。”

“喂，你没事吧。”我伸手摸了摸小画家的眼睛。

他开始反省自己初见鲁凌星时满脑子邪念。在火车上，轰鸣声加重了场域感，狭小空间中，陌生人正经八百排排坐。而越是要保持自我的严正性，内心就越容易悠游万里。这时候鲁凌星从天而降，红裙灼灼犹如热烈的卡门，使他立刻失去了定力。却不想她是这样一个凄凉的人。

我不知道该怎么安慰小画家，我也无意安慰他，我关心着另外的事情。

画家自以为躲避得巧妙，结果呢，看样子，他女儿对他的行踪了如指掌。小画家说画家的女儿是一个凄凉的人，如此说来，谁又比谁更凄凉？而画家去上海美术馆的目的是什么？在电话中，他可对我只字未提。

等小画家睡着，我查了一下，与小画家的展览同步的是，那几天，上海美术馆有个中国书画近现代名家作品专场。当然也有别的，但都没有这个吸引我。我一眼看到展览目录中打首的那幅画是《红蓼荷花图》。

红蓼。

画家是因为自己在画红蓼而要看遍所有名家的红蓼吗？

第二天，我漫不经心地问小画家，那天，你们远远看了一眼鲁凌星的父亲，还记得当时他在干什么吗？在看《红蓼荷花图》。他好像站在那里很久了，旁边的人走来走去，他却像入定了一样，站在那儿一动不动。你问这个干什么？小画家打着哈欠问我。就是觉得好奇。她母亲在老艺术家那里画了一幅肖像，而她的父亲又跑去看画展，她自己呢，追随着你这位新起之秀。也是一个艺术之家啊。我装模作样地解释。

我马上上网查找近期各大展览馆的展讯。

中国美术馆题为“似与不似——对话齐白石”的主题展很快跳脱出来。时间就是这几天。齐白石画过多幅红蓼，其中一幅我印象深刻，叫作《红蓼蝼蛄》，构图和造型极尽齐氏，藏于中国美术馆。这幅画是红花墨叶派的典型，疏朗大气，是齐大师“妙在似与不似之间”的艺术主张的范本，颇为珍贵。后人再作红蓼，观真迹以鉴，太正常不过。只是，当我看到齐大师的名字的时候，第一时间出现在我脑海中的不是他的画，而是他早年的木工经历。画家的父亲也是个木工。不但如此，画家小时候不是在树枝上刻“鹰去但忘恩，虎怒将为冤”吗，所以画家本人应该也是。有这样的联想自然是因为我敏感。艺术作品难道不是艺术家人格深处残留之物的再造吗，画家当前不就是在收集残留以再造他所认为的，他和江黄共同的残留意象——红蓼吗？父亲的身份和画家从前的身份是一份弥散性的残留，画家怎么会注意不到。我敢断定，他一定会去中国美术馆。

得出这个结论后，莫名其妙地，我竟蠢蠢欲动起来。如若我追踪而去，画家会做何感想？令他得意的隐身衣由于我的破坏而不复存在，想想都兴奋。躲在暗处的人掌握主动，而这一次，我这个一向由着他决定与我离得近还是远的人，却要攻他一个措手不及。

且慢，展览为期一周，他会在哪天去呢，难道我每天都要站在那幅画前等待？恶作剧而已，需要搭上来往舟车之劳和几天的时间吗？更何况很有可能会遇见鲁凌星。我能推导出这一切，她便也能。而且，似乎她的运气特别好，不过去了一趟上海美术馆就撞见了画家。我一时泄了气。又一时，我想到，是因为鲁凌星的运气好吗，还是说，她熟悉画家，知道面对一场名家展，画家的观展习惯是怎样的。

我问小画家，你陪鲁凌星去上海美术馆具体是哪一天？

小画家还没有睡醒，他翻了个身，摇摇头表示不记得了，也有可能是觉得这个问题无聊，总之他什么也没有说，继续打起鼾来。

太好了。我其实有点怕他告诉我。

我取出书稿。

我没必要跳出书稿不是吗。

2-5 要务

2-5-1

他们站在田野上眺望，因为长高了，感到从前看起来难以翻越的山岗，如今缩成了矮墩墩的一节，他们往那个方向跑，轻而易举攀上去，扑向一排已经蚀成灰色的砖房。每间教室都敞开着，孩子们看过门口张贴的名单，对号进入各自的集体。吵闹声在上课铃打过三遍之后才抑制住。随后他们听从指挥来到院子里，因为感到新鲜而站得笔直。

“我们，”老校长举起大喇叭，他一直是这所学校的老师，现在老了，当了校长，便被称作老校长，“复课了！”他激动地流出眼泪，因为不由自主感到悲痛而发出支离破碎的声音，“一场严重的劫难过去了，过去了，我们的国家，开始了新的进军！”

前一天才加固的土夯的升旗台在他急促捯动的小碎步中扬起蒙蒙尘土。不到十分钟，孩子们忍受不了了，队伍开始蠕动，如果有谁小声说着什么，一些脑袋就会凑上去。

听见身后有人吵闹，万年河望向声音中心大一点的那个孩子，看他似乎在暗中展示着什么。

“开伍，”他压低嗓门唤他，“什么东西？”

“一会儿跟我走。”鲁开伍敷衍一声将头重新埋进人群。

这时人群中有人举起了什么，冲万年河一笑。那是鲁开伍的妹妹鲁红蓼。她举起的东西太小，万年河看不清是什么。他被鲁红蓼故意与她哥哥作对的调皮样子逗得心满意足，对于他们在看什么，一点也没有兴趣了。鲁开伍夺回鲁红蓼手中的东西，拍了一下她的脑袋。他们重新回到了凑在一起秘密看着什么的秩序中。万年河转过身，回想着鲁红蓼明亮的眼神，不自觉微笑起来。

现场除了老校长外，只有何晨光一个老师。这份工作是付美真托关系回城后，不知又找了谁给办成的。她要何晨光过渡一下。

“忍住了，办法还是有的，可能还不止一个。很多事情都在发生变化。”

何晨光为了从鲁杨家搬出来，给了鲁仗不少钱。他在给付美真的信中写道，鲁仗比他父亲鲁川更贪得无厌，他们欲望的来处不一样，大小也就不一样。鲁川是因为他残疾的女儿鲁鲤，鲁仗却是借着鲁鲤为他自己。鲁仗见到钱，就好像瞎子见到光一样，会激动地双手举向天。不过他因为做了小队长，增加了克制力，很快就能察觉出自己的失态。每到这时候，他就收回所有动作，变得正经起来。他会装作不稀罕的样子，目光却一个劲地往钱上瞄。付美真回信说，也是那时我们带着他一起玩，让他见识过钱的好处。何晨光写了一张保证书给鲁仗，意思是，他，何晨光，不能娶鲁鲤，但愿意一辈子养她。他每个月给鲁家两块钱，只要鲁鲤活着，这笔钱就不会断。付美真来信说只能这样了，谁让你犯下大错，蠢到连一个瘫子也要上。

何晨光站在老校长身边，不时抠抠脸上的青春痘。他是一个讲究的人，为了今天的开学典礼，特意把唯一的一件白色短袖衬衫洗干净了，还用盛着开水的大茶缸熨平了前胸后背。只是青春痘太痒了，被他抓出血来，营造出凶狠劲。学生们注意他开花的脸胜过他的白衬衫。

他向鲁开伍他们走去。还没等他靠近，另一支队伍爆发出更大的骚动，他立刻掉转头，背起手伸长脖子冲过去。还有几个老师没回来？他一面盯着那群捣乱的孩子，一面在心里数，四个，今天居然只来了我一个，我一个！他吼起来："老实点！"部分地控制住局面后，校长的讲话还没有结束。他望着校长不时抽动的左脸，看清他喷出的唾沫在阳光下亮晶晶地飘散，不由得皱起眉头。

"毫无远见！"

像通知开会一样把学生聚拢起来，会一完，人不就散了吗？难道不应该先登记和建立档案，做通家长的工作，等课本到位再说吗，又是在这样忙碌的时节，过了这一阵岂不更好？

"上面要检查撒。"校长说。

所以他今天才要把讲话拉那么长，一句话翻来覆去地讲。一面讲一面暗自庆幸，若是那些离得远的学校，检查组去一趟可不容易，那不得讲到太阳下山？他脸上的抽动越来越厉害。这种神经质的毛病不是因为兴奋，而是因为疲劳。他做的工作还不够多吗，只是给全体教师带话这一步，他脚底的草鞋都走穿了，那天天都快黑了才光脚回到家。时间不等人啊，有些工作只能事后补了。他看了一眼不怎么高兴的搭档，突然点到他，说，为了让大家重返校园，我们年轻的何晨光老师可真是操碎了心哪，来，让我们谢谢他，鼓掌。学生们早就分了神，听见掌声，并不知道是为了什么，只是出于条件反射地跟着鼓起来，越鼓越兴奋，好像百无聊赖间终于找到了事情可做，要把热情一股脑地倾倒出来。

山岗下的旱地里，初秋的白亮日光照在掌犁人的脊背上，他们直起腰，望着学校的方向，等到掌声停下来才继续往前摇摇摆摆地走。

“差不多该回来了吧。”其中一个家里有个十二岁的男伢，“再试几次自己都可以扶犁了。”这位皮肤黝黑的父亲说。

他的想法也是万年河的父亲万二毛的想法，只不过不是扶犁翻地，以便顺利种下冬麦这件事。

一望无际的晚稻田与这边灰色的空荡全然不同，那样的灿烂充实。人们赤脚俯身望着眼前圆鼓鼓的稻穗，恨不得一口气全部收光。可还是要一点一点地拢在一起，割断稻秆，收束捆好。身体不好的人，一会儿工夫腰就要泛起酸来。

万二毛的腰没问题，他的麻烦出在脖子上。因为长，垂下去，头便会沉沉往下拖，拖得脖子都要断了。他的脖后颈总是僵硬着，很脆弱，随时都有折断的危险。他要陈方华拆掉林二姐留下的黑围巾，针脚拉紧实，做成又厚又硬的围脖，结结实实撑起脖子。即便如此，过不大一会儿，万二毛的后背就从颈子到脚踝，僵化成一张铁板，难以动弹了。

他不行，就得指望半张脸都冒出胡须的万年河，有时甚至要做出比别人干得更多的姿态，不然他便没有威严管别人。这样一来，自留田差工夫打理，谷粒冒出来全是瘪的，由陈方华带领着冬梅和万年青这些女将们多少收一些。这时候万二毛多么希望再多生养几个儿子。正是因为明白这个，开学典礼后，万年河并没有跟鲁开伍走。走马岗需要他，插满了红旗的红旗街需要他。他的父亲，走马岗的大队长，长脖子的万二毛，正带领大家在红旗街的两侧，收拢起一束一束稻子往稻场送。他弓着身子，双手不时掀起破旧的背心抹一下前额。他的脖子已经不能转动，响在身后的声音稍微远一点便会听不见。

有人上前来拍了一下他的肩膀，又照顾他脖颈不能转动的不方便，主动走到他的面前去，对他说，年河来了，老远就喊你。

这个殷勤报信的人叫金刚，祖上是大地主肖晋堂的管家，到他这一代，与大地主沾着关系这一点，还在持续为他们带来厄运。他家的地早被没收了，房子没有一间，血脉七零八散，走马岗上只剩下他一人，孤独地住在田野上临时搭建的茅草棚里，除了挣自己的那份工分换口粮，常年替人做着看护田地的工作。

万二毛笑着转过身去，看着快跑到眼前的万年河，用持续的笑容迎接他。

而习惯性眯起双眼，像是从来没有睡醒过的鲁开伍，根本不在意万年河没有按照约定跟上他。他身边聚拢了一群少年。童年暗中交好的伙伴鲁济安则躲着他，独自从另一条小道转回家去。他们之间的关系终于成为了大人们希望的样子。

少年们围着鲁开伍，争相递上小木条。鲁开伍随便接起一支，用手中的刻刀挖几下，一个小人就成形了，五官四肢什么都有，仔细一看，面容与请求雕刻它们的主人十分相像。鲁开伍利用这个本事，收了一些花生埋起来偷偷吃。他连妹妹鲁红蓼都不给。鲁红蓼亲眼见过鲁开伍收别人东西，只是每当她问鲁开伍要，鲁开伍总是摊开手说，看，什么都没有。鲁红蓼啪啪打两下鲁开伍的手掌，先搜鲁开伍的身，再翻找周围，总是一无所获。

意外地，有事没事，鲁红蓼的眼睛养成了搜查的习惯。每当她弓起后背，脖子习惯性勾起来，盯看地面，何满月就举起手抽打她。

“一个女伢，莫要成了你万叔叔的样子。”

“万叔叔是脖子长，倒不弯。”鲁开伍认真地说。

鲁红蓼时不时能捡到些东西，小到扣子顶针，大到篮子秧马，都是一些粗心的人遗失掉的。她藏起这些东西，有人来找也不给。她把这些东西堆在屋外东北角，搭在上面的半张破烂席子也是捡来的。

鲁开伍磨到太阳下山才回到细山。早早回来的鲁红蓼钻在席子下将新捡来的漂亮石头扣进一只裂缝里填满黏土的碗里。他父亲鲁水生早就收了工，鲁仗托了会计刘江跟过来同他讲话，他也不给人让把椅子，自己懒懒坐在里屋。门关着，从外面看像是家里没有人。他们家总这样。

前一天下午，一头自来卷剪得短短的，一时竟让鲁开伍认不出是谁的齐金才来找他，秘密说着恢复建筑队的事。他凑到鲁水生耳朵边上，一双大手遮住嘴巴。

“说是要恢复个体经济了，个体经济，懂吗？就是你又可以挑起担子出去揽活了。”

鲁水生受惊一样立刻捂住齐金才的嘴巴，接着便知道自己失态了，做出只是不敢相信的样子。他含含糊糊地说再说吧，出门前总要看看天气。

齐金才在鲁家住了一晚，天不亮就要赶去春江，鲁水生轻手轻脚起来送他到大路上。

外面一片深沉的蓝色晨霭。回来爬岗的时候，鲁水生看到两个人鬼影一样推车赶路，离得近了才看清一个是队长鲁仗，一个是会计刘江。车上堆着几袋刚刚脱好的稻谷。鲁仗哼哼哈哈说是去交公粮。刘江本来个头就小，又故意做出腰痛的样子，趴在推车上掩盖住稻谷，像个小伢在耍赖。鲁水生心想，这种时候去交，路上停在谁家倒出一些来，哪个知道。他一声不吭转身走了。他由西北方向上坡，从鲁仗家绕了一下回家去，果然看到一些车辙印。

一整天，他在晒场上一反常态，有人停下来休息，他也停下来休息，不去管头顶上的天已经积起乌云。鲁仗吆喝大家说，这要是你们自家的粮食，这样的坏天气里散了一场，你们还有心思说说笑笑吗？不说不要紧，一说，队员全都跑回自己家收芝麻去了。鲁水生也跟着走了。平时碍于与鲁仗一家微妙的关系，他是万万不愿这样做的。

何满月知道来龙去脉，看见刘江来，料定他是心虚，便没有劝鲁水生，只是客气一声，便到院子里忙碌去了。

刘江站着，比坐着的鲁水生并没有高出多少，为了引起注意，他总要先咳两声再说话。他说："像你这样的老实人都这样，这个会计我可没法干了。"

鲁水生听他唠叨完，小声问："你晓不晓得个体经济是什么？"

刘江说："那个啊，那可不好说，搞不好的，比方说排灌这件事，只有集体才能搞得好，个人怎么做？那会产生矛盾。"

"矛盾的地方多还是不矛盾的地方多？"鲁水生问。

"我可讲不好。"刘江搓搓鼻子，"左右就是头脑里有个私字，什么事都搞不好。"

鲁水生点头，接着抬头，说："哎呀要吃饭了，我们没有多余的给你吃。"

刘江打了个化解尴尬的哈欠，也不避讳，慢步去鲁仗家了。

鲁仗问他怎么样，他说，看破不说破，这是最好的情况了。

鲁水生听着刘江的动静，眼睛一斜看见回来了一会儿的鲁开伍，推他一把，小声骂，懒伢，不晓得做事，稻子都要烂在田里了。何满月出来护住鲁开伍，说，你莫说他，你看看你是怎么做的。

鲁水生种不好田。或者说是不好好种田。他早年在外做工，随随便便就能顾着肚子，后来被迫回来，发现再怎么干收入都不及从前的一半。他留下很小一块自留地，全部用来种黄豆，暗中制成豆腐，担到远一点的地方换钱换物。每次装病不出工，他都用鲁红蓼捡回的唱戏用的胡子把自己装扮起来。无意中碰见鲁仗和刘江运粮食，他还暗自庆幸了一番，心想都是干私活，他就不曾被人发现。

吃完饭天还亮着，雨并没有下下来，天边出现了白色的浮光，越来越大。鲁水生扔给鲁开伍一把镰刀。他们打着赤脚，穿过小树林，在山岗上的楝树下站了站，看准自家那一小块田，甩起镰刀走过去。

2-5-2

阳历十二月，不过刚刚进入冬季，指尖的凉意还不能通达脚心，太阳一旦驱散了云彩，一会儿工夫就使人额头发汗，眼前清澈明朗，好像时间在往秋天里退，而不是朝着深冬走。

然而这绝大多数人的感受却与何晨光无关。

他冷得两只手直打战，笔都握不起来。他把手举到嘴边呵气，想让身体暖和起来。前后左右响起钢笔在纸上急速划动的唰唰声。他急得想要大喊大叫。在这稀有的关键的决定命运的时刻，他脑海里浮现出的不是一直鼓励他的付美真，而是一直拖累他的鲁鲤。是否他真的无法离开江黄就像鲁鲤离不开她的床？走开走开！他赶她。半个小时之后，监考老师过来问他怎么了。他头也不抬地摇头。他重新拿起笔。颤抖就颤抖吧，就写出一些颤抖的字吧，正在他身上发生的痉挛并非无有来处，他的身体比他更清楚答好眼前的卷子是他唯一的希望。他的身体在提醒他此时此刻有多重要。他花了很长时间才写出一个字来，这个艰难的字却也让他的血液走到掌心之后不再绕道而行。他越写越好了。慢慢地，鲁鲤不见了。

来年三月，付美真带着春江大学的录取通知书过来帮何晨光办手续。

鲁仗并不清楚这件事对何晨光到底意味着什么，只听说这样一来何晨光便要彻底离开江黄了。他慌慌张张赶到江黄中学，抢过录取通知书。在他看来，这张纸如同调令一般。他的动作太大，随随便便裹起的棉袄散了怀。他单手扯住右襟压过左襟，另一手扬起通知书对着太阳看，说，假的吧。付美真跳起来照着他的肩膀用力捶下去。他上身一垮，棉袄又散了，露出光溜溜黑黢黢的肚子。何晨光立刻从他手里抢回通知书，折叠好，夹进残破的语文书中，再把书放进随身背的军绿色帆布包里。他抬起头，主动对鲁仗说，每个月两块钱，走到哪里都算数。鲁仗用手点着老校长的桌子，桌面裂开的木头缝里浸着墨水和污垢。他说，写下来，把你的话写下来。老校长唉声叹气。院子里只有十几个孩子，到月底能来齐三分之一就不错了。现在最好的老师也要走了。他说，你去了大学里能研究出这些问题怎么解决吗？

这一趟，鲁仗除了拿到一份保证书外，还收下了付美真替何晨光垫的钱，半年的，足足十二块。他心满意足地把钱揣进裤腰，勒紧实了，再裹好棉袄。从老校长办公室出来，太阳刺得他眼睛一闭。再睁开时，他看见几个儿子伢灰头土脸蹲在地上打羊骨头节玩。鲁仗心想这都谁家的伢闲得来上学。鲁开伍刚刚扔出去砸中了对手的骨头节，兴奋地跳起来。看见有鲁开伍，鲁仗转身回去问老校长，他们家伢一直在上学吗？老校长抬起头，去掉眼镜逼问鲁仗，管什么别个，你家济平再不来，我可要你好看！接着他叹口气，望着门外的亮光说，明白事理的人都知道，人生的第一要务是学习。亮光一暗，鲁红蓼经过门口，等她走开，亮光又恢复了。鲁仗听见她叫，哥，何老师要走啦。

鲁仗回去跟巧芳发牢骚：“第一要务是学习？狗屁！是吃饱肚子！……你说奇不奇怪，整个学校十几个学生，隔壁兄妹两个都在。”

巧芳说：“那又么样？”

鲁仗摇头：“么样？猪脑壳，就是说不差钱撒，咱们都只能勉勉强强保济平一个，他们凭什么？”

巧芳说：“可能是以前做木匠赚下蛮多。”

到了晚上，鲁仗贴在门口仔细听外面的动静。那天早上偷运粮食被鲁水生碰见后，他不是没有起过疑心，起那么早，怕是不干好事。留意几天后没发现什么，也就放松了。回想起来，这么多年，隔壁似乎安静得出奇，来个什么人也都往里屋请，从不在院子里讲话。动静大不正常，这没有动静，也不正常。后半夜，他索性推开门站到院子里。好一会儿，一个声音突然响起，叫他：“老头！”他吓了一跳，转身看见儿子鲁济平的脑袋从两页门板间伸出来，好似身子消失了。他惊慌地往后趔趄了两步。鲁济平揉着眼睛走出来，现出少年瘦长的身体。

“个裸老二的！”鲁仗抬手打他，“吓死老子！”

“我以为有人来屋里偷东西。”鲁济平抱住头。

“屋里空空荡荡，偷个哈欠。”鲁仗继续作势打。

到第二天，鲁仗确信，鲁水生一晚上没回家。

鲁水生只要外出卖豆腐，就住在渡口边上。那里有一间屋是万二毛的姨婆林知雀的，万二毛的母亲林二姐去世后，继父万立民就搬到红旗街去了。万二毛知道他为什么要搬走，也知道他为什么千方百计地要将这间屋子保留下来。万二毛后来上学，不时要在这里打扫一番。当上大队干部后，他每日忙，忙得顾不上想念林二姐，这间屋子彻底荒凉下来。鲁水生卖豆腐要过河，万二毛知道后，想起还有这一处房产，就要鲁水生歇个脚，不必跑得那么辛苦。去年年底，鲁水生发现，渡口边的街市上，竟然也有暗中加工豆腐的小作坊。他每次过来，总少不了左右邻居的豆腐吃，便没有人说他什么。江黄街上的人总是比底下村湾的人有见识一些。

鲁水生最远走到了觉知书院。

他去那里还是齐金才无意间的一句话促成的。那一年齐金才的建筑队被迫解散了，他把年纪最小的男伢送回家去，经过觉知书院，看到里面冒出浓烟，门口堆放着失去脑袋的泥人。他立时就觉得心慌意乱，越看那无头的泥人越像自己。假如它们一个个被砸碎——这是已经开始了的事，从头开始——和上水，再揉出平凡人的模样，那便不是他了。他想起应该给每一个离开建筑队的人说上一句话。他辗转十几个远远近近不同的村子，找到那些人说，除非他的头被砍掉，不然总有一天大家都要回来。他黑黑的眼睛隐藏在卷曲的头发里，不人不鬼。人们听他说出这样大逆不道的话，纷纷把他推出院子，插上门。说到鲁水生家，他家的门本来就是常年关着的。鲁水生拉齐金才进来，关上门，给他倒了一碗茶。齐金才端起碗，喝着喝着呜咽起来，说，可能是我妄想吧，那可是圣人啊，头都没有了，我能不服吗？

既然都过了满河，索性去觉知书院看看。鲁水生一路摸过去。

他还记得那条路。还记得回来时坐的船和马车，记得张银妮，记得万二毛和陈百味，记得带他们回来的万立民。除了这些，他在文昌阁读的那些书，穿的稻草衣，挖出的地道，最后跪拜的孔子像，全都在他眼前蹦来蹦去。他把挑担架在墙角，只当是在躲太阳。好一会儿四下无人，他便扔下挑担，跑进了书院。他熟门熟路。仲子祠空无一物。文公祠空无一物。一些匾额掉下来，折断了，上面的字被利器刮得坑坑洼洼。他转身出来，捂着脸蹲在挑担边上。有人远远喊他，搞么事的？他颤颤地回喊，歇脚。那人走过来的同时他也站起来。有么事好东西撒？那人问。不等鲁水生回答他就掀开木桶盖，看一眼，说，豆腐，嗬，我就说不简单，出远门的人都不简单。他把身上背的破烂背褡解下来给鲁水生看，里面放着一些黑乎乎的柿饼。

渡口附近走一趟卖不完的话，鲁水生就带回余下的豆腐，往红旗街方向走，能卖多少是多少，再有余下的，就给万二毛，他若是客气，非要他拿回一些，就带回来给开伍、红蓼兄妹两个吃。夏天最热的时候，他感觉豆腐明显有些味道了，还是要带回来。两个苕伢总是吃得一嘴白渣。他们的肠胃一次比一次更有耐力。牛最爱吃的野豌豆苗他们吃得，到了六月还有一点残留的烂黄花菜他们吃得，秋天最后蹦跶的蚂蚱他们吃得……聊胜于无，肚子总是难以遏制地想要消灭什么。鲁水生从前一天住在渡口边上，到第二天晚上回来，差不多一到两个月请一次假，时间一周七天哪天都有，就是为了不引起怀疑。

鲁仗细细查了一下考勤本，并没有发现什么问题。这主要是因为考勤本是个糊弄人的东西。他并没有在那上面真正记录下什么。太多人偷懒了，都他妈是奸透了的人。他若是记下这个，那个也要记下，可是那个也许曾经为了抢收，一天两天待在自家地里，私下担过刚打的鱼给他，他如何记人家？他不记那个就不能记这个。这样也方便模糊另外一件事，就是每到春季发救济，他便可以根据收受的情况进行调配。你们哪个给得多哪个给得少心里难道没有数吗？鲁水生他是从不给他的。鲁水生有一次问他，刘江家光猪就有两头，怎么还给他发救济？问完，也不等答案，默默走开，默默干活，偶尔不来也不起眼。鲁仗便随他。他甚至有意要忘记这个人。

巧芳鼓捣鲁仗跟踪鲁水生。鲁仗骂她闲得蛋疼。

“那你就莫焦烦！”

几天后，巧芳拉住在刘江家喝了点小酒，摇摇晃晃进屋的鲁仗，努嘴指向鲁水生家的那边，得意地说，我晓得了，他们家在卖豆腐。

油灯跳动了几下重新稳定下来。

两个人坐直的影子打在石头墙上。两颗黑色脑袋迅速凑近，诉说起一件原以为复杂的事情。复杂在于，在他们家与鲁水生家之间原本有一道真实的墙，拆除后，无形的墙倒比那真实的墙更有威力。原来想听到什么，至少可以走到墙根下，或是在夜里扒在墙头上观察。拆除后，两家中间的空地，由最核心的位置开始，辐射出一个大大的圆，半径之内若是踏入，越是往对方那边去，越会显得鬼鬼祟祟。两家人都做出无意了解对方的姿态，只在自己屋子前后行动，再加上都有各自的大门，自然井水不犯河水。巧芳的方法是最难的也是最容易的。她半夜走到最中心的位置，脚尖往鲁水生家那边伸去。她很害怕，脚上像是负着千斤重荷。她咬牙落下去。一步，又一步，一步比一步迅速。她很快来到鲁水生家的牛棚外，拉开布帘。她知道他们家的牛早几年就被小队拉去充公了，折些粮食。她看到垒得高高的牛粪堆。她也知道这都是鲁红蓼捡来烧火用的。她绕过去，看到一副石磨。她疑惑这东西为什么不放在院子里。她匆忙摸了一把，发现手柄很光滑。水桶、木槽这些工具也在蒙蒙的黑暗中，经过她富有经验的辨认现出真实的形状。

第一，这东西他们常用，第二，牛粪不单用来烧火，还为了冲淡气味。

鲁仗呵呵一笑，酒精晕红的脸上露出嘲讽和不屑。他站到床上，抓住巧芳的头往自己胯下送。巧芳躲闪着。

“仔细伢们起来！”

鲁仗使出更大的劲。巧芳推他，险些让毫无防备的鲁仗跌倒。鲁仗给了她一巴掌。巧芳这才贴上去。鲁仗闭上眼睛，咂吧着嘴，说：

“都他妈的欠收拾！”

2-5-3

直至天色将晚，大红机身的手扶拖拉机才开进鲁湖村。

路边已经没有像前几次听到消息时人那么多了。一早鲁仗沿着细山山脊一路喊话，通知村民拖拉机这次是真的要到了，被底下搭着毛巾洗脸的各户人家吁赶，再不信你啦！山上雪还未化尽，鲁仗着急辩解，几次险些滑下山坡。巧芳站在院子里看见他又摔了一跤，挖苦道，下来，下来院子里喝口茶再出去吆喝。鲁仗抓起身边一块石头砸下去。哪里都冻得结实，石头落在院子里，发出坚硬的撞击声。巧芳用满是冻疮的手护住头。鲁济安站在路边，邻着小队办公的院子，那里本是刘江的家，他的几个弟兄姐妹嫁人的嫁人，逃荒的逃荒，破草屋留下来，打扫打扫，被征来办公。他家重点养猪，其中一只肚皮硕大，年后就要生产。它们如今也不独属于他家了。鲁仗答应让刘江的大儿子刘得松学习开手扶拖拉机，昨天晚上突然又来打商量，想要再加上他自己的儿子鲁济安，也好安排轮班。刘江说，那样的话，不是又要被人说闲话，说好事都被干部占了。鲁仗不以为然，皱着鼻头说，你以为是什么好事，要承担责任的。鲁济安得到消息，回回站在路边迎接拖拉机，没有守到也不气馁，不像刘得松，只第一次起起哄，后面就再也不来了。

雪下得太大，化雪又用了几天，机械厂送拖拉机的师傅都没想到这一趟要在路上停那么久。他在万洲等到雪完全化了才重新坐上驾驶座。前几次，他原以为路不远，挺挺也就送到了，不想开了没多远，地上打滑，又是新家伙，出事可不好交代，便又开回去了。

这一次是真来了。鲁济安听到远处传来突突声，两只脚跟着打节奏一般，轮流高高抬起再踏下去，发出深沉快乐的声音。他比弟弟鲁济平矮一个头，面相却符合他的年龄，是个成熟的男人了。他每天跟着鲁仗，鲁仗为了照顾他，专门安排他跟妇女一起干些劳动量轻很多的活儿，还总是暗中要他把队里的麻袋、扫帚拖回自己家。大约是自他懂事起就被指使着做这些事，便从来没觉得有什么不好意思，反倒是鲁仗，每一次都千叮万嘱，要他尽量做得自然。他反过来安慰鲁仗坦然一些，意思是，这并不涉及人品，不过是位置导致的，谁到了这个位置都一样，谁都没有资格说三道四。他当仁不让地等待着成为鲁湖村历史上第一位拖拉机手。

突突声一点一点靠上来，变得更大更清晰。两道长长的白色灯光晃动着穿透刚刚降下的蓝色夜幕，人们这才信了，三三两两聚集过来。整日双手揣在袖子里，吊儿郎当的刘得松最后一刻也来了。鲁济安马上跳进灯光照亮的土路中间。拖拉机刚一停好，他便上前与驾驶员握手，比他父亲鲁仗还早了一步。鲁仗提着灯，大家跟着他打出的亮光，围着拖拉机前前后后绕了两圈。正前方网眼上毛泽东体“长江”二字分外扎眼。

凭借着拖拉机手这个称号，鲁济安很快说定一门亲事。鲁济安原本看上的是另一家姑娘伢，只是暗中讨好过多次，都被顶回来。好不容易问出原因，才知道他们是顾虑鲁家有一个瘫痪在床的姑姑。家里有那样一个人，日子要怎么过才好？女方爹爹说。鲁济安解释说这个姑姑归他弟弟鲁济平管，这件事从小就是这么定的。而且吧，姑姑已经不怎么吃喝了，生命大约已经到了头。女方爹爹考虑了三日，最后发话道，她什么时候到头，你们什么时候再说。鲁仗劝鲁济安说，你姑姑的命值钱着咧，坐着不动每月两块钱，可不能真到头。若是，也要封锁消息，不然钱上不好过。总之，我们不能盼她死。

这事就这么放下了。

这一次说的这家，鲁济安跟去看，居然比上一个还好看，就是家里太穷了，要用女儿换粮食。

鲁仗说，这倒好办。

而这时，刘江打发刘得松过来借粮食，顺便商量什么时候才能学习手扶拖拉机的驾驶。这两件事都让鲁仗头疼。他骂鲁济安，要不是你私心太重，硬不要刘得松跟着，我拒绝借粮食会有多容易。现在我怎么说，说不能借，家里的粮食要给你换媳妇？他要恨死你！要是我真借给他，你的婚事怎么办？

他蹲在门口，望着泥泞的院子，吧嗒吧嗒抽旱烟。烟管里什么也没有，他凭空嘬着烟嘴，过嘴瘾罢了。

第二天一大早，天还黑着，鲁济平大叫一声从梦中醒来。

他瞪圆眼睛回忆令他感到惊恐的梦境，却什么也想不起来，只隐隐记得当中有姑姑鲁鲤。母亲巧芳咳嗽一声掀开被子起身，隔着一堵墙问鲁济平怎么了。鲁济平从巧芳毫不含糊的声音中听出她一定是醒来好久了。鲁济平抖抖索索把哥哥鲁济安压在自己身上的腿移开。他并不回答母亲的话，默默套上袖子只到胳膊肘的旧棉袄，赶在母亲走进灶房之前走进东厢房去看鲁鲤。

鲁鲤穿一件单衣端坐在木板床正中央，像一只看不出清醒与否的蜻蜓，轻飘飘停在细密阴沉的晨光中。她瘦得只剩下一张皮，身上的衣服随着这张皮形成褶皱。巧芳只在家里食物稍显充裕的时候分一点东西给她，平时端给她的只有稀饭。究竟是因为她不需要在前，导致巧芳不再给她，还是巧芳不提供在前，以至于她慢慢变得不需要，谁也说不清楚。近来几日，她连稀饭都不动了。她的下体绑着半截废弃的汽车轮胎，由巧芳定时取下来冲洗干净再安回去。近来她发现轮胎总是很干净。鲁鲤越活越干净了。她不需要吃，也不需要拉。她的脑海里没有这些事情。她活在简单的期待中，听完鲁济平每天准时过来讲述的故事，她一定要将其中的人物摆设一番，到了第二天，先问问鲁济平，昨天的事情是不是朝着她想到的方向发展，是与不是，都会引起她的大笑。她既生活在鲁仗、巧芳、鲁济平和鲁济安之间，又脱离他们，生活在许许多多看不见摸不着的人之间。

鲁济平拉过被子披在鲁鲤身上，为她掖紧领口。他的手竟然还在抖，不是因为天气寒冷，而是因为恐惧。他发现她没有像往常那样睁开眼睛看自己。她的目光像是盯着空中某处，又像是没有那一处，看的是更远的地方。鲁济平摇晃她，碰触她的鼻子。她的气息平稳有力。鲁济平继续摇晃她，喊她，我来说事啦。她没有反应。我来说事啦，鲁济平连续叫她，更为夸张地摇晃她。她不为所动的样子就像与他隔着两重世界。鲁济平哭着叫巧芳过来。巧芳啪啪照她脸上扇巴掌也没有叫醒她。她并没有死，身体是温的。这温度沸水一样吓坏了他们。等把鲁仗叫醒，在他亲自检验之后，他大惊失色，带领一家人齐齐跪倒在鲁鲤萎缩到仿佛一无所有的脚下。

鲁仗想要四处宣扬，又唯恐事情不可收拾。要是被人认定她其实是死了怎么办，那样的话，何晨光必定不会再给钱了。是将她奉为一个神对外收取香火钱，还是一心一意按月在何晨光那里领租子，鲁仗盘算着哪一个更长远。

三天之后，鲁鲤的身子渐渐没有了温度。鲁仗松了一口气。一想到自己关键时刻没有犯糊涂，他就有些得意。他秘密将鲁鲤埋了，从树林里拉回几根木头，在床上搭起一个假身子，上面蒙上被子。

巧芳欢欢喜喜撤掉轮胎。这肮脏的东西来之不易，是她带着鲁济平在万洲讨饭时捡的，她一看到它脑海里就有了一张图纸，如何截断，如何安装，清清楚楚。她与鲁济平两个空着肚子的妇女儿童，连拖带拉，三步一喘气，好不容易才弄回家。轮胎上布满密密麻麻磨穿的窟窿，巧芳用树胶一点点粘好，再让鲁仗从队里找来大锯锯断，这才完事。她像往常一样在河边里里外外清洗，不知为何，这东西与鲁鲤死前差不了多少，看起来明明什么也没有，却似乎特别脏。也不知道洗了多少遍，拖回家的路上，巧芳一低头，恍恍惚惚看到屎尿直往下滴，慌忙甩出去。

这被遗弃的半只大号黑色橡胶圈，田野上的陌生之物，静静躺在草丛中不过半天时间，火眼金睛的鲁红蓼就来了。她梳着两条麻花辫，格子衬衫上打着精致的补丁。她赤脚跳上轮胎，还没站稳就被身后的动静吓得跌下来。鲁济平拨开草丛扭扭捏捏钻出来。

鲁济平因为成绩好，一旦被鲁仗抓来劳动，就被老校长追到家里劝说，将那句“学习是第一要务”改成“学习是鲁济平的第一要务”反反复复地说。他说鲁济平聪明，是他教书这么多年来见到的最好的苗子，万不可荒废。鲁仗不胜其烦，说，我听说你到处讲，走马岗万二毛家的万年河是最好的苗子咧，哪有那么多好苗子。老校长严肃地说，两个多吗？两个不多。鲁济平因此并不经常下地干农活，人也就白白净净，比他哥哥鲁济安清瘦许多，沉默寡言。

鲁红蓼觉得长相秀气、不怎么说话、成绩又好的鲁济平与那些浑身脏兮兮的郎当小子都不一样。她睥睨他一眼，抬起右脚踩在轮胎上，做出唯恐他要跟她争抢的样子，说，我先看见的。

鲁济平暗中观察到鲁红蓼有捡破烂的习惯，故意在这里等她。他觉得这是一件好笑的事。谁会知道这轮胎被他母亲用来给他姑姑做输尿管呢。鲁红蓼当一切别人不再用的东西是宝贝，这不是傻子吗？可是当她宣布完这件东西的归属，指使鲁济平抱起它，一口气走了五里路，又央求他跳上楝树，拴上绳子，分别系在被截断的轮胎两端翘起的断口上，做成带有座席的秋千时，他竟一一照做了。

“谁来玩，给点吃的，拿东西换也行。”

这个想法又被鲁济平耻笑。谁会为了坐这个破玩意儿付出代价呢。

“我哥还给人刻小人呢，换一些吃的。小人被他们拿去当护身符。”

“就你们一家会糊弄人。”

鲁红蓼坐到秋千上。鲁济平将她推向空中。冷风呼啦啦从嗓子眼直往肚子里钻，鲁红蓼帮助它们似的吞咽一口，因为荡得高而继续张嘴大笑。在最高处，她低下头俯视山岗下种满油菜的土地，看到它们如自己一样软绵绵起伏着，感觉就算自己掉下去，也不会有什么问题。

2-5-4

所有池塘都用来浸泡稻种了。接下来的几天里，人们像守着一汪金汤，时刻观察着冶炼的情况。那一株株冒尖的白芽就是金子啊！红旗街两侧上好的稻田里，几家轮流推赶着一只黄牛，等到秧苗变绿，翻耙好的田里灌满水，长着一张娃娃脸的万年河一定是率先跳进去的那一个。

四月初的水还有些冰凉，他却像长着一对钢铁足，隔绝了肉身的反应，面容显现出一成不变的坚定。随后鱼贯进入稻田的人们，左右脚交替跳起来，轮换好几回才能站定。万年河忍耐着，没有一个多余的动作。万二毛僵硬着脖子观察到这一点，一想到万年河这么小就一门心思想要承担起更多，他就要连声痛骂自己。

走马岗拥有整个江黄最好的地势和土质，去年收入却不过十八万斤粮食，这在过去，几家大户就能生产出来。

“江黄所有的田地都在碱化，地没有劲，越来越薄，收成如何全看化肥用得如何。”老蔡说。

他已经是个面目混浊的老头子了。他喜欢有事没事凑到万二毛家同他的妹妹万云朵讲话。这位体力越来越差的老人并不服老。他喜欢分析客观原因，比如他与他家媳妇一直没有生养这件事，他常常瞪着眼睛反问提出问题的人："你把小伢生下来，却没有东西给他们吃，这不是造孽吗？"为了佐证，连万家自己人都不再提起的苦命伢兵王，他总在念叨："那样的话，不是人间又多了一个人，而是地下又多了一只鬼——饿死鬼！兵王不就是这样吗？"

"就记住他了。"

万云朵将麻花辫甩到肩膀后面，用右胳膊肘使劲捋平一份文件，开始说正事：

"从这上面看，这可不是江黄，也不是万洲一个地方的问题。"

她什么都知道。这正是老蔡喜欢找她说事的原因。老蔡也窃喜于这件事，她什么都知道的这件事，除了他再没有什么人知道。他建立于私藏和独享之上的快感强烈而隐蔽。

"别听她的。"

万二毛瞟一眼万云朵，吐出一粒花生米皱皱巴巴红色的外皮。对于她，他快要愁死了。二十九岁的老姑娘，除了吃喝拉撒就只会抄写文件，从未踏出万家院子一步，竟然还有人相信她的疯话。

收成不好能责怪土地吗？人薄土，土薄人，说到底还是人的问题。种地的责怪土地，又能指望土地还给你什么？在他看来，问题全出在他自己身上。他已经不能动弹的脖子，戒不掉的小酒，这些都影响工作。走马岗的人倒是很挺他，他们挺他的原因他也知道，正如老蔡所说，挺他是因为——老蔡走到他身边，把他面前的白青色的酒瓶举起来又放下，说：

"这东西你从不要别人的。"

老蔡说着，却附在万二毛耳朵边上说出一件有违万二毛一贯作风的请求来。

老蔡媳妇很早以前就从红旗街上的供销社出来，开了间代销店，十几年前进行精减，给减掉了。老蔡媳妇重新回到供销社。他们有个远房亲戚，当年也在代销店工作，那个人所在的代销店没有撤，最近听说，慢慢地，那个店事实上变成他自己的了。老蔡媳妇一时难以接受这样的对比。他们没有伢，认为除了在还能动弹的时候多挣点储备起来，别无他法。她望着老蔡，很快有了主意。走马岗健在的代销点有两个，分隔东西，她选中西面那家小的，想要调动过去，把那里唯一一个营业员换出来。

“怎么可能！”万二毛头与身子一起摆动起来。

“我们家的救济这次发多少？发多少我们都不要了，粮食也不要，但该签字的地方我们签。”

“什么胡话！”

“你这个颈子已经不能动了吧，我劝你治治去，万一有个三长两短倒好说，反正已经是你家年河一副小肩膀替你做事了。怕就怕死不了活不成，变成个瘫子。看看吧，你这一屋子老老小小的，再加上你，你让年河怎么办？”

“个裸老二的，咒我死。”

“我屋里的人不能生养，多少人笑话我们，想想以后却是一身轻松，只要顾着自己就好。你这边情况不同。你清清白白从没顾过私事，这当然好，人人夸你讲道德，但也有不好，是什么呢，没有人情味，苦的都是身边人。你说呢？”

他给万二毛斟上满满一杯。

大地主的管家金年的后代，三十好几的金刚，除了穷，成分不好，常常巴结人外，在万二毛眼里并没有什么大毛病。

万二毛把本该要发给老蔡家的钱送过去，跟金刚商量说，他的妹妹万云朵，除了一天到晚趴在桌上看文件，也没有什么大毛病。她正常来例事，正常吃喝，生伢应该没什么问题。万二毛抓过金刚的手，把钱塞进去，神秘地说，女人是怎么回事你还不晓得吧，莫白来人间一趟。

金刚走投无路般蹲在地上，用力抓挠乱蓬蓬的头发。

第二天，在万二毛的安排下，万云朵揪着自己长长的辫子点头应允了。

万二毛哄她说，这些文件……他指着堆在墙脚的，摊在矮方桌上的文件说，所有这些，都是他写的。他的指尖从文件转到金刚身上。陈方华有些不敢相信，问，就这么简单？在她看来，万云朵打死都不可能离开那张构建了她所有生活的矮方桌。万二毛要陈方华过来给他捏脖子，接着说，就这么简单。早知这样，找谁不好，找这样一个人。陈方华狠狠捏了一下，疼得万二毛大叫。喂喂喂，可不敢这样，云朵的事要分先来后到，一定得先有金刚这么个人愿意要她，才有下面的事。陈方华长叹一声。

第三天，万二毛打点了一些必要的生活用品，特别背上一张新渔网，送金刚和万云朵到渡口边万家的老宅住下。

“以后打鱼为生吧。”他这样规划他们的生活。

出人意料的是，金刚熟门熟路。万云朵不肯离开桌子，他便在桌前挑逗她。万二毛僵着脖子偷听到关键处，放心回到厢房。辗转间，他又对这个同自己原本的理解不大相同的男人起了疑心。暗地里，老实巴交，从来不敢大声说一句不是，仿佛全大队的人无论男女老幼都是他的爷的金刚，那架势，倒像是个风月老手。他真实的面目到底是什么？万二毛再次伏到里屋门口，透过缝隙观察着。

万云朵涨红了脸，却不知道身体里奇怪的反应从何而来，内心十分不安。金刚天一擦黑就去河边洗干净了，回来时，昔日贴着头皮的油馊馊的头发蓬松起来，浑身散发着绿藻活生生的新鲜气味。万云朵恍惚以为家里又来了客人，等到他开口讲话，她才听出来是同一个人。这个人现在把持着她，使她只能按照他的意思动弹。除了母亲冬梅，她还不曾与谁这样靠近过。比起来，冬梅是那样的不耐烦，他呢，身子硬邦邦的，碰在她身上，倒像是小石块落在水中，激起了层层温柔的涟漪。她逐渐沉迷起来，百分之百服从于他了。

万二毛慌忙闭上眼睛。

又住了两天，万二毛先是教金刚炒糠麸，拌上水捏成小团。金刚再教万云朵。她对于他手把手教她十分害羞，又尽量做好，渴望得到他的称赞。接着，万二毛带着金刚在满河东岸距渡口两三里远的地方每隔五十米投下鱼食，再从前往后撒网。他们的目标是十斤左右的大家伙。如果打到这样的鱼，便背在身上，从渡桥摇摇晃晃走到对岸去，在早市上换粮食。这个集市是个黑市，每周才开一次，每次都按照前一次开放的时间，再往后推一天。万二毛等不及第二次，交代了一番就要走。

这边完全不需要操心。他心想。

还在与金刚做最后的叮嘱之时，万云朵离开万二毛照着家里的格局，为她在堂屋安放的矮方桌，进入灶房，取出万二毛从家里背来的鱼篓。万二毛惊讶地望着她。而她笑着把鱼篓交给万二毛，重新回到桌前去了。金刚习惯性赔着笑，从水缸里摸出两条鲫鱼，投进鱼篓。

满河的水已经涨起来，蒸腾的热气使得沿岸的空气黏糊糊压迫下来，空气中弥漫着的水腥气让他想起童年看到的腥臊事。他沿着河堤上发着白光的艾草丛走，嗅着它们独特的能够驱赶邪气的味道，感到胸中的郁结消散了许多。

弯弯曲曲跟着水流走了很久，直到天边扯起粉红色的晚霞，万二毛才背对光亮，走进鲁水生家。他从背篓里倒出鲫鱼，何满月当即配上豆腐，烧出一大锅浓稠的白汤。万二毛看着个头又蹿出一大截的鲁开伍和鲁红蓼吃得手舞足蹈，十分满足。他对鲁水生说，以后你卖豆腐，可就住不成我那里了，至少最近两个月不行，得让他们过过新婚。

听到万云朵的婚事是这样解决的，鲁水生一口喝尽碗里的鱼汤，不知是在夸鱼汤还是夸这件事，淡淡说一声，好。万二毛用手扳了扳后颈，说，把他们放到江黄街去，一是因为我那里难得再挤下人了，二是这样一来，避开熟人开始新的生活，无论是金刚还是我，脸上都过得去。江黄街毕竟是块繁华地，那里的人见多识广，对于他们那样两个人来说，日子会好过一些。鲁水生直点头。

“我哪天去看看他们。”

五月一过，马齿苋的藤蔓就要扯到池塘中央去，小伢们提着木桶一趟趟往自家菜园里浇水。阳光毒辣，池塘里的水留得不多，几个小伢一个下午就能担干所有水。一些人说这是干旱的兆头，一些人望着密实的马齿苋暗暗摇头。最多再过两个月，无论哪种情况都不适宜出远门。鲁水生惦记着自己的允诺，在某个五更落雨的深夜暗暗计划好，第二天一早便戴上草帽担起挑担，来到渡口边的万家老宅。

他已经不记得是从什么时候起，到红旗街看望万二毛一家时，总能看见万云朵端坐在矮方桌前，从第一次到最近的一次，除了感觉到她的面容发生了变化外，什么都是老样子。她就好像一朵原地生长的花，一动不动地朝着衰老和死亡演变。进进出出来找万二毛的人很多，大家都对万云朵视而不见。他逐渐表现出的样子也像那些人一样。突然间万二毛说这个人到别的地方去了，鲁水生听到这个消息时，眼前立刻浮现出一张矮方桌，只有矮方桌，就好像那个人凭空消失了。这使他感到不安。他不确定万云朵认不认得他，他只是出于不安，想要过来看看她正在过的生活。至于金刚，有几次去找万二毛时，鲁水生在田间看见过他。但也是在万二毛将万云朵交付给金刚之后，万二毛在鲁水生家详细地描述他是一个怎样的人时，鲁水生才将田野上那个脏兮兮的瘦高个同金刚这个名字捏合在了一起。他一早做好了他们很有可能当自己是陌生人的心理准备。到时候，他叩开门询问一声，过路的，讨碗水喝成吗？还是说直接亮明身份，告诉他们他是万云朵的哥哥，万二毛的好兄弟。这样两种情况，他走了一路也想了一路。

快到的时候，还未拐入巷道，鲁水生就发现，路上好些人与他有着相同的方向。他看到人们互相招呼着，有的还拉着孩子，着急追赶前面的人。他同这些人一起走到巷道尽头，看到万家老宅门前围满了人。

鲁水生挤进去，意外看到万二毛也在。他同一些干部模样的人一道坐在院子里。金刚远离事件中心靠在墙上，神情有些慌张。他身后敞开门的堂屋内，正中间摆着一张崭新的矮方桌，周围没有一把椅子，看样子都被搬到了院子里。

鲁水生挤过去，冲万二毛挥手。

万二毛严肃的脸上霎时露出笑意。

坐在万二毛身边的人，一面喝茶一面说："事情我们一件件地摆，一件件地解决。"

万二毛转动整个身子向他致谢。

"调查革命先烈，补发《革命烈士证书》，这是……"

万二毛接话说："我们家两个，不，三个，我的老头老娘，还有个姨婆，都是。"

"所以管委会才这么重视嘛，现场办公，事先也发动了群众……这是一项严肃的政治任务，不仅是对革命先烈的追悼和褒扬，也是一次对广大干部群众进行发扬拥军优属光荣传统教育的机会，这对提高革命烈士家属的社会地位，进一步做好拥军优属工作都有重大意义。"

"感谢，感谢。"

"另外一件事是，我们要落实政策，对四类分子进行评审摘帽。"

"这个我们家有一个。金刚，金刚……"万二毛挺直了上身，在人群中寻找着。

金刚慌忙跳到万二毛眼前。万二毛满意地拉他站在自己身边，向周围的人介绍说：“我妹夫，妹夫。”

他的脖子似乎变得灵活起来，最大限度地转来转去，目光想与所有人对接上。

2-5-5

鲁湖村细山上的那道岗，如果从田间一直攀上去，走到一半不再继续，只要稍稍向东望一眼，就能望见鲁家兄弟并排在一起又永远分离的屋舍。齐金才追悔莫及。他不过停下来喘了一口气，眼睛从眼前杂芜的小径移到将要深入的百米之外的鲁家院子，就是这么个简短的动作，害他丢掉了一件昂贵的东西。而他之所以如此确信，是因为在这之前，他真切地记得那玩意儿明晃晃地挂在他的手腕上，跟着他挥动的手部动作，不断逗引他内心的骄傲。眨眼工夫就找不到了。他垂头丧气地坐在鲁水生家的堂屋，第一次因为感到胸闷而指责他家为何总是紧闭房门。

“整日阴森森，大夏天尽出幺蛾子。”

鲁水生默默拉开堂屋沉重的木门，蹲坐在门口，嘴唇一时裹紧烟斗，一时松开。

鲁开伍躲在里屋听动静。他手边装模作样摆着课本。鲁水生逼迫他念书，他头疼得要命。家里来了客人，一时让他感到能够短暂解脱一下，却不想，越听越不是味。他见过齐金才几次，从前小，不怎么记事，最近才对他有了清晰的印象，认为他是个头脑灵活的有钱人。他每次来都穿戴得整齐，比起满身泥土的鲁水生，显得庄重有身份，令人望而生畏。今天却让人生厌。明明是他自己弄丢了东西，却四下迁怒，不讲道理。鲁开伍暗暗撇嘴。却突然听到鲁水生腾地站起来，发出不管不顾的喊声：

“是这个吗？是这个吗？金才你快来看看！”

鲁开伍从里屋跳出来，跟在齐金才身后。齐金才竟然有点踉踉跄跄，刚才因为沮丧不再顾及形象，从裤子里抽出的衬衫下摆扑散开来，十分狼狈。越过他，鲁开伍看到他的妹妹鲁红蓼举着一只小小的闪闪发光的东西站在院子当中得意扬扬。隔壁鲁仗家的媳妇巧芳将头贴在窗户后面偷偷看热闹。鲁红蓼朝巧芳看一眼，使她的脑袋缩下去。鲁红蓼慢走几步迎上齐金才。

“什么都逃不过我的眼睛，”她脆生生地说，“被一坨牛粪挡住啦。”

端端正正的银色圆盘上，时针分针秒针由粗至细由短至长交叠出唯一的角度，在一众人还在唏嘘之时，这个角度变换着，一刻不停地朝前行走。

齐金才接过手表，朝着太阳举了举，像是只有如此才能完成检验。他又拿近了观察十二点计数下的蓝色标志，还用手蹭了蹭大写的拼音“HAIOU”，这才一把握住，郑重其事地交到鲁水生手上。

“你可拿好了。”

鲁水生不由自主往后躲。

他为着万二毛的妹妹万云朵的婚事，托齐金才在春江带个稀罕货过来，没承想，他竟然带回了这个。这哪里是普通老百姓能够拥有的东西。一开始他觉得万云朵的婚事是件荒唐事，带着看望病人的心态去江黄街，发现人家好好的，还有大领导亲自上门平反，这才感到自己什么都没准备实在有失脸面。就算这一切都不存在，凭着他与万二毛的关系，他也应该备份大礼。他慌忙找人给齐金才带话，叫他弄件好东西弥补一下。

“红喜事随礼，”他跟带话的人说，“东西要好。”

而他并不知道什么才叫好东西，总之不能是常见的暖水瓶脸盆之类的，他挤在万家老宅看热闹时，看到灶房外都摆满了。一匹柔软的花布，一双合脚的皮鞋，一套描花水杯……他想到天上去都没想到会是手表。

“这得多少钱？”

“八十块。”

“我哪有那么多钱。”

“不要钱，我送你。”

鲁水生立刻将手表放到齐金才手上。齐金才抿嘴一笑。他天生卷曲的头发短短的，趴在脑门上，浸着汗，衬得黝黑的脸庞发出亮光。烈日当头，他站在院子里，咯咯笑着，让人越发起躁。

“看你……”他走进堂屋，把表放在桌子上，“这算什么嘛。”

鲁开伍伺机凑近桌子，紧张地抓起手表。真是一块巧致的宝贝啊。齐金才看到鲁开伍喜欢，坐下来与他介绍说，有了这个东西，做饭不用看天，上学放学不用听敲钟，从此以后你会活得比别人明白。

“又不是我的。”鲁开伍唯恐上瘾，很快将手表放下。他听出这个东西是要送给万家的。

“你可以赚啊。”齐金才抬起头，意味深长地看着他。

鲁水生在一旁咳嗽一声，说：“莫蛊惑小伢。”

“你当年不就是这个年龄开始做学徒的？”

“莫这样。”

如此才到了正式谈论的时间。手表值钱，丢了让人恼怒，但若是送给兄弟，却是件舒心的事。

“这样的手表我有好几块呢，我还有自行车，同队师傅谁没有自行车啊，家里还买了缝纫机，听说春江已经有了能随时看戏的，叫什么，电视机，要好几百块钱。钱不是问题。有钱大家赚，我就是这个想法。我一是照顾兄弟家的生活，二是惦记兄弟的好手艺，队里缺这样一个人，现今那些小年轻还是欠历练，做出来的活不细致，总要返工。这么着才想要请兄弟你出山的。”

齐金才碎碎叨叨，却忘了这样的话他上次来就已经讲过了。鲁水生再听多少遍都不能动心。他哪里还能动心呢，十多年前那一场火把他的胆量和热情全都消灭了。屋角埋的那套工具，他至今不敢挖开瞧上一眼。谁知道哪阵风一来，火就又来了。他一再示意齐金才声音小一点，再小一点。

不同啦，齐金才说，社里鼓励呢，划了一块地出来，虽然不出钱，但哥几个有存货啊，三十来人，一人拿出两百来块，这就成了。到处要建房子，你不知道，活儿多得干不完。过去偷偷摸摸的事，现在光明正大起来，你说那太阳光照到人身上，还能收回去不成。

鲁水生越来越快地吸吮烟斗，唾沫由嘴角出来，堆起一小堆，又在某一刻啪的一下炸掉。

鲁开伍重新攥住那只表。鲁水生瞪他，要他放回到桌上去。何满月从灶房出来，端一碗豆腐花。齐金才故意挑刺，说，谁要吃这个，砂糖都没有。现在哪个待客还用这个，鸡蛋总要打上两三个吧。鲁水生忙说前几天村里死了老人，家里的鸡送去了。这也是没办法的事，就只有那一只老母鸡了，可是人情总要顾的。齐金才说，一个月，包你一个月赚十只老母鸡。鲁水生用手拨拉花白的头发，眼睛耷拉着，茫然地望着院子里烧得只剩下一只黑色木墩的栀子花树，这几年，它重新抽出新枝来，已经高过了人头。他内心一面惊叹时日飞逝，一面依然固执己见：

宁愿穷，也不惹祸。

大雨落下之前，齐金才在路边拦下鲁济安的手扶拖拉机走了。尘土飞扬的乡道上，跃过山岗从田里回家的人，纷纷奔跑起来。头顶的大喇叭高声传达大队的指令，要所有壮劳力都上堤。

鲁济安私下帮着齐金才运过几回砖料，懂得他的价值，坚持将他送到万洲长途汽车站。回来的时候，鲁湖村已经在黑暗的雨水中摇摇晃晃了。

鲁水生坚持不让鲁开伍上堤。

“太危险了。”

“看看别个儿子伢，我像个废物一样。”鲁开伍反抗着。

鲁水生一言不发，拽着鲁开伍的胳膊强行让他跟上何满月。何满月头上顶着小包袱，一手牵着刚刚从水里捞上来的小羊，一手牵着鲁红蓼，急急往山岗上跑。鲁红蓼脚下慢了一点，新涨上来的水裹着一只铁锅，快速旋转过来，打上她的膝盖。

“哎呀！”

见她将要蹲下来，鲁开伍慌忙伸出手去拉她。

鲁水生吆喝他们往屋后山岗上的制高点爬，叮嘱他们只能待在与房屋连接的地方，那里依山建着石墙，大水冲下来，泥土不会轻易松懈。他打着手电去堤上看情况，走了一半被暴雨冲下路基，站起来时，索性转身往回走。他找到何满月，看到她脚下的泥土已经汇在了水流之中，沉重地冲击自己家的石头屋。石头缝里全是跳动的水，等到水再大一些，石头就会被托起来，齐齐冲到低处去。何满月瑟瑟发抖。他大声叫嚷，要他们再往上跑。何满月说你也上来。他望着已经泡在水里的屋子，蹚水过去，双手在灶房的角落里摸来摸去，摸得满眼是泪。他从水里直起腰，两手空空地爬到房顶。鲁开伍伸出手来拉他。他们一家人一个拉着一个，簇拥着，拣一方尚能看得见地面的地方站脚。等脚下被水围住了，就再拣一块地站。不远处，鲁仗一家也将手电筒使得上天入地，男男女女叫叫嚷嚷，如他们这般逃生。可以站立的地方越来越小，两只手电筒越打越近，终于看得清对方的脸了。

整整一个晚上，两户人家九口人抱在一起。鲁红蓼率先拉住鲁济平的手，让他从后面抱紧自己，其他人陆续行动，男在外，女在里，形成一棵摇摆但扎根的树，终究没有被摧毁掉。黎明时分，雨渐渐小了，远处满河堤上裂开一个大口，脚下的水迅速减少了。鲁开伍与鲁仗对视了一眼，各自叫上家里的男丁，顺着山岗往河堤上去。鲁济平跟上他父亲和哥哥，头也不回地走了。鲁红蓼假装没有注意到男人们一起要去干什么。等到他们回来，鲁家院子里的水已经退了个干净。

鲁水生站在失去门板的堂屋前，望着被水浸泡过的屋子，一屁股坐下来。

他暗淡的眼前突然闪起一道光。

“你昨晚找的是这个？”鲁开伍只是想让父亲高兴一点。

鲁水生立刻起身。

“从哪儿来的？”

他抓过鲁开伍伸到他眼前的刻刀匣，抽开，看到里面摆得整整齐齐的大小刻刀，独独少了一件。还未待他反应，鲁开伍将右手伸到他的眼前。他差点用手去握那把边缘冒着寒气的刻刀。

他将手中的匣子扔出好远，抽回胳膊的同时给了鲁开伍重重一巴掌。

2-5-6

如果你知道我曾经经历了什么，你就会让这件令人痛心的东西埋藏于地下，永不见天日。而我之所以没有毁了它，是因为我既知道它是危险的，又对它怀着深深的眷恋。你看，难以取舍之物是这样令人困扰，本质上，它们都是邪恶的。对付邪恶的最好方式不是消灭，你消灭不干净的，也不是对抗，那样的话，它会随着你的力量的强弱调整力量，终究与你旗鼓相当……隐约有人对鲁水生说话。待他醒来，这些话字字相融，化作一团白光，于最耀眼处消失。

梦的存在方式就是杳无踪迹，鲁水生甚至不确定是不是真的做了一场梦。

黑暗中他朝鲁开伍睡觉的地方望了一眼。变了形的竹床还得再晒两天才能用，他们一家人铺了张新席子睡在院子里。席子是县里发下来的救灾物资。院子里喷了消毒药水。来的人说，吃的得运到更需要的地方去。

“还有比这里情况更严重的，一定是连命都没有了，连命都没有了还吃什么吃？”

“命都没有了倒是件好事。”

“什么话！”

鲁水生听到公社干部同县干部争吵。这使他想起陈百味来。陈百味现在再也不来解决类似的问题了，那是因为做了大官还是被革了职呢。回忆使鲁水生心惊肉跳。睡在湿热的天空下，星星越来越明亮，它们越明亮，鲁水生就越沮丧，感到一切光鲜的东西都远在天边。星光在天转亮的某个瞬间集体消失。鲁水生不过打了一个又一个盹儿，一些东西就如此这般地来了走了。他坐起身，发现开伍红蓼兄妹不见了踪影。他们两个一向起得早。微微晨光中，鲁仗一家摊睡在他们自己的屋子前，鼾声随风飘荡，若有若无。

“喂……”何满月也醒了，伸出手来轻轻拉他。

当他又平躺下来，与何满月头挨着头时，何满月附在他耳朵边上说：“我捡回来了。”

鲁水生知道她指的是刻刀匣子。她捡的时候他假装没看见。

她接着说："家里没东西吃，不如听齐金才的。"

鲁水生厌烦地别过头去。

何满月半支着上身，趴到他身上，说："黄豆全都泡水了。"

鲁水生伸出胳膊往后抡了一下，使何满月仰倒下去。

"你凶我有用吗，我出主意咧。"她压制着脾气。

他干脆爬起来。

下午，有人端着一只木碗来讨粮食。他以为鲁水生家地势高，保得住东西。看到情况与自己家里差不多，他蹲下来，像抱着一只西瓜一样抱着碗，说，我想过了，碗是你家的，粮要还是你家的，我得给你磕响头啊。也是，哪有什么救世主。他笑起来，声音里透出饥饿者的虚弱。鲁水生端详那只碗。这怎么会是我家的碗呢？你家开伍做的。那人将碗送到鲁水生眼前。那是一只精巧的木碗，是从一整块木头上挖出来的，没有一处接缝，内里打磨得光滑可鉴，外壁上雕着四只分布匀称的公鸡，仔细一看，公鸡的眼珠竟然圆溜溜如同珍珠一般，羽毛一根压着一根，整束冲向天空，鸡爪上皱皮的横纹切口利落，没有一处闲刀。

"开伍的手艺。"那人说。

鲁水生直摇头。

"他拿到集上去卖咧，也不看是什么光景，哪有人买。我路上碰见，赊了一角钱要来。我属鸡，看着喜欢。"

鲁水生还是摇头。

末了，他把碗抓过来，说："我赊你两角钱。"

被洪水重创的大地上只剩下一种可以统一命名为死亡的植物，干巴巴的黄，抽干了生命的空，覆盖住所有差异。人们将它们连根拔起，重新翻耙土地。张银妮的坟被洪水削去了尖尖，墓碑也不知道冲去了哪里。鲁水生凭着对方位的记忆找到残存的坟茔，站在耕犁者身后，一锹一锹垒起坟包。做完了这件事，他坐下来，干吮烟斗。他对土地上的庄稼不感兴趣，它们在最兴旺的时候给他带来的是耻辱。他明白母亲张银妮的钱是从哪里来的，也知道正是钱促成了收获。这些自然是正当的，却引起人们的怀疑。他置身于怀疑中，渐渐成为一个可疑的人。他对自己始终不信任。

他叫来鲁开伍，让他跪在奶奶面前，当着奶奶和他的面，雕刻——他看到刚刚披上一层新土的坟包上，挂着一枝带叶片的白色野花，大概是掘土的时候挂上的。这样顽强又脆弱的生命使他感到惊奇。——这朵花吧。他随意而又严肃地说。

鲁开伍不过是在一根空心的杨木枝上旋扭了几下，一朵花就盛开了。比实物更大，更轻盈，永不凋谢。鲁水生接过这朵花，尽量装作并不是很欣赏的样子端详一会儿，将它插上坟头。

"去找你金才叔吧。"

当天下午，鲁水生先去找万二毛。

谢天谢地他那天没有收受齐金才的手表，如今看来，无论是放在自己家还是已经送给了万云朵，都不会有好结果。他没有要那块表，齐金才只好重新戴到手腕上，怎么来的怎么回去了。鲁水生打听出齐金才接了重建塔河寺的活儿，最近几个月都在塔河村。这次水灾，塔河村竟然毫发无损，人们相信这是佛光普照的作用。那块表跟着齐金才在塔河寺，想必也是安全的。

“要不是这样，江黄哪里留得住金贵的东西？”

鲁水生望着红旗街两侧死去的稻田，它们因为自身条件最好而损失最大。万二毛看罢了东面的稻田，要想再看看西面的，就必须将整个身子转过去。他的脖子已经彻底僵化成了一根铁管。要命的是，入伏后，这根铁管散发出阵阵寒气。他不得不继续戴上围脖，从前是为了支撑，现在是为了保暖。这黑色的不知道拆洗了多少回的围脖始终不肯被他遗忘。但事实上，他脖子上有着什么，因为已经习惯了，他完全记不起来，就好像那玩意儿天生长在那里。他在西面的稻田里看到万年河镇定自若地指挥一辆挖掘机挖去厚厚一层泥沙。本该是抽穗的时节，现在却只有泥沙。

“你看，”万二毛望着满身泥土的万年河，很是骄傲，“这小子能干着咧。”

鲁水生一脸担忧。

“这个烂摊子清好了，地力少说三年才能恢复。话又说回来，即便没这场水，一年能收多少粮食？有水时涝，没水时旱，就没个好时候。”

他给万二毛讲了那只手表的故事。说他不敢接，更不敢送。这是为什么？穷惯了。穷人怎么能用手表呢？我们穷我们的伢就得穷吗，我们束手束脚，伢们怕什么呢，怎么他们就不能换一种活法呢？

鲁水生激动起来。

“让年轻人出去吧！”他说。

万二毛眼珠斜到一侧，说：“地里的活儿怎么办？”

“拉倒呗。你看着吧，以后都要这么干的。”

“都不种地了？都不种地吃什么啊！”

鲁水生不理他，转过身直接同万年河说话。

“开伍要去城里做工，你们一起去是个伴啊。”

“叔，你看，这哪能走得开？”

鲁水生背过手，最后望一眼泥泞的田埂，三步两步转到红旗街上。

1-6　算盘

1-6-1

我猜得果然没有错。

如此这般，我判断画家会去北京看齐白石的红蓼就没有错，以及接下来，他会去台北也不会有错。

台北故宫博物院当前有个特展——“艺极于神——赵佶馆藏大展”。

宋徽宗赵佶是个荒唐的皇帝，这是尽人皆知的事。他却是位杰出的艺术家，这也是尽人皆知的事。然而，在他那么多个人创作或被疑为他人代笔的院体画中有一幅《红蓼白鹅图》，却未必有多少人知道。

相对于画家的追求，《红蓼白鹅图》未免过于写实，似乎不足以为鉴，尽管后世评论者冠之以这种“写实”为“魔术般的”，暗示出超常的意味，也有人以“道”的淡然无为去评价它，但总体来说，若是仅此而已，画家千里迢迢去学习的动力仍然不足，毕竟就表现形式来讲，《红蓼白鹅图》精妙入微，与画家一心想要追求的虚薄相去甚远。那么显然，并非仅此而已。依我看，重点仍是身份。

此前要看的是木工，此时要看的是皇帝。

在江黄，身为木工的鲁开伍是否心中有个皇帝？若非如此，后来的企业家鲁开伍又是如何长成的？而身为企业家的鲁开伍是否在某一刻觉得自己就是个皇帝？时至今日，画家鲁开伍虽然离上述两种身份都远之又远了，却在创作上格外地需要捡拾起它们。

我关闭查询的网页，再一次动了前去与画家会合的念头，又再一次将这念头压下去。念头的速起与速灭，代表在它的背后，有我尚不愿或是不敢正视的东西，我不想它们冒出来。

我怀着掩饰的目的，匆匆打开书稿，由画家的企业家身份——在一定范围内，这种身份无异于皇帝——进入，打开上回折起的书页。恰在此时，小画家传来一条微信，我顺手点开，看到一幅肖像。

“我问了画这幅画的朋友，他说，画中人叫蒋蕾。”小画家补充道。

我装作没有看见小画家的话。

一方面是这句话提供的信息我早就已经知道，另一方面，我隐隐感到，在书稿的世界与现实世界中，我与小画家正在同步掌握着一些事情。真是非同寻常。可越这样我越害怕。这就是为什么有些人一辈子无法接触到尖端事物，它们那令人炫目的光环如此富有吸引力，以致特别容易使人产生是否能承受得起的焦虑，意志不坚定的人都放弃了。我连小画家传来的那幅肖像都不大敢看。也或者是，虚拟与现实的界限模糊不清了，这使我感到错乱。两相辉映，恐惧便产生了。

恐惧导致窒息。

我把手机扔到一边。

1-6-2

走在红旗街上的人们何其相似。

春日阴天下，淡蓝色时隐时现的寒气笼罩着川流不息、散漫而笨拙的人影。他们缩头缩脑，一而再再而三地问候彼此，两两组合说着第三人的长短，而当那第三个人走向他们，他们又满脸堆笑。他们的世界太小了，没有多少翻脸不认人的余地。他们是最为捧场的人。他们聚集在走马岗新开的一家公司办事处门前拍巴掌，也在鲁开伍的车经过时，送上老朋友再见时的喜悦目光。他们看似漫不经心，事情却看在眼里。

同他们一样，尽管鲁凌星只是在鲁开伍的车里晃了一下，透出车窗的身影摇摇摆摆，万年河还是一眼认出了她。

早几天他就听说，鲁开伍带着女儿在江黄四处走动。对于这位大老板的唯一的孩子，人人都想看看她如今长成了什么样子。他们暗中探头探脑，疑惑于她竟然与她的母亲一点也不像。她就是一截清新柔软挂着触须的豌豆苗嘛。而她的母亲呢，在他们的印象中，就好比沉在池塘深处的大黑鱼，巨大幽悠，一张口，别说小鱼小虾，整个池塘都能被它吞入腹中。

万年河将这个消息告诉了远在香港的鲁红蓼。

鲁红蓼对他说的这件事充耳不闻，抛给他另一条消息，就好像在他们之间存在着时间上的延迟。她说出一个数，二十九万，然后慨叹，快三十万了，太黑了。停下来喘气的工夫，她才突然听到万年河的话一般，恍惚地说，凌星回来了啊，这孩子，可千万别听到什么。接着万年河就听见儿子万无题的声音，在电话那一头，万无题一如平常那样慢悠悠地问，听到什么？你凌星妹妹回来了。鲁红蓼随口告诉他，却并不回答他关心的那个问题。他亦哦了一声不再追问。

此时万年河正走在漫向天际的田埂上。早稻还未下播，土地已翻犁妥当。他只要将这空阔的大地望上一眼，就会觉得自己的忧伤微不足道。他的腿脚重新轻快起来。他淡淡地说，你们早点回来吧。

鲁红蓼这次去香港，起因是鲁济平回来了。

上了岁数的鲁济平一如年轻时那样白净，连皱纹深处的阴影都是贵气的银色。鲁红蓼提着一只老木桶进得院子，打算将新收的一桶旧物送入地洞。看到这样的鲁济平，不自觉间，她踉跄起来，桶里的什物也就如水满了似的直往外溢。一件暗红色绣着荷花的香末袋，一把半圆形桃木梳，一只拳头大小的蓖笼。前一个轻软，落在地上就不动了，后两个丁零当啷滚出好远。留在桶里的都是大件，一只六边形开口的白瓷花瓶，瓶身上描着红凤凰，两侧宽过瓶口的绿釉抓耳一撑，就将木桶横径占满了。瓷花瓶上压着一副玉算盘。这些东西因为历时太久，颜色都化开了，灰扑扑的。鲁红蓼红着脸蹲下来，将跳出来的三件小东西抓进木桶。

“好久不见。”鲁济平文绉绉来了一句。

鲁红蓼站起来，拉直衣襟，又拂了拂头发。

的确好久了，久到鲁红蓼突然看见他，竟想不起来在他们之间发生过什么。但肯定是发生过什么的，不然，她的身体何以产生那么大的反应？血液一下子狼奔起来，全身火烧火燎。很快她就发现他一直盯着她脚边的木桶看。在这个过程中，她镇静下来。她其实可以将它送给他，如果他只是表现得有一点而不是特别喜欢它的话。

“一百块。”她踢了踢木桶，赌气道。

“我给你两百，”他说，“我只要那副算盘。”

收钱的时候鲁红蓼一点也没有推托。她拿开木桶里的其他什物，准备取出算盘时，却不知为何，只将花瓶取了出来。她将装着翡翠算盘的木桶踢到他跟前。木桶是用结实的香柏木一片一片围起来的，有三道铁箍，提梁上也有包铁，差不多有十来斤重，踢得鲁红蓼脚尖生痛。

却原来是她连递给他的动作都不知道要怎么做出来。

鲁济平举起算盘，冲她颠了两下。算盘珠子发出悦耳的唰唰声，倒真像一位谦谦君子说着感谢的话。

鲁红蓼打开灶房的门，顺着暗道进入地洞。

她将木桶随便往地上一放，自己歪坐在一只冰凉的石凳上。她假设他关注着她，她因此要做得得体才好。她觉得不能立刻就上去，也不能在地下待太久。但也想着，要是地下有条通道通向红旗街的家，她不用再上去面对什么就更好了。

她猜测他回来的原因。她知道鲁济平自鲁仗去世后就很少回来。后来，为着母亲巧芳在哪里生活的事，鲁济安去北京大闹了一场，鲁济平虽然按照鲁济安的意思将母亲接走了，却从此不再搭理鲁济安一家。据说，为了防止鲁济安再因为个什么事找上门去，鲁济平在北京还换了住处。那么，他这一次回来是因为什么呢？她嫁到了红旗街，不常回来。而他也难得回来。谁知道这么难得一见的两个人就这样碰上了。

十多分钟后，鲁红蓼由地洞出来时，鲁济平已经走下山岗，在路边上了鲁耀乡的小面包车。而他的兄弟鲁济安，正晃晃悠悠从镇政府往鲁湖村走。天快黑了，在往常，他是不愿回来的，在门房凑合一晚得了，却听人说，鲁济平回来了。他装作不在意的样子继续骂骂咧咧，工作人员过来劝，他便顺势转个身往回走了。走也不走快，走得格外矜持。他没有想到鲁济平真就做得那么绝，回来待了不到二十分钟就走了。

鲁红蓼不知道鲁济平已经走了，仍然想象着他待在鲁家的样子，想象也许还未及她走出院子，鲁济平就会从屋里出来一趟，不知道是要干个什么事，总之是要出来的，这样一来，她便能将他再看上一眼。

终究还是落了空。

一个月之后，鲁湖村来了两个陌生人，他们辗转找到鲁红蓼，向她收东西。

鲁红蓼很警觉，什么也没跟他们谈。

又过了一段时间，那两人中的其中一个折返来，跟鲁红蓼明说是鲁济平让他来的，上次来了两个人，不明智，吓着她了，这次只他一个人，什么都好说。

鲁红蓼仔细想了想她有没有跟鲁济平提过家里的地洞。没有。大家只知道她尽捡些别人不要的东西，而那些不值一提的东西，在人们的意识中，因为无用而微小和轻飘起来，即使他们迎面见到过鲁红蓼搬运许多大物件，转头在脑海中升起的，仍是些小之又小没有形状的东西，也因此，谁会在意它们究竟去了哪里？鲁家某个房间的角落足够堆它们啦。鲁红蓼确信她的地洞是安全的。她否认说，她什么也没有。

那么，那副算盘是怎么回事？那人问。他见鲁红蓼不说话，于是压低嗓门，故意制造神秘气氛引导她。他说，事实上鲁济平欠了他的钱，那副算盘已经被他卖到香港去了，他不知道鲁济平多少钱收的算盘，但如果她愿意跟他合作，他保证，鲁济平给多少他都在那个基础上加价十倍。她坚持说，她不知道他在说什么。

那人一走，鲁红蓼念叨着香港，让儿子万无题查查，一副老算盘如果被人卖到了香港，可能会出现在什么地方。

万无题的身子虚弱，在互联网的世界里却像只雄鹰，遨游得畅快，平时有个什么事，鲁红蓼都让万无题去查。还让他在网上代她买东西。但她不能明着让他这么干。万年河总认为，万无题整日神情懒散，全因沉迷于网络。他禁止他上网。鲁红蓼偷偷买了台笔记本给万无题，让他避开父亲，想怎么玩就怎么玩。在时间的分配上，难道不是什么能带来快乐就更多地做那件事吗？她觉得她就是一个例子，也没见她活不下去。她默默支持着儿子。

万无题很快查到，鲁红蓼从邻县收的那副玉算盘已经被香港的一家拍卖行列为拍品，起拍价十万。

鲁红蓼执意要去一趟。

“你是觉得他在香港吗？”万年河忍无可忍。

“说什么呢？”鲁红蓼睁大眼睛。

她解释说，既然有人愿意出高价收货，他们就该搞清楚，那些东西在市面上究竟值多少钱。一个破算盘都要十万，地洞里的那些，大大小小加起来，能有多少啊。这是一件正经事。

万年河的注意力并没有转移到地洞有可能是个宝藏上去。他一心想着，事情只要与鲁济平有关，就无论如何也挡不住鲁红蓼再疯一场。他摇着头答应了鲁红蓼。就好像当年答应她去北京一样。

鲁红蓼看得懂万年河的每一个动作，他一摇头，她便马上去收拾行李。

她还要带儿子万无题一起去。万年河说，你也不看看他那弱不禁风的样子。直到后来鲁红蓼改变方式，不再说让万无题过去是为了帮她——比如，语言她可能听不懂，车站路牌她可能看不懂，万无题好歹出过国，又是年轻人，一定应付得来。听她这么说，万年河鄙夷得直翻眼睛。鲁红蓼改口说，不是他帮助她，而是她帮助他，是她要带他开眼界。万年河这才同意。万年河打心眼里不信任万无题。他的信任早就被这小子消磨光了。

现在，拍卖结果出来了，二十九万。

不但如此，万无题不知道是用了什么方法，只见他一天到晚在电脑上敲敲打打，竟然搞清楚了卖家是谁。一路追过去，并不是去鲁湖村找鲁红蓼收货的那个人，也不是第一次来了第二次没来的那个人。万无题查清楚了，那是一个全新的陌生人。那人给鲁济平转过两万块钱。

两百变两万，两万变二十九万。

鲁红蓼大吃一惊。

她并不明白，多年未见，她同鲁济平开口讲的第一句话中，包含着太多复杂的掩饰性的内容，张口谈钱，其实是她抓住现场他的一个神态，看起来对老木桶感兴趣的神态，为了化解尴尬而行就的随意之举。她因为不明白，也便以此为基础，正儿八经地谈起钱来。

她沿着这条已经畸形的道路往下走，愤怒地想，鲁济平怎么变成了这个样子？她忘记了，就在前一天，当她听说鲁济安被人打死之后，她第一时间想到的不是鲁济安这个人可怜，而是，或许，鲁济平会回来。

她因此决定这一天就往回走。

“来得及吗？”万年河问。

“来得及，”万无题站在母亲身后代她回答，“票订好了。”

万年河听不得万无题的声音，绵细无骨，哪有一点像他？他嗯了一声就把电话挂了。

还是眼前黑红的土地最能使他欢心。

2-6 道理

2-6-1

新芽冒出来的速度是惊人的。山岗上几乎与泥土混为一体的干草底下，朦胧的浅绿浮出一层。鲁开伍故意踩踏这些近看为数不多的新鲜野草，使它们东倒西歪，如临大敌。他用这样的方式放慢离开鲁湖村的速度。

对于父亲安排他去找齐金才的决定，他能够理解，但并不情愿。他别过头反抗，说，那个显摆手表的人吗，你让我跟他学徒，就不怕我变成那样的人？

鲁水生坐在堂屋，看着何满月一面抹眼泪一面在桌子上摊开一块干净的花布，放入四个黑乎乎的发糕。她熟练地拉起花布四角，系成一个活结，又将这只小包袱放入更大的花布内，同一双新草鞋，一只破旧的木头碗摆在一起。

“等等。”

鲁水生挥了一下手，鲁红蓼立刻钻进厢房，从鲁开伍的床下摸出刻刀匣子。鲁开伍不知道，何满月捡回匣子秘密交还给他这件事,全家人都知道。他很快就从鲁水生平静的神情中了解到这一点。鲁红蓼将刻刀匣子丢到草鞋上。何满月说，一共四样，可别掉了。

鲁水生慢慢起身，把门拉开一条缝，用烟斗指着门缝里空荡荡的院子说，济安娶了媳妇你知道的，住在哪里呢，同济平挤在一起，兄弟两个再加一个嫂嫂住在一起，中间拉一道帘子。这也是没有办法的办法。他们没有办法是因为事到临头，你呢，还有时间另想办法。你将来娶媳妇，一定要有一处明亮的屋子住，这件事从今天开始，由你自己来完成。说直接一点，就是赚钱。你要跟你金才叔学的是这个。至于其他的，你明知道他是那样的人，像他那样做不好，还要去学吗?

鲁开伍并没有被这些话打动。在他眼里，齐金才仗着有钱，可以随意埋汰人，父亲呢，又没有骨气，任他埋汰。他恨透了父亲低眉顺眼、战战兢兢的样子。但他不能真正恨他的父亲，他只能恨齐金才。另外，在齐金才身上，他也能看到一些特别的东西，神秘的远方气息被他一次次带进闭塞的鲁湖村，他向他们说起的那些事让人感到虚假，却又忍不住去向往。这些东西越是吸引他，就越让他感到害怕。他的不情愿中更多地包含着这样的内容。然而他却坚定地认为他不过是因为讨厌齐金才这个人。

他因此走得缓慢，一会儿留意岗上又长出了什么陌生花草，用脚拨拉两下，一会儿抬起手，眯起眼睛冲飞过头顶的小鸟比画。反正要去的地方并不远。父亲说齐金才在满河的一条支流——塔河边上重建塔河寺。

据说塔河寺里供着江黄最灵的菩萨。母亲何满月时常跟人提起，父亲鲁水生就是因为奶奶张银妮最爱在塔河寺拜菩萨才怀上的，生产前她还特地去了一趟，转回家时，孩子就抱在了手上。鲁开伍相信这是真的。父亲有次接过母亲的话题，说他当年困在觉知书院时，他的朋友陈百味每日从书架上随意抽取线装书念给他们听，有次他念到塔河寺，一向只是陪在他们身边，并不会认真听内容的张银妮，突然要陈百味声音大一点。陈百味提高音量，读，塔河寺门口有块“三世缘怨”石碑，刻在上面的诗句说的是清代万洲府衙苏半石与塔河寺孤松和尚的交情。诗云：

曾说当年苏半石，至今何处觅孤松。

张银妮问，你念的是什么书？陈百味答，《万洲志》。

何满月特别嘱咐鲁开伍拜师后马上拜菩萨。对于婆婆这个孤零零的外乡人能在鲁湖村生存下来，她怀着无比敬意，也认为必定是因为婆婆虔诚，才得到了上天的帮助。她还没有嫁到鲁家时就常去上香，如今孩子大了，便想要他们将这样的做法继承下去。

“去了正好看看，寺门口的石碑是不是也给摆回来了。”

去往塔河寺有两条路，可以沿着鲁湖村底下的那道岗走，也可以直接从鲁家屋子依着细山的高岗走到满河，由渡口那里绕过去。塔河寺已经很老了，老到几次三番随便什么人推一下敲一下就能倒塌。清朝以后，大雄宝殿和买官殿屡遭洗劫。到了1966年，一些人由中部文昌宫开始，张牙舞爪，兵分四路。他们举着火把，见木即引，一直烧到院墙外。三天三夜后，有形无形的，即空即色的，如同大梦一场，转眼化为乌有。人们一面惋惜着落泪，一面迅速抢占地盘，争相在废墟上修建屋舍。如今重建，原址已不可用，只能在八百米外的塔河村南岗咀另辟土地。

鲁开伍选择走下面那道岗。骄阳炽烤，岗上的楝树叶子微微收缩，没有春天开花时茂盛，但疏朗，挺拔，走过的人都愿意在它身旁站一站，吹吹风。树荫下，鲁红蓼的轮胎秋千经过大水浸泡和太阳曝晒，表层已经开裂。鲁开伍站在秋千旁，望着自家的田地。他从小就没怎么在田里劳作，有时候被鲁水生催促，也不过是做做样子。他知道无论在地里收获多少，对他们家的生活都影响不大。一开始是鲁水生外出做工，后来是卖豆腐，这两样事才是他们一家四口多少能吃饱肚子的原因。他抓住秋千，使劲往前甩出，待它由最高处往下落时，他迈开步子。虽然慢，但是再慢，也要在太阳落山前走到塔河村去。父亲的本意是让他从这里走出去。

见过塔河寺的人都说塔河寺不是这样的，塔河寺有十座大殿，这才三座。

由满河与塔河的交汇处向南走，上一道岗再下一道岗，不出五十米就能望见新塔河寺。三座大小殿阁依序排开，顶上铺着琉璃瓦，墙体刷成朱红色，竹竿搭起的脚手架还没有拆。最外面的院墙由众多工人一段一段砌起，正待围合。轰隆转动的搅拌机边上，四五个人正从卡车上卸下两座石碑。每一个忙碌的人头上都戴着草帽，脖子上挂着旧毛巾，汗衫全都湿透了，大裤衩子上全是土。鲁开伍并没有看出这群人与他天天见的庄稼人有什么区别，一样晒透的黑得发亮的皮肤，一样皱皱巴巴的面容，与齐金才每次来家里的模样完全不同。

鲁开伍一连问了好几个人都不知道他说的齐金才是谁。

他们并不停下手中的活儿，只用眼扫一下鲁开伍，摇摇头算是回答了。只有一个人看鲁开伍年纪不大,被众人轻慢得有些恼怒，便与他多说了两句，解围一般。他说，打听人的话你不能问名字，他们哪个认识哪个噢，临时搭起来的班子，要问得问工种，我告诉你那个工种的人现在在哪里，你再去找，这样才能找到。鲁开伍想了想说，他是管事的。那人说，在这里，我就是管事的。

鲁开伍拽拽包袱，后退几步，转身走到不远处一排杨树下。太阳已经落到树梢上，拉长的树影里混着鲁开伍的影子，他蹲下来，影子也蹲下来。

他解开包袱，一面吃着发糕，一面看对面几个人终于将石碑搬到了位。仔细一看，错了，他们一定是搞错了。他走上前，对搬石碑的工人说，左边那块应该换到右边去，右边那块应该换到左边来。他吞咽着发糕，打算吃罢就掉转头回家。那几个人不听他的。你说错了就错了？搬石碑不要力气吗，搬来搬去。他们扯起毛巾抹一把脸，眼睛瞪起来，赶他走。莫在这里瞎嚷嚷。他们说。鲁开伍索性走到那个自称管事的人身边，叫他来判断。

两块石碑同样材质和大小，上面各刻有两个字，一个是“三世”，一个是“缘怨”。鲁开伍说，不是“缘怨三世”而是“三世缘怨”，这几个字本是一起的，也不知道为何要将它们分开，刻在了两块石头上。分开就分开吧，顺序别再乱了。

管事的走过来，并没有问鲁开伍为什么，也不曾说任何话，只挥挥手，让工人将石碑换过来。

“你找姓金的干什么？”等到鲁开伍打算走了，他拦住他。

“找活干。”

“你都会什么？”

“会点木工。”

“跟我干吧。”

“我又不认识你。”

“你认识钱吧，干一天结一天的钱。”

鲁开伍仔细看他。他不过三十出头的样子，毛发旺盛，眉毛简直要盖过眼睛。他的眼睛黑白分明，向耳尖处挑起，有点说书人讲的关云长的样子。他裸露的左臂上有一道柳叶粗细的伤疤。工地上到处都是沙石，他光着脚，糙皮拉干地走来走去。鲁开伍不相信他是管事的，管事的不是应该只管事不做事吗，尽管齐金才看上去很狡猾，但似乎他那样子才像是管事的。

“这样，你跟我三天，三天以后觉得不行再走。”

“一天。”

“我就是塔河村人，叫石家林，重建塔河寺的活儿就不可能给别人做。”

“我看中你有文化。”

他一再说，说一句看鲁开伍没有反应就再说一句，直到说出这句话来。

鲁开伍心想，我是最没有文化的，也不想有什么文化。但他愿意被人看作有文化。

“天都黑了，住一宿再说吧。”石家林又说，“我们的伙食还不错。”

晚上所有人睡在新建的大雄宝殿里。有人在角落撒尿，石家林吼：“个裸老二的，差那一步吗，憋死算了，给老子死远点。”汗味，尿臊味，没有散尽的晚餐里，加在面条里的大蒜味，混杂在一起。有女人来看她男人，与她男人睡在一张席上。工人们哟哟哟地起哄。

鲁开伍卷起席子来到殿外。石家林从桶里打了一碗水，跟出来，望望天，说，半夜怕是要下雨。他把碗递给鲁开伍。鲁开伍有点不好意思，躲开了。石家林笑话他说，还是个小伢。他问鲁开伍要找的齐金才到底是个什么人。鲁开伍一五一十告诉他。他说这样看来，这个齐金才靠不住。

“干我们这行，到处跟人扯谎说又接了什么什么活儿的人不在少数，全靠吹，实际上两手空空，没干过多少工程，也没有多少人手，成不了事。”

鲁开伍似懂非懂。齐金才很早就跟父亲一起做工，后来又三番五次到家里拉拢父亲，穿得也体面，不像是一点本事也没有的人。

石家林一口气将自己端给鲁开伍的水喝干了，又说一遍：“你还是个小伢。”

他不再说齐金才，慢慢道出他的打算。

公社那边让办企业了，他想为他的草台班子弄个资质，正正规规干事业。办资质需要技术人员，他找不来这样的人。在他掌握的人马中，熟练工有不少，但都是靠经验凭感觉的文盲，正规受教育的一个人也没有。鲁开伍他们这一代刚刚成长起来，年龄不上不下，一些人一面读书一面帮家里种地，更多的干脆只是种地，还没有谁想过到外面做事，鲁开伍是他见到的第一个。

“你今年有十八岁？”

“差不多。”鲁开伍虚岁十八。

“明天一早我送你去春江。”

“干什么？”

“我那里有个亲戚，国营单位搞建筑的，我叫他带你。”

“你让我去学习？”鲁开伍直摇头，“我要是能学习就不出门了。有没有不用学习就能干的活儿？”

他说他懂得雕刻，手艺还不错。为了证明所言不虚，他从堆放在殿檐下的木头中抽出一条，选中一头，三下两下雕出一只虎头来。石家林摸了摸老虎头上的“王”字，说：“好啊，真好。可是，好是好，比起我给你指的路，这不过是……那个词叫什么来着，小什么技……”“雕虫小技？”鲁开伍红着脸说。“对，雕虫小技。”

鲁开伍把木条推开，伴随着木条落地声音的是巨大的霹雳声。

闪电划过夜空，一瞬间照得四下煞白，又在一瞬间像被收去的魔法，再也不具骇人的力量。平静的黑暗重至，除了工人们的惊叹声，仿佛什么也没有带来，也不曾带走什么。

鲁开伍不为闪电所动，也不为即将到来的大雨所动。他一心想着自己的耻辱。他利用他的好手艺换了多少吃的啊，如今他能长得这样高大，与他无师自通的刻功有很大关系。到头来，这算雕虫小技。这个人无非是想要打压他，要他服从于他的决定，最终服务于他呗。

只是，要去的可是春江啊。

早年父亲在春江做事，每次都会带几样新奇玩意儿回来，小人书就是他那时候成捆成捆背回来的。还有夜灯。夜灯使用电池，底座隐藏着开关，打开之后，提起来，想照哪里照哪里。因为没有明火，不必像使用油灯那样提心吊胆。只不过电池用完了得换，后来父亲没再出去做事，供销社没有卖的，就被鲁红蓼当作破烂收到屋角去了。记忆中，父亲不在家时，鲁开伍疯狂地想念他，盼望着他早点回来。现在想想，他似乎更为盼望的是那些奇妙的东西。他觉得是它们而不是父亲一再告诉他，在鲁湖村，在江黄之外，在那更遥远的地方，有一个可以称为百宝箱的地方。

闪电在同一个地方出现两回后，大雨唰的一声在地上砸出一个又一个小坑。

2-6-2

万二毛直起脖子坐在门口，像一只警觉的狗，一动不动看着前方。陈方华比万二毛坐得近一些，挽着留着齐耳短发的万年青。冬梅一早去了江黄街，万二毛想拦没有拦住。冬梅照例用最恶毒的语言攻击他："不是你亲妹妹你管她死活，她也盼着你早点死咧。"万二毛回她："都盼着你死，你不晓得吧？"这么重要的日子还要去看万云朵，使万二毛对冬梅说出的那个"亲"字唾弃起来。不是亲生的就两样看待吗，不管一起生活了多少年？万年河不是冬梅的亲孙子，在她眼里，他的前程和表现与她何干？苕太婆！万二毛在心里骂，让人看笑话。红旗街的群众与万年河又是什么关系呢，却都围在这里。根本就不是亲不亲的问题。事情关系到每个人，他们只是都比那个苕太婆懂得轻重罢了。

一眼看到人群中僵直的万二毛，万年河不自觉又正了正上身。如此一来，他便仿佛与他的父亲，日渐虚弱的万二毛达到了某种力量上的平衡。此刻，他照旧穿着他那标志性的旧棉袄，袖口加长了好几道，花花绿绿的碎布拼起来，已经磨得起毛，看不出原本的颜色。那张与万二毛十分相像的漫长脸倒是长开了，端正严肃，一副不容侵犯的正经模样。配上坚定的眼神，说起鼓动人心的话，一点不比当了二十多年干部的万二毛声势弱。甚至因为年轻，语言有创新，也不太顾及情面，更有冲击力。

"吃粮靠返销，用钱靠救济，生产靠贷款。"他并不看手中的材料，对要讲的内容了如指掌，"失去了主动性，就是说个人不再努力，这是因为积极性得不到充分调动，家家都是三靠户，怎么可能解决吃饭问题？"

这是1982年的冬天。

男女老少坐在红旗街肖家祠堂改造的会议室里，后院门开着，一些人站在门外，身后就是一望无际的田野。老蔡媳妇没有挂牌的商店就开在不远处她自己家里。她塞了一小撮茶叶到暖水瓶里，拎到人群中暗地叫卖。并没有人顾得上喝水。经过了夏季徒劳的救灾，秋季旷野上颗粒无收的绝望，无论是出门讨饭还是寄希望于救济，试过各种办法后，眼看严寒冻坏了双手，人们最终选择回到家中勒紧裤腰带挨日子。担塘泥？不去。担粪？不去。你看那谁谁谁怎么不去？做得多和少，有区别吗？

公社和县里都派来了重要领导。他们坐在万年河身边，为这位江黄有史以来第一个群众性自治机构——走马岗村民委员会的第一任主任助阵。看年龄，他大概也会成为最年轻的一位。

县里来的领导是李春木，这一年他三十岁。当年同他一起下放到万洲的知青招工的招工，考学的考学，只他一人留了下来。他是在走马岗做整队工作时被县里注意到的，随后就被调到县计委工作，现在是组织部部长。李春木面目清瘦和善。他同万二毛一样，目光中流露出欣赏，长久地注视着万年河。

这真是一个不一般的小伙子，年纪轻轻，竟然对生产管理体会得这么深。一开始名单报上来，李春木看到万年河的名字，再一看年龄，就知道他是大队长万二毛的儿子。当年在走马岗工作时，这个小伢给李春木留下了深刻的印象。他常常默不作声跟在万二毛身后，看他平淡得连眼睛也不抬，其实是在认真听大人讲话，冷不丁就要说上一句，引得大人惊慌，有时候是哄笑。而他却仍旧平平淡淡，就好像说话的人不是他。他也爱疯跑着玩，却常常是其他小伢还在闹，他不知道看到了什么，或是想到了什么，突然收住，独自离开了。看到万年河进入候选人名单，一开始李春木只当是老队长身体不适，却还想霸着位置，所谓举贤不避亲，其实还是放不下私心。现在看来，许多年不见，万年河顺理成章地长成了一个有想法、积极上进、领悟力超常的年轻干部了。

会前，万年河看到县里来的干部是李春木，隐约想起当年他在走马岗做整队工作，年纪比他现在还小。当时万二毛让万年河叫李春木叔叔，万年河心里还不服气，明明是哥哥嘛。如今李春木已经是县里的大领导了。万年河谦卑地同他握手。

万二毛见到李春木也很高兴，套过近乎后，恭敬地向他打听陈百味——他称之为兄弟的情况。陈百味是李春木的顶头上司，万洲县主管文化的副县长，老队长万二毛竟然与他有渊源。李春木告诉他，陈县长调去外县好多年了，最近才回来。有一句话他差点说出来，陈县长就要提书记了，话到嘴边，又被他咽了下去。他用大拇指斜着指了指万年河，又正过来晃了晃。

万二毛心领神会。

“我们要跟中央保持一致，推选一批较年轻的干部到重要领导岗位上去。”李春木欣然发言。

他听说他被调走后，万年河那时候还很小，就代父出工，代队员出工。代父出工的话，家里的活儿就荒废了，代队员出工，人家却可以先搞好家里的事。你看，他早就懂得作为社会生活和生产的基本细胞，个人和家庭的重要性。队员在这方面得到了满足，才能安心顾集体。他在这方面不计较，才能服众。这是作为一名生产管理干部“无私奉献”的体现。他还听说，公家有什么都是万年河跑来跑去召集的，做一些简单的上传下达工作。慢慢地，小万就是老万，再后来，老万还不如小万，大家达成了这样的共识。

“吃饭是硬道理！”万年河最后说。

人们并没有如他设想的那样站起来鼓掌。对于未来的希望，一定要建立在否定当前的立场之上吗？否定了多少次了，这样下去，未来的未来是不是一样注定要否定未来？人们想不明白也说不清楚自己的感受。他们坐在原地，迷茫地互相张望，对于发到手上的土地承包协议不明所以。

“大家先回去学习。”万年河轻描淡写地说。他有些泄气。对于预期之外的结果，目前他还缺乏认识上的耐心。

“这是要干什么？”老蔡媳妇问。

“多少得掺和一点资本主义，”老蔡小声说，“——如果个人利益就是资本主义的话。避免不了的。靠‘狠斗私字一念闪’吗？事实证明，不管用。”

“听不懂。”老蔡媳妇直摇头。

公社干部宣布散会。在瞬间的嘈杂声中，老蔡媳妇适度提高音量：“喝茶了喝茶了，两分钱一碗。”

老蔡想起一向能听得懂他这些话的万云朵来。一转头，看见万二毛正在万年青的搀扶下直起身子，他上前扶一把。

“你们家这文件可是断不了了，年河接着给。”他说。

“别个现在自己写文件。”万二毛借着老蔡的力气撑稳了，双脚离地，甚至还前后荡了两下。

他现在已经瘦得不足百斤了。

万云朵像每个已婚妇女那样在脑后绾起发髻。

写文件前，她用涂了蛤蜊油的双手从前往后整理头发，使每一根都服帖。她对待毛笔的态度也这么一丝不苟。在蘸取墨汁前，她仔细拽下任何一根翘起的笔毛，不允许它们在她写字的时候捣乱。她力图使每一个字都像印刷出来的。

关于1982年冬季莲藕工作的重要补充通知

金万字〔1982〕253号

金万家1982年12月5日发出的《当前采藕工作的若干问题》，经过半个月的试行，取得了明显的成效，证明所提出的基本目标、方针和政策是正确的；我们决定作为今后一个时期内指导采藕工作的正式文件，继续贯彻执行。一年来，经过所有采藕群众的共同努力，金万家的藕获得了创纪录的丰收。这个事实使我们更加坚信，只要保持党的政策的稳定性和持续性，在实践中不断总结新经验，解决新问题，就能团结并带领所有吃苦耐劳的群众，发展农村已经开创的新局面，实现党的十二大提出的宏伟目标，同时，走出一条具有中国特色的社会主义农业发展道路。

金万家

1982年12月23日

报送金刚

抄送月东、月西、月北、月南

文件是给五个人看的，她便写了五份。写完了，天也亮了。她用手捻灭墨水瓶做的柴油灯，棉线条轻轻烫一下她的手指肚，马上失去了热度。她的鼻孔熏得像吸入了最为肥沃的塘泥。她从缸里舀出半瓢水，将鼻子整个没进去。轻微的窒息使她产生快感。她扬起头，大声唤金刚起床。他自然磨磨蹭蹭，她便爬到床上掀开被子，指着他每日早间必然勃起的老二哈哈大笑。

"它都起来啦！"

金刚弯曲一条腿将她圈住，使她滑到胯下。

他们并不交谈什么，仅仅发出最原始的喊叫，大冬天流出汗来，内心便觉得畅快。就算是正经事，他们也很少说话，万云朵写的文件金刚一个字都不认得，但他就是知道接下来该干什么。

七月发洪水的时候，满河里的鱼直往外蹦，金刚在岸上拉网，差点被水卷走。他跑到渡口对面的江黄村，池塘边一棵巨大的石榴树已经站在了水里，鲫鱼在枝叶间你追我赶。金刚不在这里下水，他走到另一侧，那里有一些已经开败的荷花，几乎看不到莲蓬，水浅出一半。那几天，他带着万云朵爬上屋顶，又在大水淹上来后爬上树，两个人全靠紧急烧制的鱼片填肚子。对面水塘里的荷叶一张也看不到了。等到大水退下，金刚包下整个池塘。

"你要想明白啊。"村干部说，"一个闲塘，盘不出花来，莫到时候稻田里撒网，空捞一场。"

池塘闲置，一方面是面积小，只一亩多点，与周围成百上千的大塘比，像个水洼一样不起眼。另一方面是位置不好，旁边的石榴树之所以被淹，是因为那里的地势比池塘还低，那一块就是一个天然的蓄水池，一下雨就没顶，里面的野荷花一时有一时无，全看水深水浅。来年三月，金刚将藕种放入池塘，回到家就见万云朵写出采藕工作一号文件来，工作重点是首先做好种植工作。月东、月西、月北和月南都是不存在的人。

“他们是你的帮手。”万云朵这样解释。

金刚又转了转周围，看中了三个池塘。

总有一天会需要帮手吧，他想。

2-6-3

青黄相接的时节，一早起来还能看见冰凉的雾气。

鲁湖村东南面的山岗上，淡紫色花瓣在楝树枝头微微张开，像是雾气在树梢间凝结而成的奇观。人们匆匆经过楝村，无视它一年中最富华彩的梦幻时刻，不做一秒停留，奔向田野。地已经分了，也已经翻过、耕过，黄牛和犁暂时可以休息了。

在鲁仗的主持下，几天前，队里将牛、犁，还有其他小件农具，耙、铁锹、挖锄、连枷等，一并分了。总有人不满意，骂骂咧咧。鲁仗一心想要拖拉机留在自己家，感觉不好说话，草草散会。会后有人堵住黄牛，几家人打了一架，分得的那家又加付了好些钱才将黄牛牵回家。昨天开始，鲁济安听从他老子鲁仗的安排，在拖拉机后面挂上水泵，殷勤地挨家挨户帮着浇水。他故意不擦去额上的汗珠，要每个人一看见他就想起“集体主义意识”和“乐于服务的精神”，他想要他们产生这样的结论：拖拉机即使归属了鲁济安个人，也不是他个人的，仍会为集体所用。

“过了这阵子就好啦。”鲁仗含含糊糊地说。

由于并不笃定事态能够得到很好的控制，鲁仗特地去了一趟县高中，叫回二儿子鲁济平。如果难免要争抢一番，那就打一架吧。这时候他对于鲁济平在外上学这件事再一次不满起来。老校长为了能够培养出江黄新中国成立以来第一个大学生，来来回回跑县高中要政策，终于免去了鲁济平的学杂费。这件事表面看起来是件好事，实际上，如果鲁济平肯听他的，根本就不去上学的话，何来学杂费一说？相反，留在家里，这样一个壮小伙，能干多少活儿。一旦与邻里产生纠纷，又是一个好打手，假使有人想闹事，多少会有所顾忌。老校长活生生拆去了他们家一条腿啊。鲁济平一回来，鲁仗便要巧芳藏起他的书，禁止他谈论学习，交给他保护兄长鲁济安的任务，让他们寸步不离。

拖拉机一次只能帮一户人家浇水，排在后面的人逐渐不耐烦起来。正是忌于鲁家两兄弟都在，他们联合起来，共同走到拖拉机旁，互相帮衬着讲话。

“这个铁疙瘩人人有份，凭什么我就要等？”一个说。

“你自己抓阄抓的，运气不好赖别个。”正在接受灌溉的这家人呛他。

他立刻跳起来。“抓阄是最不公平的，难道分这个铁家伙也要抓阄吗，谁要头谁要尾，轮胎又要给哪个？不！一律按斤称，平分！”

“对！”同他一伙的人连声接应。

他们一起跳到鲁济安面前，将他从驾驶位上拉下来。有人暗中捅开水渠，使抽上来的水改变方向，朝着自家田里流去。

鲁济平不知该如何帮助鲁济安，他刚一靠近，头上便被人抡了一拳。赶来看热闹的鲁红蓼看见他，惊喜地含着笑意，也怀着对那些伤害他的人的埋怨，冲上前，暗中塞给他一个银光闪亮的东西。

躲在后面的鲁水生看到这一幕，慌忙凑近，将鲁红蓼拉开，回过头竟然看出鲁济平手里握着的是一把刀。对于鲁红蓼缘何给了他这样一件凶器，鲁济平还没有回过神来，他定在原地，不知所措。鲁水生迅速跑过去夺过刀，狠狠摔在地上。那是一截日本刺刀，只成人巴掌长短，一端厚厚缠上几层布条做手柄，不知是鲁红蓼从哪里挖到收起来的。鲁水生快步回到鲁红蓼身边。而她因为个子矮小，不得不跳起来寻找人群中的鲁济平，观察事态进展。鲁水生掐住她的胳膊，将她往后拖。她并不转身，脖子几乎要离开肩膀。鲁水生照着她的后脑勺狠狠扣下一掌。她这才惊诧地转过脸来，刚一转过来，脸上就落了一巴掌。

“不要脸！”

鲁水生的眼睛已经松弛，鱼尾纹在两侧颧骨上方拉起凶狠的网。半分钟内发生的事情快速在他脑海里与那天洪水中两家人迫不得已抱在一起共渡难关的画面交互，使他后知后觉地发现了女儿的小心思。那个仍然每天捡东西回家的小伢，就好像对待玩具一样对待别人眼中的破烂的小伢，一旦有了不同于小伢的作为，无论是哪一方面的，总让人感到震惊。何况竟是男女之情，何况对方是鲁济平。

他们可是堂兄妹啊！虽然两家并不交往，亲戚关系算是有名无实，血缘关系却是实实在在的。这件事无论从哪方面看都是瞎胡闹。

鲁红蓼就好像刚才那条水渠中的水，突然间被人改变了流向，茫然而被动地走在新的道路上。她扎着两条麻花辫，两只眼睛遗传了鲁水生的大和圆，嘴巴却是何满月的，细薄，能说会道。她很快镇定下来，背对人群，双手插进上衣口袋，若无其事地看着前方。鲁水生哪里知道如何教育她？除了狠狠瞪她，再也没有其他办法。沉默一会儿，他才突然抬脚作势踢她，要她回家去。

“滚！”他说。

她马上就走，忍住不看身后。

“害死人！”鲁水生终于想起刀子的事，吓得后背钻出一层汗。

就要任人打吗？她在心里问，又立刻回答，不，我要他以牙还牙。

直到走到小树林，确认父亲再也看不见她，她才停下来，靠在一棵树上。她与她哥哥一样不爱学习，去学校一开始是因为鲁济平在那里，后来鲁济平在老校长的安排下转学去了县高中，上学这件事就回到了最符合她本性的需求上来——往返路上可以转悠着找东西。这两天家里活儿多，她便没有去学校，没想到看到鲁济平。他们会打起来吗？他行不行啊，他什么时候回来的，怎么他家里一点动静也没有……他就要考大学了……县高中有漂亮女学生吗？

想到一定有漂亮女学生，她整个人松懈下来。

拖拉机到底被大卸八块。

关键时刻鲁仗爬上拖拉机，大喊，按斤分就按斤分。

开会分拖拉机的时候，鲁水生没有去，鲁仗安排刘江把鲁水生应得的部分送到他家里去。还有一户也没有到场，刘江一并送了。刘江是乐得做这件事的。一开始他想要他儿子刘得松也学开拖拉机，却被鲁济安霸着不让，鲁仗明知故问，有意无意地总讲，刘江，你儿怎么还没有学会啊？一切成了刘得松自己的问题。刘江索性叫刘得松放弃，转而要他去鲁家借粮食。借到了呢就要刘得松不去争了，借不到另说。他知道不可能借不到，粮食不过是交换物。转年形势变成这样。充公的耕牛又分下去了，而他家养的猪从始至终没有受一点影响。反过来看鲁仗，真是偷鸡不成反蚀米。他带着报复性的快感亲手将拖拉机的各个部件交到每个队员手上。

刘江到鲁水生家里时，手里只剩下一只方向盘。

鲁水生将烟杆含在嘴上，双手接过方向盘。刘江站在门口问了几句鲁开伍的事，鲁水生无论他怎么问都答不清楚，他也就不问了，习惯性道一句明天早点上工。话一出口他便发现说错了，赶紧解释说，布谷都不再叫了，要撒棉籽啦，就是提醒你早点去田里干活，没别的意思。鲁水生说，我家没有种棉花，麦子也不种了，够吃就行。这些情况刘江本是知道的，提到撒棉籽，不过是为了掩饰尴尬，随口一说罢了。这时他接话道，你家少一口人，可以这样，这个人还在外赚钱，那就更没有问题了。鲁水生敷衍地点点头，将这位矮小的客人送到院子中间。他不确定刘江是不是还要去鲁仗家一趟，送到一半停下来，任他走。刘江径直出了院子，屋子里照出的烛火映出他长长的影子。影子越来越虚，最后归于了黑暗。

“给他个方向盘都是多余。”黑暗中刘江嘟囔。

在他身后，鲁水生坐在灯下细细端详方向盘，说，这个好，掌握方向，凡事都讲究掌握方向。

“什么方向？你把孩子送出去，一年没回来了，你就是这么掌握方向的啊。”

何满月将方向盘扔到地上。

“拿去。”她高声对鲁红蓼说。

2-6-4

鲁开伍离开家一个月左右，齐金才又跑到鲁湖村鼓动鲁水生，完全不知道鲁开伍去找他的事。鲁水生惊得烟斗都掉了。齐金才闪闪烁烁地说，塔河寺工程他正要接，另一个更大的工程找上来，他便把塔河寺丢下了。鲁水生问他知不知道接下工程的是谁，他说，听说是石家林，塔河本地人。鲁水生第二天去了一趟塔河村，打听到石家林早就到外地去了。村里人说，要不是塔河寺重建，石家林可不会回来，他在春江做大事咧。

鲁水生在春江一个工地上见到鲁开伍是一个月以后的事。

鲁开伍剃去了头发，只薄薄一层覆盖在脑壳上，人也瘦了一圈，却比从前显得白净和精神。他正在临时搭建的帐篷里吃饭。米饭和土豆丝满满当当盛在长方形铝饭盒里。鲁水生进来挡住了门口挂的灯泡，帐篷里一黑，鲁开伍抬起头正要说话，见是鲁水生，马上站起来。

“你！”鲁水生说不出话来。

帐篷里一字排开十几个地铺，床单上满是黑黄的汗渍，边缘拓着脚印。两个铁制的脸盆架上，横七竖八散乱地放着一些白色印着图案的搪瓷脸盆，脸盆里有些放着牙缸牙刷，有些泡着衣服。地上倒挺干净，看得见扫帚扫过的痕迹，还洒了水。除了鲁开伍，另外有四个人坐在距门最近的床铺上，一边吃饭一边打扑克牌。他们只在鲁水生进门时瞧了他一眼，看出他与鲁开伍认得，便不再管他。十月份的天气，帐篷里竟热烘烘的像是还在夏天。

“你怎么来了？”鲁开伍说话永远一副漫不经心的样子，即使内心感到意外和不安。他的意外和不安完全出于对父亲突然出现的不理解。

鲁水生当然知道这个孩子的脾性，对谁都不亲的人是不会对家人的牵挂感激涕零的。

“你妈妈以为你死了……”他有些无奈地讽刺道。

鲁开伍并非对人与人之间的基本情感一无所知，他说：“反正是出来做工，跟谁不是做，有什么好紧张的。”

鲁水生突然发现了什么，并不理会鲁开伍的解释，径直走到他跟前，捡起他脚边的一张图纸——他进来的时候，这张图纸摊在鲁开伍的膝盖上，鲁开伍吃一口饭看一眼图纸，这个细节，由于他终于找到了鲁开伍，巨大的激动不已的情绪带他忽略了。现在，他重新看到了这张图纸。——他拿到眼前看了好一会儿，转过脸，怀着一点不比进门时少的激烈的情感颤抖地问：

“你会看图纸了？”

鲁水生是这样向何满月诉说这件事的：

“会看图纸啊，这可是天大的本事。”

当年他与齐金才一起做事，队里有一个比他师傅年纪还大的人，只时不时来一下，钱却拿得最多。队长对他毕恭毕敬，也因此，所有人都对他毕恭毕敬。那个人是全队的核心，只有他看一眼图纸就知道该怎么办。他说哪个活儿要花多少钱，能赚多少钱，到头来就是那么回事儿，几无出入。他带出了不少人，齐金才是其中之一。鲁水生严格遵照师训，木工活儿之外绝不涉足，一直本分地做自己擅长的工作。但他心里极其羡慕那位被他称为核心的长者，觉得男人就该像他那样，能耐大，威风凛凛。当鲁开伍出于好意交出那套刻刀时，他高兴坏了。他冒死保留下来的珍贵的凝聚了他所有打拼记忆的宝贝失而复得，他简直要喜极而泣，却很快因为知道鲁开伍竟然私自学会了从前自己干的那一套而感到愤怒。这是对他自己连仅有的那点本事都不能重操的无能的愤怒，也是对他的家族仿佛跳不出命运之环的无助的愤怒。他不允许鲁开伍继续玩那些刻刀。一场洪水让他改变了想法。既然已经建下的家业顷刻间烟消云散，既然要从零开始，既然身在鲁湖村将一再面临一切归零的风险，是不是唯有走出去？是不是鲁开伍暗中掌握的手艺本身就预示了出路？

这伢真厉害啊，什么都学会了。

他先学习基本的简单的，再学习复杂的深奥的，将来也像“核心”那样，走到哪里都被供着。这就是鲁水生的打算。他对他掌握着鲁开伍灿烂的人生方向，掌握着这个家庭奔向幸福生活的方向，自豪不已。在他放心大胆的鼓励下，一直到过年，鲁开伍都没有回家。中间鲁水生去春江看过他三回，只有一次碰见了。只一次就足以让他继续鼓励他。他感到那一次鲁开伍又干练了许多，跟他说话时的语气都变了，一副你懂什么的样子。他心甘情愿被儿子鄙视。

到现在，鲁开伍离开家一年了。

何满月不买鲁水生的账，认为儿子在外一直不回家肯定是因为没赚到钱，不好意思回，绝不会像鲁水生说的那样好，那样好的话，怎会赚不到钱，又怎会回不了家？她在他面前痛苦地说着车轱辘话。鲁水生解释了鲁开伍尚在学徒期她也不听。谁规定学徒不能回家的？鲁水生说，就是这样规定的。何满月挑挑灯花，使它照在手中白色浆布上的范围更大。她照着鲁开伍的旧鞋比画了一下，裁出底样，又突然放下，失神道：

“都不晓得做多大……”

鲁湖村的山岗上，由北向南刮起一阵风。

“秋前北风秋后雨。”鲁水生望望天，轻声唠叨。

与此同时鲁红蓼蹲下来，急急拢住一些豆秸。她穿着短过脚踝的旧裤子，花背心宽宽大大正好遮住屁股，两条麻花辫绳子一样在脑后打成结。风哗啦一下落到院子里，吹乱了摊晒在鲁仗家门前的豆秸，再一个旋转，跑到岗下去了。鲁济平急急出来重新摆好豆秸，想看不敢看地瞥一眼站在屋顶上的鲁红蓼。她等了一上午，好不容易借这阵风等到鲁济平从屋子里出来，脚下一滑，差点跌下来。

整整一个暑假，鲁红蓼完全没有办法同鲁济平讲话。鲁水生不让她单独出门。两个人收早稻时看得见彼此，插晚稻时也看得见彼此，却被鲁水生拦住，连走近看得清楚一些都不可能。回到家，鲁红蓼走到哪都被鲁水生盯着，就不能在院子里停下超过半分钟。她索性爬到屋顶晒黄豆。鲁仗家晒的黄豆摊满了院子，为了避免争地盘，鲁水生这边晒东西都是在屋顶上。这样一来，鲁水生也不好再阻拦什么。他和何满月上了年纪，往高处一站就头晕，鲁开伍又不在家，除了鲁红蓼，还能指望谁做这件事呢。他便从屋后绕到山岗上，坐在与屋顶相连的地方监工。鲁济平早就看到鲁水生也在上面，他偷偷看一眼鲁红蓼，马上回到屋子里。鲁红蓼翘起嘴。她操起连枷，哐当哐当抽打豆秸。她恨不得风向倒转，将打下的毛草颗粒吹到鲁水生眼里去。

鲁水生率先看到老校长喜气洋洋往鲁家院子走，路上遇到任何人都要站定讲一些话，听完他的话，那些人也手舞足蹈起来，有些甚至还跟上他一起走。到他们走进院子，已经有七八人之多，还跟着几个小伢。他们是从鲁仗家那一侧的大门进来的，来祝贺鲁济平考上了大学。

鲁红蓼从屋顶扔下连枷。当！兴高采烈的人们一惊，尤其是被围在中间的鲁济平一惊。但他们很快又高兴起来。相比眼前的特大喜讯，从天而降的连枷算得了什么，何况紧接着看到鲁红蓼下来，知道定是她犯懒，在屋顶打完豆子扔下来的。鲁水生慢悠悠从岗上下来，站在鲁红蓼身后，一定要等她舀起半瓢水冲干净手，与她一同进屋。何满月站在门帘后面观察着。鲁水生叫她：

“看什么看！”

老校长比鲁仗更像是鲁济平的亲爹，在鲁家传达了消息还不够，下了山岗，他疯疯癫癫跑到红旗街去找万年河。这也是一个读书的好苗子，却不幸有个差劲的父亲。身体差，脑袋也差。在老校长看来,读书是盖过天地的大事。天地不比父母大吗？先是为父母，为那个小家，现在听说选上了村委会主任，那又如何？由一个小家扩大到了一个村子而已，做的还不是眼前那点数得过来的事。

万年河当选走马岗村委会主任一事，是老校长在路上宣传鲁济平考上大学时与人交换出来的。说出这个消息的人年龄比老校长还大，刚刚从走马岗看热闹回来。江黄的第一个村委会，第一任村委会主任啊，了不起，年纪那么小。这边鲁济平又中了状元。后生可畏啊。

老校长脸一拉。

刚走上红旗街，他脸上的痉挛就发作了。

“哎哟哟。”他捂住脸。

他来到万年河家，拉住万年河，先告诉他鲁济平的事，又说：“你呀，可惜了。”

万二毛坐在堂屋,身上因为发冷过早地披上了毛衣。他站起身，颈上的黑色围脖坚挺地支撑着他昂首挺胸。他一面高声说话，一面以他能做到的最快速度来到老校长面前。

“各人有各人的路，依我看，都是好事。”

老校长换了一只手捂脸，用腾开的那只手猛地一推万二毛:“去你的！”

万二毛没站稳，身子一歪，竟然倒下了。

2-6-5

齐金才过来借钱的时候，隔壁鲁仗一家正在给新房上梁。

风水先生选定的良辰吉日，大梁是多方比较后才确定的上好柏木，已经提前刷过两道桐油，前一天抬入正堂，对称贴着写有“紫微高照”和“文昌到宫”的红纸，字迹与两侧柱子上的对联都是老校长的手笔。

对联写的是：

上梁适逢黄道日，竖柱正遇紫微星。

院子里摆了茶食，鲁济安招呼泥匠和木匠坐下来休息。鲁仗抓一把糖果，撒向看热闹的人群。时辰一到，鲁济安面对大梁站好，燃香敬香，毕恭毕敬。泥匠和木匠中的两个熟练工接过巧芳端上的酒杯，向上一扬，亮开嗓子唱：

一杯酒，敬天地，主家今年造府堂，
楠木柱脚柏木梁，府堂盖在龙头上。
二杯酒，敬正梁，一条金龙卧正堂，
文东武西分两旁，四面金砖来砌墙。
三杯酒，敬主家，主家红运正当头，
左金花，右金花，赛过江南第一家。

鲁济安等到两位师傅唱到“敬主家”时，配合地喝尽巧芳递给他的酒。

两个小伢爬上鲁鲤住的厢房窗户，想要透过放下的帘子看一眼里面有什么。巧芳慌忙赶他们下来，作势要打人。鲁仗再撒一把糖果分散来客的注意力。他想，早晓得就敞开那间屋子，说鲁鲤为了躲避热闹住到亲戚家去了。他暗中向巧芳确认那间屋子从外面确实打不开。为了做到这一点他们想了很多办法，既不能上锁，又要推不开，两口子大半夜忙乎了很久才办到。现在，因为紧张，他竟然对自己亲自参与的这件事印象模糊了。

两位师傅唱罢相互一拜，按照“木东泥西”的规矩站好，再一同搬起大梁，稳稳当当登上梯子。他们继续唱。

位于西边的泥匠师傅起头：

一对和合笑嘻嘻，你向东来我向西，
你向东面摘圣桃，我向西面摘仙果，
圣桃仙果一齐到，代代儿孙戴纱帽。

木匠师傅跟上：

脚踏云梯步步高，一年更比一年好，
左脚开步采仙果，右脚开步采圣桃，
圣桃仙果采欢笑，八洞神仙一起到。

“到”字落地，鲁仗早早交代好的一个邻家小伢点燃了炮捻。爆竹噼里啪啦在人们脚下炸开，院子里腾起青烟，有人捂住耳朵，有人掩起嘴，他们同时在鲁仗再一次撒糖果时放弃了遮拦，跳起身，并拢双手，嘴巴不自觉张大，狂笑着去接。糖果中不定哪一把被鲁仗放入了几枚硬币，撒出来，在空中银光闪闪，为了拦截它们，人们更积极地跳跃，一点都不顾及身体会激烈地撞到一起，简直要打起来。

这件喜庆的事一直到晚间的酒席散去，客人们都离开了，鲁济安打发他媳妇清扫院子里落了一地的爆竹屑，仍旧保持着绕梁不止的浓度。

鲁水生听着忍受着。

他一早带领全家锁上门躲进地里干活，正午时分坐在楝树下就着咸菜吃玉米饼，喝进了不少冷风。下午接着干活，晚饭前回到家中，他以为，那个点一切就能结束了。不想，隔壁喜气洋洋就没有断过人，全是听说鲁仗当空撒钱过来碰运气的。

从鲁仗家第一天选屋基开始，泥工下脚、盖瓦，到今天上梁，就算是平日里听见砌刀在砖头上抹水泥，大动静小声音都让鲁水生听着闹心。他还记得鲁开伍离家前，为了激发他的斗志，他以鲁济安为例，可怜他娶了媳妇却没有地方住，以至于嫂嫂要跟小叔子同处一室。这才多久，鲁开伍倒是按照他的意愿外出打工去了，却不曾拿回来一分钱，不但钱没有，人也不见踪影。被他列为反面教材的鲁济安呢，首先是弟弟鲁济平考上大学走了，屋子也就彻底空了出来——那种偶尔回来挤挤的情况可以忽略不计——也就是说，另起屋舍成了一件不怎么必要的事。其次，他早就观察出鲁鲤不在人世了，鲁济平去县高中读书后就不再往她那边去，他不管鲁鲤，鲁仗家谁还会管鲁鲤呢，没有人了。果真没有人再去过她那屋，一个大活人，没人管她不就证明她不再需要人管了吗？结果她这边照样赚着一个月两块钱的供养。抛开这些不谈，真实的情况是，他们家还有一间空屋子。说来说去，他们家盖新房都没有什么迫切的现实原因。不是必须的，却着手解决了，这说明什么？

去年春天，鲁仗从学校叫回鲁济平，只为集合起家里的三位男将，对外形成一种阵势，以便帮助鲁济安将拖拉机据为己有。计划失败后，鲁济平一心惦记着即将到来的高考，匆匆回学校去了。隔天他却不打招呼独自回来，以从来没有过的兴奋语气说，县高中的食堂里竟然有番茄炒鸡蛋。他见大家没有反应，强调说，番茄不到七月不挂红，现在就上市了，不稀奇吗？好贵，没几个人吃得起。鲁仗这才听明白。那要是按常规方法反季节种，肯定也不行啊。这时候鲁济平露出揭开谜底的人才会有的那种高人一等的浅笑，说，他早就通过食堂的师傅问清楚了，提前上市几个月的番茄是大棚里种出来的。他追根溯源，问出种植地。因为离得不是太远，他坚持要父亲和大哥一起过去学习经验。

“这叫抢占先机。”他说。

鲁济安一直在琢磨怎么才能再搞到一台拖拉机，比起人力，拖拉机的好处他太清楚了，何不私人买一台对外出租？开拖拉机可比种地舒服多了。可是钱呢？他整日发愁没有钱。对于鲁济平提供的赚钱机会，因为只是有可能，且仍是那一亩三分地上的事，他便不想去搭工夫。鲁仗只好自己去了。实地一看，好是好，人家根本不愿意传授技术。鲁济平于是在县图书馆查资料，还请班主任帮忙联系县农科所的技术员，他专程去请教。没多久，鲁湖村底下那道岗，大楝树终年张望的田地里，鲁仗家的蔬菜大棚像一个巨大的白色怪物，令人吃惊地矗立起来了。

那一季，鲁仗种植番茄一亩地收入三千多元，是正经种粮食的十倍。

八月份，鲁济平取得大学的录取通知书后，鲁仗大摆宴席。他已经由原来的极力反对鲁济平读书，转变为真心实意接受这是一件天大的好事。不过还是个高中生就这么有能耐，大学学出来，那还得了。还有一点，鲁仗记得何晨光考上的不过是春江的大学，现在济平要去的可是北京，这不跟坐飞机的人超过了坐拖拉机的人一样？他还记得何晨光与付美真的派头，父亲鲁川去世前，特别交代他要处理好何晨光与他妹妹鲁鲤的事，一开始他还有点不敢正面要求何晨光，第一次凶何晨光时，他私下演练了好多遍，后来技法才越来越娴熟。他不愿意济平读书，是觉得何晨光同付美真那样的人，他们骨子里与鲁湖村的人不同，学他们读书？哪有条件。现在看来，也是当初自己糊涂，人与人之间的不同，可不会永远不变。

这便是鲁仗家过完花钱如流水的旧历年后，居然还有钱盖新房的原因。

他们四处选地基，选来选去，风水先生说，他们家现在住的那块地最好，不然怎会出了江黄第一个大学生？左侧的地次之。左侧的地指的是鲁仗的二爸鲁杨家失火后空出来的那一片。鲁仗早就想占用的那一片。从前碍于那里烧死过人，所有权又不明晰，他一忍再忍。这一回，风水先生前脚刚走，他后脚便捡了根木棍，比老旧的灰色烧痕还多出半米来，画出地盘。

除了风水，鲁仗认为还得认真对待死去的鲁鲤。

连从小嫌恶鲁鲤的鲁济安也不得不遵照鲁仗的要求，在鲁鲤的祭日给她秘密上香，感谢她在世时就像不在世，也因此当她不在世了，并没有人察觉出来。何晨光一直信守诺言按月寄钱一分钱不曾拖欠。这件事本身就是能为一家人带来好运的兆示。

好事一时间全部降临在鲁家院子的东西侧。

鲁水生纳闷，明明都是连在一起依岗而建，建设时间和地点都一样，工匠也是同一批人，说到底系出一脉，却是那边红火这边衰败，什么道理。

像往常一样思前想后想不明白，鲁水生一晚上没有睡好。第二天，齐金才来了，脚上的黑皮鞋被乡间的土路糟蹋得面目全非。进门后他将脚踩在门槛上，从裤兜里取出手绢，拉紧对角，由鞋尖开始荡去灰尘，最后两手伸到鞋跟后面，左右拉扯手绢。一面拉扯，一面说他前一天就来了，正好撞见鲁仗家最热闹的那一幕。

“他那梁不行，柏木的吧，讲究的人都用金丝楠木。”他带着一贯的傲慢，装好手绢，拍拍手，递给鲁水生一支烟。

“我们去地里了。”鲁水生解释说。

齐金才点点头表示理解。

鲁水生沉默着等待齐金才道明来意。连着两天过来找他，看来是有紧要的事。跟从前不一样，齐金才现在已经知道，劝说鲁水生出去做事，那是再也没有可能了。他很快转入正题，说他需要钱。他直视鲁水生，并不因为说出“需要”这两个字来就感到丢脸，相反，他的目光坦诚、直接，就好像一个衣来伸手饭来张口惯了的儿子向父亲说出自己的一个微不足道的需求，带着知道一定会被满足的平静神态。

工地上有人不小心从高处摔下来死了，他得赔偿。另外他手上的一个工程需要垫付的金额越积越多，现在到了最为关键的时刻。

这两件要命的事从他口里道出来轻得就像他前面鄙视过的柏木房梁。鲁水生清楚齐金才的做派，对此他并没有显出大惊小怪的样子。他心里只疑惑一点，凭什么齐金才以为他有钱？要不就是他并不像他说的那样到了最关键的时刻，而是，到了最危险的时刻。为了筹钱，只要认识，他都要去借一借，借多少是多少。

可他哪里有钱呢？

“开伍在外两年了，一分钱没有带回来？”

鲁水生低垂眉眼，不声不响。

齐金才在邻县见过鲁开伍。小伙子戴上了眼镜，在一个小工地上跟在包工头后面神气地走来走去。齐金才那天过去是为了堵这个包工头要钱的。他承包了这个人转包的一个工程很小的一部分，工程结束后一直没有拿到钱。包工头每次都答应得好好的，一转头便不知去向。这一次齐金才有备而来，到了一看，怎么鲁开伍也在那里，他不是跟石家林的吗，为何换成了这个无赖？他忍了又忍，直到他要找的人从工地出来，他才上前交涉。但那是一年前的事了。如今的形势更为严峻，也使他早就不再顾及面子。钱在他那里成为一个中性词，带不动他的任何情感。

他以为鲁开伍年纪虽小，因为学了技术，人又聪明，也像是得到重用的，赚的钱不少才对。

鲁水生唉声叹气。

齐金才把吸了一半的烟扔到地上，踩灭，依然一副无所谓的样子。

2-6-6

整个江黄又干又瘦。

太阳仿佛一个巨大的吸盘，悄然无声地抓取每一滴水。满河收起了昔日饱满的腰腹，到了本该最为充沛的伏天，却可怜巴巴露出河床。晒得发黑的暮年红蓼垂下花枝稀稀拉拉站在岸边。大一点的船都被收起来了。渡口上搭起枯水时才会有的浮桥。午间气温攀升至极点，浑身黏湿的人们摇着蒲扇坐在房屋和树木的阴影中打瞌睡。

金刚在这样炎热的天气里依然撑着筏子顺流而下，转过渡口边第一个弯道时靠岸，爬上堤。堤下有一个两亩的池塘，几个顽皮的孩子耐不住暑热，脱光了在里面玩水。这里有荷花掩映，比直接跳下满河凉快许多。还在堤上的时候，金刚就高声驱赶他们，走近时他们已经抓起衣服跑远了。金刚弯下腰，一只手取下兜满了汗水的草帽扇风，一只手伸进池塘，慢慢搅动温热的池水。他额头上的汗一滴滴落入水中。他很快回到满河边，从竹筏上取下水泵。水管拉过河堤直入池塘。万云朵的文件上写得很清楚，要保证水深至少十厘米。他专注地计算着，一会儿工夫眼睛就被汗水渍得火辣。他像一只落水狗那样使劲甩头，汗珠溅得到处都是。

“这时候注水？”有人出现在堤上。

金刚站定，用双手挡住太阳，看清说话的人是万年河。

“夜晚搞好些。”他说。

“再不搞就干了。”金刚说。

万年河挥了挥手继续往前走，意思是一会儿再说。

正前方三百米左右的河堤上有个十多米的缺口，两年前被洪水冲开后，因为分流了满河水，使鲁湖村和走马岗那一带的水位迅速下降，人们觉得这样也好，事后便不着急重新堵上。但在干旱时节，这个缺口分流了水源，使得距离鲁湖村和红旗村最近的河道枯竭，导致承担灌溉任务的水圳缺水。去县里开会前，万年河就在琢磨组织进一步抗旱的事情了，现在看到金刚干得费劲，便觉得还是得在源头上解决问题。

万年河走到近处，发现堤上的一棵杨树被人推倒，补到缺口上，人们在这棵树坍塌的枝蔓上搭上木板，形成一座简易的桥。如果人人都认为这里需要的是一座桥而不是应该彻底解决分流问题，那就麻烦了。万年河忧心忡忡地转回来。金刚一直等着他。

万年河走下河堤来到池塘边，拨开荷叶。

“草除得好。”他说。

他像是来检查工作的，说着肯定的话也依然皱紧眉头。

万年河比金刚小很多，个子矮一头，但是站在金刚面前，他倒更像长辈，说话的语气是体恤和鼓励的，也隐隐带着威严。事实上在今天，这威严并不纯粹，更多的是出于忧烦而不自觉板起脸来的假象。他刚刚由县里回来。县里召集村级以上干部开会，为向全县农户颁发《万洲县承包土地资源使用证》做前期动员与准备工作。会上他见到了陈书记，他父亲万二毛的朋友陈百味。有段时间万二毛只要提陈百味，万年河便觉得是万二毛在吹牛，——既然关系那么好，怎么连他在县里做什么官都不知道，而他又从不来走马岗呢。后来听鲁开伍说，他小时候见过这个陈叔，他、鲁开伍的父亲鲁水生与万年河的父亲万二毛，的确是发小。

“要不是他，我家老头要坐牢。”鲁开伍神乎其神地说。

会议开始前，万年河硬着头皮找到上回来走马岗坐镇选举工作的李春木，请他代为引见。这是万年河的父亲万二毛特别嘱咐的。万二毛的身体一天不如一天，已经开始整理未完成的心愿，这当中有一条便是想要与老朋友陈百味联系上。

李春木稍一犹豫，又马上当机立断，将万年河带进休息室。

“会议就要开始了，抓紧时间。”他说。

陈书记正戴着老花镜坐在一张披了白色钩花织巾的单人沙发上熟悉讲话稿。

万年河紧张得嗓子发干，咳了几声才说出话来。万一发小什么的都是假的呢，万一是真的陈书记又不记得了呢……陈百味并没有让他的担忧持续多长时间。在万年河介绍说自己是万二毛的儿子，说万二毛总在念叨陈书记后，就听到这么两句话，陈书记立刻握住万年河的手，亲切地说，代我问他好。

事情发生得太快了，太顺利了，以至于万年河对这件事难以接受起来。他在残留的一点自制力的挟持下保持着一种略显激动的微笑，说着过后完全想不起来的话。等到他重新回到座位上继续开会，等到陈书记温和却是不容置疑的声音再次响起，他才突然意识到，他不会在会上说出他真正想说的话了。这种时候，任何负面的内容，哪怕只是提供出一种现象，似乎都会对刚刚重建的关系形成破坏。

看起来陈书记对责任制的各种形式都了如指掌，也深深懂得，无论哪种形式，都在试图解决农民在失去土地所有权后，通过什么样的方式才能与土地以及与土地相关的各种权益联系得更为紧密。也就是说，哪一种方式最能将生产的好坏同农民的利益恰当地联系起来，体现按劳付酬，多劳多得。

“这种联产承包制能够很好地调动生产积极性，处理好国家、集体和农户三者之间的利益关系。简单来说就是：交够国家的，留足集体的，剩余的都是自己的。”

陈书记做出了希望家庭联产承包责任制步入稳定阶段的重要指示。

更多地看到这种制度的推行对改善农民生活提供了怎样的契机才是稳妥的。那是不是就意味着，现在还只是提实惠而不是问题的时候？

万年河什么都没说就打道回府了。

他由满河上的浮桥回来，望见金刚在满河里放入水泵。听父亲万二毛说，他的这位姑夫不要命地承包了五六个池塘。在不涝即旱的江黄，这实在不是正常人的作为。他先去看了看令他烦忧的河堤缺口，再绕回来想具体了解一下金刚是怎么想的，但情绪上还没有完全从上午的大会和干旱问题中走出来。他奔向池塘，好像要解决的问题是池塘的问题而不是金刚这个人的问题。他复杂的难以言说的情绪在人前用事件巧妙地隐藏了起来。

金刚用他晒得黑亮的手指拉过一枝尖角泛白的红色荷花。整池都是这样的荷花，正是花期，却开得不多。万年河由金刚送到眼前的这朵花看过去，扫一眼池塘，发现花不多不是还没有开，而是其中相当一部分根本没结花苞。金刚用另一只手拨开花瓣，使中间单薄的花蕊暴露出来。

“将来不结莲蓬的，”他说，“只结莲藕。”金刚松开荷花，捧些水冲去脸上的汗，“我从野塘里取的藕种。”

作为大地主肖晋堂管家的后代，金刚很早就见识过一些好东西。他们一家住在红旗街肖家大院的偏房，屋后有地和池塘。父亲一度被肖家后来的主事，肖晋堂的儿子肖景文要求更换池塘里荷花的品种，种出来的荷花正是眼前这种胭脂红，稀少，不结莲蓬。到了九、十月份，雇工过来挖藕，大家这才明白其中的奥妙。这种藕表皮白净，梢节生得粗大，切开可见比寻常藕多出一眼，被称为八眼藕，生食入口香滑，炖汤色泽白厚，粉软绵长无渣。每年秋天一到，肖府上上下下都有机会吃到八眼藕。

那日洪水肆虐前无意间闯入的池塘，隐约便是儿时能挖出八眼藕的那种池塘的样子。等到金刚爬上树，它已经被淹没了。金刚以为完了，就像记忆在他脑海里突然一闪，在东家面前点头哈腰的父亲，蝉鸣中起伏的红色荷塘，母亲炒罢藕，端出来时的那一笑，瞬间涌到眼前，又马上退至时间之外，八眼藕来了又走了。谁知道天气凉快下来去挖，竟然还有残留，切开看果然是八眼。这样好的东西自然要多种一些，种成江黄第一家，以后有人种也比不上他。至于承包那么多池塘，一方面是因为要种藕，另一方面是便宜，最近又有政策，延长承包期，前几天刚刚承包下来的一个池塘，他签了二十年。

“只会越来越贵。”他说。

金刚提到的政策事实上是上午在万洲召开的会议内容之一。万年河惊讶地看着金刚。他上一次见到金刚还是在走马岗。那时的金刚还是一副浑身挂着泥水、眼神迷迷糊糊的流浪汉模样。后来他与姑姑万云朵结婚，就那么随便万二毛撮合，没有办仪式就搬到了江黄街。再后来听说给平反了，身份上清白了。又听说承包池塘了。这中间万年河多次往返县城，有时走的就是渡口这条路，却没有时间去看看他与姑姑。从内心里来讲，尽管父亲说姑姑好多了，金刚也像变了一个人，他仍不想与他们有什么牵扯。家里有姑姑这个神仙已经够了，竟然因为她，又使家中多了一个“金刚”。就是这个金刚，现在告诉他一个他也才刚刚了解到的政策。万年河拍拍发昏的脑壳。家里总是奇奇怪怪的，这倒没什么奇怪了。听他说八眼藕也不像是闹着玩的，就像万云朵看文件写文件，她自己也从来没当是闹着玩的。

“都不是胡乱签的嘛。”金刚又说。

万年河长舒了一口气。就不能按正常人的思维去想他们，应该像接受万云朵那样接受金刚，完全不必担心他们。他这一趟过来，以为是一种关心，以为可以挽回一些什么，毕竟如果他们亏掉太多，拖的可是万家的后腿。事实上，没有什么是需要挽回的。他们从他们的理解出发，在他们自己的世界里运行良好，偶尔还会表现出与外部这个世界的秩序暗中吻合的迹象。

“呵呵，”万年河表示理解，笑着说，“你好好干，我去看看姑姑。”

他从手提包里取出上午开会时发的文件，冲金刚挥了挥，意思是，他会顺便把文件带给她。

万云朵，一个喜欢文件胜过一切的女人，真是骇人听闻。对于她来说，新鲜出炉的文件可是一份大礼。以往万年河又得了什么文件，都由奶奶冬梅带过来。冬梅脾气不好，却独独对她的傻女儿万云朵好，想来也是没办法的事。这是万云朵与金刚搬到江黄街后，万年河第一次来看她。他绝不像人们看到的那样热爱一切。他那么喜欢代父劳作，所有人便认为他喜欢劳作，喜欢土地，喜欢稻谷，喜欢野草，喜欢蚂蚱、蛇和每一个人。他看起来朝气蓬勃。那是因为他需要借助朝气蓬勃掩饰起他的沉郁。他把文件盖在眼睛上遮挡太阳，内心充满戏剧性的嘲讽，慢慢往前走。

意外的是，万云朵站在门口，目光望向长长的巷道深处，看见他走过来，竟然叫出了他的名字。

“年河！”

慌乱中万年河伸出拿着文件的那只手，走出两步感到手脚动作不协调，便将另一只也伸出来，双手捏紧文件，像呈送朝柬一样向万云朵走去。她绾起头发的样子是他从来没有见过的。她高声叫他名字的样子也是他从来没有见过的。他感到她这样的姿态具有某种暗示。他不知道那是什么，只在越来越靠近万云朵时，从她身上流露出的紧张的气息中感受到她并不高兴，甚至有些愤怒。她知道他要来，她知道他从来没有来过。她在怨恨这个吗？他呈上文件。她也不让他，收下后愠声说，以后你来送，早就应该你来送。

万年河走进院子，看到缸里有水，灶房里有秸秆，里屋床上的席子也是干燥的，便不再对堂屋正中间的矮方桌上依然摆着各类文件这件事感到难过。那些文件多数是他拿回家，再由冬梅送过来的，少部分是万云朵自己写的。她的字写得像是字帖，从前红旗街上的老蔡总是央求她写春联，她不愿意，说她的字只能献给红头文件而不是红纸。

既然万云朵除了文件开始接受日常事务了，那么很有可能，如果加重日常事务的分量，就会在某一天彻底将文件这件事挤出她的世界。

想到这一层，万年河迅速走出院子。

万云朵已经坐在矮方桌前抄写他刚才带回来的那份文件了。

他没有跟她打招呼。他认为有必要折回到池塘边同金刚打声招呼。他相信万云朵有今天的变化都是因为金刚，他要同金刚讲讲自己的打算。当然在讲他的打算前，他需要好好了解一下万云朵当前的情况。他相信金刚一定听得懂他的意图。

他走上长堤，经过渡口，有人从对面过桥来，那个人认识他，同他打招呼。而他不记得那个人是谁，大约并不是一个村子的，只是去走马岗看过选举。那次选举真是轰动四方。他重新兴奋起来，在长堤上迈开大步，很快便看见走动在池塘边的身影。想到金刚在这样烈的日头底下干活儿，想到他对万云朵起到的不可思议的作用，万年河对那个身影产生了一种急切的，愿意亲近的想法。

可那并不是金刚。万年河看见金刚在池塘的另一边牵起水管。池塘边有两个人。他们一时接近，一时分开，围绕池塘共同做着维护工作。

更近一点的时候万年河看清了，一开始看到的那个身影是冬梅。

冬梅跟随金刚一起转到池塘的东北角，坐下来，借助荷花茎叶投下的一小片阴影乘凉。从万年河的角度看过去，只能看到这么多。他们坐着，有一些动作，好像冬梅将一块毛巾搭在了金刚的头上。如果想看到更多，万年河就得更进一步。他既想看到更多，又不想看到更多。他犹犹豫豫停下来。

身为奶奶，冬梅却比万年河的父亲万二毛大不了多少。她从前改大过年龄，外形与对外声称的岁数并不一致。当她与万年河操劳的母亲陈方华站在一起时，反倒是她看上去更显年轻。她圆形的脸上已经布满了皱纹，但气色一向很好，富有光泽，即使在最困难的时候，也像是吃了足够多的东西，颐养出的。这与她从不谦让晚辈，有什么总要第一个吃，有多少吃多少有很大关系。万二毛总说她老了，怕死。她回他，你不怕死吗？人人都怕死。她对死亡这件事的恐惧是近乎病态的。她的丈夫万立民，儿子兵王全死在她的前面，她知道那种莫名其妙，不受把控的情况，便要认认真真活一天是一天。她对自己格外好。她用侧柏木煮出来的水洗头，至今没有一根白发。她坚持一日三餐，规规矩矩，吃得不好不要紧，但必须吃点什么。她睡得很早，却不会起太早，以躲避为全家人准备早饭这件事。她定期与金刚见面。

早在金刚还在田野里游荡之时，她就隔三岔五暗中送一些煮熟的玉米，一小锅红苕稀饭给他吃。她会收起他的衣服去河边洗干净。他没有另外的衣服，她这么做的时候，他就只好光着身子躺在他的小窝棚里等着。有一次她偷了万二毛的衣服来，他却穿不下。他比病恹恹的万二毛壮实太多。而人们却以为他有病，习惯性躲着他。冬梅总是央求他去河边洗一洗，穿上干净衣服，就是一个人样。每当这个时候，金刚那对黑白分明的眼睛就会从他耷垂下来的肮脏的头发中射出凶狠的光来，说，嫌脏就给老子滚。几天后，冬梅还是会在后半夜溜过来，咬住从他干燥的沾满了灰尘的嘴唇间吐出的舌头。

万二毛来找金刚时，他还以为事情暴露了。在这之前他想过，他与冬梅的事情被人知道和死，他选哪个？宁愿死。反正他已经活得不人不鬼了。却不想，万二毛是要将万云朵许配给他。不仅如此，还给他房子，教他打鱼，连男女之事也隐晦地告诉他该怎么做。

金刚以前没有见过万云朵，只在田间听人议论过。至少她识字吧。他这样想她。第一个晚上，他从她无知的举动中感受到绝对控制的快感。他像摆置一堆肉一样将她摆成各种姿势，在她长时间俯身的矮方桌上，他强大的冲击力进入到她每一个张开的毛孔中，带动她终于离开了她固执了二十多年的领地。她竟然愿意躺在散发出寒气的青砖地板上。从前深夜在窝棚里狭小受制的情况不见了，金刚大喊大叫，痛快地喷射。名正言顺使他获得了从来没有过的自由。

冬梅第二天就跟过来。万云朵在堂屋聚精会神地抄文件。他们在里屋，冬梅一面抚摸金刚干净的脸颊，一面流泪，责怪他从不肯为她变成这样。他不耐烦起来，张嘴要骂。她连忙扑上去抱住他，堵住他的嘴，继而给了他一巴掌。万云朵停下来，喊，妈。冬梅回，哎，我给你收拾一下屋子。万云朵低下头继续抄文件。冬梅已经被金刚压在了身下。

冬梅来得越来越频繁，逐渐表现出对万云朵的忌妒。上一回她甚至对金刚说，我恨不得她去死。金刚便动也不动她，沉默着将她送上河堤，说，以后莫来了。她马上坐下来，不住地蹬腿，哭得上气不接下气。金刚扔下她往家走。她冲他的背影喊，我就是要来，来帮我伢种藕，你管不着！

再来时，冬梅先去家里找金刚，见他不在，她也不问万云朵，就好像看不见她，转身便往门外走。她知道金刚承包下的每一个池塘在哪里。他当然知道她还会再来，也在心里想过要怎样才能使她再也不来。当她汗淋淋地走过来，他没有一句话，冷酷地忙自己手上的活儿。她跟着他，殷勤地搭手。他甩开她坐下来休息，她也坐下来，将刚刚在水里摆过的湿毛巾盖在他头上帮着降温。他扯下毛巾，朝后一抛，使它落入池塘。她哭着打他，说，你将我也投进去吧。

隐隐约约，哭声传过来。万年河转身走了。满河在他身后甩了一个大弯，与沉河交汇在一起。远处河堤的缺口上，有人小心翼翼从弯曲的木板桥上走过。

1-7　垂死

几年前我第一次去台北故宫博物院，千里迢迢只为看一眼《溪山行旅图》。

当时的感受我至今记得。面对《溪山行旅图》，只需片刻，一股苍劲浩莽之气由小渐大，洪水一般自远方漫来了，令人身心俱颤。我震惊到说不出话来。以往我见到的都只是这幅画的图片，自是公认的好到了天上去的。看了原作才知道，“好到了天上”的认定，想要表达没有边际的意思，却又自设了边际，实在笼统和粗糙，倒是与图片这种展示方式本身很匹配，不呈现细节，特定的气息出不来，也就使它的“好”失去了灵动，“好”得十分有限。原作让我真正明白，这世上存在着一种高超的艺术创造，它们的好是要好到太古虚空中去的，如此才能与深不见底的心灵内在产生幽微映照，与观者产生魂魄上的交会。

那以后，凡是这类展览，只要经济上负担得起，我基本上都会去。

所以，我此次说服自己过来的第一条理由便是，我不过是去看赵佶，这位宋代杰出艺术家的真迹，一次性展出那么多幅，如此难得，有问题吗？

第二条理由是建立在第一条理由之上的，即，我来看赵佶，要是碰到了也来看他的画家，那我有什么办法。

原本，小画家同鲁凌星要过来看画展。当他告诉我他们的打算时，我其实并不惊讶，那相当于说，小画家在对家人而不是恋人，说着他与其他女人的打算，他轻松的样子让我感到，我表现得越浮夸越能胜出。至此，我们的恋情就像是沙滩上的脚印，被海浪轻轻抹去了。我认真听着他们的计划。他说，鲁凌星猜她的父亲会去台北故宫博物院看画展，所以想去找他。上次在上海她还没有勇气面对他，她觉得，经过这些天，她或许已经准备好了。

“你没有问问她，是什么原因导致她只能以这种方式去见她的父亲？”

小画家摇摇头。他沉浸在自己的伟大之中。一名存在严重生理缺陷和拥有神秘家庭矛盾的女人，激发起了他上帝般的意志，他不问她苦难的来处，只关心苦难本身，勇敢地与他所认为的承担者站在一起。他似乎找到了绘画之外的使命。

“展期那么长，她要怎么找到她父亲？”

“凌星说她知道他订了哪一天的票，那么，从那天往后的第一天至第三天，每天中午，在其他人都去吃午饭的时候，他会在他想看的画面前待上一个小时。这是他的观展习惯。”

也就是说，三天之内的任何一个中午都能找到他。

这才是我需要关心的问题。至于小画家已经改口叫鲁凌星为凌星了，我听到之后内心微微疼了一下，但很快就过去了，就跟喜悦偶尔光顾时，我总要表现得无所谓一样，所有的东西都会流逝，我能做的只是承认和接受，用不着大惊小怪。两天后，小画家告诉我说，他们不一定会去，原因是，鲁凌星觉得那样做可能也没什么意义。

“去见她的父亲？”

“是。”

“如果他们之间有误会，去见一下解释清楚，当然是有意义的。”

“他们之间的事情更复杂。”

“说得好像你知道是什么事情一样。”

“我不知道，但是能感觉出来。”

很好，作为一名艺术家，信任感觉而不是眼睛。我由衷相信，站到鲁凌星身边去的小画家，必定会在艺术上取得更大的突破。我祝福，我拭目以待。

这么跟小画家说过之后，我的心底真正起了悲凉。这是混乱的却强作正经的几天。这种情况下，我需要一场旅行。

这是第三条理由。

画家背手站在《红蓼白鹅图》前，一如我第一次在画廊里见到他时那样。

他的面部表情凝重，带着严苛的审视，嘴角轻轻错动，像是一位永久挑剔自家孩子的父亲，准备随时随地展开批评教育。中午时分，展厅里人不算太多，看到一个这样的人一动不动，大家都自动绕开了他，以及他面前的那幅画。反正可看的有那么多，也许等他们再转回来时，他已经离开了。

我走上前，与他并肩站好。

好一会儿他才侧过脸来看我，目光从镜片后斜射过来。他并不吃惊，就像早就知道我会来一样。

“怎么样？”他朝那幅画扬了扬下巴。

“杰作。”看他眼中的重点仍是画，我敷衍道。

“说得像个外行。”他哼了一声继续看画。许久，他断言道，“不是他画的。”

赵佶的很多作品都存在这样的争议，被认为是画师代笔，这又不是什么新的发现，根本无须这么郑重地宣称什么。

“你还真把我当成了外行。”我说。

“他一个皇帝，画什么红蓼。”他皱起眉头，“此花枝叶放纵，有水就能生根，好活，不节制，卑贱散漫得很。”

“可是，反过来想，不也可以说成是洒脱自在吗，在《诗经》中它被称作游龙，听听，多逍遥快活，与鹅这种道家钟爱的禽类放在一起，别有一种悠然于世的意味。”

“快别提了，谁还不知道，那首诗意在指责一个男人不能承担责任。”

“只是取了你所理解的那个方面一用而已，还有‘蔟蔟复悠悠，年年拂漫流’之类清静辽远的啊。”

画家挥了一下手，结束了这场讨论。

他转过来问我，你怎么来了？好像在问另一个刚刚到来的人。

我们一共聊了不到半个小时，接着他就要走，像是溜号出来的上班族，着急赶回单位去，免得被主管发现。

“你慢慢看。”他说。

“喂，”我叫住他，“你的画怎么样了？”

“还不行。”他侧着身子，已经迈开了脚步。

“外面有什么人在等你吗？”

“没有。”

“有什么要紧的事需要你马上去办吗？”

“没有。”

“那为什么要走？”

“就是该走了啊。”他面露固执的单纯神色，“说到要紧的事，我继续去画我的画，就是一件要紧的事。”

我还要怎么提醒他，他乡遇故知，最起码一起吃顿饭吧。但这的确太家常，家常是艺术的敌人，好的艺术家要么在创作，要么在准备创作，一般人的作息与交际方式对他们来说格格不入。他们需要在另一个世界沉浸。我懂得这一点，便住了口，任他一步一步离开。在他快要走出展厅大门时，他突然转过头来，双手圈在嘴巴上：

“那份书稿快点看。”

我下意识点点头。接着他便消失了。我有点怅然地收回目光，却感到有个熟悉的身影出现在画家消失的地方。

鲁凌星？

她朝我这边张望了一下，似乎在考虑要不要过来。她应该是同小画家一起来的。我不知道该如何面对这个局面。我转过身，心不在焉地看画。但是好一会儿她都没有过来。我回身偷偷看她，发现她已经离开了。

我继续看画。

可我什么也看不进去了。我停下来，找到一张长凳，懒散地坐下。我有意从背包里取出书稿，但那样一来就太荒唐了，展厅里光线那么暗。这使我意识到，阅读书稿竟然成了我出离当下的下意识行为。早知道这样，待在家里不是就很好吗？胡思乱想间，我听到身旁的长凳上，一个女孩对另一个女孩说：

“为什么我看那幅画上的红蓼，有一种垂死的香艳？你看那些叶子，它们的曲线，有一种多情的颤抖，就好像女人的身体。”

“真会想，我可没觉得，我看到被蚕食的虫洞，看到枯竭。”

“白鹅盯着枯竭做什么？”

“它盯的不是枯竭，是时光流逝啊。”

“我感到它的目光像是终于被吸引了过去。”

“我再去看看。”

个子矮一点的女孩离开座位。不一会儿，她走回来。

“你这么一说，是有点。”

“你再想想看赵佶是什么人。”

“皇帝啊。”

“‘轻佻，不可君天下’的皇帝。”

“你想说什么？”

“他在位的时候，后宫多少嫔妃都不够用，于是呢，他就增设了行幸局，堂而皇之地往来于青楼妓馆。凡是他接近的女人，也乐于做他的玩物，她们一生的追求都是如何获得他的青睐，即便美人迟暮，也要翻转身姿引他驻足。然而，一旦落入了这种模式中，美的光环就会消失，再美的人都必然走向平凡，平凡得就像水边不计其数的红蓼。”

“说得我都快信了，可是，你能解释一下，皇帝本人为何自比为鹅，而不是其他更高洁美好之物呢。”

“所以我猜，这幅画是代笔，将他画成鹅是一种讽刺，意为‘饿’君，甚至是‘恶’君，暗示他贪得无厌。”

“好吧，你的脑洞向来大，我要掉进去了。”

两位女孩又说了几句别的，拧开矿泉水瓶盖喝了点水就离开了。

我简直要笑出来。

谈得很专业啊，一定是两名美术专业的学生，她们不知道“山阴道士如相见，应写黄庭换白鹅”吗，不知道“斋心曾养鹤，挥翰好邀鹅”吗，自然是知道的，在中国画的意象中，鹅是洁美、忠实的代表，比鸡鸭有灵，也更得宠。却不想，在当代年轻的女学生那里，玩笑着阐释出了封建帝王的“饿”与“恶”来。

我重新回到这幅画前，因为受到暗示，将那红蓼一看，竟也读出了所谓的垂死的香艳来。看来人的确应该小心回避妄语，听到她们说出“垂死的香艳”这种奇怪的话来，我当即就该走开，这样一来，后面那些可笑的讨论就不可能进入我的耳朵，扰乱我的心神了。

此时此刻，我的眼前竟时隐时现着另外一幅画：小画家发到我手机里的肖像。

那位叫作蒋蕾的少妇穿着在今天看来同样时髦的黑色皮衣，两手揣进口袋，姿态呈现出向上向前的走向，一副将要离开的样子。沿着她的手、敞开的衣领，我小心移动目光。她的脸上细细杂杂生长着一些代表情绪不佳的表情纹，这使她看起来颓丧暴躁，很不好惹，好像她一旦动怒，那些细纹就会化作银针飞散开来，见物刺物，见人刺人。她的嘴唇红彤彤的，这是她整张脸中最美的地方。看得出来，这幅肖像画得很随意，也有可能是为她画像这件事并不受她重视，因为除涂了点口红外，她没有再对脸上的其他部位做什么修饰。

就是这样一幅画，似乎气质中也有女学生所说的“垂死的香艳”。

说起来，仅就妆容来看，画中人还不致到“垂死”的地步，但她整体的面目却能让人感受到死的放弃和生的用力。这都不是什么好的感觉。就此打住吧。

由博物院出来，我漫无目的地走了一会儿，感觉到有点累的时候，随便走进一家咖啡馆，靠窗坐下来之后，我才发现，这家店坐落在一个斜坡上。从我的角度看出去，要是有人从远处低矮的地方走过来，他就会从一开始的格外小慢慢变得格外大，即使从我面前走过去，一步步远去，直到消失在最高处，都会因为处在仰角之中而显得高大。

我低下头，取出书稿，举起来。

我寻找着不同的视角，一时在前，一时在后。

2-7 方向

2-7-1

水稻在灌浆时功亏一篑，裂开的地缝里能塞进半只手。田野像是洗皱晒干的褪色床单，畏畏缩缩伸展不开。老天不下雨，河水过不来，水塘里无水可抽，吃水都是问题。只剩下一个办法，打井。

好不容易找到一丛茂密的艾蒿，万年河在边上掘开第一锄。打井师傅随后使用蝴蝶锥一寸一寸刨出土，落下井桡，使用重锤将井桡夯实。一米，两米，三米……挖到二十多米仍不见水。不会，不然什么都死了，这里的艾蒿是神仙供着的吗？万年河安慰大家，现在只有一个神仙，水神仙。挖到三十二米，水喷出来了。万年河激动得想要跳进去。

早点掘井水稻不是也能救吗？有人埋怨。

万年河的父亲万二毛自从上回被老校长推搡倒地，脖子就彻底折掉了，支撑不起头。头不能正，身子像失去了责任，土崩瓦解了，烂泥一样整日堆在床上。但他能嚷嚷，躺在床上动也不能动，没有水喝也能嚷嚷。他反对打井，告诫万年河雨水是天上来的阳水，井水是地下行的阴水。阳水可见，阴水不可见。阳水藏起来了本就不吉利，再让阴水现形，会有大祸。这套说辞老蔡颇为赞同。阳水总要下来的，因为是阳水嘛，总要现形的。他蹲在万二毛身边，光着晒得紫黑的皱巴巴的膀子。但是绝不能轻易让阴水出来。他说。他家和万家到现在都没有打水井。

万年河综合两种态度，解释说既不能动不动就打井，那会破坏阴阳平衡，也不能到了快干死人的地步都不打井，要是那样的话，要那所谓的平衡有什么用？

这时候从鲁湖村传来消息，为了抢水，打死人了。

万二毛让万年河走一趟，看有没有鲁水生一家什么事。

出事的是隔壁鲁仗一家。他家种在稻田上的菜被人连根拔起。有人相信，正是因为他们家种这些违反时令的东西，使得整个江黄气象大乱。鲁济安一拳打碎了拔菜人的牙齿。鲁仗守着余下的菜就像守着一堆金子。他早早安排家里的两个女人，媳妇巧芳和儿媳妇陆娥把守离家最近的一个池塘，不让任何人去抽水。男人们不便对两个女人动手，就也派出家里的女人，同巧芳和陆娥拉扯。水泵放不到池塘里，那就用桶担。鲁济安赶来时，竟然抬脚将一个担了满满两桶水的女人踹趴下了。木桶里的水扑入小道上干涸的裂缝就像落进了深渊。女人大喊一声死去一样一动不动。

假的被传成了真的，人人都巴不得鲁仗一家真的打死了人。

万年河躲开人群敲鲁水生家的门，有人由门内小声问，谁啊？

万年河以为听错了，再敲，使那个人再问一句谁啊。

鲁开伍吗？他反问。鲁开伍也听出是万年河，打开门。万年河激动地抱住鲁开伍，啊，真是你，什么时候回来的？鲁开伍做了一个嘘的手势关上门。

堂屋房梁上吊着电扇，巨大的金属叶片呼呼吹得门口方桌上的莲子壳滚来滚去。条桌上，张银妮的黑白画像和黑色陶瓷小香炉原本摆在正中间，这会儿被随意拉到右边角，与钥匙、剪刀、烛台等杂物堆在一起。左边腾出来的位置放着一只银灰色大匣子，里面一闪一闪有人在走动。还有声音，电的声音。电是最费钱的。也就刚刚通电的时候各家兴奋了一阵，后来不到万不得已，谁都舍不得开灯。灯丝里微弱的刺啦声成倍聚在一起，放大，就是这个匣子发出的声音。仔细听，里面的人说话也带有这种刺啦声。

鲁开伍从散落着莲子的方桌上拿起眼镜，眯起眼戴上。戴上的同时甩一下垂过眼睛的头发。他的头发三七开，额头两侧厚厚的刘海烫成了翻翘。他的脸晒得发红，白色短袖衬衫掖进了深蓝色长西裤里，皮带扣能照出人影。

“嘿！”

万年河贴近电视机仔细看，跳跃的黑白光点刺得他眼前一团花。

鲁红蓼嫌他挡住了电视，粗野地拉他坐下。她手里攥着一粒刚刚剥好的莲子，一面继续盯紧电视，一面往嘴里一扔，嘎嘣儿咬碎了。鲁水生在桌角磕磕烟斗，骂她没一点礼数。万年河饶有意味地看她一眼，感觉她似乎又长高了一些。这时候她又突然抓起莲子旁边一个长方形的东西伸到他眼前，仍不看他，却命令他：

“看看！”

鲁开伍搭顺风车回来，带了好些东西。吊扇和电视机花了大半天时间才安装调试好，此刻被万年河拿在手上看的万花筒是给鲁红蓼的，还有一些烟叶和布料，用来孝敬鲁水生和何满月。

鲁水生磕尽烟灰，从一个小铁盒里取出一张烟叶，卷好后掐掉一截，再将余下的旋进烟斗。鲁开伍划着火柴凑过来给他点上，小声说下次带个打火机回来。屋子里顿时烟雾缭绕。万年河放下令人眩晕的万花筒，看看电视，再看看电扇，又看看那盒烟叶，侧过脸还能看见何满月哼着小曲在里屋的床上裁剪布料。这些全在烟雾中飘荡起来。

鲁红蓼好像见不得万年河闲着，似乎这样就是冷落了他。她敲敲桌子，叫万年河吃莲子。见他矜持，她捏起一粒剥了皮的莲子，冲万年河做出投递的姿势。鲁水生马上用眼神制止了。鲁红蓼将莲子抛向空中，自己张开嘴巴接住了，转而带着顽皮的嘲讽无所顾忌地瞥一眼如在梦中的万年河。

万年河暗自惊叹：多么不可思议的一家，在所有人都在发愁的时候，他们好像住在一个应有尽有的仙界山洞里。他自卑地站起身，说了一些父亲万二毛要他说的话便要走。鲁开伍从方桌底下的挎包里摸出一根与他腰间系的一模一样的皮带，塞给万年河。万年河躲闪时脚下开了口的旧布鞋给蹭掉了。他弯腰穿好，背上的汗顺着脊柱一个劲儿往下掉。

“咱哥俩说会儿话。”鲁开伍要送他。

鲁水生站起来，叮嘱万年河不要宣扬。这可是大灾之年啊。

万年河心不在焉地再三保证。

他口袋里放着一只锈迹斑斑的铜镞，指头长短，呈三角形。这东西是打井的师傅在地底下发现的，一共两个，师傅留了一个，给了他一个。他们并不知道这东西叫镞，也不知道是干什么用的。万年河知道鲁红蓼的爱好，什么没用收什么，便在来之前，特意将这罕见的没用玩意儿带在身上，却不想每次咬咬牙想要拿出来时，都因为不好意思而放弃了。

这件古老的兵器在他的裤子口袋里沉沉坠着，走出没几步，他悄悄取出来，扔在院子里一个显眼的地方。

他们走上屋后的山岗，顺着河流的方向朝河边走。

鲁开伍告诉万年河他学了技术。造价，知道吗？在一支建筑队里，这个事情关键得很。不过他又坦白说他学的只是皮毛，只能保证不被人骗得太惨。他认为这件事情不重要。有人专门上好多年学学这个，不能跟他们比。他说他发现这些事情都可以找更厉害的人来干，在某一方面更厉害的人，而他呢，应该去做另一个石家林。石家林知道吗？鲁开伍又问万年河，但并不指望他回答。他当然知道万年河不认识石家林，他要的只是一种说话上的效果。他也不知道自己在什么时候形成了这样一种说话的方式，能轻易引起重视。石家林是我们队里的老大。他自己揭晓道。

万年河开玩笑说他是他们村里的老大。

顶个屁。鲁开伍当真了。他一年能赚十来万，你行吗？

十来万！万年河推一把鲁开伍，说，操，吓唬谁。

鲁开伍轻蔑地哼笑一声，说，爱信不信。又说，你当我带来的那些东西都是白捡的啊，这一行赚钱着呢。他停了一下，把这次回来的主要目的讲出来：我想带几个人出去，队里缺人，特别是自己人。队里多数是南边去的塔河寺人，石家林的人。你要跟他对着干？万年河问。是学着干，鲁开伍说，我最想让你跟我走。万年河看着他，很真诚地两手一摊，说，我家老头站都站不起来了。

鲁开伍不再说话，想着什么。

他个头不及万年河，留着时髦发型的头却很大，黑黑的眼珠躲在镜片后面不时溜转，具有动画人物的活泼劲。但他天生具备成年人才有的自私与冷酷，以及一些超越情境的定力与盘算。

万年河想起几年前他们还在学校的时候，鲁开伍一本正经站在一群同学中间展示他雕刻的小人，他将小人说成神仙，说是可以雕刻成那些同学各自的样子，用来护身，这样便可以保佑他们将来有东西吃。同学们就用现有的少得可怜的吃的东西交换他雕刻的小人。或许这个游戏会被鲁开伍这个从小便有着不同寻常头脑的人一直玩下去。

我给你宣传一下，万年河说。

鲁开伍点点头。要真的像鲁水生要求的那样藏着掖着，谁愿意跟他走呢。赚了大钱这件事当然要好好宣传。

这时候他突然说，那个，女人，这事，你怎么看？

什么女人？

讨老婆啊。

没想过。万年河红着脸说。

我那有个出纳，管钱的，城里女人，声音那叫一个甜，身子也软。

城里女人还是少想，想出病来。万年河嗤笑他。

鲁开伍张了张嘴，没有再说下去。

河中央发出白光的水面狭窄而模糊，他们远远望了一眼便往回走了。

2-7-2

立秋那一天，远远近近跟着鲁开伍去春江的十几个人准备出发了。

他们先是同男女老幼一起，一窝蜂挤到鲁家看稀奇。电视，吊扇……外面世界里的东西真是难以想象。院子里都是人，鲁水生想关门都关不上。他耷拉着眼皮，一会儿感到左眼在跳，一会儿感到右眼在跳，分不清是好事还是坏事。聚到家里的人越来越多。他们一开始还扭扭捏捏地，后来只要一个人脸皮厚一点，问出一个月赚多少钱这类具体问题，院子里马上鸦雀无声，只等着答案，大家也就知道，自己想问的也是其他人都想知道的，便不再躲闪，你一言我一语大大方方问出来。住在哪里，吃得好不好，多长时间能回家一趟……有人问，你怎么过年都不回来？这都两年了。鲁开伍拣重点回答，说，吃得好不好？这种问题就不要问了，怎么着也比在家强吧，在家有东西吃吗？……赶工期才不管你过不过年，工钱按天算，多干一天多拿一天的钱。他说他只是想多赚点钱。至于其他的，他笼统地回答道，那要看做的是哪种工，看个人的能耐有多大。

年轻力壮的都被钱蛊惑着，纷纷表示愿意走。再说，天干地燥，就是在往出赶人哪。

鲁济安也趁乱混在人群中往鲁水生家的堂屋里瞧。鲁仗骂他没出息。鲁济安说这还是看得到的，看不到的不知道还有多少，两年时间赚这么多,比种菜快。今年的菜都干死了。有今年就有明年，保不定哪年就又赔个底朝天。鲁仗想起一直往家里寄钱的何晨光。他已经大学毕业了，进了春江一家国营单位。鲁仗找出地址，要鲁济安去找他。

“他要是能帮着找个事做咱就不要他那两块钱了。”

同鲁开伍一起走的十几个人大多来自鲁湖村和走马岗。正待翻田灌水，天气却还是老样子，他们走得毫不犹豫。人们站在路边送他们。十几个人前前后后走成一支队伍。跟上啦，有位老母亲喊她的小儿子注意看路。还有一位父亲不去管自家伢，拦住鲁开伍要他保证这一趟绝对安全。鲁开伍叫出一个比他大得多的男人，要他回去。那男人背着大半袋子几家人凑到一起的米，紧走几步跟上队伍，转过头来不满地望一眼他的父亲。鲁水生举着烟斗站在山岗上远远看着这些人行如蚂蚁。更远一点的红旗街上，万年河抬起万二毛，让陈方华抽去他身下的席子。那么大的太阳，万二毛却一个劲儿地喊凉。陈方华说这就是说要下雨了。

鲁济安等到鲁开伍一行离开后第二天才上路。

一些同他一样想法的人也都在这一天零零散散往外走。太阳刚刚升起来，蒙着厚重的乌云。平原上的一切霎时具有了饱满的水分，变成了冷淡的青灰色。快到渡口的时候，一排响雷由远及近滚过来。鲁济安迅速取下背上的小包袱，抱在胸前护好，往回跑。

“先写信问一问情况，把晚稻种上再说。”

他媳妇陆娥挺着大肚子正往屋里收棉花秆，看见他，丢下口袋上前迎他。

暴雨劈头盖脸砸下来。

何晨光的回复是，在家千般好，出门万事难。

那时已经是十一月份，大旱后的深秋已然一副冬天的模样，田野上不时弥漫起灰色的薄雾。一天快要结束时，忙碌者照旧忙碌着。鲁仗拽着鲁济安给尚未完工的大棚扎竹子，搭架子。另一边，巧芳同一个暗中表达过决心，想要好好向他们学习种菜的妇女一起，为已经搭好的大棚拉上塑料膜。怀有五个月身孕的陆娥在家里准备晚饭。

陆娥是鲁家用五十斤稻谷换来的，长相出众，乍一看颇像鲁鲤，胆子却很小，天一黑就不敢出门。做好了饭，她撩起围裙擦干净手，坐在灶台前将一封拆开的信前后又看了一遍。她小学都没有读完，何晨光的连笔字她能认出的不过一二，却总觉得情况不妙。就像一个人要走亲戚，早些时候碰到了会说，你家里挺好吧，我哪天去看看啊，亲戚能说别去吗，不会，一定会说，好啊，随时来啊。这信肯定也是这样的意思。她不想鲁济安走，琢磨着得把信藏起来或者烧掉。然而这却是违背她天性的事。她被自己的想法吓得嗓子眼发痒，激烈地咳嗽起来。

巧芳跟在鲁仗和鲁济安身后回来时，听见陆娥在灶房里咳，大声问她怎么了。匆忙间，陆娥把信塞进灶台与棉秆堆的接缝处。缝隙太大，信掉下去摔在地上，一半露在外面，正好被巧芳看见。

晚饭是汤面条。中午剩下的蛾眉豆炒青椒，加些盐又摆出来，谁要是嫌面条口味淡就加一些。饭菜摆上桌很久了都没有人动。四个人的注意力全在信上。

何晨光的言外之意让鲁仗很不高兴。

“棚子扎好了就去。”他当即决定。

再有两个月就过年了，这并不是出门的好时节。鲁仗不管这些。他还一摆手拒绝了儿媳妇陆娥的请求。等伢生下来再走，就等于晚了那些提前出去的人整整一年。他儿子鲁济平的话他始终记得——抢占先机，在这件事情上，他们已经失去了先机，要尽量往前赶才是。他后悔听鲁济安的给何晨光写信问情况，那就相当于当年要何晨光为鲁鲤负责，问他，你要是不能娶她，一个月能给两块钱吗？拳头不举起来，他才不会答应。有些事情得硬来。

两天后，鲁仗带着鲁济安上路了。他清楚鲁济安年纪不小了，也快做父亲了，却不如小儿子鲁济平有主意，也懒，喜欢吃现成的，能不能成事全在他盯得如何。另一方面，鲁仗这一跟着，便使他成为了这一片第一个出去的老人。他的确老了，脸上的褶子一道压着一道，可是如果他亮出胳膊，长年劳作形成的结实发亮的肌肉使他能举起百斤重物。比鲁济安有头脑，也有他那样的力气，鲁仗认为自己当然有资格去闯荡。当年何晨光与付美真在乡下时，他曾经暗地里想过，为什么是他们来，而我们却不能去？现在，公平了。

全是像他们这样头发上落满灰，毛奓奓支棱着，肩上背个包袱，穿一身深蓝色工人服，脚踩布鞋的人。长途车由四面八方来，整车整车将他们倒进春江长途汽车站。

出了站，马路上来来往往的车辆使他们不敢轻举妄动。他们不明白为什么路边的房子都是摞起来的，看久了他们猜想，是因为不占地儿吧。城里人就是当年何晨光和付美真那个样子，同他们这些乡里来的人穿着上区别并不大，男女都是小开领长袖褂子，却独有一种挺拔的气质。是因为皮肤不经常晒太阳，白白净净，头发和衣服也收拾得整整齐齐吗？鲁仗盯着那些人找原因。他想起他的小儿子鲁济平跟眼前这些人十分相像。是因为他读书多吗？不一定，他相信城里也有不读书的人。只有一个，他想了想，认为他的判断准确无误：他们都不种地。离土地近的人土，离土地远的人洋。想到这一层，鲁仗不再盯着人看了，像是已经看透了他们背后不为人知的一切，对他们不再感到好奇。他回过头来看鲁济安，发现他傻了一样缩着脖子，呆呆望着马路。他越这样，鲁仗越要他练胆子。

"去问路！"

两个人好不容易找到何晨光的单位，才知道他留的地址是假的。

就在这一天——两天后一无所获的鲁仗带着暗自庆幸的鲁济安回到家，才知道，他们在春江因为住不起招待所，只能在外面挨冻的同时，远近闻名的江黄第一位村主任家里出了大事。这一家人同隔壁鲁水生一家交好，巧芳说，鲁仗、鲁济安在外面找人的这几天，鲁水生也天天在外面找人，今天何满月和鲁红蓼也去了，白天分头出去，晚上聚在万年河家。万年河的妹妹万年青做了小学老师，把学生家长也发动起来找，浩浩荡荡将江黄翻了个底朝天。

“谁不见了？”

“冬梅。”

冬梅是去江黄街满河渡口看万云朵的路上不见的，或者是从江黄街满河渡口看罢万云朵回来的路上不见的。总之那一天她出去了就再也没有回来。万年河以为她在万云朵那里住下了。因为以前有过这种情况，所以在家里看不见冬梅，谁都不会在意。尤其是总跟冬梅打嘴仗的万二毛也倒下了。出太阳时，他叫人给抬到院子里晒太阳，天气不好再抬进屋。屋里屋外，他总是平躺着，眼睛望着天或梁，脖子疼，长时间不说话，如一根朽木，越来越沉重悲凉了。万二毛想不起冬梅，陈方华、万年河与万年青就更想不起她。

这样过了三天，万年河有事去找金刚。

起因是老蔡到县里进货——他由于老了吃不消了，一次拿不了太重的东西，只好跑得勤一些。他骑个自行车，后面绑上箱子，走走停停，慢吞吞把货收好，再晃悠悠回来，每次出门总要花上一天时间。他的自行车是二手货，来路不怎么正，只花了二十块钱，跟白捡的一样。他回到家取下品牌标志，用铲子将车身剐花。这样平安无事骑了一年，都以为绝对不会有什么事了，却在市场上撞上正牌车主。那人在自行车链条盒内侧找出一个“张”字，说他姓张，这是他为了防盗做的标记。老蔡被扭送到派出所。万年河作为走马岗的一村之长接到通知，需要亲自走一趟去县里接人。

万年河出了一身汗，因为走了远路，也因为羞愤。老蔡却不以为然，认为这事跟他一点关系也没有，车又不是他偷的，这一点警察同志经过讯问已经认定，车是他买来的，说起来他也是受害者。万年河说，那你去掉标志刮花车身是为什么呢，不是做贼心虚是什么？老蔡嘿嘿一笑说，我那也是标记，跟他刻的那个“张”字是一个道理。这件事，车子还了，还交了罚款，关键是丢脸，老蔡却没有一丝难过。他给万年河算了一笔账，一年来，他用这辆车进货，省下多少力气，而这一年他赚的钱除去车钱，罚款，节余下不少，赚啦。这叫什么，叫有头脑。老蔡点起一根烟，坐上万年河的自行车后座，从爬满胡须的嘴巴里吐出烟圈。

说到头脑，老蔡提起被人扭送到派出所前，他在市场里看见金刚。

金刚的摊位上堆满了白白净净的藕，有一根切开了好几段，每个截面都带着八只圆圆的孔，分散着摆在藕堆上，以便吸引人注意。好些人聚在他的摊位前，大多是买来再拖到其他地方去卖的，还有一些是零散客人，听语气多是老主顾。说起来，年前干旱，他这靠水养活的东西竟然没有受到影响。老蔡走过去同他打招呼。金刚仍像当年在田里游荡时那样，嘴里支支吾吾，不好意思地点头回应一下，扯过几段藕，要给老蔡包起来。老蔡还要进货，怕东西多拿不了，他便拒绝了。

“你那姑夫看着不怎么撑头，却是个会做事的人。”老蔡说。

万年河便同他聊起金刚来。

金刚赚到第一笔钱就拿出其中一部分，买了辆自行车送到红旗街，特地扶万二毛起来看了。好在有这辆自行车，万年河去哪里办事都方便。他因此对金刚的印象彻底改变了。

回到红旗街，万年河由后门走上空无一人的田野。抢种的晚稻早就收割完毕，地力受损，一亩算下来收入不过两百块钱。早稻颗粒无收，这便是今年走马岗的收成情况了。这几天陆陆续续又有人出去找鲁开伍。有几个走的时候，他还专程去送过。如果在外能赚钱，当然比在家里好。要不是万二毛不能动，要不是家里只有他一位男将，要不是他担负着一村之长的重任，当初鲁开伍开口带他出去，他大概会毫不犹豫地答应下来。他们这些走不掉的，就甘愿受穷吗？或许可以向金刚这样的在别人还不明白承包是怎么回事时就大干特干起来的人学习。那个老蔡也是个能人，年纪比万二毛还大，却不老朽，看得准机会，他将公家的代销点慢慢归置成家里的私有财产就是一个例证，包括买二手自行车的事，虽说不怎么光彩，但终究算不上大过。老蔡身上的鬼机灵若能用在正经事上，说不定就有奇招，能帮助他为走马岗找到一条发展之道。

万年河决定先做亲戚的工作。他马上回家推了自行车去找金刚。天冷，他的破棉袄又短，骑车的时候不时露出腰来，他却热得背后直冒汗。他索性将棉袄脱了，压在后座上。他将金刚承包的那几个池塘在头脑里拉了一条线，发现全都处在满河边上，唯一的一个，也是他承包的第一个池塘，地势是江黄街最低的。万年河蹬得越来越快。也许在金刚那里，早就有一些基于这片土地的观察，既可以从细微处，也可以站在一个大的立场上给他一些建议。

当金刚深感意外地将万年河迎进门，万年河这才发现，屋子里只有金刚和万云朵。

奶奶呢?

没来啊。

上次来是什么时候?

金刚摸了摸脑门，说，好几天了。

2-7-3

一直到腊月二十一万家才彻底放弃。

万二毛躺在床上同鲁水生说话，两人都望不到窗子，并不知道外面已经飘起大雪。

一开始万二毛就不同意发动那么多人找冬梅。突然间人就不见了，她至少要出门吧，出门得上路吧，路上总要遇上谁吧，都没有，警察也找不到线索。她就好像被人施了妖术就地收去了。万家倒是有这类传统，当年万立民也是这样不见的，时令也一致。冬梅毕竟与万立民夫妻一场，以同样的方式追随他而去，这当中说不清楚的部分，或许才是最为合理的。万二毛认为这是命中注定的事。万年河却说，找不到是万二毛认定的命，其实呢，找不找得到都是命。无论如何，人不见了，总要竭尽全力去找。鲁水生也反对消极对待，他私下对万二毛说，可不能当作一件正常的事，要是那样，就说明你们家很邪门咧。

眼看小年近了，找人大军才不得不消停下来。

鲁水生伸出冻出疮疤的手为万二毛掖被子，说，找人看看风水，当年兵王也死得蹊跷，饿死人的事是多，可砸在谁家头上那都是一顶一的霉运，现在又出了这档事，说明这霉运还缠着你家。

无非是请风水先生看看阴阳两宅。万二毛避开刚刚入党的万年河，暗中将这件事委托给了鲁水生。

春节过后，风水先生在红旗街西面，从万家宅院到田间坟头，再由田间坟头到万家宅院，转了两圈后说，难怪，有座空心坟。万二毛一听，眼泪由两边眼角滑下来，说，就等我去补上咧。他心里知道，当年万立民大雪之夜失踪，他再不愿意也还是不忍心，做了一个空心坟依在林二姐的坟旁陪她。大约还是林二姐无人照顾吧。他交代万年河，冬梅找不到就算了，不给她挖坟了，她去了哪里就待在哪里吧。万年河并不理解万二毛，直到万二毛有一天突然回光返照从床上坐起来，大喊大叫：将我埋在老头子那里！待挖开老头子万立民的墓，万年河才明白过来。悲痛是早就预料到的，仍然防不胜防。万年河办了一场简单的丧事，盖棺时，他哭着将洗晒干净的黑色围脖套在万二毛的脖子上。墓碑早已做好，更换掉老的，上书：先考讳万二毛大人之墓。

加上住在江黄街的万云朵和金刚，万家霎时只剩下五个人。

农历二月十五花朝节那天，万年河提上一包陈方华做的汤圆，骑车去找金刚。万云朵也做了汤圆，码好一碗放在篮子里，递给金刚。他正要去塔河寺祭神。万年河见了，笑，你们又没有种棉花（花朝节用汤圆祭棉花神）。金刚摇摇头，一本正经地说，大神小鬼常跪拜，千沟万壑好过关。万年河连忙点头称是。他收起平日的严肃，换作晚辈请教的态度，先请金刚坐下，再将年前就想跟他说的事简要地说明了。

金刚仔细听着，突出的鼻翼一开一合，动静很大。江黄街已经有人先万年河一步来家里取经了，金刚哼哼哈哈说全凭运气，没有什么大不了。万年河大老远过来，又是亲戚，——毕竟他是万二毛的儿子，金刚不仅仅将万二毛视为兄长，更当他是恩人。他低头思忖了一会儿，说，走马岗那么好的水田，不种粮食可惜了。万年河说，我从来没有想过不种粮食，就是想看看能不能除了种粮食，再像你这样搞点别的什么赚钱的。金刚说，要是种好粮食就能赚钱呢，那可是全江黄最好的水田。他说起小时候在大地主肖晋堂家的见识。

那时已是肖景文在主事，红旗街两侧的地都是肖家的，肖家雇长工种两百多亩，其余都租给别家。听他爷爷金年说，肖家长工能干的人一年能分五六担粮食，近千斤。租地的一年一亩能收两担多，一半留下来，一半交地租。现在的情况跟后一种有点像，不同的是，是给自己家种。给自己家种，但同时融合前一种那样的管法，也许就能收得多。他最近跟着万云朵学文件，悟到两个词：联合、合作。他不能想得更明白，但总感觉是这个意思。

早在去年夏天，万年河去县里开村级以上干部大会，去之前他准备了一些问题。不想，父亲儿时的好友陈百味陈书记亲切接见了他，他便不好在现场对陈书记热情部署的工作开什么口了，甚至仅仅是涉及具体步骤的常规问题。他在同陈书记握手的瞬间成为他最为坚定的拥护者，无条件服从于他成为万年河最质朴的心意。他带去的那些问题，想要封堵满河河堤的缺口，却找不到几个人愿意出力；村民争屋基、争隙地、争水源、争化肥，三天两头打斗；独家单户没有农机，耕地只能拉犁，机耕道全荒废了……这些立刻出现又不断扩大的问题一直以来就没有断过。

金刚的意思万年河明白，就是在各家各户之上建立一个互助性质的组织。事实上村委会就是这样的组织，只不过要看如何去承担。对于金刚举出的大地主的例子，万年河惊得手心一颤。但他很快想明白了，提那些并不意味着倒退，有借鉴更有变化，所有事情都是这么朝前走的。末了金刚站起来，拎起篮子，交代万年河有空多看文件。

“那里面有大方向咧。”他说。

万年河直摇头。他看文件头晕，去县里开会总是听着听着就要打瞌睡。

他同金刚一同由巷道出来。一群麻雀在头顶盘旋几周后，停在附近人家的屋顶上，就好像有人从空中撒了一把芝麻。待金刚朝着塔河村的方向走远，万年河转过身来，抬头看天。他感到周身沉重，似乎还隐隐作痛。这使他不自觉地想要寻找那群轻快的麻雀。就好像有所感应，雀群呼啦飞过来。它们从空中俯瞰这条巷道，看它连接着哪些道路，这些道路与江黄街和满河渡口的距离有多远。它们俯瞰他，看他终要往哪里去。它们也一定知道他来自何处。它们又飞累了，就近寻了个屋角，俯冲下来停上去。它们快速做出判断的依据是什么？万年河挺直了上身，霎时长高了一样。要再高一点啊。他给自己打气。

他绕到满河决堤的位置，看到上面果然在倒下的树干的基础上搭了一座更为坚固的木板桥。正是最冷的时候，来来往往的村民将手袖进棉袄，走到桥头自觉停下来排队。桥上一次只能通过一个人，大家看起来都很有耐心。这个季节，满河水不能覆盖整个河道，从人们脚下的缺口流过的水安静、温和，却仍然形成阻梗。

万年河背着手转过来。

他与镇上农科所联系，了解当前全国最好的水稻品种，找人过来给村民上课，发动村民成立互助组。“这样的话，我们可以联系农机站进行机械化生产，节省下的时间与体力，咱们可以搞村里的集体建设。”

这时候走马岗的一些人已经受鲁湖村的影响，打起将水田改成旱地种大棚蔬菜的主意了。万年河发起号召时，除了对他言听计从的母亲陈方华，妹妹万年青，就只有经他私下做通工作的老蔡支持他。老蔡家里有田两亩多一点，却因为一来年事已高，种得费劲，二来小店生意不错，不愁吃喝，从不曾认真对待。能种出公粮和口粮就好，种不出买别人一点，留够自己的，交差了事。老蔡在红旗街是一个凡事总能说出个门道的人，人们遇事都愿意听听他的意见。可这个不怎么种地的人突然间支持种地了，人们就感觉到了可疑。

“我这边的田你们帮上一把，将来我分成给你们就是。”老蔡说。

人们对于这样的将来并没有多少信心。

万年河将稻种发给村民，说，都试试，再不好也好过现在吧。

七月份稻粒变黄之时，鲁开伍戴着一副墨镜，突然出现在田埂上。

万年河弯着腰，身体几乎被高高的稻子淹没了。鲁开伍朝他翘起的屁股投了一块土坷垃，惹得站在他身边的一个女伢掩起嘴哧哧大笑。这个女伢十八九岁的模样，嘴角高高吊起，天生一副笑意。她也戴着墨镜，穿一件明黄色连衣裙。黄色在田间招虫子，她的裙子上一会儿工夫落满了小飞虫。鲁开伍顾不上与万年河说话，帮她扑打一番，扔下一句话走了：

“晚上去家里啊！”

噢噢！田里有人望着鲁开伍扶着姑娘细腰大献殷勤的背影起哄。

万年河掀去草帽扇风。他的白色背心紧贴汗淋淋的身体，褶皱处能挤出水来，露在背心外的皮肤紧绷发亮，好似涂了一层黑色的釉彩。等到田里的水排完，他拾起地上放在篮子里的毛巾，前后擦一把。他的妹妹万年青提了篮子坐到田边休息。万年河将毛巾扔向她。而她并不接毛巾，任它落在地上。她已经劝过万年河不要去找鲁开伍，见他不听，便不想理他。

“看他那样，有钱了不起啊。”

万年河回过头看她，脸上落满金辉。汗珠再次齐齐钻出来，就好像从皮肤里长出了金豆。他目露厌倦，但显然不是因为对万年青的话感同身受。他脱下鞋子，一面在树上磕去泥巴，一面说，你早一点教学生认识到钱的好处倒好了。

“是，人人都可以娶个城里媳妇。”万年青讥讽道。

万年河脱下另一只鞋子，摆弄几下后穿好，站直了身子。

往红旗街走时，两侧的稻田就好像在送他，微微向后仰。莫要刮风。他心里担忧着。也莫下雨。从今天开始晴它半个月。他不断祈求。人们站在稻田里远远挥一下手，他回敬他们，也扬起手。他看他们就像看浪里的小船，稳稳的，又是小心翼翼的。这是希望的田野，也是令人胆战心惊的田野。一周后就能见分晓了。

镇里的一个技术员说，走马岗的土地富含硅物质，比例恰当，能有效吸收阳光，长出的水稻独一无二。这简直给了万年河天时与地利上的双重信心。万年河对村民说，剩下的就看我们的了。在过去的半年多时间里，“我们”的数量一再减少。倒不是大家对走马岗没有信心，而是，对于传得神乎其神的外面的世界，他们似乎更有热情。好在他们大多在一年当中最为忙碌的双抢时节赶回来了。

万年河有回在县里开会，向已经当上副县长主抓农业的李春木抱怨说，人都要走光了。李春木却说，你想想，你那地里真需要那么多人吗？万年河从他那里学到一个词：剩余劳动力。一年到头农忙就那一两个月，余下的时间，年轻人不赖家，外出赚钱养家，这是好事。万年河担心这些人在外赚钱赚得多，慢慢地就不回来干活了。李春木说，这很有可能，如果那样，就需要在提高生产力与生产效率上想办法。目前来看，留下的这部分人多数是出于种种原因不得已留下来的，却承担着建设家乡的任务。往后，如何能吸引年轻人主动而不是被动留下来建设家乡，这项工作很大程度上取决于最开始留下的这批人干得怎么样。说到底，担子最重的是像你这样的人。万年河似懂非懂。

看到鲁开伍回来，万年河特别高兴，要说赚钱多，他相信从鲁湖村和走马岗走出去的年轻人没有一个能比得上鲁开伍的，这时节他都回来了，也就是说，他所担心的那个问题，李副县长给出了一个令他困惑的答案的问题，至少现在还不是问题。

“她就是那个出纳？”

到了鲁开伍家，万年河小声问。

鲁开伍嘴里嚼着冰块——鲁红蓼不知在哪里花五块钱收了一只年代模糊的木质冰盆，肚子上雕了一圈牡丹，鼓鼓囊囊站在堂屋正中间。传统的那种一家一户必备的，也是必定要摆在堂屋正中间的矮方桌被这个东西取代了。——鲁开伍看见木雕手痒，用刻刀将磨损处一点一点雕清晰了。他一面干活儿，一面含糊不清地说，不是不是，莫提莫提。

坐下来才知道，这女伢并不是城里人，只是常年在外，打扮得像城里人罢了。她是塔河村人，与石家林是亲戚，在城里做服务员。她肚子里已经有了一个三个月大的毛毛。在万年河来之前，鲁水生已经同何满月商定，让他们二人第二天就去扯证。

万年河这才知道女伢这次回来还没有回家，两人明天加上鲁水生一起过去商量婚事。他看一眼坐在一边，好像整件事情跟她一点关系都没有的女伢，听清了她的名字叫石秀秀。她用一只手接在下巴底下，啃一口冰镇番茄，就有一些红色汁液落在手心上，有几滴没接到，染在了裙子上。

“喂！”鲁开伍撞万年河一下，“莫看人迷了。”

万年河不好意思地接过鲁开伍递上的烟，放在鼻子下左右嗅着。鲁开伍将一整条永光牌香烟摔在桌子上，说，拿去！他拉着万年河到屋后的山岗上聊天。两个人没有走动，就地坐下来。先说新媳妇。鲁开伍说漂亮吧，比那个出纳漂亮。万年河点点头，好像他见过出纳，比较过她们俩似的。她还有个同乡，跟她一起做服务员，也想跟我，我选了她。鲁开伍一面说一面把烟灰弹得火星四溅。接着他便说起自己为何这么招人喜欢。他说他已经拉起了一支队伍，在春江市的一个区给人建私房，两层六间房一个月就能做下来，能赚这个数……他伸出左手，手指头时伸时蜷，快速变换着。万年河没有搞清楚那到底是多少钱。他也不太想搞清楚那是多少钱。鲁开伍表现出的超乎寻常的兴奋劲让他感到不舒服。他猛吸几口烟，将这件事情用咳嗽隔离出去了。等他咳完，鲁开伍小声道出重点。他说万年河对鲁红蓼的心意鲁家上下早就看出来了。麻烦的是，鲁红蓼一直偷偷给在北京上学的鲁济平写信。

“苕伢，中邪啦！”鲁开伍骂。

他将这件事告诉万年河，用他的话来说就是希望他尽快“解救”鲁红蓼。

“济平有没有回信？”万年河问。

“没有。”鲁开伍说。缓了一会儿又说，“有的话也只有一种可能，寄到别处了。红蓼鬼着咧。”

2-7-4

鲁开伍在家待了一周就走了。

酒席到底来不及办。鲁水生招呼全家人分作三路，买空了远近三家商店的水果糖。两位新人挨家挨户送，还去了山岗下热火朝天的田间，花花绿绿撒出几把。石秀秀初来乍到，搞不清楚状况，一早捧起水果糖往外走，很自然地就先往离得最近的鲁仗家去了。鲁开伍连忙捉她回来。石秀秀不解，问他为什么。这倒把鲁开伍问住了。两家人从他记事起就躲着走，除了公事，根本不来往。小伢学大人样，他只是照着做，从来不曾问过为什么。这就好像问猫跟老鼠为什么是天敌一样没有意义。那年发大水倒是打破了界限，灾害一过，两家人就又重新板起了脸，意思是，生活又回归了正常。所谓正常就是习以为常。鲁开伍回石秀秀，问那么多干什么？语气颇不耐烦。石秀秀为了这句话使起性子，跑进里屋关上门。何满月出面劝了半天才将她请出来。鲁开伍讨好地迎上去，往她嘴里塞进一块糖，两人立刻重新好成了一个人。他们在外面散喜糖，鲁水生在家里放鞭炮，停一会儿放一会儿，直炸得院子里堆起厚厚一层炮屑。小伢们都来捡哑炮，将炮屑一把一把塞进口袋，出门后不时朝天空抛撒，一团团红色纷纷扬扬落下来，就好像放烟花一样。

鲁开伍走时，石秀秀哭着送出好远。

鲁水生知道石秀秀还不认路，要鲁红蓼跟着，送到大路上两人再一起回来。鲁红蓼望着哥嫂亲昵很不自在，尽量与他们拉开距离。天气太热，他们天不亮就上路了，谁知道走到日过三竿石秀秀仍不愿往回走。她换了一件白裙子，显出微隆的肚子，背后早已湿透。鲁开伍几次叫鲁红蓼，让她拉走石秀秀，鲁红蓼都没有听见。她默默跟在后面，眼睛逐渐被太阳照得眯起来。在她眯起来的眼睛中，鲁济平与万年河交替出现。

鲁红蓼叫鲁济平哥哥。如同“哥”这个字具有多重含义一样，她在信中流露出的情感是复杂隐晦的，尽管她尽量想在内容上突出一个妹妹应有的样子，每个字都写得小心谨慎，又不乏甜腻，他却从来无动于衷。去上学前他可不是这样。他越是令她捉摸不定，她越是想纠缠他。万年河倒像一个真正的兄长，与鲁开伍一样的兄长，让她提不起兴趣。但家里人都说他好，好像天底下除了鲁济平这个不可能外，就只剩下万年河这一个可能了。她总感觉在鲁济平那里藏着一个大世界，万年河这边呢，却是一眼就能望到头。想起鲁济平，她完全想不到他过着怎样的生活，以至于思绪蔓延，无边无际。想起万年河，就只有与鲁湖村没什么两样的走马岗，下雨天无从下脚的乡道，灰扑扑的杨树和单调的田野……他站在田里与人讲技术时的样子倒是有那么一点吸引力。可他那样一副晒得乌黑的脸庞如何能与鲁济平白皙明亮的样子比嘛。等到石秀秀终于走不动了，鲁红蓼走上前，望着鲁开伍远去的背影问她，你喜欢我哥什么呀？

“有本事。”

“噢……”鲁红蓼将刚刚摘下的一根狗尾巴草叼在嘴上。

鲁开伍在转弯的地方最后一次挥手，消失不见了。

稻子从田里到堆上晒场，形成高高的稻丘，每一步都紧紧张张，唯恐动作一慢就遇上下雨。这时候老人们总说，收稻时下雨是老天爷在惩罚懒汉，他在上面睁大眼睛看，谁要是在这时候贪图享受，那就让他一整年都犯难。小伢们也丝毫不敢怠慢，帮助大人束稻谷推车子，或者在晚稻田里插秧。首先是繁忙，然后得馈赠。江黄人祖祖辈辈都珍视每一季在黄土地上忙碌的机会，这意味着至少在当时天遂人意，风调雨顺，意味着如此才可能有谷收，有饭吃。

万年河骑上自行车在江黄各村转罢一圈，手上积下数十种谷粒。看来看去还是走马岗的好，颗颗饱满晶亮，闻起来有股独特的绵润香气。他端了一小碗来到万二毛的坟前，向天朝地敬过，最后缓缓撒在坟上。这时候他看见远处有一团红色快速移动过来。那是鲁红蓼骑车来找他了。

万年河左右看看，想要藏起来。他原来的打算是忙过双抢就去鲁家提亲，事到临头却犹豫了。前几日他转到鲁湖村了解收成，听到一些闲话，说鲁开伍忘本。——不管你鲁开伍是因为什么回来的，正赶上一年中最忙的时候，你一个土生土长的乡里伢，搭把手是本分。他倒好，在家几日没有下过一回地。人人一身臭汗，狗一样大口喘气，他竟然什么也看不见似的走了。算了算了，有人起哄，城里女人都干了，还干个鸡巴活儿。万年河不好替鲁开伍解释，说他那媳妇不是城里人。是不是城里媳妇，大家都能说出拐话来。就真的像众人说的那样，鲁开伍不下地干活就代表着忘本吗？大家以为他娶了个城里女人，并且知道，能娶城里女人需要大本钱。认定他有大本钱，这才是关键。忘本的真正意思是，他在钱上面离大家越来越远了。就连万年河也不得不正视这个距离。

鲁红蓼早就看见了万年河。近了大喊，喂，你躲什么躲。

这是个在草地上走路都能捡到针的女伢，什么都逃不过她的眼睛。她穿一件水红色背心，袖口和底边有好几处开线，一看就是旧货，大约是嫂子石秀秀转给她的。这颜色很衬她，与她灵动的眼神中常常闪亮的光泽和她坦率泼辣的个性产生奇妙的通感。万年河只觉得眼前万物都成了红色，逼着他不由自主心跳加速。

鲁红蓼停好车子，与他小声说话，开门见山道："我想要去趟北京，你给我说说怎么过去。"

她表现出最大的信任和从来没有过的谨慎，说一句话停上几秒钟。她的意思是，她知道他对她的心意，也正因为如此，这件事便只能求助于他。他立刻为自己这些天来的犹豫不决感到羞愧。在爱情上，他还不如一个女伢有胆量和包容。但他就要学习她的包容，包容到要将她送到情敌那里去吗？她好像猜透了他的心思，缓缓说出一句爽快的话："我就是去看看，要是他还不愿意，我就死心。"

"什么时候去？"

"现在。"

她挺了挺身子，左右扭动一下，问他衣服好不好看，又指指自行车，说她都准备好了。自行车后座上夹着一个她自己缝的布包。她走过去，背好包，又拍了拍车座，要他送她进城。

"车子你骑回来，等我回来再来取。"

这是他第一次离她那么近。她坐在后座上，身子随着车子的晃动不时挨一下他，每一下都像在电他。他好不容易才稳住车把。一路上总有人回头看他们。偏偏她很不老实，两条腿踢来踢去，嘴里还哼着歌，遇见人也不见降低嗓门。

我们的家乡，在希望的田野上，炊烟在新建的住房上飘荡，小河在美丽的村庄旁流淌。一片冬麦，一片高粱，十里荷塘，十里果香。

这首从电视里学来的歌，已经经她传播，在鲁湖村走马岗一带流行起来。

有人迎面走来，打破歌声，叫他，万主任进城去啊。万年河尽量冷静地冲那人点头。他感觉那人走出好远还在笑。

到了长途汽车站，他一看人那么多，不放心，坚持买了两张票，要将她送到春江。两个人坐上车，鲁红蓼消停下来，保持着一只手托腮的动作望着窗外。他小心看她，想她竟然也有这样安静的时候，真如水边朴素的红蓼花一样。下午到了火车站，他给她买了最近一班火车，硬卧，睡一晚上正好到。票真贵啊。可他并不是因为票贵才没有再买一张同她一起去北京。他虽然极度渴望，但也明白，他跟着去像什么话，适可而止吧。他把票交给她，还将手上余下的钱都塞给她，说，到了以后先在车站买好回来的票，说好了，只待三天，加上来回路上各一晚，五天后我在这里接你回家。他看她低下头，心理负担很重的样子，赶紧打住不再叮嘱什么了。缓了缓，他没有忍住，说，上车买点东西吃。

从火车站出来他才发现自己身上一分钱也没有了。他一想，也许就该他醒着，远远地，以一种特殊的方式陪她走一路。他决定从春江走回江黄。好在天黑得晚，急行到万洲，看到眼前的景物算是熟悉了，这才感到安全。想到鲁红蓼那边的行程才刚刚开始，各种不测也才刚刚开始，他又揪心起来。在万洲长途汽车站，他找到鲁红蓼的自行车。月亮又大又圆，能照出影子来。他想象她还坐在后座上，依靠着他。他慢慢骑，天快亮才到江黄。他径直去了鲁湖村。鲁家灯火通明，一晚上都在找人。听万年河说清楚事情前后，鲁水生一巴掌甩过去，将他抡倒在地。

“胡闹！”

令人意想不到的是，鲁红蓼隔天就回来了。

她红色的身影再次出现在田埂上时，万年河恍惚以为她从来没有去过北京。与前几天不同的是，这一回她不再风风火火。她累得快要走不动了。他立刻朝她跑过去。天气闷热，就要下雨了。她满脸是汗，从两只松松垮垮的辫子里散出的碎发糊在脸颊两侧，鼻子上有两道黑印。嘿嘿。看见他，她笑起来。我回来啦！她伸出手，里面放着卷成卷的几张钞票。还你！他差点抱住她。他控制住了自己的身体却没控制住眼泪。他慌忙转过身去。两侧水田里新种的稻子像一个个小伢，在傍晚的微风中摇晃着脑袋学他们腼腆地笑。

她告诉他，鲁济平眼里连鲁湖村都没有了何况是她。

她听到他跟别人说他是北京人。可他说一口南方话啊。他说在他去北京上学的头一年，在火车上遇见一位老爹爹，家里无儿无女，跟他特别聊得来。事后他上门拜访，一来二去就认老爹爹做了干爸。他现在不是在学校待着就是去干爸家。老爹爹是北京人，作为他的干儿子，鲁济平也当自己是北京人了。这件事想必是真的。学校放暑假，鲁红蓼问了好些人才问出鲁济平在哪。那位告诉她消息的同学说，鲁济平有个亲戚给他找了份工作，假期在一家博物馆做讲解员。鲁红蓼找过去，正遇见鲁济平向一群外地人介绍一件清代瓷器的工艺。他的个子又高了些，皮肤更白净了，头发三七分，穿着合体的淡蓝色衬衫，举手投足很是洒脱。听的人夸他讲得好，随即好奇地问他多大了，是哪里人。他说他是北京人。鲁红蓼伸出双手圈成一个扩音器，好让自己的声音惊雷一样炸响在他的耳边。鲁济平！她大声叫他的名字。听到家乡话，他吃了一惊，朝声音发出的方向望来，又四下看了看，什么也没有发现。鲁红蓼躲开了。

她流着泪在偌大的博物馆里一间展厅一间展厅地转。

等到鲁济平下班从博物馆出来，一眼看见鲁红蓼站在马路边。他以为自己眼花了，先看看别处，再看看鲁红蓼，见她还在那里，并且自己迎上来了,就知道一切都是真实的。他请她在餐馆里吃饭，给她讲了他与老爹爹的事。她默默听着，一句话也没说。吃完饭，她问他火车票怎么退。他带她回到火车站，退票，买票，每带她到一个窗口，她都执意自己出钱办事。最后他给了她一些钱，请她帮忙带给鲁仗。

“可以先给刘江。”

这些都是过去的事了。

她说着这些事，就好像在说别人的事。她突然伸出手来拉万年河，说，走，送我。万年河从家里推出鲁红蓼骑来的自行车，载上她。她先带他去到鲁湖村水田边上的山岗上，将楝树上的秋千取下来扔了。接着，她让他载她回家。他心里高兴，比先前骑得更快，浑身都是劲儿，上坡路也好像很轻松地就骑了上去。鲁红蓼带着他从鲁家院子后面绕到后山上，在鲁开伍每次回来都要同万年河站一站的那个位置，背面是一个斜坡，她带着他往下走，走了差不多几十米，拨开一片杂草丛和一些浮土。鲁红蓼朝下按了按，又敲了敲。万年河听到几声空洞的木板声。鲁红蓼跪下来，使劲拉开木板。这一系列动作在万年河看来就像看电影一样。她熟门熟路的样子使他很快镇定下来。

一个暗道出现了。

万年河摸出火柴划着，跟随鲁红蓼猫着身子钻进地道。地道里砌了台阶，下到最底层，鲁红蓼站在墙边，圆圆的脸上露出无限喜悦的神情。吧嗒一声，她拉了一下灯绳。漆黑的世界骤然间大亮。这哪里是个地道，是足足有两个房间大的空地，空地已经不空，挤挤攘攘摆满了大大小小各式各样的物品，有各家早已弃用的圆形木桶，老屋翻新时拆下来的雕着龙头的门楣，画着寿星的屏风，一些陈旧的瓷器，镂空花鸟的窗扇……万年河故意丢在院子里的铜镲摆在一套木质的首饰盒上。

"博物馆，他那里有博物馆，我这里也有一个啊！"

2-7-5

婚礼放在了秋后。

晚稻入仓之时，封堵满河河堤的钱终于有了眉目。河堤缺口所在的铁线村出一部分，走马岗和鲁湖村各出一部分，余下的由镇里解决。这两件事情一落定，万年河才有心思考虑婚礼细节。

他想请李春木来，又担心这样做显得夸张，惹人说闲话，毕竟他只是一个小小的村长，人家是县一级的重要领导，中间隔着许多层。可李春木对他来说并非一般意义上的领导。万年河每次去县里开会，除非李春木有要紧事，他定要万年河留一下，更详细地了解走马岗的情况。这种机会虽然很少，但有一回就是一回的感情。久了，万年河隔上几个月，即使不开会也去找李春木，走亲戚一样在他的办公室里坐一坐。江黄镇新来的余浩光书记上任后，李春木有次下来检查工作，特地将万年河叫来，向余浩光介绍说这个小伙子不一般，年纪轻轻就扛起重担，镇里和县里要多支持。每次李春木来乡下考察，顺路的话都要到走马岗看看。具体到工作上，就比如说修河堤这事，要不是李春木盯着，想要镇里和其他村答应拿钱出来，实在是想都不敢想的事。万年河也明白，李春木这样做，很大程度上是因为他当年在走马岗工作过。不管是对走马岗有感情还是赏识万年河，或是单纯出于工作需要，李春木对待万年河的态度都让他感动。结婚是件大事，也是件喜事，向一直以来关怀自己的领导发出邀请，是尊重也是感谢。想到这一层，万年河决定还是郑重一些，专门请老校长写了请帖，去县里送给李春木。

县委县政府大院坐落在万洲县城最北边，门前的马路新近拓宽了，两边正在盖房子。万年河到的时候，李春木正一只手背在身后，一只手夹着烟，站在办公室窗户边向外看。他愉快地接下请帖，同时要万年河也去跟陈百味说一声。

“陈书记就要调到市里去了，他很关心走马岗的发展和你个人的成长，你不妨借此机会再让他加深一下印象。”

万年河犹豫不决。自从上回在李春木的引荐下同陈百味握了手，他与陈百味近距离接触的机会少之又少。有那么一两回，万年河在县镇两级主管领导的带领下向陈百味汇报工作，陈百味发话时的第一句话是，万年河，老万的儿子，不错不错。但也仅限于此。陈百味毕竟离得太远。万年河在外面踱了一会儿，最终还是没有去找他。

婚礼当天李春木没有来。他备了份贺礼，请余浩光带过来。

余浩光能来，万年河已经感觉受到了重视，仪式每进行一个程序，他都在完成之后，不由自主去看余浩光的表情。他若沉浸其中，万年河便很高兴，放心地进入下一个程序。他们办的是新式婚礼，最复杂也是最逗笑的一个环节是喝交杯酒。万年河从鲁红蓼的胳膊弯穿过手臂时，抬得太快，一下子扬上去，不仅酒杯里的酒洒了，还碰落了插在鲁红蓼头上的花。余浩光与众人一起哈哈大笑。鲁红蓼捡起地上的花，冲大伙晃了晃，转过身快狠准地插在了万年河耳朵上。哈哈。这下连一向沉闷的金刚都笑出了声。

很快，主持人老蔡说，婚礼进行最后一项，吃！

余浩光在大家的笑声和杯盏推动的声音中站起来告辞。他身材矮胖，容易出汗，手上习惯性捏一只叠成小方块的手绢。万年河一家子都到门口送他。余浩光一面将手绢捂在脑门上擦汗，一面不停解释说，下午要去塔河村参加饲料厂开工典礼，喝了酒去不好。饲料厂派来的面包车等在红旗街上，万年河跟出好远才停下。转进院子，敬罢一圈酒，鲁红蓼从里屋出来，悄悄问万年河，你猜你的副县长大人送给我们的是什么？不等万年河说话，她马上自我解答说，是电风扇，红山花牌的，我听我哥说过，这个牌子是春江最好的。万年河听到她提鲁开伍，心中不悦。鲁开伍没有回来参加他们的婚礼，既不重视他这个兄弟也不重视鲁红蓼这个妹妹。他倒是托人带回一块手表，已经戴上了鲁红蓼的手腕。万年河瞥一眼手表，与第一感觉一样，觉得它既不好看又没什么用。想知道时间看看天上的太阳就能做出判断，何必借助这个累赘。再说她还要干活，戴上这玩意儿多不方便。他料定鲁红蓼也只是新鲜这几天，到头来顶多是为她的地下博物馆又添进一样东西罢了。

这种时候最高兴的总是老人。

万二毛去世后陈方华迅速衰老，眼睛同头发一样蒙上了一层灰白色。她时常止不住地流泪，一块从旧衣服上剪下的布头被她别在腰间，过一会儿就要抽出来擦一下眼睛。晚上情况会好一点，只是到了第二天，眼睛上的雾就会更厚。这种叫作白内障的眼疾江黄人上了年纪的大多会得，尤其是女人。老人们都说，如果一个人活得不长，一定是因为别的原因死去了。如果一个人活得够长，就会死于被蒙蔽。这种病会让人误入歧途，摔倒了就再也起不来。陈方华还没有那么严重。她默默接受着江黄女人普遍会有的命运。而在今天，她感到自己的眼睛完全好了。每个前来道贺的人她都叫得准名字。她将新媳妇的手腕举到自己耳边，细听秒针嗒嗒走路的声响，像抚摩一块玉一样抚摩表盘。万年河过来敬酒，她伸出手正了正他胸前的花。她招呼前来看热闹的小伢，引导他们自己去桌子上抓糖。她行动灵敏，自始至终笑着，满脸的褶子就好像叶片上伸展的永恒的脉络。

冬天到来的时候，何晨光来到鲁湖村。这是他自己无论如何也没有想过的事。

万洲县与春江市水利设计院联系后，院里有位领导隐约记起他们在接收何晨光时，曾与他进行过一场谈话。当时何晨光特别谈到当年下乡接受再教育的事。那时他把在万洲江黄的经历当作一种经受过历练的证明。领导调出何晨光的档案，复核一遍后说，他们那里要做水利规划，你熟悉环境，就由你来配合吧。一句话就将何晨光派往了他好不容易摆脱掉的江黄。其中便有万年河一直努力报批的那个维修堤岸的项目。这个项目几经讨论后，被纳入江黄整体水利建设方案之中，有专家认为只是简单封堵一下河堤并不能解决实质问题，最好修一个小型水坝。谁讲出这样的话就派谁去啊，何晨光大为不满。他甚至想过装病。已经与何晨光结为夫妻的付美真劝他，又不是派你去驻守，偶尔去一两趟而已，这件事不复杂，却可以说得很艰苦，以后升级评职称都用得着。唯一麻烦的是你从前给姓鲁的寄钱用的都是隔壁单位的地址，上回他们来找你，我撺掇通的那个门房，装没作声，你这次回去，自然得把这件事圆过去。就说调单位了，莫细谈。反正他们每次来信你都回了，每个月两块钱也从来没有短过他们，这些核心上的事都做到位了，已经够仁义了，还想我们怎么样呢。当初我想到这个法子，无非是怕他们日后得寸进尺来春江折腾我们——果不其然吧，现在都往城里跑，我说过，潘多拉的盒子早晚要打开，一个村子，只要有一个走出来，就会有无数人走出来。——那时候年轻，怕事，现在身份不一样了，你是专家了，拿出专家的威风来，他们再要求什么一律挡回去。付美真的眼镜上布满了圆圈，最中间最小的圆圈是她的眼睛，光学作用下小若绿豆。何晨光有时不敢看她，不知道在她的眼中，他会大于等于还是小于周围之物。他总觉得会是最后那个选项，但是她从来不表现出来。她总能将他归置得妥当，他无法不服从于她。

何晨光将所有图纸和可能用到的资料全都带上，幻想一次性解决问题。这是唯一能够减少与鲁仗碰面次数的方法。事实上他一次也没有见着鲁仗。就在他准备动身的前几天，鲁仗死在万洲县最大的贸易市场里。

那天金刚照例摆了摊子卖藕，只不过与鲁仗一个在这一头，一个在那一头，发生在鲁仗身上的事，金刚当时并不知道。

一早，鲁仗强行拖拽鲁济安出门与他卖菜。鲁济安的女儿小娜刚满八个月，半夜吵闹，鲁济安为了躲避，一个人钻进姑姑鲁鲤生前生活的房间，躺在一堆木头支架边睡觉，到鲁仗整理好挑担要进城了，他还没有起来。鲁仗四处找他，没有想到他会钻进鲁鲤的屋子。鲁仗将他打起来，一路上都在骂他。鲁仗拿鲁济安与带了钱回来的鲁济平比，骂鲁济安是个草包。还预言说，将来鲁济平生孩子都比鲁济平会生，一准一生就是个男伢。前面说别的鲁济安一直没有回嘴，说到这里，他忍不住同鲁仗顶了起来。父子两人差点解开挑担对打。

鲁济安没有再接鲁仗的茬，鲁仗瞪起眼珠走进市场，没多久便同竞争对手打起来。事后有人说，天要收鲁仗谁也拦不住，死在别人手里已是他最好的结局。

起因就是他们的生意比以往差很多，前一天没有卖掉的尖椒他们洒了水再拉出来卖，卖相明显不如别家的，价钱又高。邻着不远一家卖菜的，不知道为何尖椒比他们的便宜足足五分钱。鲁仗认为对方这么干是有意在打压他，上前理论。他同人理论实际上就是开骂，如果对方回骂，那就必然要动手。对方人多，围上来拳打脚踢，鲁济安畏畏缩缩冲上前后也遭到了围攻。那帮人下手并没有多重，也很快撤了。鲁济安站起来去扶鲁仗。鲁仗埋怨鲁济安不顶事，一把将他甩开，站起来时没稳住，朝后一倒砸在了一旁的摊位上。说是摊位其实是一辆车斗边缘焊了铁围栏的三轮车，鲁仗的后脑勺磕在边角上，人霎时就没了气。

事后鲁济安才知道，人家的菜价便宜，是因为一次性种得多，十多户联合起来一起种，大大降低了成本。他们把菜分散到好几个市场去卖，销路特别好。

何晨光去鲁湖村时，鲁仗还没有入土。

鲁济安将鲁仗的尸体停在市场门口，逼迫管理单位出面解决赔偿问题。何晨光假意来探望鲁仗——他知道总是躲不过去的，与其鲁仗听到风声自己找上门来，不如他掌握主动权。进了鲁家院子他吃了一惊，原先住过的鲁杨家的房子没有了，现在矗立在那儿的明显是新建不久的，门前的栀子树变成了一个从黑色木墩里斜着生出枝杈的怪物，旁边有一棵还很幼小的橘子树。陆娥听见动静抱着孩子出来问他找谁。何晨光正要回答，巧芳隔着窗户认出了他。她眼泪汪汪地出来，突然跪下，拉长调子说，救命啊，如今你出息了，可要帮你哥主持公道啊。

何晨光躲了许多年的麻烦到底没有躲过去。他想，既如此，大约也到了彻底了断的时候。

他与巧芳一起到达市场的时候已经到了午后，天气转阴了，冷风一个劲往袖口里钻。何晨光脑门上却滚下汗珠。他努力摆出一副与他的气质格格不入的坚硬和冷峻来，向市场管理方亮明身份，自称是鲁家亲戚。看他是春江人，单位又响亮，对方态度软下来。市场管理有问题，事发时治安员没有及时阻止双方打斗，反而站在一旁看热闹；打人者有问题，事后却逃避责任，销声匿迹；三轮车主有问题，遇到这样的事没有及时避让。这当中最大的责任还在市场管理方，因为事情是在你这里发生的。何晨光在路上就想好了怎么说，一股脑吐出来之后，直觉得得了付美真的真传，条理清晰，气势磅礴。

这件事情最后以市场方赔偿两千块钱，打人方十几家凑到一起一共赔偿一千八百块钱，三轮车主赔偿两百块钱落定。前前后后拖了两周，最远去了三十里外的村庄找人。在这期间，何晨光踏踏实实住在镇里提供的宿舍里。他把一张四方协议书交到鲁济安手上的同时，也完成了在满河铁线村段修筑小水坝的方案，准备在镇里再住一晚就回春江了。

何晨光对鲁济安说，这件事情只能这样了。鲁济安弓着背，眼泪混着鼻涕一起流下来。何晨光转而对巧芳说，这件事情耗费了我太多精力，以后再有什么事，恕我没有能力再管了，那两块钱的事我想我也还干净了，就这样吧。巧芳拉着何晨光跪下来，说，恩人啊，你可不能不管啊，这个家失去了主心骨啦。何晨光任巧芳跪着，并不拉她。他背过身，很坚决地走了。

2-7-6

来年春天，空气还很潮湿冰凉的时候，杨树刚刚发芽，浅绿在轻薄的雾气中飘荡，就好像失去边缘的云朵困在路上。走马岗的田间，拖拉机耕作的声响惊起两只喜鹊，它们感到恐惧和迷惑，久久盘旋呼喊不知如何是好。

万年河站在田埂上，目光跟着拖拉机走。他深蓝色的秋衣上满是泥土，头发好些时候没有理了，从鬓角处张扬出许多杂毛。除了没有那么长的脖子，他长得越来越像万二毛了。有个比他大一些的年轻人骑车过来与他说了几句话，他立刻唤那个人下来，自己一脚泥，踏板打滑，匆忙间险些骑到田里去。他是去堵余浩光的。余浩光今天要去邻镇开会，从红旗街北头出去正好拦住他。这之前万年河去镇里一遍遍找余浩光，工作人员不是说他在县里开会便是说他下乡去了。几次三番后万年河明白了，余浩光这是有意在躲他。他不是不知道，现在全镇都在兴办企业，四处建厂，当初承诺的资金早就不知道挪用到哪里去了。就连铁线村也说他们办了个养鸡场，顾不上修堤。万年河说，你那堤不修，养什么鸡，再旱一次就等着吃烤鸡吧。那边听惯了这类漫无边际的威胁似的，嬉笑说，今天出太阳明天还出太阳，这是有可能的，今年旱明年还旱，而且是大旱，绝对不可能。

尽是这些目光短浅的家伙。万年河近乎悲愤地向前冲。

余浩光在垂直的大路上匀速移动。前一天下了一场雨，一个晚上没有干透，路上结着一层薄薄的泥，车轮滚过，激起细长的泥花，飞溅到余浩光的脚上、身上和他挂在车把上的黑色皮包上。他的腿太短，座包降到最低处，从远处看就像一个肥胖的小伢在骑车。万年河冷不丁从红旗街上冲下来，将他逼停了。没有钱啊。他叫苦连天。你把我撞死了倒好了。他冲万年河瞪眼睛。这是李春木将万年河介绍给余浩光后，余浩光第一次对他这样蛮横。余浩光跨到车上，脸色铁青，右脚努力撑着地面，往前跳了好几下才接上转动的踏板。万年河走得急，不曾取下田里搭在铁锹上的外套。他歪着身子停在路边。待到他急出的一身汗散尽，打了个寒战，这才醒了一般蹬起车子，使出蛮劲往前骑。行到万洲县城区与江黄镇交界处，他看到余浩光朝右边走了，他则向左骑。他一口气骑进了县委县政府大院。

李春木不在办公室，工作人员说他下午才能回来，也有可能不回来。万年河坐在接待室，大口大口地抽烟。他没有等到李春木。第二天再来，李春木在开会，万年河等到中午快两点。两个人坐在人员散尽的会议室里聊了一会儿。李春木沉思片刻，说，有些实际情况也确实需要理解。这种情况下，你想想看有没有其他办法。我提一个，早几年出去的人应该都赚了些钱，请他们集资帮助家乡建设水利，是不是也是一条路？

万年河原本指望李春木下达行政命令，强制江黄镇立刻拨款，现在看来绝无可能了。他嘴角下拉，倔强地盯着会议桌上一只塞满了烟头的烟灰缸。李春木站起来拍了拍万年河的肩膀，将手里的烟头挤进烟灰缸，按灭，说，你不要以为这是没有办法的办法，一切办法都是平等的，只要不犯法，只要能解决问题。万年河也站起来，他感觉出自己的失态，一时也不知道该如何弥补，只好恭敬地点头。

一切办法都是平等的。

万年河挨个拜访从走马岗出去的年轻人的家人，向他们了解情况。令他没有想到的是，这些人家十有八九不知道出门在外的人栖身在哪里。有那么两个言之凿凿的，提供的地址也只是笼统的区域，街道口、复兴村，写在半张皱皱巴巴的作业本纸上，没有具体街道门牌。万年河还是决定试一试。他让鲁红蓼打包衣物，自己则从结婚时才打制的家具，描了花的五斗柜里抽出一张地图。上回从春江走回万洲的经历使他对春江有了阴影，后来再去万洲，头一件事就是在街头报刊亭买了张春江地图。

鲁红蓼按住他的手说，这事跟鲁湖村也有关对吧，找我哥啊，他马上就要回来了。万年河说这事不是他一个人能解决的。鲁红蓼趴上万年河的肩头，亲昵地说，前几天镇里有领导去我家了，送了一些慰问品，问家里有没有什么困难需要解决。这位领导说他在市里见到我哥了，我哥答应回来建厂。他有钱建厂，就有钱建坝。

万年河一点也不想找鲁开伍。他心头的复杂情绪已经表现在了脸上。他不耐烦地压下嘴角，脸拉得更长。他轻轻推开鲁红蓼，继续看地图，不给她任何解释。

陈方华端着一盆子五六个才蒸好的馒头，空出几只手指抓紧一瓶腌萝卜，眼前虽然恍惚，仍然驾轻就熟。这是万年河一早叮嘱她准备的。儿子儿媳的话她隐约听见了。她一面放下馒头和咸菜，一面拉了拉鲁红蓼的衣角，冲她使眼色。随他去，男人都有自己的主意。她说。女人就没有自己的主意啦？鲁红蓼将这句话咽进肚子，白了一眼万年河，赌气出去。万年河的心思陈方华明白。她一面为万年河打包裹，一面说，十个指头有长短，荷花出水有高低，与谁都不要争。万年河烦躁地挥手，要她莫吵。

春江之行一无所获。

万年河先找到街道口，他拦住一个路人，问，这里有没有建筑工地？那人抬头用下巴从左到右划出半个弧线，说，这后面全是。万年河走进一条巷子又一条巷子，发现不只有大工地，还有很多私房在建。人太多了，操各地方言，还有从外省来的。再到复兴村。这两个地方相隔一条长江。坐在轮渡上，万年河望着对岸的景物猛兽一样稳稳靠过来，感觉到一种特殊的分量。生活在这里的人必定比别处开阔得多吧。他一时感到自己就如江水里的鱼一样渺小。复兴村的情况也一样。他仔细观察了站在脚手架上的工人。他们戴着安全帽，踩着解放鞋，有人嘴角还叼着烟。他们人数众多。万年河放弃了。就算找到那两个人，很有可能就如他眼前的这些人一样，都是些普通人，能拿出多少钱呢？

从复兴村回万洲倒方便。

一路上万年河都在想陈方华的话。

早稻下秧后，鲁开伍回来了。

并不是人们传说的那样要建厂，而是接管一支人数过百的建筑公司。这支队伍三年前还叫作建筑队，领导人一直是齐金才。

这两年鲁开伍搭建了自己的班子，只是资质办不下来，一直算不上是正规军。前段时间镇里的领导到春江开会，参观了鲁开伍的班子参与建设的一个项目工地。听到领导说话带有明显的江黄口音，站在欢迎的队伍中鼓掌的鲁开伍上前一步套近乎，还将手下的人也招呼过来，让他们一起认同乡。这个胆子大、活泼、有号召力的年轻人给领导留下了极其深刻的印象，午饭时几次提到他，大谈江黄有希望，年轻人都这么敢于表现。项目负责人投其所好，找人叫来鲁开伍陪酒。几杯酒下肚，领导摇着头说，外面这些建筑单位搞得风风火火,江黄镇的建筑队却一分钱也交不上来。鲁开伍有心，马上走到领导面前敬酒，小声询问具体情况。领导摆摆手，有苦难言般不愿多说。鲁开伍回去坐下，不大一会儿又起来敬。这一回他直接说，如果我来干，一年给镇里交这个数呢？他张开右手上下掂了掂。十万？领导立刻拉他在身边坐下，问了一些具体问题。第二天，有人来找鲁开伍，将他接到领导下榻的宾馆。除了前一天见到的那位领导，镇党委书记余浩光也在。

“二十一岁，年轻啊，”他感叹，“80 年代的新一辈，说的就是你了。”

听到余浩光说出一句时下流行的《年轻的朋友来相会》中的歌词，鲁开伍放松下来。大概他们已经准备好了用年轻人。

“我十七岁到塔河寺干活，身上只带了四块发糕，渴了就喝凉水。后来我去春江学习造价，两年没回过一趟家。那以后我拉上一帮人搞起自己的队伍，先修厕所，再建私房，现在进入大工地，人手不断增加——可不是什么人都能进我这个班子的，年轻力壮当然好，更重要的是要有头脑，肯吃苦。在我的队伍中，有年轻人，也有上了岁数的叔伯，要管好他们，我就得更有头脑，更能吃苦。不过呢，大伙真正服的是钱，再有头脑再能吃苦，赚不到钱也是白搭。我发到他们手上的钱是实实在在的，他们自然情愿跟我。跟我就只为眼前这点事和利吗？当然不是。我们是绑在一起奔前程咧。什么样的前程？不瞒您说，我要带大伙一起在春江盖自己的办公楼，位置我都看好了，在长江边上。好多人说实现不了，我家老头就总说我好做梦。他们不相信，我相信。歌里不是唱吗，创造奇迹要靠谁？要靠我们80年代的新一辈。我相信我能创造奇迹。”

余浩光笑起来。他与另一位领导耳语一番后，直视鲁开伍：

“好吧，年轻人，你试试看。”

鲁开伍今年二十一岁，齐金才呢，比鲁开伍的父亲鲁水生还要年长几岁，在鲁开伍看来，这本身就意味着胜利。他请余浩光回到镇上后先安排人去家里做工作，坦言齐金才是他父亲鲁水生的朋友，当年他们在一个队做工，如今儿子顶替了朋友，就好像儿子顶替了老子一样，在老一代人那里可能并不是一件容易接受的事。余浩光赞扬鲁开伍胆大心细，是块干事业的料。鲁水生知道这件事后，没有向任何人走漏风声，给何满月与鲁红蓼解释为什么镇上突然来人了，扯的都是些没有影子的事。入夜，他独自坐在堂屋静止的吊扇下抽烟，烟雾覆盖了他的身体，也使他看不清周围。一切像做梦一样。

鲁开伍走马上任之时，天气热起来。满河和沉河今年水量充足，江黄全镇深陷于一种正常的却又是难耐的潮热之中。这种情况下鲁开伍依然选择穿西装打领带。他不时用手抓一下领结，像是在给自已松绑，脖颈上的汗将领口渍成了油印样的黄色。他神态镇定、庄严，与身边手绢能够拧出水来的余浩光一起，在掌声中分别发表讲话。

石秀秀抱着三个月大的毛毛。她抓住他紧握的小手向鲁开伍挥动,小声教他叫爸爸。鲁红蓼的肚子已经鼓出了一只西瓜那么大，她此时见谁家的小伢都高兴，何况是自己的外甥。她侧脸一个劲冲孩子努嘴，逗他看她而不是看他爸爸。万年河站在鲁红蓼身旁。他们同其他乡亲一起站在建筑公司百多人的队伍中。

根据鲁开伍的清点，江黄建筑公司的人数实际上有五百之多，不过人员分散，加上管理不善，逐渐失去了联系。他说，到年底，他要召开一次全员大会,现场发奖金。他心里有数,以往没有资质，他做的都是转过了好几手的活儿，一年都不止十万，何况有资质，至少翻番。人群中爆发出狂热的欢呼声。

万年河左右看看，今天到场的，实际上都是在建筑公司挂了名字却没有活儿干的人，他想起前不久去春江的那一趟，那里已经有那么多人在做事了，还容得下这些人吗？这时候他听见话筒里传出自己的名字。

鲁开伍提起前一天万年河请他帮忙的事。他说走马岗的村长万年河希望他出钱修坝，没问题，赚了钱，修坝、修路、修桥，什么都可以，这里的每个人，村里、家里有什么事，钱全部他出，不要公家和私人一分钱。人群沸腾了。话筒里传出一阵电流受到干扰产生的尖啸声。鲁开伍举起话筒，仿佛也举起了尖啸，英雄一样向大家致意。刘江的儿子刘得松破开人群走到他面前，表示愿意跟着一起干。越来越多的人围上前。万年河匆匆离开了。他感觉到被舍予和同情，也感到被利用。他远离人群，一个人站在建筑公司简易的工房外。这里原是一片荒地，几年前齐金才重组建筑队，镇上无偿拨给他们用了。两间红砖房面朝这片依旧是杂草丛生的空地，外面修了一圈围墙，一辆破旧的卷扬机歪歪扭扭躺在角落。

站在这样的光景之上说大话就不觉得脸红吗？万年河喉咙发痒，吐出一口浓痰。

1-8 大势

1-8-1

人们经过鲁家园林时都会加快脚步。

这里与周遭那些粗粝的乡村景致，嗅得到土腥味的田野、朴实方正的房屋和稀疏的草木那么不同，那么不合时宜，就好像《聊斋志异》里一夜之间冒出来的殷实院舍，不合常情却坚固地存在着，让人看着既欣喜又疑惑。

鲁开伍等不及陈叔出来开门，先行从车上下来，打算走进去。一位赶着黄牛回家的老人同他打招呼，开伍回来了啊。老人拍了一下牛屁股，使它几乎是往前冲着走了好几步。鲁开伍点头的工夫，老人已经牵着黄牛越过了他，背影融入将要靠近地平线的霞光中去了。陈叔由外向内拉开大门，王饶开车带着鲁凌星进入院子。鲁开伍独自走在后面。他背手走到入口处的小径上，走着走着，他在一棵长出杂草的松木盆景前站住，调出陈保焰的电话。

他拨出去，无人接听，再拨，仍然无人接听。

一个多小时后，鲁开伍索性打给陈保焰的父亲陈百味。老人家已经退休，在家里专心致志练习书法。未及开口，陈百味先咳了一声，鲁开伍连忙说，领导是感冒了吗，我正想着去看望您。陈百味说，春寒，没什么大碍，你那个未来城怎么样了？我倒是有兴趣去看一看。

“我让小王去接您。”鲁开伍马上说。

放下电话，他吩咐王饶把书画室打扫干净。

王饶心知这是有大人物要来了。

鲁家园林一度高朋满座，来的都是春江乃至全国各地有头有脸的人物。他们吃罢酒，总要写写画画一番。他们也大都擅长于此，随便划拉几下看起来就很有模有样。而他们的擅长，大概是缘于痴迷。有一次，春江大学的一个教授喝多了，钻在里面画了一个晚上。第二天王饶打开门，看到这位教授平瘫在地，四肢埋进他自己的许多张画里，鼾声欢畅。书画室挂满了这些人随性的笔墨。鲁开伍不再来这里之后，书画室也就成了摆设。不过，卫生倒是每天都在打扫，何嫂做事又仔细又利落，这一点鲁开伍也是知道的，他之所以这样吩咐，只是在提醒王饶，有客人要来了，需要做好接待准备。王饶马上通知陈叔备餐。接着他走进书画室，摆好笔墨纸砚。另一边，鲁开伍打电话给他在春江的司机王亮，要他明天早上八点半去陈书记家接人。

王亮正百无聊赖，领到任务时精神一振。尽管天色已经暗下来，他还是出去给车加满了油，又回到楼下洗车。他吹着口哨做这些事。

谁知道，车还没有洗完，他就接到王饶的电话，告诉他说，鲁总吩咐，第二天不必去接了。

“是换别人去接，还是陈书记不过去了？”

“啧……”王饶咂吧了一下嘴。

王亮不再问了。

鲁凌星没有察觉到气氛有些不对。她四处闲逛，踱进书画室。王饶连忙用手拂了拂铺好的宣纸，问她会不会画画。鲁凌星颇感兴趣地走过去，选了一支毛笔。面对洁白的纸张，她想要找个地方落笔，却有些无所适从。王饶看她一点基础也没有，便从书架上抽出一本新版《芥子园画谱》，刚刚拿在手上，就看见鲁开伍出现在书画室门口。他并不进来，手一挥，要王饶出去。

在王饶往外走的同时，鲁开伍说：“去镇里陈书记家一趟。”

陈百味借口身体不好，取消了明早的行程。身体原因一定不是真正的原因，否则一开始他就不会主动提出要过来，前后不到半个小时，他说话的语气就变了。鲁开伍暗暗琢磨到底发生了什么。他犹豫再三，跟进一条短信试探。他对陈百味说，我很担心领导的身体，方便的话，明天一早我去看望您吧。陈百味再未回话。鲁开伍隐隐感到问题出在这些天一直避而不见的陈保焰身上。

晚上由走马岗到万洲，一路上空空荡荡。鲁开伍的车很快进入市区。待王饶将车开上主干道，鲁开伍却改变了主意。算了，回去吧。他说。他甚至倒下来，横躺在后座上，像睡了一样。王饶从后视镜中看鲁开伍，只能看到他从座位上垂下的有气无力的手臂。

回去就更容易了，闭着眼睛王饶都能开回来。不到二十分钟，他们就又回到了园子里。这一番归去来，在黑暗中穿梭，未曾见到什么人，终了，落脚的地儿也没有动，就好像他们在原地眨了下眼睛。

停好车，王饶看到鲁凌星由屋子里走出来，站在门口的顶灯下。看清是他们，她马上跑过来。王饶替鲁开伍打开车门。鲁开伍脸色阴沉地从车里出来。鲁凌星看着他，想说什么，又感觉没法对这样的鲁开伍说出来，便忍住了。等鲁开伍进了屋子，她拉着王饶来到书画室。

硕大的红木桌上，专供写画的位置上铺着羊毛毡，一幅皱皱巴巴的画摊在正中间。画中人是一位穿红背心的小女孩，手里抓着一只土黄色渗出锈青有个尖角的小东西，正往近旁一棵楝树干上投掷。树干上有一只大大的刻出来的眼睛，好像杨树身上长的那样，小女孩把它当作靶子。

“这个，不是我吗？”鲁凌星掀起画的一角，点着小女孩红色的身子和她手里握的东西，好让王饶看清楚，“这是姑姑地洞里的，姑姑叫它箭头，我拿它当飞镖玩。”

箭头正是铜镞。

“这画你从哪儿翻出来的？”王饶问。

“是我妈妈画的对吗？虽然没有署名，但我知道就是她。”鲁凌星语速极快，由于激动，双目竟透出逼人的凶光，这使得她的问话听上去像是审问，“这么珍贵的画为什么胡乱扔在废纸堆里？”

王饶不为所动。这其实是一幅糟糕的算不上画的画，线条散漫幼稚，造型笨拙，而且还没有画完，楝树的顶端画了一半，小女孩脚下的山岗也只有一两道毫无力道可言的斜线。

“可能是觉得画废了吧。”他平静地说。

接着，他突然往画室外望了一眼，收回目光的同时蹲下来，在靠墙的桌脚下摸索着什么。那里密密匝匝堆着好几摞废纸，都是来过书画室的那些人自己不甚满意，没有最后完成，或是完成了没有加盖印章的残品。很快，他举着两幅叠成一本书大小的画站起来。鲁凌星帮着一起展开它们。画的内容无一例外都是孩子，只不过，其中一个是个男孩。从体形上看，男孩最大，另一幅画中的女孩次之，鲁凌星自认为画的是她的那个女孩最小。他们无一例外都在朝树干上投掷铜镞。鲁凌星保留了她自己习惯的叫法，说：“他们都在玩箭头。”

“你还记得他们吗？”王饶问。

鲁凌星摇摇头：“他们是谁？”

王饶收起画，在鲁凌星还没有反应过来的情况下，迅速将画投进摆在角落的大瓷缸中。缸沿上有只打火机，王饶抓起它，点着画。鲁凌星惊讶地扑上前。

“你干吗？”

“今天你爸爸心情不好，顾不上这边，但是你要是弄得动静太大，就可能引他过来。你最好安安静静看着这些东西消失，就像你爸爸希望的那样。”

“什么意思？”

“我能告诉你的已经告诉你了。”

“我去问他。”

“我一时疏忽忘了处理这些画，结果被你发现了，这件事对我来说罪过太大了，你希望你父亲处理我吗？”

鲁凌星盯着火苗。

烟雾在书画室弥漫开来，晃晃悠悠飘出去。

鲁开伍站在卧室，将外衣脱下来挂在衣架上。他的鼻尖动了动。他这次回来，看到书画室仍然堆着那么多杂物，首先就是那些一无所用的废笔，尽管王饶将它们摞得整整齐齐，但还是太占地方，他让他尽快处理掉。王饶说这些都是名人的笔墨，扔到外面不合适，要处理的话就烧掉吧，但东西太多，一次两次烧完火太大，容易引起误会。出于这种考虑，王饶不定在什么时间，有时候看事情多少，有时候看心情，一次一摞或是几张，慢慢地烧。

这不过是一件平常的事。

鲁开伍放下窗帘，和衣躺到床上。

又有单位惦记走马岗了，虽然只是挂了块办事处的牌子，看样子将万年河哄得很开心。他们这是要搞什么？对于万年河来说，这也是一件很平常的事吧，或者他们另有打算，建立办事处不过是个幌子。征地的事，真正的阻力如果来自于万年河，鲁开伍倒也能理解，毕竟红旗街是他万年河的地盘，谁打主意都有点分他家产的意思。不过，假如万年河只是反对，事情就好办，未来城的预期效益可是压倒一切的力量，只要镇里和区里认，万年河他区区一个村长，也得认，当初鲁家园林的地就是这么拿下来的。怕就怕上面变了风向，而万年河自己又有什么动作，近水楼台先得月，那就不好办了。

现在的问题是，无论哪方面的态度鲁开伍都无从判定。

陈保焰避而不见，鲁开伍一冲动去了万洲，终了还是没有冲进陈保焰的家里。这可是大忌，幸好他悬崖勒马。

另外，他已经不能像从前那样与万年河无话不谈了，所以他不能跑去问他，也不能问万年河的媳妇鲁红蓼，他的亲妹妹，他知道，他们现在都在极力避免与他碰面。这种情况下他老老实实待在春江就好，却偏要找上门来。十几年了，他将鲁家园林交给王饶打理，他彻底搬离。他早就在春江落户，不回来没有任何问题，却不想，一听到女儿鲁凌星的计划，他便立刻回到江黄，回到走马岗，回到红旗街，野心勃勃地想要帮助她实现梦想。他下意识地认为这件事只能在江黄做成。而在他的下意识中，他的不甘，他的侥幸，他的自欺欺人又占了几分？

要一切都像没有发生过一样是绝对不可能了。

鲁开伍坐起来，打电话给鲁凌星，问她在哪里。

鲁凌星在烟雾散去的书画室胡乱画着。墨汁蘸得太多，太过用力，毛笔在纸上一画一个洞，她就再换一张纸。鲁开伍打来电话时，她已经换了三十多张纸了。要不是这样，她哪里能做到接电话时语气平和。

他说，你把方案带上，我们再聊聊。

鲁凌星说好，我在书画室。

鲁红蓼带着万无题和一个琢磨了一路的念头落地春江。

下了飞机，她先打听鲁济安的情况。金刚说，鲁济安意外去世以后，第二天就由鲁开伍出面安置了，还说政府也赔了钱。说来说去一直不提鲁济平，可见是没有回来。鲁红蓼也就不再问了，内心悄悄黯然下来。但她装作一点也不上心的样子，转而说起她的打算。她似乎永远懂得怎么做到朝前看。她将自己的想法说与金刚，说她在香港看了历史博物馆，跟她早年在北京去的那家博物馆差不多，她想比着建一个小的，事实上她已经有了一个更小的，就是她那个地洞，所以，她要建一个小的，只需将她那个现成的更小的扩建一下就成。万无题这时插话道，目前在万洲仅有一家博物馆，而这独有的一家，却因为资金问题，馆内温控、消防、安保措施不能保证，到现在还没有完全开放。鲁红蓼代万无题解释说这是他在网上查到的。

“这事做不做得？”她最后问。

金刚开车专程来接他们，一路上，他沉默寡言，只聚精会神盯着前方的路，直到他将车开上红旗街，窗外掠过一盏盏亮堂的路灯，眼看就要到家了，他才突然点头说，我看做得。

鲁红蓼心里踏实了。与万年河谈起时，事还没说，她就先把金刚搬出来，说她已经问过姑父了，姑父觉得这事可以做。这一套对万年河很管用。他渐渐地越来越尊重金刚，尽管金刚仍然表现得像个副手，万家有什么事他都随叫随到，有时是不叫自到，但他对各种看似不重要的琐事的承担，以及自身所具备的在关键时刻总能把路走对并且走得快的神奇能力，使他早就成为万家一个不可缺少的角色。万年河埋怨鲁红蓼前一天晚上不说，那样的话就不让金刚回去了，住下来，几个人聊一聊，这事就能定下。

“说起来，我跟年河结婚前头脑里就跳出过这个念头。”

第二天，鲁红蓼、万年河、金刚和万云朵围坐在万云朵铺满文件的方桌前打商量。屋后的满河日渐充盈，渡口有船只靠岸，传来嬉笑声。万年河起身关上门，桌前的气氛立时更严肃了，像是在进行一场具有危害性的密谋。鲁红蓼瞪他一眼，责怪他总是小心翼翼。

万年河接起鲁红蓼的话：“以前的念头没落实的就都不算数，不用浪费时间再说。”他想起鲁红蓼是在去北京见过鲁济平后，回来提到“博物馆”这三个字的，他不喜欢这个渊源。

万云朵惊呼：“这时候才正当时啊。”

她反手整理了一下有些松弛的发髻，接着挺了挺上身，做好了发表长篇大论的架势。

“2001 年九届人大四次会议……”

她从这次会议将“完善文化产业政策，加强文化市场建设和管理，推动有关文化产业发展”纳入“十五”规划讲起，谈到 2009 年国务院会议通过了《文化产业振兴规划》，一直说到现如今，2011 年，中国文化产业进入“十二五”第一年。

“开始了新一轮更为健康的增长周期。”她说。

万年河听见文件内容就头疼，晕晕乎乎什么也没听进去。

金刚却在万云朵讲完时立刻表态：“听她的，不会错。”

鲁红蓼不大懂：“这跟我建博物馆有什么关系？”

金刚说：“觉知书院和塔河寺年头上就开始动了，老东西全部整成新的，旁边还要建街市，是要做成什么……”

“前一个是儒家文化旅游项目，后一个是宗教文化旅游项目。”

万云朵带着顽皮的自傲摆了摆头。

“噢对，”金刚说，“听见没有，文化旅游。”

“这事我知道，”万年河说，“觉知书院项目的启动仪式我在现场，那天舞狮队也来了，热闹了一个下午。”

“你那事跟这事一样一样的，都叫文化产业。”万云朵用皱皱巴巴的食指点了点鲁红蓼。

鲁红蓼站起来，推开门：“闷死啦。”继而转身，说，“你们说的那些我不懂，我只知道现在我要搞这个事情，我已经想好了，把鲁湖村那套房子改一下，换个门头，制张匾，写上……红蓼博物馆，对，就叫红蓼博物馆……”

“不知道的还以为里面有数不尽的红蓼花呢，东边的、南边的、西边的、北边的、干的、湿的、活的、死的。”万云朵调侃她，又马上转入正题，说，“上面给拨钱的啊，有什么关系，关系大了去了。”

“可是我听无题说，公家自己建的博物馆都没钱，他们又从哪里变出钱拨给我们？”

“大势摆在那儿，今日不拨明日拨，明日不拨后日拨，总要拨的。”

“我可不想每天巴巴望着，上面不拨我就不搞了？”

“搞啊，不过如果有耐心的话可以搞个大的。”

鲁红蓼看了看万年河。

万年河代她做了决定：“名字这事得找高人起。”

“高人高人，就没见哪个起个名字叫无题，你找的高人，别个给起的，还不能不用，再莫提这事。”

“你懂什么，无题那个伢要是不叫这个名字，是非更多。”

万云朵叫他们不要吵了。金刚站起来，去灶房端了碗油炸小鱼过来。嘴里嚼上了东西，四个人一时安静下来。

1-8-2

有人问服务员有没有伞，看样子要下雨了。

这人问得急切，嗓门不高，但打着战。这特殊的动静使我抬起头来。一瞬间，窗外跑过一个女孩，转眼工夫就跑到斜坡最高处去了。那里正停着一大片灰色的云，小孩子跑过去就消失了，好像跑进了云端。服务员说有。我马上对她说，我也要一把。

雨下得并不大，而且是阵雨，我将手里的伞收了撑，撑了收，时间就这样被消磨掉了。我慢慢走回酒店。疲惫之时，小画家打来电话问我情况怎么样。我说台北跟几年前比起来没有什么变化，整个城市看不到多少更新，处处都是原有之物在时间中变得陈旧甚至腐朽的痕迹。说完我意识到这也算变化之一。他说他不是问台北。我当然知道他不是在问台北。我说，除了台北，其他的我现在不想谈。他说，如果我告诉你，鲁凌星其实有两个同父不同母的兄弟姐妹呢？我想起刚刚看完的书稿中，那两幅被王饶烧掉的画中的男孩女孩，动手前王饶问鲁凌星，你还记得他们吗？

小画家说，不要问我是怎么知道这些的，事情远比你想象得复杂甚至血腥。

我刷卡进入房间，坐到床上。

房间很小，光线昏暗。我因为小画家提到“血腥”二字而有些害怕，起身拉上窗帘，打开每一盏灯。小画家默默听着我的动静，问，你难道不感兴趣吗？见我依然默不作声，他代我回答道，你当然感兴趣，否则你去台北干什么？去看赵佶的画？拜托，它们会永远待在那里，你又何必在这时候过去。你是为了见鲁凌星的父亲对吗，见他是为了他的那些藏画对吗？除了鲁凌星他没有别的孩子了，他还那么对她。他老婆也死了。你只要俘获他就能得到他的全部，对吧？可是……小画家笑起来，他那些画全都没了，全烧了，真是个变态，疯子。你又何必煞费苦心。

我笑出声来，笑得比他还大声，笑得喘不过来气。

赵佶的画会永远在那里？在哪里？永远有多远？一个现实中的人，却说着某物的状态和所在都将一成不变的浑话，真是可笑。小画家离开我去了鲁凌星那边真是我的福气。我挂断电话。

我知道所有秘密都会在书稿中揭晓，又何必从小画家自以为是的揣测中打听什么。我也没有必要将他那一套对我的臆断听下去。

这时，又一个电话打进来，我一看，是鲁凌星。这两人，你方唱罢我登场，还真是般配啊。我接起电话，准备羞辱她。她却说，我能跟你谈谈吗？谈什么？谈你是怎样把我男朋友变成你男朋友的吗？我冲她发火，那个蠢货，我谢谢你带走他。

“不，我想谈谈我的父亲。另外，我同小画家已经分手了。”

鲁凌星算是在雨下得最大的时候找上门来的。

她打了一把手柄伞，但完全不管用，腰部以下全湿透了。我从衣柜里找出一件浴袍，递给她，让她先去卫生间清理一下。在她清理的过程中，我听着哗啦哗啦的水声，想起小画家对她闭塞的性器官的描述，不禁可怜起她来。也因为想着这些的同时，她近在咫尺，使我产生了偷窥般的激颤和羞愧。不一会儿，她裹着浴袍出来了，头发湿漉漉披在肩上，被她拢到一侧，姿态性感得像只午睡时分醒来的小猫。她的脸颊因为受到热水的氤染而泛起红晕，显得多情而暧昧。真是个尤物，难怪小画家会动心。

鲁凌星走到我的身边，坐到靠窗摆放的另一张靠椅上，慢悠悠伸出腿，搭在床沿上。但她很快收回腿。她的腿抖得厉害。

“对不起，”她说，“我试着放松来着。”

我将冲好的咖啡往她那一侧推了推。她端起来，又马上放下。她的手也抖得厉害。

“对不起，”她说，“见到我父亲后，我总是这样，可能需要整整一个晚上才能恢复。”

就这样，她同我讲起她的父亲来。

假象，从前你看到的都是假象。她谨慎地以这句话开头，告诉我说，之前她来找我，看起来气势汹汹，实际呢，内心紧张得要死。她撂出狠话，说誓要找到画家，其实只是想解决一个困扰了她多年的问题：她的母亲到底在哪里？——而我此前还以为，就像画家以为的那样，她特意从柏林赶回来，纯粹是为了那些藏画。她说，在她六岁那年，她的母亲突然不见了，画家告诉她说，她的母亲去探望她自己的母亲去了，很快就会回来。结果，一直到她大学毕业，她的母亲都没有再出现过。那时他又跟她说，他们早就离婚了。那一年她跟着画家回老家建未来城。她向我解释说，未来城是她的毕业设计，画家听说后认为完全可以帮她变成现实。这样她就回到了江黄。她在那里的记忆就像是收起来的一把折扇，重叠起来，只有一只手指那么宽。但是，一旦她在那里住下来，接二连三遇到一些人，她的记忆之门就被打开了，一幅完整的画呈现出来，点点线线让她看得清清楚楚。王饶猜测，她的母亲被画家藏起来了。他们正要联合起来去找，画家却连夜遣散了家丁回到了春江。

这时，她停了下来，似乎后面的事情不便说那么清楚。她犹豫了一会儿，说，那段时间他让我帮他办过好几张身份证，以应对不测。再后来他就不见了。当他以艺术家的模样重新现身时，他臆想我的目的是他的那些藏画，连见都不见我。事实上你看到了，我也不敢见他。我到处查他的踪迹，通过一些记录研究他的习性，可是，多少次了，我离他那么近，只要走上前说一声嗨就好，就能问出我想问的那个问题。但我根本做不到。我找人陪我，我出现在你们面前其实就是想制造声势。可我一看见他就浑身发抖。关于他和我母亲的故事，加上我与他长期的分离，使我成了一个惊恐症患者。

“我的心理医生认为，”她继续说，“我在以可怜博取照顾，我的生理缺陷是身体顺应意识的结果。然而到头来并没有谁在真正照顾我。”

小画家一旦了解到她父亲有那样一批藏画，就从夸张的自我陶醉的奉献者的云端掉了下来。这次他们一同来到台北，小画家一直无视她的感受，一再强调，这一次她必须与画家相认，如果不行，就由他来。她因为感受到小画家的激进，就告诉他，那些画全被画家烧了。她说画家是一个疯子，千万不要招惹他。她还给他看了画家留给她的字条，并通过手机上网查出火灾发生后的新闻报道。

“于是，他马上离开了我。”她说。

说完这些，她似乎好多了，身体不再抖动。她端起咖啡轻轻抿了一口，告诉我说，这些话她本来应该同心理医生讲，但现在太晚了，她的心理医生关机了，而她第二天一早还要赶飞机，她必须尽快平静下来。她问我能不能留下来过夜，她已经精疲力尽，没有力气回到自己的酒店去了。

我还在消化她的话，我有点蒙，感觉一切真假难辨。

但我还是指了指床，让她尽量往里面睡。她二话不说就爬了上去。我坐在靠椅上，手边还摆着画家的书稿。直到现在我才想起这份书稿来，幸好没有引起她的注意，不然……不然会怎样呢，我想不出会怎样。我的想象力不及现实这座大山的一毫米。

我藏好书稿。

第二天，当我醒来时，鲁凌星已经不见了。

她的那些话就像我的一段梦一样。但是她穿过的浴袍还在那里，她的雨伞也忘记了带。我拉开窗帘，发现外面已是晴空万里。

2-8 何行

2-8-1

根植于土地的事并没有什么超出想象的变化，春播秋收，每一季都是一季的模样，一切都是熟悉的，因为重复，就连其中的消失与新的生长也毫无新奇可言，完全没有办法引人注目，类似走马岗的菜地减少了，稻田增加了，除了万年河，很少有人能够看到一样。算上金刚和老蔡，加上村委会一些干部，整个走马岗将这样的变化看在眼里的，不到十个人。

与此同时，建筑公司的事业风生水起，人们几乎奔走相告。

鲁开伍如约为镇里奉上了十万块钱，此外还上缴了六万多块钱的税。年底，他给每位职工都发了红包。红包有大有小，最低五元，最高五十元，两头少，中间多。差距使人们暗中较劲。

越来越多的外村男人托关系要进建筑公司，成与不成，往往要等两三个月才能等到消息。一方面是因为想进的人太多，筛选有个过程。更重要的是，话要递给鲁开伍并不容易。鲁开伍太忙了。有些是正事，拉业务跑工地。有些是破事，比如打官司。过去的一年多的时间里，建筑公司的官司打了一个又一个，简直没有尽头。

1987年的最后一天，鲁开伍将第十六张传票扔进抽屉。

这十六张传票告的是公司里的七个包工头，他们拿了工程款就消失了，其中一个人身上背了五笔款。此人能力强，揽的事多，却也贪得最多。鲁开伍嫌律师费太高，其他人他又不放心，他便亲自处理这些事。他发现在钱的问题上他还是看不透彻，对付不了敢于作奸犯科的老滑头。打到第五场官司，鲁开伍成了法律专家。在接下来的十场官司中，他花费的精力却并没有减少多少。他的脾气越来越大。好在第十六张传票与第十五张传票在到来的时间上产生了比较长的一段间隔，不像前十五张，一股脑砸过来，看准了他是个软蛋似的。局面基本稳定住了，鲁开伍也彻底厌烦了，不想再管这方面任何事情。他找到打官司时在法院认识的一个律师，聘请他做公司的常年法律顾问。春节过后，恰恰是这位律师提供了一条重要信息，春江市科委要建新办公楼。鲁开伍以这位律师为突破口，押上巨额咨询费，一层层疏通关系，耗时一年接下这一江黄建筑公司成立以来遇到的最大工程。这一下，之前伤筋动骨的一桩桩，就像被人涂了愈合的膏药，所产生的痛苦被神奇地抹平了。

几十万响的鞭炮炸得工地上硝烟弥漫，鲁开伍眼里滚出泪花。

春天到来的时候，鲁开伍作为江黄镇重点乡镇企业的负责人受到了市领导陈百味的接见。这也是他自童年，在奶奶张银妮昏黄的油灯下瞥见过陈百味后，第一次与这位神秘的领导，父亲鲁水生儿时的伙伴正面接触。

鲁水生得知鲁开伍要去参加的大会竟然有这道程序，交代他到时不要提自己。

“人家是大领导啦。”他说，“以往不交往，现在就更不能交往。”

“说句话就是交往啦？”鲁开伍敷衍道。

“莫让别个感觉我们在攀附。”

鲁开伍并不听鲁水生的。老头子哪里知道他在外面做事业有多艰难呢。就拿春江市科委的项目来说，如果一开始就有陈百味这样的大领导撑腰，哪会折腾一年才有结果，并且还是被扒了不知道多少层皮的。往后想做更大的项目，市场重要，市长也重要，从某种意义上来讲，甚至更重要。他这次回来，恰恰是为了同余浩光商量，到时候他去春江开会，如何才能在陈百味接见之余，与这位大领导攀上关系。

请客吃饭，余浩光说，这是一切关系的发端。问题是，究竟要找个什么由头请客吃饭。鲁开伍说，陈市长是江黄人，我们搞一个江黄人聚会如何？

事情谈妥后，鲁开伍顺道回鲁湖村看望老人和孩子。鲁水生谨小慎微的样子让他瞧不起，鲁湖村阴冷的天气也使他精神不振，他打算当天就返回春江。石秀秀想跟他一起走。爸妈怎么办？鲁开伍问。他粗暴地终止了这个话题。石秀秀怀中的小伢在她起伏不定的胸间扭动起来。鲁开伍接过小伢，高高举起，逗他笑。蛋蛋，蛋蛋。他唤他的乳名。石秀秀埋怨，都三岁多了，还蛋蛋，蛋蛋。鲁开伍抛累了，将蛋蛋转给石秀秀，说，急什么。

一个月后，鲁开伍从陈百味那里讨到四个名字。

这一天来了十个人，与江黄镇多少有点关系的市里县上的领导都聚齐了。余浩光直夸这个主意好，称之为江黄会。他要求对闲杂人员保密，不然会被人当作拉帮结派，尽管本质上就是这样。还在会议期间，他们上下贯通，在距市委不远处的明月酒家，鲁开伍做东宴请从江黄走出去的春江在职要员。这并不是一件容易的事，一来各位领导不好约，鲁开伍试着首先确定职位相对低一点的人员的时间，三个人三个时间，对不到一起去。余浩光教他，这事应该自上而下。鲁开伍请余浩光出面，余浩光又请李春木出面，请他婉转道出鲁开伍是陈百味童年的伙伴鲁水生的儿子。听到鲁水生的名字，陈百味略一回忆，答应了。再去协调那三个时间怎么也凑不到一起的市、县官员，果然没有问题了。

以为就此万事大吉，却不想，一夜之间春江刮起涨价风，人们闻风抢购，以至于明月酒家无法买到足够的原材料。鲁开伍调遣十个手下去春江市各大市场，所见均是人仰马翻，一片狼藉。无奈，他又命他们连夜返回江黄，直接从农民手中采购。最后摆上桌的二十道菜虽非珍馐美馔，却因来之不易而更显心意。索性规矩也是江黄的，先上六盘凉菜，金刚家的八眼藕赫然在列。此时存货已是晚藕，色泽呈淡赭色，拙朴诱人。接着是十二道热菜，有何满月自制的腊肉，搭配鲁开伍手下在鲁湖村田间私薅的小香葱。此人还沿满河走，购得河边一老翁鱼篓里最大的一条鳜鱼。两道汤咸的是铁线村养鸡场出品的土鸡加上草药炖出的滋补汤，甜的是江黄人人家里都会做的米酒汤圆。江黄会，连食材都是江黄的，陈百味带头称好。他拿没有到场的李春木开玩笑说，他这个主抓商业和农业的副县长还不如一个平头老百姓，三下五除二就解决了吃饭问题。

“他现在可是焦头烂额啊。”他说。

鲁开伍已经记不起李春木是谁了，看到余浩光列出的宴请名单，问过李春木的经历后才对上号。当年李春木下乡住在隔壁鲁杨家，鲁开伍一家不同鲁仗、鲁杨家来往，对住进鲁杨家的人也就敬而远之。时间过去了这么久，鲁开伍只依稀记得有这么个人，却想不起他的面目来。但这并不是今晚的主题。鲁开伍像所有到场的官员一样，将心思集中在陈百味身上。

陈百味从主席台上走下来走到群众中间的样子着实令鲁开伍感到错愕，他唯一能做的就是与其他人一起拼了命地恭维他。无论陈百味说出的话好不好笑，鲁开伍都夸张地干笑着。在座的每个人都能找到一个可以夸赞陈百味的方向，陈百味置身其中，就好像眼睛闭起来享受微风拂面，状态惬意，毫无距离感。如此放松的情况下，鲁开伍不由自主提到父亲鲁水生，想要与陈百味的关系靠得更近。出乎意料的是，陈百味充满深情地讲述起故事来。并不是鲁开伍知道的那些——陈百味前往鲁湖村调查情况，解救鲁水生——类似的事情陈百味做过太多。他感兴趣的是觉知书院，三个孩子同一个女人，在那里，他们身穿稻草衣，差点被冻死。而他们费力挖出的地道明明通向院外，却无一人想过要逃走。

“兵荒马乱，逃无可逃。”陈百味感叹道。

鲁开伍举起酒杯，借着涌上眼眶的眼泪，情感逼近到至亲的高度，叫了陈百味一声叔。陈百味落座后第一次站起来，扬起脖子饮尽了杯中酒。

其他人没有想到鲁开伍的父亲与他们敬重的春江市副市长陈百味还有这样一层生死关系。原本他们以为，这场酒局不过是鲁开伍用钱搭梯子罢了，如此看来，也算是一开始就具备了一点平衡的条件。一时彼此更加亲热了。余浩光还让开座位，要鲁开伍坐到陈百味身边去。

鲁开伍并不推让，坐下来后不时与陈百味头促头，俨然一对感情深厚的父子。他伺机提出请陈百味为他儿子起个响亮的名字。陈百味摇头说，响亮即锐，不可长保，含藏收敛才是处世之道。鲁开伍听出陈百味并不拒绝，便不管这些道理，一味附和，送上鲁水生排列的家谱中孙辈的那个字，木。陈百味微微一笑，举起酒杯，招呼大家说，来来来，喝起来。众人跟着吆喝，杯盏碰得叮当响，却又见陈百味环顾四座，似有话要讲，便端正行为，做倾听状。

陈百味顿了顿，说，此情此景让我想起一曲。大家听了，以为陈市长来了兴致要唱歌，谁想到，他吟诵道：

> 人生百年有几，念良辰美景，休放虚过。穷通前定，何用苦张罗。命友邀宾玩赏，对芳樽浅酌低歌。且酩酊，任他两轮日月，来往如梭。

好！众人齐齐鼓起掌来。

陈百味这才转向鲁开伍，说，就叫鲁木良吧，良辰美景是为圆满天象，可遇不可求，先天而天弗违，后天而奉天时，若得天地造化，总会先人一步。以后要是有条件再生，可以顺着这几个字叫下去。

一年后，鲁开伍的二女儿鲁木辰出生了。交罚款的时候他对工作人员说，我再多交点吧，后面还要生两个呢，最少两个，名字都取好了。

这孩子不是石秀秀生的。

石秀秀因此要跟鲁开伍离婚，一分钱不要，只要儿子。鲁开伍不同意。石秀秀的娘家人，连同鲁开伍的师傅石家林浩浩荡荡地来鲁家谈判。石家林离题万里，一直念叨鲁开伍踢开他单干的事，还将齐金才也扯进来，说齐金才与鲁水生那么好的兄弟，鲁开伍不敬也就罢了，说斩就斩，实在是狼心狗肺。

众人面目凶狠，幼小的鲁木良却不知道害怕，大人的腿就像一片小树林，他在其中跑来跑去，不时扬起头观察被他摸了脚后跟后，那些人的反应。石秀秀叫他回到她身边去，他不干，跑几步回头看她一眼，做个鬼脸，跑出了院子。一个人躲在院墙外晒太阳的鲁水生叫住他，蛋蛋，来。鲁木良不理他。石秀秀跟他讲过，他的名字叫鲁木良，谁叫他蛋蛋都不要应。鲁水生侧身在墙上敲烟杆，吓唬他说，不听话敲烂你的头。鲁木良头也不回地往山岗上去了。

太阳落山前，一行人拖着影子陆续走出鲁家。最后一个走出来的是石秀秀。她站在门前唤鲁木良。她自己打破规则，叫起他的乳名来。蛋蛋，蛋蛋。隔壁鲁济安家屋顶上升起炊烟，鲁木良站在山岗上盯着那白色的虚恍之物，一步步靠近，想要抓上一把。母亲悲伤的呼喊声使他意识到自己需要尽快回到她身边去。哎！他回应她。石秀秀倚在门上哭起来。鲁木良跑下山岗，来到母亲身边。石秀秀蹲下来，用力抱紧他。他像一只羊羔一样收缩肌肉，四肢僵直。石秀秀用沾满眼泪的脸颊碰触他红红的脸蛋。

“哎呀，我儿太小了，以后怕是不记得我了。”

她放开鲁木良，站起身，望了一眼在远处等她的人群，垂下头跑起来。

鲁木良跟紧她。眼看渐渐跟不上了，他停下来，木然地看着她。

“妈！”他大叫。

她没有回头。

2-8-2

鲁开伍的第二个老婆叫陈宝月，那个说话轻柔的出纳。

她并不是他们公司的出纳，是他在与其他单位结算时认识的出纳。他喜欢她安安静静有序工作的样子，看上去娟秀，恒常，高不可攀。石秀秀那类乡下女人呢，嗓门大，动不动撒泼，轻易改变态度，骨子里畏惧和崇尚男权，对男人好到低贱。万种感觉鲁开伍形容不出，只汇作一种心意，石秀秀轻，陈宝月重。加上他需要陈宝月做内应，就总带些小玩意儿讨她欢心。有时候是几只擦得锃亮的苹果，有时候是两盒桃酥。还有一次他暗中招呼她到外面去，从身后捧出一团用报纸裹得严严实实的东西，一层层打开，味道越来越重，竟是一碗臭干子。关键时候他也出手大方，待到她生日，他将一条金项链塞进手套，好像那只不过是一份普通朋友间的小礼。她第二天问他，你就不怕我将手套转送给别人或者不小心丢了？他轻描淡写，没关系啊，马上过年了，我再送你。她虽然是城里人，却是个普通人家的孩子，看重实在的好处。不过，真正打动她的并不是这些小恩小惠。从她手上过了多少鲁开伍公司里的钱她最清楚，自然了解他的身价。她还看出他并不是只向她一人施好处，他们公司的钱总是优先结算，这可不是搞定一个人就能办到的。这个脑壳灵活的乡里人，戴一副亮晶晶的眼镜，收拾得越来越体面，行事上也豪气，干什么都一副志在必得的样子，比城里人还像城里人。比如在男女关系上，陈宝月稍一表现出对他的好感，他便步步逼近，昂着头，雄狮一样将她踏在脚下。她细腻的皮肤和略带冷酷拘谨的表现使他感到新鲜。他像摆弄木头一样一刀一刀刺向她，使她在激烈的触感中渐渐炽热起来。她第一次对他说出“爱”这个字时，内心已经将钱、背景，他的五官、姿态都舍弃了。她单纯爱他强大的占有欲和桀骜的攻击性。她辞去工作，死心塌地跟他了。

在江黄，很快，人人都掌握了这条消息。到底上了城里女人啊，男人们暗中咂吧嘴。这个财会中专毕业的城里女人现在是江黄建筑公司的重要角色。生下鲁木辰后，她做的第一件事就是帮助鲁开伍从复杂的经营关系中独立出来。

她在鲁开伍又一次转钱出去，只因财政局局长的一句话，借条也不打，甚至不与她这个主管财务的副总经理通气时，耐心劝说他尽早解决掉“两权”问题，不然公司办得再好，也禁不住镇里这样肆意取钱。鲁开伍连连摇头，笑话陈宝月根本不像管公司财务的，活脱脱一个只盯着自家锅底的小媳妇。他问她，你看到出，怎么就看不到进呢，这些年光是免税这一块就省下多少，出去谈项目，公家名头也好听，容易取得信任。陈宝月埋怨鲁开伍被这些微不足道的保护捆住了手脚。受到保护就得交租子，这样转来转去，将来能原地踏步就已经阿弥陀佛了。想想看，如果公司赚得多，讲信誉，以上问题还是问题吗？这当中最大的隐患是，如果伺候不周，镇里随时可以一纸公文就让你卷铺盖走人，说到底，公司不是你鲁开伍的，想想看，齐金才就是个例子啊。鲁开伍一时被说动了心。但他有一种不好的感觉，似乎脱离了政府，就好像脱去了衣服，人也就变成了鱼，赤条条在大河里游，风波乱石和比你更大的鱼，随时都有可能要了你的命。他因此迟迟没有行动。

到了第二年夏天，一个总造价七百万的项目，鲁开伍跟了大半年，被项目单位质疑创造力和活力，直言，你们还是放弃吧。陈宝月借着这件事教育鲁开伍，说你醒醒吧，国营企业都在“破三铁”呢，你这乡镇企业不要破点什么？她见鲁开伍还在犹豫，推他一把，好像要将他打醒，说，你不是还想在春江盖自己的办公楼吗？这样下去别说十八层，一层你也盖不起来。

镇政府大院正在修门楼，左右两侧各立一座脚手架。陈宝月开着鲁开伍的黑色桑塔纳穿过江黄街晒得发烫的水泥路，停在距门楼十多米远的地方。脚手架上的工人都停下来看她。她穿一件蓝色格子紧身裙，双臂裸露，雪白的手掌搭在眉毛上，投在脸上的阴影使五官的线条变得越发柔和。她提起裙角小心走过被脚手架挤得只剩下窄窄一条道的门楼时，有人轻浮地吹了一声口哨。她抬头看了那人一眼，伸手抓住脚手架，猛然摇晃了几下。脚手架上站着的两个人吓得立刻蹲下去。陈宝月头也不回地进了院子。

余浩光已经坐在会议室等她了。他们谈得很顺利。镇里到处等钱用，余浩光说，买断可以，条件有两个，第一,八十万，第二，公司注册地永久在江黄。陈宝月眼睛都没眨一下。她从包里取出鲁开伍的委托书和合同,当场要同余浩光签字画押。余浩光汗如雨下。

“太热了。”他说。

他起身轰赶一只鸟。那是一只杜鹃，恰在此时飞来，停在落满鸟粪的窗台上啄纱网。那一层裁剪得歪歪斜斜的绿色纱网用图钉钉在窗框上充当纱窗，已经被其他什么鸟啄破了右下角，露出一个乒乓球大小的洞，眼看着这个洞又要被杜鹃啄得更大，余浩光张开手臂挥了挥，赶走了它。

“哎呀，蚊子全进来了。”

坐下前，他到门口拉了一下吊扇绳，要吊扇转得更快，以便驱赶蚊子，让它们不能落到身上来。吊扇转成了一团无骨的缥缈之物。陈宝月说，这样吧，合同今明两天之内签的话，我们赠送一批空调，把纱窗也给你们装好，价值十万块。余浩光肥胖的手掌轻轻对拍了一下，表示赞叹。他说，镇里小学校维修校舍，如果你们能再捐助一些，这事现在就可以定下来。

陈宝月揣着盖了章的合同从镇政府大院出来时，两侧脚手架上的工人仍要偷偷看她，却没有人再吹口哨。

鲁开伍站在鲁湖村的山岗下等着她。

来的半道上，陈宝月同鲁开伍发生争吵，担心他变卦，她便将他赶下车，要他不要管这件事。鲁开伍只好走回老屋等着。看到两位老人都不在家，他这才想起此时正是收早稻的时节。从春江一路过来，他见到一些俯身于稻田忙于收割的人，但一是数量不多，二是他心里有事，就忽略了。他去田里找鲁水生和何满月，走得一身汗。天太热了，头顶上没有一片云，大地收紧，脚踩在土路上嘎嘣响，尘土飞扬。鲁开伍看到鲁水生跟何满月站在烈日下，露出的胳膊和腿漆黑，脸上的皱纹就好像汗珠滚出的路径，深刻到让人担心如果再深下去，整张脸就会四分五裂。他们一镰一镰有节奏地割下稻子，动作像受到控制一样连贯和准确。鲁开伍叫他们别干了，这点粮食能干什么呢，累死累活的。

“你们看看周围还有谁？有几个人？”他一直想让他们搬到春江去住，他们不愿意。

鲁水生自鲁开伍在春江宴请了陈百味后就不怎么搭理他，又经过他与石秀秀离婚一事，越发觉得这伢没救了。他头也不抬地干活，随便鲁开伍说什么都无动于衷。何满月冲鲁开伍使眼色，要他不要再说了。她故意放慢速度，与鲁水生拉开距离后，招呼鲁开伍来到身边，问他两个孙子在哪里，怎么不带回来。鲁开伍说回来办点事就走，带上伢不方便。何满月叹口气俯身继续割稻子。鲁开伍一个人回到老屋，在堂屋里坐了一会儿，又偷偷去鲁红蓼的地洞转了一圈。他居然在地洞里发现了那套早就被自己忘记的刻刀。这使他心情好起来。最后，他由岗上走下来，刚站到路边，就看见陈宝月向他飞奔而来。

黑色桑塔纳是辆二手车，本来就老旧，来乡下颠簸后就更显邋遢了。这是陈宝月的主意。就是要开辆破车，很穷酸的样子，这样镇里才不好开高价。鲁开伍预备的最高心理价位是两百万。陈宝月大获全胜。她开着她的道具从远处驶来，只见轮胎和引擎盖大幅度跳上跳下，好像随时都有可能与它们不怎么结实的身体分离。眼看陈宝月离自己越来越近，鲁开伍心里直打鼓。这下到底是完蛋了还是解脱了，或者，它们其实是一个意思？

陈宝月将一只胳膊伸出窗外，兴奋地上下挥动。

鲁开伍将情况猜到了十之八九。

此后短短一年间，鲁开伍的公司一连接下两个项目。

在某次打通关系的过程中，鲁开伍受到暗示，托人找到一位收藏界的朋友。此人姓何，名坚，生得端正厚重，耳朵尤其大，说话不紧不慢，颇有佛相。从他那里，鲁开伍购买了两幅名画分别送给不同的主管领导。后来他发现，无论懂不懂行，领导们收字画收得都很开心。这算是指了一条道儿给鲁开伍。原本他一要找领导帮忙就为难得不行。领导们见多识广，一般的东西很难入他们法眼，他们也不缺钱，非要说缺吧，缺的是大钱，这无疑是个无底洞。送字画可谓另辟蹊径，文雅，高深莫测，特别是把渠道摸透后，实际购买价格能比市场价低出不少，省钱又有面子。除此之外还有升值空间，送给谁，除了送出的是一份美和相应的货币价值外，还附加着希望，给人以更大的盼头。

借着送礼的不正之风，鲁开伍一头扎进了艺术的海洋。

他首先在何坚的介绍下认识了画家魏严玉。

魏严玉已经七十岁了，自身就是一部近代史，吃过很多苦，但也磨炼了他，使他的画风有一种“回看射雕处，千里暮云平”的沉静与开阔。但他却是个小气的人。他在春江艺术界地位很高，画卖得也就贵。鲁开伍同他交上朋友后，一直想寻求“友情价”，却一次也没有成功。有一天，他同何坚去魏严玉的画室喝茶聊天，不多时来了一位女士，说笑间竟逗得魏严玉当场挥毫落纸，最后还将画赠予了她。

赠予！

那幅画虽小，价值也有几千块，竟然白送了。鲁开伍连忙凑上前想蹭一幅，魏严玉大手一拦，笑道，喝茶喝茶。

到魏严玉处参加雅聚的女士从来没有断过，有老朋友也有新面孔，正与鲁开伍热络联系的一位张姓女子就是在这种场合下同他认识的。她是个文化记者，有事没事总往鲁开伍的呼机上发送诸如“想念是飓风都吹不走的云”之类的话，好几次差点被陈宝月发现。鲁开伍被她撩得连着一个多月总往她家里跑。这类女人后来见得多了，鲁开伍就变得持重了一些，老朋友见面还聊几句，新面孔基本不主动搭腔。这个获得魏严玉赠画的女人就是新面孔，长相也算艳丽可人，但在魏严玉那里走马灯一样来来往往的女人当中，她算不上有多出挑，却不想，正是她于巧笑倩兮间，哄走了铁公鸡魏严玉的画。鲁开伍不得不多看了她几眼。何坚很快打听出她的底细，却原来是个护士，名叫蒋蕾，家资平平，住在沿江一带老春江的地盘上，中专学历，年方二十六，尚未婚配，是魏严玉近来去医院理疗时认识的。

鲁开伍一直记得她撑着下巴抬眼扫视魏严玉画室的样子，娇滴滴，却稳得住，说出的话一字一句，像是有些冒傻气，但因为沉浸在自我意识中，很笃定，说得自然而然，也就让人觉得可爱了。

“您画得这么好啊，真是太好了。”她由衷赞美道，又不无哀伤，“有时候我总在想，这世上这么多好东西，却跟我一点关系也没有，那是不是说，我其实根本不必看到这些好东西？……可是又偏偏叫我看到了，您说，这不是折磨人嘛。”

众人笑道：“你是想跟魏老的画有关系还是跟魏老有关系？”

蒋蕾摇摇头：“你们啊……这难道不是一个问题吗，我要是跟魏老有关系了，那不就跟魏老的画有关系了吗？”

众人起哄：“那要看跟魏老的关系是什么关系。”

蒋蕾马上望向魏严玉，嗔笑道：“那这个……还要看魏老的意思。”

魏严玉摆摆手，姿态中颇有醉意：“可不敢跟我有什么关系。”他起身来到桌前，铺上纸，略一停顿，画出一串活蹦乱跳的鱼来。盖章后，他说，“还是跟我的画有关系最妥。”

蒋蕾接过来，却并没有表现得受宠若惊，而是为难地说：“可是我没有那么多钱怎么办？”

魏严玉张开手臂，做出拥抱的姿势，说：“那是不是说，到底还是得先跟我建立关系？”

蒋蕾头一低，迅速收起画，放入随身携带的挎包里，说：“画已到手，其他的事可就由不得您啦。”

众人再次大笑。

那天散场后，鲁开伍找蒋蕾要了联系方式。之后，鲁开伍只要跟艺术圈的人聚会，必定要叫上她。她陆续又拿到多位名家的赠画。鲁开伍认定她是位不可多得的人才，要她辞去在医院的工作，供她读书。但她在学习上却没有什么过人之处，报名自修大专，上了几天课就不想去了。学画画和书法也是这样，她毫无兴趣，鲁开伍也就不再勉强。他觉得她这样已经很好。他送出去的名家字画，很多是依靠她特殊的人际交往能力获得的，有些不要钱，那些要钱的，也都远远低于行价。在这方面，蒋蕾为鲁开伍省出的，可比鲁开伍养她的那些钱多多了。

名家的东西值钱，但不一定都好。鲁开伍认好不认钱，但领导们只认名。这样一来，鲁开伍送给领导的基本上都是名家笔墨中他不怎么瞧得上的，送出去一点也不心疼。他将精品都留在自己身边。他也自认为能轻而易举判定出哪些才是精品。如同他天生知道怎么雕刻一样，包括他现在做建筑，他能瞬间在甲方给出的方案中看出设计者的水平。对于书画，尤其是绘画，甚至是围绕着绘画的各种关系，鲁开伍感到，他亦有着一种特殊的感知力。他的这种天赋何坚也注意到了，有时还让他凭感觉，而不是仅仅依靠何坚自己的专业经验，去判断一幅画是真是假，是不是值得收藏。不过，相较于应用自己的感知力判断名家字画的优劣，鲁开伍更喜欢到另一个群体中去淘金。

那也是何坚带他走进的一个地方，美院街，顾名思义是与春江美术学院相邻的一条街。那一带是先锋青年艺术家云集之地，就好像是北京的福缘门村，大家聚在一起在生活中搞艺术，在艺术中过生活，渴望被认可，渴望出名，那种接近求生欲的渴望使他们看起来桀骜不驯，内心却容易对资本和赞扬亲近，用何坚的话说就是，你只要表现得对他们有一丁点兴趣，就能得到他们的友谊和作品。

鲁开伍观察了一段时间后认为，这种抱团取暖的行为是艺术家们脑海中天真的幻象，他们终将散去，各归其位。为什么呢？艺术可以是一件热闹的事，但创作不是。鲁开伍收了一些一眼望过去孤独无比的艺术家的画。艺术家的画就是他们全部生活和精神世界的写照。而孤独是人活一世唯一的真相，谁要是参不透这个真相，在任何时候都表现得其乐融融，谁就会永远平庸。鲁开伍有一种强烈的感觉，这几位被他看好的艺术家，一定是最先从美院街撤离并最终能够火起来的人。

“对，就是这样。”一个叫王饶的年轻人对此表示赞同。

他是鲁开伍在艺术家人群中留意到的更为稀少的一类人，在美院街，这类人甚至只有他孤零零的一个人。他体态轻盈，喜欢串门，充满了交流的热情。他的长处不在画，在于他对每位混迹于此地的艺术家了如指掌。他跟鲁开伍聊了不到五分钟，就能准确将鲁开伍带到他喜欢的那类艺术家面前去。鲁开伍认认真真记住了他。

逛腻了美院街，鲁开伍利用各种去外省的机会寻找当地画家的聚集地，然后故技重施，从人群中找出最为生动的几张脸，再去看他们的作品，往往是，只不过才询过价，他便二话不说扔下钞票，扛起画就走。

这种渠道收来的画他一般不送人。

这些画连同他通过拍卖或是私下转手获得的名家精品全都放在鲁开伍距公司不足五百米远的一套私房里，被他像管理货物一样设置了严格的出入库管理和保存规范。他将这件事交给蒋蕾负责。

这一切陈宝月全然不知。

那段时间她一心扑在公司购置办公楼的事情上。鲁开伍一直想要盖一幢十八层大厦为自己公司所用，陈宝月劝他慢慢来。她看中了一栋现成的八层高的大楼，处在春江市核心区域。她认为公司可以将此地作为新发展的起点。谈判、贷款、催回款、购买、装修，事无巨细陈宝月都要操心。

1996年年底，公司终于要搬进新办公楼了。

鲁开伍将一楼大厅的右半边改造成一个展厅，借乔迁庆典之机，他在这里办了一场私人珍藏展，他知道，如此才能将各路神仙请到家里来，为公司造势也好，联络感情也罢，无论从哪个角度看，这么做都是有必要的。

那天鲁开伍请了上至省一级，下至镇一级的领导，还有艺术界的名流，魏严玉、何坚等都在列，场面十分隆重。鲁开伍安排蒋蕾跟着何坚。他对外将何坚树为他在艺术投资领域的顾问，而蒋蕾则是何坚的朋友。蒋蕾很重视这件事，提前一周就准备好了参加庆典要穿的衣服。当她同何坚一起出现时，鲁开伍正与陈宝月商量着什么。何坚叫他，他转过身，先同何坚握手，转向蒋蕾时他故意说，你女朋友吗，以前没有见过。何坚意味深长地说，好东西都得藏起来。蒋蕾伸出手来，鲁开伍轻轻挨了一下就闪开了。陈宝月冲何坚和蒋蕾点了点头，同鲁开伍走到一边继续说事。

鲁开伍引导陈宝月背对蒋蕾，余光中，他看到蒋蕾转身走了。

2-8-3

这本来会是一个特别喜庆祥和的开端。

之前以为丢掉的那个七百万的项目，鲁开伍付出高于行规两倍的回扣额抢了过来。他的胆子越来越大了。陈宝月鼓励他，这样下去，大概要不了两年，我们就可以给自己盖办公楼了。鲁开伍把这番话拿到全员大会上,充满激情地又讲了一遍。发年终奖的时候，工人们排起长长的队伍。过年好，谢谢鲁总。他们伸出长满厚厚茧子的双手。过年好，过年好。鲁开伍一一送上装有现金的信封。他们接过信封，兴奋地举过头顶。鲁开伍在他们转身离开时轻轻拍一下他们的肩膀，以示鼓励与亲密，像是兄弟之间常常做的那样。

送走最后一位工人，大年三十也就到了。

天气冷得出奇。楼下的樟树叶子直往下掉，长街被冰冷的薄雾覆盖，走过的人无一不尽可能缩紧身子往衣服里面钻，看起来无精打采。鲁开伍心情好，这样的场景也不能使他感到颓丧。他睡得香，胃口佳，性欲旺盛。他积极拜年，且不让司机接送，自己拎着大包小包，同陈宝月四处走动。

他们先带着木良和木辰两个小伢回鲁湖村看鲁水生和何满月。

他们打了很多年货，吃的喝的塞满了汽车后备厢。隔壁鲁济安家的两个小伢，小娜和小乡没忍住跑出来瞧热闹，被鲁济安打发媳妇陆娥喊了回去。不多会儿，他们听见鲁水生将一大包东西扔出门，嘴上一边咳一边骂骂咧咧。何满月迅速走出来，将那包东西又捡了回去。陆娥站在门边上听清楚了，鲁水生是骂鲁开伍大过年的带药回来，咒他死一样。鲁开伍仍笑嘻嘻的，在屋里坐了一会儿就带着孩子们出来了。他现在一般不在乡里过夜。他低声嘱咐何满月定时熬药给鲁水生，末了忍不住嚼他，说鲁水生的病都是他自己苛出来的，自家人哪有那么多规矩。何满月抱着两岁多点的木辰亲了又亲，又抓住大一些的木良，将他的手在自己手里焐了好一会儿，才放他们站到陈宝月身边去。她埋怨鲁开伍不去鲁红蓼和万年河那里看看。鲁开伍说不是给他们带了东西吗，我这一大堆事呢，着急赶回去。

鲁开伍只看他认为重要的人。

初一到十五，鲁开伍将春江、万洲和江黄的领导看了个遍。陈百味亲自送他到门口，李春木反送给他一提茶叶，余浩光一个劲儿留他吃晚饭。还有其他各级领导和艺术圈大鳄们，对鲁开伍的热情回以热情。一圈下来，熟悉的更亲近了，不熟悉的熟悉了，不认得的由熟悉的引荐，就此认得了。鲁开伍不免感到自己是个很有脸面的人了。他出门越发讲究起来，只穿一件黑色套头毛衣，外加一件棕色西装款式的短大衣，再搭一条灰色羊毛围巾，别具艺术气质。新换的金边眼镜加重了他给人的这种印象。他与人热烈交谈，说到激动处，嘴巴里的热气全部附着到镜片上，使他什么也看不见了。每到这个时候，他就取下眼镜，用散光严重的双眼望着对方，手上下意识扯起西装襟角轻轻擦拭镜片。陈宝月只要看见他这样，就连忙接过他手中的眼镜，姿态优雅地从包里取出眼镜布。出了门她便数落他，形象再好有什么用，积习难改。他虽然觉得她有些刻薄，但又认为，如若自己娶的不是这样一个女人，又似乎很难真正得到改造。他已经被这个城里女人改造得差不多了。

蒋蕾却要他离开这个女人。

怎么可能。

蒋蕾一再挑事，鲁开伍烦不胜烦，乔迁庆典后他们谈了一次，此后鲁开伍几乎不理她，他新配的黑色大块头移动电话，就是那种被人们称作“大哥大”的东西，号码也不告诉她。她疯狂打他的呼机却得不到一个回复，原因是他早就通知了呼台，但凡是姓蒋的女人的留言，请一概不要转发。蒋蕾只好通过何坚威胁鲁开伍说，如果他再不出现，她就要烧掉他收藏的那些画，全部，一幅不剩。

“你让她烧吧。”鲁开伍说。

他谅她不敢怎么样。他也顾不上她。

他当时正在春江一家国营单位里看设备，电话一挂，继续与人谈笑风生。

这家企业急于给他们新购置的进口设备腾位置，原有设备的处理价仅仅是购入价的三分之一。而就在鲁开伍从朋友那里得知这个消息的前一周，江黄镇第二轮土地承包开始了。

“这可是件大事，叫开伍回来一趟。”鲁水生吩咐何满月。

何满月托人捎话给鲁开伍，要他回来划地。他们不知道，鲁开伍已经将户口迁到了春江。为了让老人宽心，他假模假样回去了一趟，没承想说漏了嘴。鲁水生急咳一阵，抬高音量骂他，你生在鲁湖村，却将鲁湖村的身份和地失掉了，这是什么？这是忘本。鲁开伍不服气。自己凭本事走出了鲁湖村，走出了江黄镇，走出了万洲县,在省会春江市安家落户,什么叫“人往高处走”？这就叫“人往高处走”，这本该是件值得骄傲的事情啊。他对鲁水生说，我就不懂了，你出去问问，谁家不羡慕你有个能赚大钱的儿子，怎么在你这里就横竖看不顺眼呢。鲁水生说，钱钱钱，在你看来，有钱就什么都好了是吧。鲁开伍反问，你倒说说看，有钱有什么不好？

两人不欢而散。

一周后，鲁开伍得到国营老厂处理旧设备的消息。

这几年他的事业做得顺风顺水，顺得他在夜深人静之时，一想到那些以一搏十的关键时刻，他就一身虚汗。谁能保证将来会一直顺下去呢，中间有些坎坷才算正常吧，问题是，谁知道那些坎坷的杀伤力有多大呢。对此，何坚的建议是分散经营。他自己近来也从收藏生意中转出一部分资金投资服装厂。那天他在自家书房同鲁开伍聊起这个话题时，提笔写下八个大字：

金玉满堂，莫之能守。

蘸了蘸墨，他继续写道：

守一向死，分而成活。

鲁开伍立刻明白了何坚的意思。

他身旁多个同行已经开始做房地产开发了，他看在眼里，觉得自己也该考虑一下，在建筑之外还能整点什么名堂出来。

当前，江黄镇搞第二轮土地承包，可绝大多数外出打工的人都不觉得这是一件重要的事，谁现在还种地呢？既然如此，他何不利用这次机会，将那些没人种的地征来搞实业？一周前这个念头还隐隐约约没有形状，一周后，竟然就有一批设备在向他招手了。

这批设备是用来制造建筑外墙瓷砖的，鲁开伍只不过听厂长介绍了十分钟就敏锐地觉察到，这家工厂急于购入的进口设备，的确能生产出工艺水平更高的产品，但价格必定也会很高，国内市场根本无力消化，反倒是他们打算处理掉的这套老设备，虽然被他们嫌弃生产出的产品销路不好，但问题其实并不在产品。市场目前对外墙瓷砖接受程度还不高，得有个过程，而这个过程很大程度上需要厂家自己去引导，但显然，他们不是太懒就是太蠢，或者当中存在腐败问题。

鲁开伍当即订下这套设备。

陈宝月坚决反对。

她说一个企业就好比一个人，能力和精力有限，一辈子干好一件事就不错了，什么都想做，很可能什么也做不好。他们这些年在建筑行业摸爬滚打，积累的经验完全能够对抗将来可能遇到的问题，反倒是那些他们不熟悉的领域，一旦出个什么事就是灾难性的，只会拖后腿，不可能分担风险。她是分管财务的副总，没有她的签字，谁都不敢给付设备款。鲁开伍气得在办公室摔摔打打。

但这其实是件小事。他想办法付了笔定金稳住卖设备的国营老厂，转而着手处理征地这件大事。

他首先考虑在鲁湖村拿地。

鲁水生不是嫌他连鲁湖村的地都失去了吗，那才有多少，一个人一亩多点，如果他想要鲁湖村的地，把整个鲁湖村拿下来都不成问题。鲁水生听到后很吃惊，他说，你这是要当地主啊，反了你，鲁湖村是大家的，你动动试试！这个人真正是老糊涂了，鲁开伍直摇头。他避开鲁水生，转而在别处寻地。他发现，除了走马岗和鲁湖村，江黄各村几乎都有工厂，只是面积都不大。陪同考察的余浩光说，占地多成本也就高，一般人没有那个实力，再就是，县级政府只有十五亩以下的审批权，多了不仅费用高，手续也麻烦。鲁开伍感叹，他离开江黄时，这里只有铁线村在办养鸡场，塔河村的饲料厂也才刚刚建成，没几年，工厂就遍地开花了。余浩光说，可惜上规模的不多。鲁开伍说那我来嘛。多少？余浩光问。占地两百亩，鲁开伍答。余浩光说这事难办了，上哪找那么多建设用地去。他后来出了个主意，拆分批地，但一要上面同意，二要下面支持，这样双保险一上，将来才不会有人坏事。

上面指的是县里，下面指的是村里。

鲁开伍想了想觉得上面好办，他找到市里甚至省里的领导都没有问题，下面也好办，找自家人不就行了。

自家人是谁？万年河嘛。

待他打算去找万年河时，万年河主动找上门来了。

“我那水坝到底怎么办？”他一句客气话也没有，上来就问。

他自然是带着怨气来的。

鲁开伍在接手江黄建筑队之时就放出豪言，将来赚钱了，修坝修路修什么都不是问题，结果呢，他是赚钱了，坝呢？万年河还记得当年鲁开伍在建筑队破旧的院子里慷慨陈词，这么多年过去了，他无数次要鲁红蓼提醒鲁开伍都没有下文。侥幸过了这么些年，眼看今年冬天满河干得底朝天，天气太冷，油菜花都不肯冒出头来，母亲陈方华又天天念叨：

冻死樟树脑，晒杀田间稻。

他总有一种不祥之感。

陈方华的眼睛已经看不见了，这反倒让万年河越发信任起她来。相对于常人，关闭了某个感官的人，有可能因为将其他感官应用到极致而获得某种神秘的提示。鲁红蓼流产一事就被陈方华说中了。鲁红蓼偷偷怀了二胎后，还总是四处收旧货往地洞里送，好几次陈方华都说，再不敢下去了，地底下阴气重，盘的又都是些过去的东西,小心沾上邪气。鲁红蓼不听。半个月前她在家躺得好好的，突然肚子疼，人还没到医院就昏了过去。

万年河担心今年真像陈方华说的那样大旱，那样的话，他计划的五百亩试验田就完蛋了，这可是好不容易换到一起连成了片的，做了多少工作。

种田不比别的，有什么想法，每年只有一次机会尝试，再调整就只能等到下一年，要是遇上天灾，那就不是等一年两年的问题了。满河铁线村段的那个缺口一直叫万年河提心吊胆，好在多年来还算平和，没有遭遇极端情况。今年呢，一开年就不对劲，叫人不得不防。他必须在早稻下播前解决这件心头之患。当年何晨光做好水坝设计，县里专门叫上万年河和余浩光一起开了个会。万年河清楚地记得，有个技术部门的负责人说，这个设计比较理想化，是需要很多钱的设计，可我们现在又没有钱怎么办？简化。我们可以建一个简单一点的先用着，等过些年有钱了再说。那样的话不但预算降下来了，工期也只有个把月。这件事因为钱的问题不了了之。现在依然没有钱，但需求迫切了。假设能找到钱，如那位技术部门的领导所说，时间方面是够用的。但也仅仅是够用而已，若是再晚点，真旱的话，五百亩试验田，到底是种还是不种？找钱是问题，钱找到了，如果给得太晚也是问题。真是太难了。

此时，有人传话给万年河说，鲁开伍在江黄四处打转呢，好像要建个什么厂。

万年河想，索性再试一回。

鲁开伍看着万年河。

他这位儿时的伙伴，这么多年了，除了眉目成熟了一些，真是一点变化也没有。他踩着一双笨重的手工棉鞋过来的。说话前，他先将双手从旧棉袄的袖筒里伸出来，抓一把头上的毛线帽，让耳朵露出来，像是准备好了随时要将对方的话听仔细。他说话照样有一种神气的不容置疑的腔调。鲁开伍想，他自小就是这样还是做了村干部以后才这样的？又听他说了几句，鲁开伍记起来，万年河自小就是这样。这使他感到，一个人将来能干什么，是自小就决定好了的。他叫司机从车上拿来一副皮手套。这是陈宝月亲自督办的商务礼品。手套套在精美的纸盒里，看起来十分贵重。鲁开伍将它扔给万年河，说，手别老揣在袖子里。万年河打开盒子看了一眼，又给盖上，推到一边。

“戴不惯。”

鲁开伍扔给他一包烟。这下他收了，抽出一根点上。

鲁开伍这才说：“答应我一个条件，我立刻出钱修坝。”

“什么？”

“在走马岗给我两百亩地建厂，一亩地我出一万块。”

万年河直直看着鲁开伍，露出厌恶的不可思议的表情。

“你疯了吧，那可是走马岗的地，江黄最好的地。”

“再好你们也没都种上稻子啊，多少地都空着。年河，你不要用那种眼神看我，你去街上看看，随便推开哪户人家的门看看，看看都有谁在，老人、女人和伢，难道不是这样吗，你还在这里，不是因为你是村干部，也不是因为你家里除了你没有别的男人了，多了去像你这种情况照样出去的，这不是理由，这不过是因为你固执。你看你种地种了这么多年，走马岗是不是还是老样子？走马岗不需要你种地，需要你带钱回来。我带钱回来了，我给你们补偿款，让你们都有钱，我还要在工厂旁边修路，建花园，就像城里那样。”

“要是你出钱修坝的条件是要我卖地，劝你还是别想了。你和我走的路不同，你走你的吧，你帮不了我，也别害我。修坝的事我不会再找你了，就这么着吧。”万年河扔掉烟，右脚踏上去踞灭了。

鲁开伍去找余浩光，让他做万年河的工作。

与此同时，万年河去县里找李春木。

指望鲁开伍出钱修坝是不可能了，他只好另想办法。李春木已经升任万洲县县委书记。他的办公室门开着，里面坐着两个人，另外有四个人站在外面等着。万年河在门口晃了一下，被李春木看见，热情地招呼他，年河来了啊。万年河说没事没事，我排在后面等。李春木就不再跟他客气。万年河站在外面听见办公室里的那两个人是来要钱修路的。不一会儿，站在外面的两个人进去，又是要钱办学前班的。李春木一概摇头说，县里是真的没有钱啊。万年河心灰意冷。眼见又来了几个人排着队找李春木，万年河默默走了。

算了，不修坝了，旱不旱也不一定呢。

万年河将自行车骑得飞快，耗尽力气后又软下来，轮子不怎么转了才蹬一脚。他忧愁得想哭，一点也没有听见金刚在喊他。金刚开着小货车，与万年河并行了片刻，见万年河仍在出神，他长按一声喇叭，吓得万年河差点从自行车上掉下来。

“你个裸老二的，吓死老子。”他骂。接着问金刚是不是送货去了。

金刚点点头，说：“上车吧，我送你。”

万年河将自行车扔进车斗。上了车，他跟金刚唠叨整件事情。

末了，他失落地说：“算了，不管了，不修坝了。”

金刚问：“要是今年真旱怎么办？”

“那就是要我死啊。”万年河痛苦地揉了揉眼睛。

到了红旗街路口，金刚放慢车速，问：“去我那儿喝两杯？”

万年河说：“把老蔡也接上。”

金刚背靠满河的家里新添了一台十八寸彩色电视机和一个带玻璃拉门的柜子。万云朵坐在堂屋正中间的四方桌前。老蔡照旧怀着崇敬的心意站到万云朵身后看她抄写文件。金刚钻进灶房，端出一小碟花生米和一罐腌菜。他拉过一把竹椅放在院子里，将花生米和腌菜摆上去。接着他又进屋，从柜子里找出一瓶白酒和三只玻璃杯。万年河将身旁的小板凳踢给金刚，自己拉过另一只。老蔡从屋里出来，看了看没有小板凳了，索性拉来一张竹椅。三人高高低低坐下来。天气太冷，他们喝一口酒吸溜一下鼻子。喝着喝着，万年河哭起来，大骂鲁开伍不仁义。

万云朵放下笔。

“你发展农业没有错，他发展工业也没有错，都走在必经之路上。”

万年河不知道万云朵在说什么。脱离了文件的万云朵有时候比抄写文件时的万云朵更莫名其妙。他抹一把脸，又喝下一杯。却听万云朵继续说：

“凡事都讲究平衡，想着要别个出钱修坝，也要想着咱们能给别个什么。哪有什么事情是不需要付出代价的。你想想看，现在你除了手上有地，还有什么？”

万年河放下杯子，走到万云朵跟前，问：“姑啊，你糊涂了吗？”

她扬起脸坦荡地看他。

老蔡附和：“你可得信她。”

从江黄街出来，万年河骑车带着老蔡，摇摇晃晃回到红旗街。他不走大道，把老蔡和车子扔在路边，自己下到田里。田埂冻得打滑，好几次他差点摔倒。他越走越深，像是走到了宽阔的河水中央。他停下来，举目四望。再有两个多月这里就要忙碌起来了，他喜欢看那样的场景，江黄话叫办田，是一件隆重的事，过去人多，全家劳力一起上，现在用拖拉机，听着轰隆声，也像是有很多人一样。田里有人声就有希望，五百亩全部种满，可是多少年没见着的景象了。就怕老天爷忽然捣乱。他只有两个月的时间对付有可能捣乱的老天爷了。

他慢慢从田里走出来，问老蔡："做通村民的工作需要多长时间？"

"这个啊，依我看，不用担心，只要钱给得高。"

第二天，当余浩光来找万年河，试着说服他时，万年河提出减少五十亩地，价钱每亩一万五，再有就是，他要三天之内见到钱，因为他要立刻、马上修坝。

鲁开伍都答应下来。

他很快拟订了一份征地计划，同余浩光一起找到李春木，要他同意镇上拆分批地的做法。李春木摇摇头说，这事不合规矩。他们又一起找到陈百味。陈百味说，这样做违规吗？我看不出来。一切以经济建设为中心，政府部门就是要尽可能地为企业投资提供便利。这相当于得到了一把尚方宝剑。

回到春江，鲁开伍马上签发人事命令，免去陈宝月副总经理的职务，将设备款付了出去。陈宝月闯进鲁开伍的办公室，将一纸离婚协议拍在他的办公桌上。鲁开伍拿起协议书，三下两下撕掉，说，你现在不清醒，我不跟你计较。我放你半个月假，你带两个伢去玩吧，回来再给你复职。

"少来，"陈宝月说，"我管不了你了是吧，啊，任你胡作非为吗？"

鲁开伍从办公桌内侧走出来，给她倒了一杯茶，说："女人要管的是伢，不是男人，除非她男人是个伢。"

"你他妈就是个伢！"

正闹着，蒋蕾推门而入。

2-8-4

晨雾慢慢退散，"江黄"二字逐渐清晰起来。蒋蕾坐在副驾位置上，抬头看这两个字从头顶飞过。这代表着，她已经进入到江黄地界。

她从来没有想过自己会跟这个地方有关。

她是春江人，住在春江最为热闹的沿江一带，家里的老房子没有独立的卫生间，狭小潮湿破败，却恰恰因为老旧而格外值钱，那一片开发商来了一拨又一拨，没有一家拆得起。明明破破烂烂，却又似乎是一只金凤凰，是一只金凤凰，却又破破烂烂。这当中隐含的矛盾使她的情绪忽喜忽悲，终了又因为感到被愚弄而愤怒不已。后来她做了护士，她看到有些人花再多的钱也保不了命，有些人的病不是什么大问题，却没钱医治。钱一时有大作用，一时又没有一点用。这又是一对矛盾。跟着魏严玉进入书画界，她发现，书画你认它，用真金白银砸它，它就值钱，你不把它当回事，看也不看它，它就一毛钱也不值。这也是一对矛盾。到鲁开伍这里了，又是这样。为了争取他，她竟落得要去他乡下的父母家里寻求支持的地步。

她还记得鲁开伍第一次联系她时，她根本瞧不上他，就一土老板嘛，这种人看着豪迈，实则小里小气。可他很快像个家长一样吃穿住甚至学，彻底供养起她来。他又似乎是懂得艺术的，样貌比城里人还洋气，生意做得好，关系四通八达。她没有办法不对他动心。但他却不全然属于她。她跟他闹，他烦了，不理她了。他转过来看她时，她是宝，转过身去不看她时，她什么也不是。原本她想放弃的，哪知道怀孕了。她去找他，遇到他老婆。他老婆受不了要跟他离婚，关她什么事呢，他却叫嚣着要她把肚子里的孩子打掉。她想到书画作品，想到钱，想到房子，这么退回去一想，她突然想通了，接受了最不好或是最无用的那一面，才可能拥有最好的那一面。书画再无价只要留着，遇到合适的买家就有价。钱在将死之人那里再无用，却在急需的人那里不可没有。老房子虽破，失去了就没有任何机会拿到新房子的钥匙。同样，她要享受鲁开伍的好，就要承受他的不好。除此之外她认真想过，这种时候谁最在乎她肚子里的孩子？也许恰恰是被她瞧不上的，鲁开伍的根之所在，他留在乡里的一对老父母。

汽车驶进一条乡间小道。

田野上，仿佛被冲开的明亮的油菜花开到天边去了。进了门，她以这个话题开场，赞美鲁湖村的风光好。何满月说，天冷，冻死了不少，开稀了，不然还要好看些。鲁水生咳个不停。他一咳嗽，眼睛就往外滑，吓得蒋蕾不敢看他。

她开始哭诉。

何满月听着听着也落下泪来："姑娘，我跟你说，哪个女人跟了我家开伍都不会好过，你可要想好。"

蒋蕾毫不犹豫地摇头，表示自己不在乎，又马上点头，表示已经想好了。

“开伍还备了一个名字呢。”何满月拉起蒋蕾的手。

“开伍不是还备了两个名字吗，木美和木景。”鲁水生暗地里问何满月。

“谁知道后面那个他要跟哪个生哦。”何满月生气地说。

鲁开伍第二天就回到鲁湖村，要带走蒋蕾，蒋蕾躲进里屋不出来。鲁水生操起扫帚将鲁开伍赶出门。

鲁开伍大喊大叫：“你有本事一直在这儿，出了鲁湖村我打死你。”

鲁水生追到门口：“你还要闹出人命来吗？两条人命咧。”

晚稻丰收之时，鲁木美呱呱坠地。

还真是，这几个名字个个符合伢的性别。

鲁开伍一听蒋蕾生了个女伢，不禁对陈百味起的这组名字暗中称奇，就好像早就算准了一样。他打电话向陈百味报告了这件事，不停道谢。

过去的几个月间，蒋蕾竟真的在鲁湖村住下了，原本他以为，这个被他惯出一身金贵毛病的城里女人只是做做样子。不仅如此，蒋蕾劝鲁水生戒了烟，还联系了她以前医院的同事给鲁水生开药，特地请人把药送到鲁湖村来。蒋蕾护士出身，配药、护理，把鲁水生伺候得服服帖帖，咳嗽虽不见减轻多少，但精神明显好多了。这几个月，鲁开伍因为工厂的事，在江黄待的时间比较长，时不时回鲁湖村看看。他仍不理蒋蕾。不过，见她那么重的身子，却什么事都帮着干，他也并非无动于衷。工厂那边，征地、平整土地、基建，一气呵成，到正式开动设备生产，蒋蕾那边也有了动静。不管他待不待见蒋蕾，生伢都是件喜事。眼看着双喜临门，鲁开伍派人把蒋蕾接到春江。

一周后，鲁开伍到医院将蒋蕾母女俩接回了家。

陈宝月已经离开，但留下了伢。鲁木辰眉眼间尽是陈宝月的影子，蒋蕾只要看见她就想起陈宝月。她对这个已经离开了鲁开伍的女人充满了仇恨。要不是她，她便用不着去乡下吃苦。整整七个月，从春寒到酷夏，再到干巴巴的秋天，她像过了七年。尤为不幸的是，她遇到了江黄十几年不遇的大旱，好几次，但凡有一点水都被引到田里保庄稼去了，她吃也没法吃，洗也没法洗，与公婆一道像三具呆头呆脑的泥像。她在心里骂他们蠢，却不得不笑脸相赔。好在结果如她所愿。当鲁开伍出现在病房门口时，她怔了片刻，光脚从床上跳下去，死死抱住他。她掐他，打他，哭声整层楼都听得见。她的痛苦在这一刻承前启后，再也无法消止了。这使她看鲁木良也不顺心，这个男伢明显更得鲁开伍宠爱。而他竟然不是鲁开伍同陈宝月生的。她既忌妒又恐惧，想象也许有一天，还会有其他女人像陈宝月替代鲁木良的母亲一样，像自己替代陈宝月一样，替代了自己。她在鲁开伍面前极尽娇柔，听说陈宝月恰恰缺乏这一点，她就努力朝这个方向塑造自己，连鲁开伍都说，生了伢之后，她像变了一个人。她没有变，只是将真实的那一面隐藏起来了而已。

她对每个孩子都好。

带他们回鲁湖村时，她甚至表现得对那两个伢比对自家木美还要好。

三个小伢喜欢钻进姑姑鲁红蓼的地洞玩，蒋蕾和蔼地任木良和木辰翻找东西，却不许木美动一下。

“都是别个用过的，不干净。”她暗中警告木美。

地洞里什么都有，最受孩子们欢迎的是一个叫作铜镞的三角形古代兵器，只手指头长短，一共有十来只，装在一个盒子里。这些都是鲁开伍建工厂挖地基时，工人们挖出来的。一开始它们被工人们分掉了。鲁红蓼偶然间看到其中一只，发现跟当年万年河给她的那只一模一样，便要鲁开伍从工人手上要回来。鲁开伍说，要？你做梦吧，现在干什么不要钱？他不大情愿地将散落在数十位工人手中的铜镞一一赎回来。鲁红蓼给它们起名为箭头。

箭头顶部尖尖的，小伢们人手一只当飞镖玩。鲁水生害怕他们伤着人，规定只能在他们跟着自己去田边山岗上玩时才能带上那玩意儿。山岗上除了一棵大楝树，周围空空阔阔，拿树干当目标的话，伢们可以很自由地投掷箭头。他规定小伢们都要站在楝树东边，还捡起碎石在地上画出一道杠，让他们都不要超出这条线的范围。鲁木良最大，鲁水生要他当小队长，让他看好了，只能在每个人都将手中的箭头扔出去之后才能去树下捡回它们。实际上鲁水生已经没多少力气了，咳嗽让他一宿一宿睡不着，人已经瘦成了皮包骨头。何满月没有一天不担心，他走着走着摔上一跤的话，很可能会再也站不起来。她禁止他出门。但是，他一听到伢们来了，就凭谁也拦不住了。他一定要带伢们去岗上，去楝树下，看他们嬉闹着做游戏。每到这个时候，他就好像被一种特殊的力量支撑着，成了一个健康的人。何满月不放心他，自始至终扶着他。蒋蕾则挽紧何满月。三人站在鲁水生划定的区域内，看木良同木辰比赛，一面看一面拍手叫好。木美也会参与，但她还太小，每一次投掷出去的箭头连树都上不了,更别说上靶了。她笨拙的样子引得大家哈哈大笑。有天鲁开伍巡罢工厂过来，远远看到他们在玩，他想起什么，折回到老屋，在鲁红蓼的地洞里找出刻刀，兴冲冲地回来，在树上刻了一个靶盘。那是一个特别标准的靶盘，围绕着圆心的圆圈个个都刻得均匀流畅。孩子们轮番投掷，慢慢地，树靶子被插出密密麻麻浅浅的小孔。

那一年过去之后，一些事情开始发生变化。

先是何满月竟然比鲁水生先倒下了。

她一向腿脚灵活，也没有染上江黄妇女们常见的眼疾，脑子转得快，总有人说，她是要活过一百岁的，却不想有天去院子里刨花生，蹲了一会儿，再站起来就不行了。倒下前她大叫一声，可是谁也没有听到。鲁水生在屋里咳，院子那边的鲁济安一家在吵吵闹闹地吃饭。何满月躺在地上，一个多小时后，鲁水生才觉得有些不对劲，出来一看，跟着腿一软，跌倒在门口。

鲁开伍后悔在这之前没有带二老去拍过照片，以至于他们连遗像都没有。他立刻想到请人画两幅。待他打电话连问了两位画家，都被对方隐讳地拒绝后，他才突然醒过来，这种事找谁都不合适。他试着自己画。他跟着何坚、魏严玉他们不时画一些，每次都被他们嘲笑。这一次，一想到只能由他来给二老画像时，他心一沉，闭上眼睛，黑暗中两张脸一闪，再一睁开眼睛，内心马上涌起一股冲动，右手不自觉地就要挥起来。他竟然在一个小时内画完了两位老人的遗像。就是那种标准的正面照，就是他们本人，谁看了都会不自觉地弯下腰来，双手合十，深深鞠躬。他们的目光凝视着看他们的人，与他们永远对视。

整整半年，鲁开伍都没有办法从悲伤的情绪中走出来。

他感到在他与鲁湖村之间产生了一个裂口。他将户口迁到春江时都没有这种感觉。现在，尽管他在鲁湖村边上的走马岗建了工厂，尽管他在春江的建筑公司注册地仍在江黄，尽管他的亲妹妹热衷建设的地洞还在鲁湖村老屋，她本人住在走马岗，她的儿子、老公、婆婆一家都在走马岗，都在江黄，他仍然感到他与这里的关系断开了。这种感觉促使他更频繁地到江黄来。他就好像一个感觉到要失去什么的人，想要紧紧抓住那件东西不放。

然而另一桩失去迅速到来了。

一天，年前才调到县委组织部的余浩光打电话给他，要他马上去老地方。在他们常见面的镇里的一家小餐馆里，余浩光说，他听到消息，上级监察部门通过卫星拍到在走马岗成片的绿色中竟然有一块灰色。这可不得了啊，余浩光说。鲁开伍满不在乎，说，怕什么，我们当初不是拆成小块报批的吗，手续都有。余浩光说那是退一万步之后自我辩解用的，要是真到了那一步，问题就悬了。再说，陈市长现在要往省里进，在这个节骨眼上，我们可不能给领导添麻烦，他要是去了省里，以后什么问题都不是问题了。还有，他儿子马上就要来江黄了，你希望小陈同志来了以后，第一件事是处理你吗？那怎么办？鲁开伍问。余浩光说，一周之内监察部门会复查，但你不能真的以一周为限，务必要提前，我给你三天时间，关厂，买树，三天后，让那一片地变绿。三天？三天！

那时候鲁开伍还想不到“失去”这个词，他只是做着条件反射般的应变。他也有这个魄力，当机立断，绝不拖泥带水。

三天后，鲁家园林诞生了。

通往鲁家园林的道路是走马岗最荒乱之处。

两侧田野里有少量稻子和当季蔬菜，更多的是杂草。如此光景，只因这是一片人心贪婪的田。

万年河与这里的农户谈过多次，却无论如何也谈不拢，换地、租地，一概不行。谁让他们与红旗街相邻不远呢，看着那边商户手里过现钱，他们也跟着认起钱来，但凡有什么事过去同他们打商量，他们都会狮子大张口。万年河选中这里让鲁开伍建厂，正是看透了那一万五一亩的价钱可能在别处不管用，在这里，却是最能把人砸晕的。这样一来，鲁开伍划去一百五十亩后，这片地就更不齐整了，剩下的那些，换地租地也就越发没有了可能。农民们各自为政，种什么的都有，什么都不种的更多，久而久之就有了荒乱的迹象，平时除了一大早还有人干干农活外，基本上看不见人影，连麻雀都知道在这里吃不到什么而不往这边飞了。

这条田间水泥路在鲁开伍到来的五年间，虽然没什么风景可看，却因为往来车辆频繁，而显出一点现代化气息来。

一开始是运送工业用料，工厂拆去后开始运植物。差不多用了一年时间，鲁开伍的园艺师傅才使当初那些被潦草埋进地里的花草树木成活了。鲁家园林成为了真正的园林。从那以后，这条路上的汽车开始大量运送城里人。这些人坐朋友的车或者自己开车从春江来，衣着说不上有多讲究，但必定特别，也或者是气质的原因，使他们看起来特别。他们是鲁开伍艺术圈的朋友。

为了更好地招呼他们，鲁开伍找来了在美院街给他留下深刻印象的王饶。这个人既懂艺术又懂艺术家，无时无刻不富于热情，由他来管理园子再合适不过了。王饶几乎是立刻就答应下来。管吃管住，还有工资拿，画画这事也能继续，比待在美院街强多了。

除了王饶，还有一个人特别擅于跟人打交道，鲁开伍也没有忘记她。

三个伢，最小的鲁木美已经四岁，蒋蕾完全可以分出精力干点正事。鲁开伍要她住在鲁家园林。蒋蕾吃了一惊。四年前住在鲁湖村的经历是她挥之不去的噩梦，现在，鲁开伍还要将她往乡下送，这是要她重归噩梦之乡吗？反过来鲁开伍也很不解，他看蒋蕾不太乐意的样子，问，你不是很喜欢乡里吗，搬到春江后还老往乡里去。她继续忍耐着。她点头说可以啊，听你说那里修得很好，比春江这边还好。她想到这也许算不上一件很坏的事，至少木良和木辰因为还要上学，不可能跟她去江黄，她只需带上木美过去就好。这能省掉多少的事情。

“他们放假了再过去玩。”鲁开伍说。

蒋蕾也没有问鲁开伍谁来照顾木良和木辰。可能他以为已经上小学的孩子，只要回到家有饭吃，第二天去上学有干净衣服穿就可以了。家里有两个保姆，一个做饭，一个做卫生，都是蒋蕾寻来的上了年纪的老婆子，在这点上，她并不担心。既有对鲁开伍惯性上的顺从，又有对甩去包袱这件事的渴望，蒋蕾虽然愤怒，却不由自主地装糊涂。她带上木美，自己开车来到鲁家园林。

很快艺术家们就不在话下了，政要商贾高级知识分子银行家演艺大腕等，也都常来常往起来。他们第一次来通常是在鲁开伍的带领下，后面若是想来，跟蒋蕾打个电话就行。蒋蕾视情况选择接与不接以及在哪里接他们。他们当中，特别重要的需要王亮配合，接上后送过来；相对重要的由王饶在江黄地界上接；不那么重要的就只让园子里的杂工在红旗街路口等着带过来；更为一般的只需在园林门口笑脸相迎就好。当然也要看熟悉程度，特别熟的，再重要，接都不用接，招呼也可以不打，自己开车就过来了。

蒋蕾在这些人当中周旋。

到后来，很多人是因为她而不是鲁开伍才要过来。这里远离城区，环境隐蔽，园子又设计得精巧，层层叠叠，还有游泳和钓鱼的地方，世外桃源一般，大家吃吃喝喝，打牌写字唱歌，过得轻松惬意。但还不够。他们当中的很多人都觉得跟女主人互动更有意思。他们明里暗里挑逗她，她真真假假地应和，借着同他们的微妙关系为鲁开伍解决了一个又一个难题。

也不是天天都有人来。

没有人来的时候，蒋蕾就跟着王饶学画画。

她感到奇怪，以前她不是没有学过，但学不进，怎么王饶教她她就学得进了呢。但学得进不代表学得好，她真的是一个在这方面没什么天赋的人。但他并不介意。他是个任凭你怎么样都顺从于你的人，对待蒋蕾就像蒋蕾对待鲁开伍，所不同的是，他做什么都发自内心，而蒋蕾，内心尽是怨言。她有时候去学校接鲁木良和鲁木辰，穿着一致的学生伢密密麻麻走出来，她从中分辨着他们，没找出来她着急，找出来，似乎着急的那种感觉也并没有消失。她画他们过去玩箭头的场面，却将树上的靶子画成眼睛。想象一切尖利的物品刺向那只眼睛，能使她产生醉酒般的亢奋。她觉察到自己的凶险，极力控制着。那两个伢可能不是压力之源，但极有可能是压力的出口。蒋蕾为能远离这个一旦被她当作了出口，就会背离常伦的可能的肇事点而大大松了一口气。也许这就是原因？她可以画画了，是因为放松下来了。

王饶用《芥子园画谱》教她。当她运笔不稳的时候，他会果断抓住她的手，用自己的气息带动她的气息，运出稳定的一笔。她知道他没有他看起来那样平淡，否则被他松开的她的手上就不会有瘀红。有时他们会在园子里撑起画架。他们将画架越撑越远。他伸出左手从背后揽住她，脸贴上她的脸，右手代她在画纸上画着什么。他们知道他们被很多茂密的大树遮挡住了，不会有人看见他们。他们画着画着就亲吻起来。她没有穿内裤，一旦来了兴致，他撩起她的裙子就能进入。他们通常靠在树上，不是他靠在树上，就是她靠在树上。无论他们靠在哪棵树上，那棵树必定会随着他们的动作晃动。

他们谁都没有留意这个。

暑假的时候，木良和木辰两兄妹来了。对周围环境已经了如指掌的木美拉着他们跑到园子外面看田里的黄牛。她用手比画出一个圆，向他们介绍说，眼睛有这么大。王饶和蒋蕾步入园林深处。待他们出来，三个小伢也回来了。木良说，他们在外面看到园子里有棵树在摇晃。就像这样，木美立刻向上笔直伸出两条稚嫩的胳膊左右摆动。最上面，叶子晃啊晃，就像有风在吹。木美说。可是，如果有风的话，为什么别的树不动呢？蒋蕾拉住木美的手使她放下胳膊，说，有鸟在树叶里面吧。小伢们一窝蜂去园子里找那棵被鸟占领的树去了。王饶笑，你说得没错，有鸟在里面。蒋蕾一点也不觉得这有什么好笑，特别是在这个时候。蒋蕾有些失望，王饶分明没有看出她的担忧。她与王饶的事，从一开始她就在担忧。王饶缓了缓说，我知道你在想什么，但那是不必要的，难道他将你扔过来，仅仅是为了帮他招呼客人？他可以有别的想法，你就可以有别的想法，如果你没有别的想法，反倒使他不好办了。

“什么意思？”蒋蕾问。

这时，三个小伢跑回来了，木良举得高高的手指间捏着一只七星瓢虫。

“不，它叫花大姐，”木辰争执道，“徐阿姨说的。”

他们跑过来，将要从王饶和蒋蕾身边经过，往屋子里跑。

蒋蕾突然拽住木辰，问：“徐阿姨是谁？”

2-8-5

空气中飘浮着淡淡草叶与米脂绵香，满河方向吹来的阵阵清风能将这气味推出一里之远。走马岗集中种植的五百亩稻田成熟了。

金色稻谷织锦一样铺向天际，结实的大地就在脚下，不减分毫却因为这盛大的装饰而显得更为宽厚和辽远。再有一周时间，当谷粒变得更硬，收割机就能开进田间大展身手了。几位不怎么放心的老人跟在技术员身后。他们在田里走来走去讨论细节，一面走一面用手中的草帽扑赶蚊虫。他们看到远处大路上骑自行车经过的万年河，齐齐举起草帽冲他挥动。

“名字起好了没有？”他们拖长声音问。

“走马岗，”万年河答，“就叫走马岗。”

万年河上一次为起名的事烦恼还是十几年前，他的儿子万无题当时还只是个刚出生的小毛毛。他听说鲁开伍从陈百味那里得了四个名字，有些不服气，想来想去找到李春木。李春木倒也不推托，说，正好，我这里有个现成的，本来想给我外孙用，可我们家姑娘找了个外国人，他们已经给伢取了个外国名字。

他在一张空白的信笺上写下两个字：无题。

什么？万年河心想，这是名字吗？

李春木解释说，这是人间最有意味的两个字，取什么都不如这个好，古今多少诗文书画，但凡觉得意境不好说，不必说的，都会命名为“无题”，这是具有大智慧的名字。万年河只得说好。他打心眼里不喜欢这个名字，难免又要跟鲁开伍得的那四个名字比，良辰美景，瞧瞧，听着就舒服。无题呢，让人费解不说，总觉得有股佛门香火气，寻常人家的伢起这样的名字怎不叫人犯嘀咕。但是他又不好不用这个名字。鲁红蓼也反对，说还不如她家老头给她和鲁开伍起名起得好。万年河不耐烦地挥手，心想，可不是，也不如我家老头起得好。

转眼间，这个名字已经用了十来年。

少年万无题没有什么过人之处，从来不主动表达，个头矮小，站在人群中是会被人小瞧的那一种。有时候万年河想，到底是因为名字起拐了。

现在要给合作社起名字了，万年河十分谨慎，这就跟自己的另一个伢一样啊，而且更不容易，足足孕育了十五年。可他再也不敢去找李春木了。其他同级别的领导呢，他因为李春木曾经没起好名字，从而连带着不信任起来。要是能让陈百味起就好了，可人家现在是省里的大领导咧，想必就算是鲁开伍也不敢再去找他要名字了。他决定自己想一个。年前金刚给他家的八眼藕注册了一个商标，叫“金莲”。这个名字是他花钱请老校长起的。老校长已经很老了，有人说他能活这么老，是因为四体勤。他养鱼，兼顾给人取名和写字。他取名无论亲疏远近一律收费两百。他说，这可比养鱼费神噢。写字他不收费，在他看来，写字是一件特别容易的事。

金刚从他那里拿回了一张纸，上书：

平生修何行，步有黄金莲。

万年河不懂诗词，却能感到此中有深意，加上“金”即财，又合了金刚的姓，认为这实在是一个好名字。他动了去请老校长起名的心思，但又舍不得花钱。他让儿子万无题翻字典给他看，说，两次吧，每次翻出的那一面上，第一眼看到是什么字就取那个字，两个字合起来就是合作社的名字。结果万无题翻了十来次了，万年河一个字也没看中。万无题不干了，丢下字典要万年河自己找。

一直坐在他们身边的陈方华此时竖起了耳朵。她要他们不要吵。她皱起眉头，仔细辨听黑暗空间里的声音层次。她说，好像有人来了，听脚步声走得急切，像是出了什么大事。万年河说，上回红蓼捡个银簪子回来你也这么说，能有什么大事，再大不过捡个金的回来。正说着，有人冲进院子，正是鲁红蓼。万年河本想调笑一句金簪子呢？却见鲁红蓼这样一个什么都不怕，又什么也不去管的人，竟然面露惶惑之色。

“我哥家出事了。”

万年河装了点钱，同鲁红蓼一道骑车出来。两人从稻田边经过，有人远远问万年河名字起好了没有，对他们来说，合作社一日更比一日重要了。万年河突然觉得何必那么麻烦呢，还嫌事情不够多吗。

“走马岗，”他回他们说，“就叫走马岗。”

直到那时他和鲁红蓼才发现走错了方向。

他们不该去鲁湖村老屋，应该掉转头，走上一条窄窄的只容一辆车通行的小路，穿过那片荒乱之地，去往鲁家园林。

传说修整一新的满河大桥上，一辆轿车停在大桥中部，头冲着万洲方向。驾驶室和后侧车门大开。蒋蕾瘫坐在地，背靠大桥栏杆，垂下的刘海遮蔽了双眼。

传说警察赶到后问发生了什么，蒋蕾说伢们掉河里了。警察连忙呼叫队友前来支援。蒋蕾说没用了，冲走了，瞬间就冲走了，河两边又没有人，她也不知道怎么从桥上下到岸边去。警察说你为什么在桥上停车？桥上禁止停车。蒋蕾说伢们想下来玩，她只是想让他们高兴。

传说警察要带蒋蕾走，她反身抱住大桥栏杆，谁来拉都不松手。她说她要等她老公过来。警察说你要是再这样，你老公来了连你老公一起抓。蒋蕾说你知道我老公是谁吗，咱们现在站的这个地方，这座桥是我老公修的，镇里的小学校，新校舍是我老公修的，刚刚建成的福利院是我老公修的，镇上的医院也准备扩建了，这事也得我老公做。这位警察停止了拉扯的动作。他点上一根烟，与同伴站在蒋蕾身边，同她一起等。

传说三个小时的路程鲁开伍只用了一个半小时就到了，由春江到达江黄满河大桥出事现场。他刚从车上下来，还在往蒋蕾这边走的时候,蒋蕾看到了他。她立刻面朝他跪下来。他什么话也没说，拉她起来。

传说两人一起跟警察走了。

传说两小时后两人回到鲁家园林。

传说传到鲁红蓼这里时她正往鲁湖村老屋去，院外那道长坡她走了还不到一半。她转过身，几乎是跑着回了家。

她同万年河一道来到鲁家园林。

他们在鲁家园林刚刚落成时来过一趟，那时园子四处还散落着新鲜枝叶和新刨出的泥土，也没有在里面盖房子。后来常见城里人在这里进进出出，就感觉鲁家园林不是他们这种人的天地，加上鲁开伍也没有再主动招呼过他们，他们也就不再来了。现在再看，里面真是什么都有。但这个什么都有的地方处处给人一种低迷、空落之感。

他们没有见到蒋蕾，鲁开伍说，蒋蕾受到惊吓，在里屋休息。鲁开伍坐在小客厅里一张单人沙发上，鲁木美趴在沙发扶手上，圆圆的小脑袋在鲁开伍胸前拱来拱去。鲁开伍用手指轻轻勾弄木美的头发。除此之外再无一人出现。

“什么事也没有。”鲁开伍说。

“没事就好。”万年河说。

第二天，鲁开伍遣散了园子里大部分工人，只留下王饶、庄姓园艺师、做饭的陈叔和做卫生的何嫂。

传说警察组织了一支包括十五名村民在内的三十人搜救队，第三天才将两具尸体打捞上来。

传说有人曾经看到三个小伢在鲁家园林外跑来跑去。

传说他们喜欢追着观察黄牛，还会好心帮着扇走落在黄牛身上的虫子。即便牛的主人说不用他们帮它呢，他们仍不无担忧地说，它会痒啊。

传说……

一个月后，人们对这个话题厌倦了。

一年后，鲁红蓼想起鲁开伍一年没有回过江黄了。

两年后，鲁开伍带着六岁的鲁木美回来了一趟。但那时她已经改了名字。

鲁凌星？

鲁红蓼问鲁开伍为什么给伢换名字。鲁开伍说他找人算过，这个名字更好。鲁红蓼接着问鲁开伍那两个伢是不是叫那个女人给害死的。鲁开伍说你莫胡说八道。鲁红蓼说，你势力再大，再能装，我总还是你亲妹妹吧，我也得不到你一句实话吗？我得不到一句实话，又怎么替你说话？万年河拉住鲁红蓼要她带鲁凌星出去转转。鲁红蓼不情愿地站起来，朝里屋嚷了一声，无题！无题跟出来，留下鲁开伍同万年河说话。

鲁红蓼正好有东西要送到地洞去，万无题懒洋洋不想走路，鲁红蓼就把他留在家门口，嘱咐他里面两个大人不出来，他就莫进去。

两年时间，鲁凌星似乎已经遗忘了太多，多到鲁红蓼要仔细打量她，看她跟从前那个叫木美的小伢是不是同一个人。

这孩子看到地洞里的铜镰，完全想不起来曾经拿它们干过什么了。她看也不看它们。她注意到一件铜铸的阳具，也不知道是用来干什么的。鲁红蓼走过来将它放倒，使它不再显眼。鲁凌星看到一个小小的花木马。这个东西相对她的体形来说太小了，但她还是坐上去摇了摇。鲁红蓼说，要是你妈妈在，她可不准你动任何东西。她忽然想起什么，头歪着，说，也是奇怪，她每次都带你们来，很喜欢这里的样子，却不许你动任何东西。鲁凌星没有注意到鲁红蓼的话中一时说“你们”，一时说“你”。她依旧摇着花木马，问，姑姑，我小时候来怎么没见过这个？鲁红蓼说，你到底是记得自己来过的。鲁凌星说，像是来过，又像是没来过。鲁红蓼回答她的问题，说，姑姑这里不断有新东西进来。那你会扔掉一些东西吗？鲁凌星问。不会，但有时候可能会送人。不过，只要是被我收到这里来的，到头来还在不在这里，我都记得有过那样一件东西，它们全都留在这里啦。鲁红蓼指了指脑袋。

“这里是最能装东西的，是吧。”鲁凌星也指了指脑袋。

“谁说不是呢？”

鲁开伍坐在堂屋正中间。他瘦了一些，显得更为精明。他取下眼镜,盯着地板上一个虚无的点。万年河坐在靠门摆放的竹椅上，故作轻松地伸直双腿，脚尖一下一下撞击门槛。鲁开伍要他把门关上，他说不用，外面听不到的。鲁开伍起身自己去关，万年河也没有阻拦，自觉收回腿，身子转了个向。

“我要跟你说的事情很重要。”

鲁开伍坐下来。

“当年，在我的工厂基建工程开始前，金刚曾经来找过我。他说他在那一片埋过一个人。怎么，你不觉得惊讶？还是你早就猜到了？他埋的那个人是你奶奶。他说一旦我们开挖，这事就暴露了，他求我允许他趁着天黑，先将那副尸骨挖出来，挪个地儿。他给我讲了一个特殊时期男欢女爱的故事。他说在他们之间其实谈不上什么感情，就是在当时，他除了你奶奶，再也找不到其他女人，你奶奶除了他，再也找不到其他男人，仅此而已。那段特殊的时期过去了，这事就该结束了，可你奶奶糊涂，不愿意。那怎么办？她糊涂他不能跟着糊涂啊。你看，他其实还是糊涂。他将你奶奶杀了。结果你也看到了，他什么事也没有，也就是说，我帮助了他。我为什么选择帮他？一是除了这件事，我从这个人身上再找不出其他恶劣之处。二是，他的本意是想摧毁混乱的局面。三是，我常常想，人在江湖，给他人留活路，也是在给自己留活路。

“你看，现在轮到我求你了。

“简单来说就是，我的第三任老婆杀了我前面两个老婆为我生的伢，更简单一点来说就是，我的第三任老婆杀了我的两个伢。怎么，你仍不觉得惊讶？也是，这件事早就被传得沸沸扬扬。不过，不是警方定论的那样，蒋蕾带伢们在桥上玩，伢们自己不小心钻过栏杆掉进了河里，不对，不是那样，就像红蓼说的，是蒋蕾把他们推下去的。她当时威胁我说，如果我再不回来——我们当时有些误会，她要我从春江过来给她解释清楚，这不是神经病吗，噢，你觉得我有问题，就要我立马丢开春江那边的事不管，跑到江黄来向你解释，你是谁啊！——她说如果我再不回来，她就要对伢们不客气。在这之前，她在园子里就威胁过我，还说那两个伢是‘早就让她感到恶心的杂种’。我没有听她的，我怎么可能任她摆布。而且我当时对她还存有幻想，认为她再邪恶，人面兽心也到头了，多少会保留一点生而为人的表面上的最起码的体面吧，不可能禽兽不如。事实呢？我懊悔啊！我当时迅速从江黄撤离，主要是想通过远离风暴中心的方式降低大家谈论的热度。我借着四通八达的关系将这件事压了下去。你知道我为什么不把那个女人交给警察让她偿命吗？难道我不恨她吗？恨，恨死了。但这样做两个伢就能活过来吗？不能。家里出了这等丑闻，我的颜面何在？我还要不要混下去？我混不下去的话，跟着我的上千号兄弟怎么办？继续混的话，走到哪里都让人戳脊梁骨，任人谈论拖在我身后的那个巨大无影的凶残事件吗？

这件事绝对不能落下实锤。

“所以我把那个女人带走了，关在家里，不允许她离开家半步。她因为知道自己酿下大祸，惊恐难安，生命的每一天都在忏悔中度过。听起来还不错是吧，问题是，现在，她将忏悔之词大声念出来，越来越大声，就好像在宣誓。她疯了。左邻右舍不得安宁。我不能让她再待在家里了，可我又能将她送到哪里去？她大声说出的那些话就像是呈堂证供，并且是一个慷慨激昂的人，一个视死如归的人说出的呈堂证供。这时候我想到一个地方，红蓼无心插柳挖出的那个地洞。红蓼最会捡拾别人不要的东西。我这里有一个恶毒的女人，我必须扔了她，我想，就让红蓼将她捡走吧。

“你看，这两件事情，我们来做个交换怎么样？”

鲁红蓼带着鲁凌星从地洞出来，刚刚走下山岗就看见鲁开伍的车从大路东边驶过来。鲁凌星说，我要走了。鲁红蓼握紧她的手说，走吧。鲁凌星笑，说，那你松开我呀。鲁红蓼看着鲁凌星爬上车。鲁开伍降下车窗摆了摆手。

他竟然一句别离的话都没有说。

回到家，鲁红蓼对万年河说，我哥生意做得那么大，也不知道是怎么做的。万年河问她怎么了。她说，他好冷漠的。万年河说，你坐下，我跟你商量一件事。他隐去了金刚的事。听完，鲁红蓼说，他真的好冷漠的。万年河歪着头想着什么。

鲁红蓼说：“难道不是吗，他竟然托付给我们这样的事情。”

2-8-6

来年开春，万无题一个人漂洋过海去了加拿大。

事情是很早以前就定下来的，申请、等回复、办签证，到人飞走，用了差不多一年的时间。

这件事的缘起是去年年初，金刚突然收到一封国外来信，万云朵给他读罢，他闷声坐了一宿。写信人自称是肖景文的女儿，叫肖延心，已年逾古稀，早先家门寥落，只她一人渡过重重关卡去了加拿大。她在那里读书、结婚、生子。她有两个女儿一个儿子，还有两个孙子。她说前一阵子不知怎么了，她常在梦中见到小时候的场景。她辗转联系到江黄镇有关部门，查来查去查到金刚。她坦白说，她记起金刚不是因为在当时，她同他有多么深的感情，他们从前就没有说过几句话，而是，到现在，只有他们两个活了下来。

金刚让万云朵用她独有的印刷体写了封回信给她，说他还记得她，记得池塘里的莲花和好吃的莲藕。说他现在就在种莲藕，并以此为生。她回信说，莲花她是记得的。两人通了近一年的信，对各自的生活都有了一些了解。肖延心对金刚一直没有孩子的事表达了惋惜，他却对此毫不在意，心想，有又能如何？人总不是飘来散去的。肖延心邀请金刚的侄子，也就是万无题去加拿大读书。

对于这件事情，万年河反对而鲁红蓼赞成。她想起鲁济平来，想起她去北京找他，虽然她赌气回来了，却仍认为那一趟使她开了眼界。人不是应该能走多远走多远吗？万年河不同意倒不是因为不想万无题出去，他知道李春木的女儿就在国外，除此之外镇上也有领导的伢在国外，铁线村养鸡场的老板，他有两个伢，也都去了国外，这不是一件稀罕事。他不同意是因为觉得万无题年纪还小。但是，当他听说鲁开伍将八岁的鲁凌星送去了德国，他也就不再纠结了。

“去吧，去学本领吧，看看将来能用在哪里。”他说。

万无题去的是多伦多，飞机在一场大雪中降落。

他从没有见过那么大的雪，厚厚的，踏上一脚，腿就深陷在里面拔不出来了，抓上一把，手都要冻掉了。他想起家乡夹着雨丝的小雪，常常是还没落下来就不见了。雪花在飘落的过程中化作了无形的寒意，渗入到所有与之相遇的事物内部，风、树木、瓦檐，墙砖，还有屋子里的人、桌子、椅子等等，全都冰冰凉，万物好像被统一成了一种虽千形万貌，但本质寒凉的东西。多伦多的雪似乎不懂得渗透，硬生生堆在户外，形成障碍。在那里，人与人之间也像冰冷的户外与温暖的户内一样界限分明。万无题天天给家里打电话。万年河一面骂他没出息，一面坚持晚上睡在村委，守着电话等万无题打过来。但这样下去也不是办法，毕竟那是公家的电话。这样，他就在家里安了一部电话。再后来他又配了手机。人人都夸他是个新潮的乡村干部。

万无题在肖延心家待到第六年，顺利考入大学。

这六年他一次也没有回来过。机票太贵了。万年河总想着，坚持一下，家里盖房子要钱呢，买化肥要钱呢，再坚持一下，坚持不了了再回来。万无题就这样坚持坚持着，渐渐表现得独立起来。进入大学后，从第二学期开始，他极少打电话回家。万年河本以为就像鲁红蓼说的，这是伢长大了，不乐意再黏着老头老娘了。却不想，后面连着两个月，万无题一个电话也没有打来。万年河急了，打电话给肖延心的家人。肖家二女儿接起电话，说对不起，老母亲刚刚病逝，他们通知了万无题，他不知道是什么原因没有来，而他们因为忙于处理一些琐事，也没有顾得上去问他，她现在就去学校看看发生了什么。万年河感到很过意不去。肖家二女儿反馈来的消息是，万无题足足两个月在公寓里足不出户，房间里臭气熏天，她找人撬开门时，他正坐在一堆垃圾中间，蓬头垢面地打网络游戏。

“什么是网络游戏？”

“在互联网上玩的游戏。”

万年河还是听不懂。他让肖家二女儿帮忙订票，说学不上了，让万无题立刻回来。

万无题看起来比离开江黄时还要瘦小，动不动抽搐鼻子，说话瓮声瓮气，让人听不清楚说的是什么。他唯唯诺诺的样子谁看了都觉得能欺负一下。鲁红蓼说，让你住在别个屋里好几年试试，还是在外国，不怪伢，是我们欠考虑。万年河痛心得不行。这个伢，学历没有拿到，工作找不到，让他跟着学种地吧，也不上心，天天盯着电脑，神情恍恍惚惚，像一个被收去了灵魂的人。万年河只要看见他就忍不住发脾气。

“还是名字起拐了。”他时常想。

鲁红蓼开导他，想想我哥的伢，你不说名字起得好吗，看看他们的遭际吧，到第三个都不敢再顺着叫了。

“唉。”万年河叹口气。

这一年，春江大医院的医生到江黄医院指导工作，治好了陈方华的眼疾。

老人家拆线后在医院又住了一周。回家时，万年河骑车带她。他们刚一靠近走马岗，老人家就激动起来。她从没想到，稻子快要将眼前的土地铺满了。她的眼中全是绿色，混合着泥土的绿色，生机盎然的绿色。她一定要走到绿色中去。那时早稻刚刚下秧，田里灌满了水，她由于心头兴奋，脚下行得不稳，加上对她来说，重见光明犹如与这个世界久别重逢，时间差使她变得笨拙和不适应，眼前之物与它们真实的所在产生了错位，明明就在手边，却要抓上好几下才能抓到，这样一来，她走出没多远就滑倒了，后脑勺重重摔在地上。那一瞬间，她的眼前先是秧苗，再是天空，最后仍是秧苗。一片嫩叶耷垂在她的眼睛上。

万年河完全不能接受这件事情。

他在万二毛的坟前挖坑，挖一会儿休息一会儿。休息时他对万二毛说，这些年，要不是因为这片地这么好，恐怕你们也要遭殃，多少流转出去的地连带着坟也要被扒掉。鲁红蓼赶过来说，可不敢这样。万年河别着头说，我不可能让老娘火葬。那咋办，你那村干部不当啦？田不种啦？万年河不吭声，继续挖地。鲁红蓼一把抢过他手中的铁锹，提起来往地上一插，说，莫要胡闹。

“你看看鲁湖村，有鲁开伍镇着，那地上的坟还是给推了。”

“那是他事先不知道。种桃子那家也确实不是东西。”

“你是东西？你是东西当初鼓捣别个把地卖了，现在有人骂你呢。”

“那是他们看得短，自己同意的怪谁。”

“有人要告你呢。”

“随便告，怕个鬼，我有他们签字画押的东西。”

“还有人要跟你争位子。”

“让他们试试看，谁有我群众基础好。”

“有人拿连任说事呢。”

“村民选的，他否定村民还指望着村民选他？”

“还是仔细些吧。”

“这里绝对能产生奇迹。”

鲁凌星跟随父亲鲁开伍在江黄转了一大圈，车辆由杂草丛生的河滩直直轧过去，抬起前梁爬到堤岸上，加大马力超越了河水的速度。

这部分我看过了。

我往后翻了翻，跨过十几页。我像往常那样折起页角，起身去烧开水。

我有个疑问。

我记得当初因为急于了解鲁凌星的情况，我由后面翻看文稿，随机找到出现了鲁凌星名字的一页，从那里看起。对，就是我刚刚看到的那一节，那部分内容提到，鲁凌星长大后回到鲁湖村，想起姑姑的那个地洞，在她的回忆中，当时除了姑姑鲁红蓼，她的妈妈蒋蕾也在。蒋蕾正是因为看见了那副铜铸阳具才禁止她以后再去地洞玩的。可是，你看，我顺着看下来，书稿中又说，蒋蕾那时已经被鲁开伍带回了春江，那天鲁开伍带鲁凌星回来，正是为了同万年河和鲁红蓼商量，要把疯了的蒋蕾关进地洞去。也就是说，那一次，地洞里只有鲁红蓼和鲁凌星。而且，鲁凌星表现得像是从来没有见过那些三角形的铜镞一样，但是到后面，她又指着从书画室翻出来的画说，她认识画中孩子们手中拿的东西，她保留了鲁红蓼的叫法，说那是箭头。

这是书写的问题吗？文稿太长，前后难免出现误差，还是说，这是画家有意设置的，只为体现人物自身对某些问题的回避？记忆问题很多时候不是时间问题，也不是人类大脑生物性质的遗忘曲线导致的，而是心理问题。人们只选择记住他们愿意记住的。至于内容，有人乐观，就会淡化难过的经历，有人习惯于陷入忧伤，那么在他的记忆中，他可能就是一个彻头彻尾的可怜虫。

我倾向于后一种解释。

鲁凌星没有在书画室等到鲁开伍。

鲁开伍正要过去找她，王饶听到有人按门铃，开门一看竟然是陈保焰，立刻将他让到客厅。王饶回到书画室，对鲁凌星说，你去休息吧，鲁总过不来了。鲁凌星问是谁来了。王饶说是当地的官员，这几天一直联系不上，没想到自己摸黑过来了。鲁凌星点了点头。但她仍停在原地，没有想走的意思。她说，那我们就有时间了，要不，你教我画画吧。王饶愣了一下。他摇摇头说，不了，我累了，我先去睡了。他这么说着，脚下利落地行走，将要走出门时，鲁凌星叫住他，说，你看。

他回过头。

鲁凌星手里举着一幅装裱好的小画，画中人是她的母亲蒋蕾。她在王饶去开门的时间里蹲下来，在找出蒋蕾那两幅未完成的水墨的地方继续翻找。那真是一个隐蔽而富有的地方。她很快找到这幅肖像。她举着这幅画，上身挺得笔直，脸上露出异常严肃的表情，像在法庭上出示证据。

“你爱她，对吗？”

王饶一动不动地站了一会儿，慢吞吞走回来。

他接过鲁凌星手中的肖像，细细打量：“这幅画的原作者不是我，我只是临摹下来了而已，尽管如此，你猜对了，是的，这已经足够证明了。”

他朝门口望了望，似乎在考虑环境是否安全。之后，他将目光转回到鲁凌星身上，问她是不是真的忘记了她的哥哥姐姐。鲁凌星摇摇头说，六岁以前的事情，我已经完全不记得了。王饶反问，你怎么知道他们出现在你六岁之前？也就是说，在你六岁之后，他们就消失了。你必须得先承认他们存在过，才能看得到他们的消失，不是吗？鲁凌星慌忙低下头说，我并不知道。你什么都知道，王饶说，只不过，你不想记起来而已。这样行吗，如果你告诉我你记得的，我就告诉你我知道的。我们试着这样交流一下。

鲁凌星沉默了一会儿，说：“我看到过你们在一起。”

王饶低下头去。

许久，他说："我有个侄子叫王亮，勉强读完初中就去春江打工了，我将他介绍给你父亲，想让他在你父亲的公司谋个差使。你父亲看他还算机灵，只是没有什么志向，就留在身边做些跑腿的事，时间长了感觉还比较可靠，就安排他去学开车。学成后，他成了你父亲在春江的贴身帮手——自然也是我的帮手。

"所以，我比你母亲更早知道她要被你父亲送到这里来的事情，并且知道，她的主要职责是帮助你父亲招待客人。事实上，你父亲因为她采取了极端的方式，导致你父亲不得不与他前妻离婚而记恨着她。这之后她破釜沉舟，到鲁湖村寻求你爷爷奶奶的帮助，甚至住了下来。她这样做其实是在逼你父亲。即便你父亲会被一些细节打动，但在总体上始终不可能做到原谅。你的出生成为又一股逼迫的力量。你父亲于是做出让步。形式上的让步必然加剧内在抵抗的力量。那时候你父亲的事业风生水起，需要鲁家园林这样一个地方招待朋友。你知道吗，招待的方式有很多，你父亲将她一个人扔在这里，实施的其实是一种献礼。任何来到鲁家园林的人都是你父亲需要讨好的人，怎么讨好呢，手段之一是献上你的母亲。

"所以我从一开始就对这个女人抱有同情。而我的同情还夹杂有类似可怜之人必有可恨之处的情绪，因为，我其实看得出来，你母亲对你父亲的安排并非毫无感觉。她不过是在你父亲面前失去了自我。她一面顺从一面爆发。顺从是假装不知道你父亲的真实用意，爆发呢，包括她与我之间发生的那些事情，不过是她对你父亲展开的报复。无论如何事情果然朝着你父亲希望的方向发展着：既惩戒着她，又使她对他有利。

“不幸的是，你母亲听说，在她与你父亲之间存在着一位——用孩子们的话说就是，徐阿姨。她当然知道你父亲一定会找其他女人，但她一直把头埋起来，不去听也不去看。这样一来反倒使你父亲以为，她不在意。她怎么会不在意。她要他立刻到鲁家园林来说清楚。你父亲当然置之不理。她于是以孩子们相威胁，说如果他再不来，她就会对那两个早就让她感到恶心的杂种不客气。你父亲说他就知道，她从来不爱他们。她说她只爱一个人，这样的爱谁能比。你父亲问她，你指的那一个人是我吗，不，你错了，你只爱你自己。这样一来她完全发了狂。她让我看好你，自己则冲出门，让那两个可怜的孩子上车，说要带他们回春江。”

鲁凌星说，你不要说了。

她坐下来，背过身去。

“你说的这些我都知道，我可能说不清楚，但能感觉得到。我现在内心就是这种感觉，你说的这一切我都知道，是它们让我的人生走向错乱和惊骇的。”

王饶看了看表，发现已经过去了半个小时。他激动起来。

“你知道我为什么告诉你这一切吗？我有一种感觉，你父亲可能会撤离这个地方，永久撤离。上一次因为你母亲的事，他离开了足足十四年。我好不容易才等到你长大，使你对这里产生了兴趣，你是他唯一的孩子，他又一向自大，认为搞得定一切。那么，你的梦想就可以促使他回到这里来帮助你。是的，我要的就是他回来。而我这样做是因为，我一直感觉你母亲还在这里，但我找不到她。

假如你父亲长时间待在鲁家园林，我就可以从他身上找到你母亲在哪里的线索。之前他离我太远了。你刚才跟我说，你认得画上孩子们手中的东西，你说在你姑姑的地洞里见到过。而我在江黄这么久，竟从未听说过有什么地洞。我原想今天先这样，等明天，或者后天，反正你不是要在这里建未来城吗，我慢慢来，不动声色地找。可是，你也听到了，陈书记陈保焰来了，他一直避而不见，也不接电话，今晚却突然找上门来，我感觉凶多吉少。也许你的未来城建不成了。那么你就有可能离开这里，你父亲就有可能离开这里，而我将无从知晓刚刚听到的那个地洞到底是什么，我在听到它之后产生的敏感的察觉，也将失去验证的机会。所以我想，也许我该告诉你，争取你，今晚是我最后的机会。”

客厅方向传来动静。

王饶连忙从书画室出来，同鲁开伍一起将陈保焰送至大门外。

一转身，鲁开伍沉下脸来，紧急而不容置疑地说：

“将园子里的另外三人遣散吧，给他们一人发两万块钱。你这边也准备一下离开这里，你先收拾东西，一会儿我们一起走。凌星在哪里？叫凌星到我房间来。”

万年河做梦也没有想到走马岗能重新变得完整。

万洲县在春江市的指导下，江黄镇在万洲县的部署下，正在建设一个农场示范区。示范区分成若干功能型农场。其中，家庭农场全部对外租赁，范围是全世界人民，租客可以通过网络选择地块和水稻品种，跟进农场工作人员的种植和管理情况，收获后，工作人员会将凝结着租客远程参与热情与希望的水稻寄至租客家中；实验农场用以提供给国内外专家开展新型水稻实验，条件是必须提前两年申请；观光农场的建设标准是景观化，主营旅游业务，在整个走马岗的稻田中，这里是唯一允许非专业人员进入的区域。人们来到这里，可以扮成农民模拟干农活，体会作为一名勤劳而富有的农民的快乐；合作农场允许一定规模的企业参股，每年通过竞标来决定乙方是谁；教学农场是走马岗农民合作社同春江农业大学的共建项目，在水稻种植的各个阶段，老师们会带着学生来到这里，开展实地教学；水产农场专门用来进行稻田养蟹和养虾，并且只养蟹和虾。因为人们众所周知的口腹欲，这两种东西的出货量每年都超出想象。

此规划推进之初，江黄镇帮助走马岗农民合作社流转土地五千余亩，不仅将违规占地的鲁家园林圈了进来，还将那些边角异形的荒凉地带也纳入了进来，他们希望，将来通过卫星拍摄到的走马岗是一个完整的、彻底的，没有落下任何一寸土地的水稻之乡。任何人都将扑倒在这一堪称伟大的宏图面前，万年河身先士卒。他不止一次走着走着忽觉身体变轻了，不多时便飞至走马岗上空。这片领地越来越大，因为对应的土地越来越大，如同一种内在充满生机的发物，在时空中日益膨胀，他看着它壮大，不由得在天空中翻起跟头来。当他飞临地面，以风的形式触摸稻田，他便在它们波浪般的起伏间兴奋地哭泣起来。还会有那样的时刻，他看走马岗就如同看一滴墨落入了水中，墨点迅速扩散，使得旁边的鲁湖村，更远处的铁线村、塔河村、江黄街全都被渲染。而后是整个江黄镇、万洲县、春江市，慢慢地，全中国全世界，全都种上了稻谷。地球成为一个毛茸茸的取之不尽用之不竭的水稻星球。

万年河不知不觉笑出了声。

他的儿子万无题也加入了进来。尽管被动，但终因本领高超而成为走马岗大发展中举足轻重的一个角色。过程是这样的：在万年河集中种植的水稻还只有五百亩时，出现了严重的供需不平衡，这一情况的危机程度一点也不亚于一场洪涝或是一场干旱。他愁得天天在家里喝闷酒。万无题则一如往常无知无感地躲在里屋上网。万年河喝多了就骂万无题不成器。见他无动于衷，万年河就去踢他的门。最后一次，万无题冷不丁打开门，脸上怏怏的，一副无精打采的样子。他带万年河来到电脑前。万年河一看，屏幕上有一条水稻采购信息，采购单位在甘肃。这条信息后来落实成为一份订单。接着，第二份，第三份，订单一个接着一个。积压的水稻全都卖出去了。万无题借势成立了一家网络服务公司，外包了走马岗农民合作社所有网上销售业务，包括家庭农场涉及的一切远程服务。这是一家好像在靠走马岗吃饭，但走马岗吃饭又离不开他们的技术型公司。这家公司规定，员工可以想在哪里办公就在哪里办公，如果来公司的话，包一日三餐，还能带着家里的猫狗过来，伢没人看也能带来。

万年河吃惊于这些新奇事物，尽力让自己走进而不是推开它们。满河里起的风浪不就是这样吗，无论如何你的船得行在风浪中，一旦被推到岸上了，这条河就与你无关了。

在万年河看来，鲁红蓼的博物馆也是风浪里的一条船。

博物馆最终定名为江黄民间历史博物馆。这是陈保焰主抓的文化项目，由内到外分门别类，请不同的专业团队打造。博物馆占据了鲁湖村细山上鲁家老屋所在的那个山岗。政府给了鲁耀乡一家一笔补偿款。鲁耀乡用这笔钱嫁了姐姐小娜，自己带着一家人到江黄街满河渡口那里寻了套房。房子的主人因为儿女工作的关系搬去万洲了。鲁耀乡同金刚成了邻居。他将老院子里的栀子树移进自家院子，将橘子树送给了金刚。他在金刚的金莲莲藕产业发展有限公司谋了份差。听说博物馆项目招工，他代媳妇报了名。彼时报名者已逾万人，本地人外地人都有。

江黄民间历史博物馆分地上地下两部分。

规划设计前，鲁红蓼陪专家们去看她的秘密地洞。他们惊叹于这样一位农村妇女，竟然在地洞扩容的每一步中都充分应用了建筑学原理，而她事实上连建筑学是什么都不知道。地洞结实、通风，里面的物品保存完好。

“了不起，”专家甲说，“我建议在设计中融入创始人的个人形象，以纪念她对这所博物馆做出的杰出贡献。”

相对于喜欢研究“背后的故事”和“意象传承”的专家甲，专家乙的兴趣点始终是物件本身。

“一部活的江黄史！”他赞叹道。

他拿起一面能照出人影的小铜锣，说：“知道这是什么吗？解放前，江黄民不聊生，要饭的特别多。有些人临时落难，要些干粮银钱就想办法讨生活去了。有些人要出了名堂，长期干起这行来。这面锣就是这些人手中的道具。要饭时，他们敲一声唱一句，附近的人就知道这个人是干什么的了。”他看到一本线装册子，拿起之前搓了搓手，又甩了甩，使双手变得干燥。他轻轻翻开给大家看，说：“这上面记的是戏谱，清代经典楚剧《叶五儿过门》，这部戏太有意思了，因为主角姓叶，是个员外，解放后在河东演出时，曾经遭到叶姓群众的抵制。演员们在舞台上唱戏，村民们在底下把嚼去水分的甘蔗条往他们身上扔。”他又看到一盏铁制狱灯，兴奋地拎起来，说：“这是塔河寺的东西。宣统年间，塔河寺扩建后，在寺院中间立了一株人造铁树，高五米，重一千余斤，树上挂满了这种灯。这可太珍贵了。这个也好，”他指着一辆木质细腻的纺车说，“这应该是民国的东西。”他看到铜镞，拿起来一个，送到灯泡下仔细辨认，啧啧道，“这是东汉末年的东西，那时的环境就是打来打去，这个可能是军队迁徙时遗落的。不得了啊不得了。”他环顾四周，看到一张拔步床。由于地上堆的东西太多，他踮起脚尖，见缝落脚，走过去颇费了点力气。床是凉床，立有十柱，床围及床牙上刻有卷云纹浮雕，床前门围子上嵌有玻璃，玻璃上手绘红色锦鲤。“这件应该是榉木的，雕工不错，不过呢，使用玻璃装饰代表时间比较近，价钱也就便宜。这床现在也能用，用着也不会心疼。”他笑着在床沿上坐下来，双手撑在身体两侧，屁股颠几下，感受床板的硬度。

鲁红蓼跟着笑起来，说：“心疼不心疼另说，论舒服，还是现在的床好。”

“那是，那是。”专家乙说，“哪能真用，生活类老物件要想一直存在下去，去功能性，取观赏性是必然，所以，你这里的这些东西，本质上都是用来看的，是用来缅怀的。”

最终的设计方案是，一座碟形飞船样的建筑矗立在开满红蓼的细山上。

据说专家甲某夜凌晨突然醒来，脑海中还有残留的梦境：他走在万丈霞光之上，一个硕大透明的太阳缓缓上升。他马上从床上爬起来，将设计稿的底端涂满红色。太漂亮了。他开始在江黄寻找可以成片种植的红色花朵。几乎没费什么工夫，河边的红蓼就进入到他的视线之中。这种植物有野性但不张狂，独看粗糙，似乎进不得大雅之堂，成片看却别具意韵，入得了画亦承得起情。恰读到宋人赵长卿的词：

> 红蓼秋容，后会何时得再逢。

不禁拍案叫绝。

就是它了。在细山上种满红蓼，用漫山遍野的红蓼向创始人鲁红蓼女士致敬。什么？红蓼都是开在水边的，鲁湖村在山岗上，着实缺水？那么，配套水利建设，原来的水坝旧了，拆了建一个好的就是。另外还要试着培植出抗旱型红蓼。农科所反馈来的消息是，这类红蓼早就有了。这就从品种上解决了这种花在这个方案中的应用问题。

再来说说建筑物本身。通体透明，即使是地下那一层，因为玻璃外墙与土地接触的部分有一层隔离圈，光线便能由地上倾泻下来，进入透明建筑的内部，实现自然光在整个建筑体上的贯穿。所有展品全部沿窗设支架摆放，这样一来，人们即使不进入博物馆，也能透过窗户看到展品。据说设计师正是从专家乙的“你这里的东西，本质上都是用来看的”这句话中得到灵感，将“看过去”的意义发挥到极致。除此之外，必须提及的一项要求是，落地窗采用高科技滤光产品制成，人们可以从外面看见展品，看见它们所代表的过去，当前的阳光却不能伤害到它们。

2025年，博物馆建成了。它浑身通透地矗立在鲁湖村覆盖着红蓼的细山之上，成为江黄最具未来感的景致。人们都说，它看起来像是复活节岛上摩艾石像的变异，更像是2520年的建筑，因为它那神秘的部分隐身于地下的半虚静存在形式、完全依靠自然光呈现的顺天地而不自生的生存态度，以及展品自身所传达的对于过去种种所抱持的冷静而中立的表达方式，哪里像是人类智慧能够理解得了的东西？

那时候，走马岗理想的极富侵略性与大同感的水稻之乡仍在建设中。

万年河几乎每天都在担忧，他的这一生如果不能看到目标实现，会是一件多么遗憾的事情。

1-9　归位

我激动到睡不着觉。

画家书稿中的内容竟然穿过当下进入到了未来，而在这未来当中，完全看不到他自己的身影。他甘愿停留在那个令人疑惑的夜晚永世不见天日吗，显然不是，毕竟他本人今时今日尚在。那么可以想见的是，那个夜晚粉碎了他，不，是他曾经的，到那个夜晚为止的一切粉碎了他，使他不得已转换了身份，以“新我”的面目和道家“以无用之事遣有涯之生”的逍遥方式参与进当下的生活，方式是画画。

我不禁想要认定自己在画家的新生中充当着什么角色。

现在我明白了，驱使我一路追寻他，甚至不惜借看展之名来到台北，只为与他偶遇的动力是，我渴望在一个人的新生中建立功勋，是的，一个人，而不特指画家，我遇到谁都会像对待他一样对待那个人。看看我是怎么对待老画家和小画家的。我亲手策划了他们的新生。我的渴望依据对他们本人了解程度的多少而选择注入多少感情成分。那么问题来了，我更了解小画家还是画家？当然是后者。这也就解释了，为什么书稿越是往后读，我越是想念画家。但我显然理解错了这种形式的想念。那不过是一种特殊的连接要求。我将特殊的连接要求与爱混为了一谈。

我与画家接触不多，但建立起的对话，包括阅读书稿，都极其刺激，这跟他这个人忽冷忽热的脾气有关，跟他跌宕起伏的人生经历有关，它们带给我超越以往所有经验的独特感受。这些感受充盈了我，使我误以为自己得到了安慰。可女人啊，说到底需要的是身体连接，一次抚触比长达三小时的对话管用一百倍。我误以为长达三小时的对话背后可能潜藏着抚触。这种隐蔽的欲求干扰了我。

我必须尽快回到正常的轨道上去。

我接连策划了两场展览，后一场还将艺术家带去了有品位的伦敦和识货的福冈。与此同时我写了数十篇长长短短反响强烈的评论。我在艺术圈的一席之地越来越稳固了，朋友也越来越多。我从他们当中挑选了一个在美术馆工作的研究员交往。我想试试不具有艺术创作冲动和能力，只对艺术进行分析的人会不会比较没那么自我，会不会更适合我。

但我发誓，在进行这些的过程中，我没有一天不在想念画家。只不过，在我厘清了想念的成分后我知道，我不过是对画家最为终极的自我改造感兴趣罢了，我希望在这样一个特别之人身上发生的特别之事，有我参与的痕迹，并且越多越好。

有一天，我的研究员男友告诉了我一桩稀奇事。

他说，有人秘密捐赠了一批名画给他们馆。那个人找了一个委托人，全程匿名完成了捐赠，这样一来，捐赠者本人甚至连一张捐赠证书都得不到。那么委托人是谁？我问，通过查委托人，捐赠者本人的信息多多少少能暴露出来一点。研究员说那个人叫鲁凌星，德籍华人。

“她跟我们签了保密条款，只收画，不问身份，一旦被她察觉到有任何对她和捐赠者的身份进行查询的迹象，捐赠将悉数收回。”

我其实完全没有听清研究员后面这句话说了什么，“鲁凌星”这三个字足以让我怔在原地。

“喂！”研究员叫我，“想什么呢？”

“没什么，那批画都有什么？”

“啊，太多了，只能用不可思议来形容，培根、米歇尔·巴斯奎特、莫迪利亚尼、吴冠中、何多苓、张晓刚……你能想象吗？总估值近三十亿的东西，他们就这样捐了。馆长请委托人带了一封信给捐赠人，在信中，他称捐赠人为‘当世张伯驹’。不过，倒是与张先生略有不同，这个人还捐了一幅他自己的画。”

“画的是红蓼吗？”

“红蓼？”研究员对这种花不太熟悉，对不上号也是难免。我就给他解释了一番。他说不是，标题是《母亲》，画的也确实是一位女性。“但他提了一个要求，”他继续说，“他要这幅画持续在美术馆中展出，但同时，他可以在任何他认为合适的时间来到美术馆，取下这幅画，修改后再送回来，挂到原来的地方。也就是说，他既要求对外展示这幅画，又要随时修改这幅画。”

“随时修改……这不跟阿希尔·戈尔基的做法一样吗？”

“对，戈尔基是怎么对待《艺术家和他的母亲》这幅画的，这位捐赠人就将怎么对待他的那幅《母亲》。”

我很快看到了这幅画。

这幅画在研究员所在的美术馆里已经成为一个传奇，工作人员纷纷前来瞻仰，想看看到底是怎样一位女性孕育了捐赠人这样的人，三十个亿啊，毫不怜惜地赠出了。然而那幅画上的女性面部模糊难辨，头发好似一团乌云，背景纷乱，看不出所以然。研究员小声同我交换意见说，他认为这幅画并没有画完。这不是没有可能。

这样一来，画家就有了两幅未完成之作：未完成的《母亲》和未完成的《红蓼》。

我央求研究员帮忙约见鲁凌星。自从台北一别，这个人就失联了，电话打过去是空号。我自然可以直接去问画家这一切是怎么回事，但一方面我不确定我打给他是不是就能找到他，另一方面，他从台北匆忙走掉的那次大大伤害了我的自尊心，而我业已将我与他之间的关系分析清楚，不想再在合作者之上加入其他扰乱心神的内容，所以，我想，如果不是他觉得可以同我联系了，我是不会主动联系他的。

研究员惊讶于我竟然认识鲁凌星。我给他说的是，这个女人是我前男友的迷妹，追到上海去看画展，结果十分不幸，她与我的前男友搞在了一起。研究员一面严肃地说他这样做可是违规的噢——指的是帮我想办法联系鲁凌星这件事，一面迅速去打听，最后，他交给我一个电话号码。他说，谁让你是我女朋友呢，谁让我也对这件事好奇呢，我准备好了看你们两个打起来……看，我还准备好了这个。他举起一支高尔夫球杆。她要是胆敢对你不客气，我就爆她的头。他故意憋出凶狠的表情，看起来相当滑稽和幼稚。我看着他，第一次感到，这是一个可以托付终身的人。

鲁凌星的电话我还未及拨打，研究员带来一个消息，说美术馆接到通知，本周三，也就是后天，捐赠人会派人来取这幅画。既然捐赠人不想暴露身份，我猜他要么派鲁凌星过来，要么自己过来。我想我不必联系鲁凌星了，等两天就好。

到了第三天，挂有画家《母亲》这幅作品的展厅关闭了。我在研究员的帮助下躲在可以望见展厅大门的卫生间里。研究员自己不敢这么做，便对我的“敢于”怀着爱意，全力配合着。他不停发微信给我，问我进展如何。他比我还激动。

画家本人来了。

他扮作一位工人，穿着皱巴巴的衣服，头发也故意弄到前面来，遮住了眼睛。他没有戴眼镜，大概是想让自己看起来更像一位体力工作者。但这样一来，他因为看不清楚路而走得犹犹豫豫。在展厅门口，他向工作人员出示身份证和委托书，我相信委托书是真的，他自己写一份就好，而身份证一定是伪造的。工作人员跟着他一起进入展厅。过了好一会儿，只见工作人员自己出来了，在门口左右望了望，又回到展厅去，接着又出来，前后找了一会儿，最后，他停在展厅门口打电话说，人不见了。

事后研究员告诉我，整个事情太匪夷所思了，展厅只有一个门，取画的工人同工作人员一起进入展厅后，工人开始从墙上拆下捐赠人的画，他小心翼翼，也不让工作人员帮助，取下后，又轻手轻脚往包装盒里送。工作人员看着无聊，就在展厅里来回走，等到他走回去，发现工人不见了。他什么声音也没有听到，后来查看监控，也只有他们一起进入展厅的画面，接着就是工作人员神情纳闷地出来，工人呢？连同那幅画和他进入展厅的那一截视频，一起不见了。美术馆立刻联系鲁凌星，结果虚惊一场，鲁凌星说画他们已经拿回来了，至于中间发生了什么，她不方便透露。馆里一时间谣言四起，传得最玄的一种说法是，悬挂《母亲》这幅画的墙壁其实是一个类似于国王十字车站九又四分之三站台的一个地方。有人前去尝试，结果脑门上撞出了包。

我想到一个传说。

唐明皇仰慕吴道子，宣其进殿，要他现场作画。吴道子提笔直接在墙壁上绘制了一幅山水。唐明皇走近细看，不由啧啧称赞。吴道子指着画中大山脚下一空洞处说，这是神明所在。说完他拍了一下手，忽见那一空洞处化作一道门，徐徐打开。吴道子哈哈一笑走了进去。待唐明皇跟上时，那道门关闭了。至此，世间再无人见过吴道子。

“那是传说，这是在现实当中好吗？”研究员说。

“传说的作用难道不是为了解释和安慰现实？”我说。

如我预测的那样，从那以后，并没有什么人再将画家的那幅《母亲》送过来。直到一年后，鲁凌星亲自送来另一幅画，“有着奇怪线条的东西。”这是研究员的原话。我马上去看那幅画，心想，就是它了，画家一直想要画的那幅画，就是它了。

是的，没错。

一些扑倒在地的红蓼枝，红色的穗状花朵零乱其间，似在枝叶间穿行的虫子。一个男人赤裸身体，像是被人从高空中直直抛下，手臂做飞行状，头发垂下来，将要碰触到地面。他的眉目完全暴露出来，脸憋得变形了，显出红蓼那种深沉的滇红色。这幅画需要辨认才能看出这些内容，事实上，画面抖动得厉害，色调阴暗，风格有点类似基弗，但线条跳跃，给人以强烈的不确定感。

当天晚上，我收到画家发来的一封邮件，正文中写道：

附件里的内容，由你来权衡要不要作为书稿的补充。

那天晚上陈保焰找到我，说鲁家园林当年征地的事情又被翻出来了，即便当时他的父亲陈百味已经退休在家，仍收到配合调查的命令。陈保焰不接我的电话，对我避而不见，是因为他已经听到风声，他怕电话被监听，从而选择深夜亲自到鲁家园林来把事情说清楚。他要我把事情扛下来，要我对外承认说，首先这是我的主意，其次是我采用了欺骗的手段，最终获得了那块地。他说如果不这样，他们几个，在位的不在位的，包括万年河，可能都会有麻烦。如果我全部扛下来，进去之后，他们会想办法给我减刑。

好吧，我没问题，可凌星怎么办？

当年她母亲蒋蕾犯下大错，两年后疯了，我去找万年河和鲁红蓼，想要把她放进鲁红蓼的地洞里，但万年河拒绝了我。他说他并不担心我将金刚的事情捅出去，毕竟那是金刚自己作孽，受到什么惩罚都应该。这样我只好另想办法。谁知道，蒋蕾恰在我离开春江到江黄游说万年河跟鲁红蓼之际自杀了。自杀前，她还跑到一位画家朋友那里，请他给她画了一幅肖像。我迅速将凌星送出国，而我也慢慢远离了从前的圈子，毕竟在这之前，蒋蕾与之也勾连至深。待凌星提出想做一个未来城时，过去了十几年，我觉得亏欠她，于是抖擞精神，将她接回江黄，想要在鲁家园林的基础上再行征地，以满足这个可怜伢的要求。

岂料，又出事了。

陈保焰说不必担心，他们来照顾凌星，并会想办法补偿她，在全市范围内寻找能建未来城的地方。

那是一个非常短暂的需要我迅速做出决定的时刻。

一时间往事犹如千军万马从我身上踏过，铁蹄之下我感到被羞辱，也感到前所未有的清醒，我是如何走到今天这般地步的？假如我就此止步，接下来会怎么样？死去还是若干年后卷土重来？我厌倦了。我想，这一次，就让我接受只能如此的命运吧，我不想再抵抗了，也就不再贪婪。我回绝了陈保焰对凌星的安排，请他如果有机会去柏林，就去看看她，除此之外，请将这个孩子忘记。公司那边由于实行的是小股东制，我走了其实影响并不大。我召开股东大会，将工作移交给二把手刘家林。他问我要到哪里去，我说，我突然想画画了，人就这一辈子，我想去干点自己真正喜欢的事。此话并不假，只不过，我的艺术生涯始于牢狱之中。我给犯人们画像，给警官们画像，给操场画像，给天空画像，给鸟、给树、给杯子、眼泪、哈欠、念头、遗忘……画像。我感到千言万语在笔下流淌，我的画就好像会说话。是的，画比自然会说话，所谓江山如画，孰高孰低显而易见。

三年后，我出来了。那时我才知道，凌星被王饶教唆，一直在找我。我原本不想凌星担心，告诉她我隐居起来画画了。对王饶我也是这么说的。但他们四处找我，为了找到我，他们查尽了我名下的资产。在这些资产中，其中就有一处是你去过的那幢三层楼，是我收藏名画的地方。他们当然找不到我，最后只能各走各的，凌星回到柏林，王饶回到美院街。所以，当我以鲁开悟之名重新现身，我听到凌星竟然立刻就知道了消息，回国来找我了，我感到十分恐惧。我害怕她是她妈妈那种女人。但其实，她一直在找我，也多次找到了我，却不敢见我。她身上也背负着沉重的往事啊！就在我从台北回去的飞机上，是的，那次她也到台北去了，但她依然不敢靠近我，她将自己逼到狭小空间里，以便不得不面对我。她就坐在我身边。她说，她想知道她母亲去了哪里。周围坐满了人，她站起来发问，声音很大，人们看向我们这边，窃窃私语。原来她一直以为是我害死了她母亲。我想起多年前，她的母亲在家里大声忏悔，发出的每个音节都像是一枚试图炸开墙壁的炸弹。那一刻，我失声痛哭。我告诉她，如果你觉得是我害死了她，也没有问题，整件事情中，谁人不是加害者，谁人又非受害者呢？

关于往事，就是这样。

现在，让我们说说那幅画吧。

我终于从愚蠢的红蓝两色的执念中跳了出来，也从成名成家的虚荣中跳了出来。我把这一生画给谁看呢，人人都在他们自己的画中无暇旁顾呢。所以我想更自在一些。这些都是我写完了那部书稿后逐渐形成的想法。我写下浩渺长河中的微物，写下父辈们的沉潜与生死，以择选与挤压的方式来转化经历，使转化后的只言片语成为公共情感记忆，目的便是要将好不容易萃取到的精华释放在一幅画上。书稿与画不可切割，就好像我不能将曾经的木匠、商人与画家职业做切割，不能将儿子、父亲、丈夫、情人、老板、下级与朋友的身份做切割，不能将掠夺者、施予者、收藏者、隐居者、囚犯的行为做切割一样。我知道，我现在画出的任何东西，即使简单到一横一竖，都包含着我的一生。换句话说，我就是我自己的画。

我彻底释怀了。就让一切各归其位吧。那些名画，放在我手里会比挂在春江市最大的美术馆里，给上千万市民看更有价值吗，当然不会。我的那幅画，挂在一场展览中，以彰显我个人的绘画技巧和所谓的精神高度，会比使我个人真正走进它，走进它所代表的我，我所代表的我的家族，那个庞大的由来更有价值吗，当然不会。

我应用了一点行为艺术。我收买了美术馆的工作人员，通过一个暗道和一段监控视频的消失成就了我和我母亲的消失。我的那幅画，《母亲》，自然指的不是真实的母亲。它是我的心灵归属。我设定的反复修改的条件，代表着对我的由来的反复修改。而后，我送去那幅红蓼，扑倒在地的红蓼迎接从天而降的我。我将要钻进那片红蓼中，钻进江黄大地中，钻进茫茫虚空中了。

我让凌星送去的那幅画是用特殊颜料绘制的，慢慢地，它就会变成一张白纸。

最后，我不得不嘱咐你。

罗漫，你是我从一开始就选定的影子，尽管从理论上来说，万物皆不可能选择自己的影子，只因那是光随物赋形的结果，既然我们不能选择躯壳，又如何选择躯壳的投射之物？但我偏偏凭借意念选择了一个影子，这既抽象又具体，性别还是对立的，如同丘陵对溪谷，因为只有这样才能形成阴阳回环，促成我的完整。我将你放在远处，看着你，也像在看着我。我让你看书稿，就是想让你经历我所经历的，想从你的反应中找出我的反应，很可能被我忽略的反应。我也因此校正着自己。

但影子是不发声的，罗漫。

你明白我的意思吗？关于我的事情，请不要说出去。

2017 年 6 月 18 日始

2019 年 7 月 25 日终

于武汉、北京两地

后 记

在写这本书之前，我曾到武汉周边的一个镇——新洲区辛冲镇挂职，在那里住了八个月。

这段自主选择的经历，一开始单纯是为了写作做准备的。我了解到从这个素有“鲁班镇”美誉的地方走出了一批极具传奇色彩的人，听到一些他们的故事，便有了将他们写进小说的想法。真到了那里，我才发现，这一切其实暗中成就着我对家乡文化的传承与发展，这些在代际间才能完成之事的兴趣。这兴趣来自于一直以来，它们在现实中对我而言的不可完成性。

我在乌鲁木齐某部队大院长大，大学毕业后来到武汉工作，这两个地方对我来说都有非同寻常的意义，而在大多数人那里更为珍贵的故乡，于我，却是一个清淡模糊，如若谈起，激不起太大波澜的所在。具体来说，那里似乎只是爷爷奶奶、姥姥姥爷这些让我深感陌生，甚至在面对他们的时候，总会产生些许无措的祖辈生活的地方。这个地方叫西平，在河南省中南部，古为柏皇氏遗族封地，今被称为“嫘祖文化之乡”。一直到现在，我仅有的数得着的回到故乡的记忆，都是些遥远、飘渺，仿佛并非我所亲历的幻觉般的画面：爷爷在老宅屋后的河中打鱼；一帮孩子聚集在靠近集市的空地上滑旱冰；爷爷去世，我带着女儿回去祭拜；奶奶病危，我从武汉坐高铁回去看她，她躺在一间堆满杂物的房间打吊针，儿孙们围在她的床边……我与故乡的这些连接蜻蜓点水，在时间与主观感受力的作用下，衔接处从来都藏有不可修复的空洞，带给我深深的与根系组织的断裂感。这直接刺激了我对连接的渴望。如若我身在连接中，便会获得一种相对完整的，更为漫长，有着巨大容量的宗族经验，对于一位作家而言这有多重要，已无须我赘言。但我也只能处在渴望中，并因为行在一种疏离的惯性中，而常常对自己的渴望感到无力和胆怯。矛盾的状态使我对人生的终极问题，我是从哪里来的，来干什么，要去往哪里这些问题非常敏感。

命运将我送到江汉平原的一个小镇上，我与家乡无法建立的连接，在这里，因为工作关系，得以以一种实验性的，迅速浸入的方式实现了。

蜷缩在竹椅上晒太阳的老人，地里整齐的庄稼和时不时冒出的坟头，带给人安慰又会在汛期让人恐慌的河流，河边成片站立或集体扑倒的犹如风之具相的红蓼，以及深夜里不经意间的一声虫鸣，所衬托出的仿佛被整个世界遗忘的静谧……这些既是故乡的实体又是故乡的意象，非常朴素，也很普遍，我在其中与我记忆中的故乡线索进行对应，也许风土民俗并不能一致，但牵连出的情感却是无比贴切和自然的。如此这般得到的经验，有一部分是与旧有的，停留在我记忆深处的内容相熟的，它们带给我久别重逢之感，使我的身心时而受到震荡，时而得到抚慰。另有一部分是为我所陌生的，属于一个地域独有的内容，这时候我就很自然地成为一名体验者和观察者，有时需要忘我地进入人群，或某一个个体丰富的内心世界，有时又需要跳出一时一刻的囹圄，至空中俯瞰，从整体上寻找事物发展的线索、趋势和那背后存在的根本逻辑。

当我这么做之后，起初想要写的内容就有了更为博大的纵深走向。我仿佛在写那些我接触过的人们，但倘若他们翻开这本书，大概也会感到费解，因为似乎找不出什么证据能够证明我是在写他们。事实上，并非不是他们，而是，时光漫长而文字有限，我只是写了承载了更多内容的他们。换言之，我写的不是他们是谁，而是他们为何是他们。“为何是”的问题在一个人那里绝非只是他个人的经历造就而成，应当还包括一个家族、一块地域的精神凝结。正因为如此，我往前一点点追溯，向后一步步拓展，使小说具有了家族绵延更迭的庞大躯体。这正是现实中的我极度渴望的有着最为遥远的来处和不可知的去处的故乡。

也就是说，一方面我在现实中找到了一个故乡意象的替换地，又以此为原型，建构了一个有着完整的来龙去脉，跟随大环境的变化发展转换面目的理想家园。一代又一代的人生于兹死于兹，留下物质上的创造，叠加出集体意识，使得绝大多数的人走在相同的道路上，唯少数人乘风破浪。所有这一切在本书中以书中书的形式呈现，这种形式本身也许已是一种高维视角的表达。而表达者，既是站在当下的走出故乡又回到故乡的书中主角，也是我这个终于以虚构的方式完成了故乡意象缔结的创作者。

从某种意义上来讲，这是我命中注定要完成的一部作品，它修补了我内心根系组织的断裂，带给我来自大地深处的力量。

感谢所有为我创作本书，以及为本书的出版提供帮助的朋友，感谢我的家人，谢谢你们的支持。

这会是我新的起点。

谢络绎

2021 年 3 月于武汉

图书在版编目（CIP）数据

生与死间的花序 / 谢络绎著. -- 北京 : 北京十月文艺出版社，2022. 1

ISBN 978-7-5302-2140-2

Ⅰ. ①生… Ⅱ. ①谢… Ⅲ. ①长篇小说—中国—当代 Ⅳ. ① I247.5

中国版本图书馆 CIP 数据核字（2021）第 064514 号

生与死间的花序
SHENGYUSI JIAN DE HUAXU
谢络绎 著

出　　版　北 京 出 版 集 团
　　　　　北京十月文艺出版社
地　　址　北京北三环中路 6 号
邮　　编　100120
网　　址　www.bph.com.cn
发　　行　新经典发行有限公司
　　　　　电话（010）68423599
经　　销　新华书店
印　　刷　河北鹏润印刷有限公司
版　　次　2022 年 1 月第 1 版
　　　　　2022 年 1 月第 1 次印刷
开　　本　880 毫米 ×1230 毫米　1/32
印　　张　14
字　　数　299 千字
书　　号　ISBN 978-7-5302-2140-2
定　　价　55.00 元
质量监督电话　010-58572393
如有印装质量问题，由本社负责调换。